BASTEI
LÜBBE

JUDE DEVERAUX

Duell der Liebe

Aus dem Amerikanischen übertragen
von Bodo Baumann

BASTEI
LÜBBE

BASTEI-LÜBBE-TASCHENBUCH
Band 11 721

1. Auflage 1991
2. Auflage 1993
3. Auflage 1994

Deutsche Erstveröffentlichung
Titel der Originalausgabe: Mountain Laurel

Printed in Germany
Einbandgestaltung: Adolf Bachmann
Titelfoto: Pino Daeni/Schlück
Satz, Druck und Bindung: Ebner Ulm
ISBN 3-404-11721-2

Rocky Mountains

Sommer 1859

1

Colonel Harrison las den Brief zum zweitenmal, lehnte sich dann auf seinem Stuhl zurück und lächelte. Die Antwort auf sein Gebet, dachte er. Eine andere Auslegung ließ dieser Brief nicht zu.

Doch um jeden Irrtum auszuschließen, las er den Brief noch einmal. General Yovington hatte in Washington D. C. Order gegeben, daß Lieutenant L. K. Surrey von der J-Kompanie der Zweiten Dragoner zu einem Sonderauftrag abzukommandieren sei. Doch da Lieutenant Surrey vor knapp einer Woche gefallen war, würde Colonel Harrison einen anderen Offizier mit dieser Mission betrauen müssen.

Colonel Harrisons Lächeln wurde breiter. Er wollte Captain C. H. Montgomery zum Ersatzmann für Lieutenant Surrey bestimmen. Der Sonderauftrag, den jetzt Captain Montgomery durchführen sollte, bestand darin, eine ausländische Operndiva zu den Goldfeldern im Territorium von Colorado zu begleiten. Der Captain sollte der Lady und dem kleinen Trupp von Musikanten und Dienern als Eskorte dienen, bis die Diva keinen Schutz mehr brauchte. Montgomery hatte sie gegen alle Gefahren abzuschirmen, die ihr unterwegs begegnen konnten, und sollte ihr die Reise so angenehm wie möglich gestalten.

Colonel Harrison legte den Brief so behutsam auf den Tisch zurück, als wäre er ein kostbares Relikt, und rieb sich vergnügt die Hände. Laufbursche für eine Lady, dachte er bei sich. Der anmaßende, arrogante Captain Montgomery wurde abkommandiert, um einer Operndiva zu Diensten zu sein. Doch was noch wichtiger war: Captain Montgomery mußte Fort Breck verlassen.

Colonel Harrison nahm ein paar tiefe, befreiende Atemzüge und dachte daran, daß er in Zukunft sein Fort allein regieren konnte und sich nicht mehr mit diesem perfekten und neunmalklugen Captain Montgomery auseinandersetzen mußte. Die Männer würden vom heutigen Tag an seinen, Harrisons, Befehlen Folge leisten, ohne zuerst einen Blick auf ihren Captain zu werfen, um herauszufinden, was er von den Befehlen hielt.

Colonel Harrison erinnerte sich, wie er vor einem Jahr das Kommando in Fort Breck übernommen hatte. Sein Vorgänger, Colonel Collins, war ein fauler alter Narr und Trunkenbold gewesen, dessen einzige Sorge darin bestanden hatte, seine kostbare Haut so lange zu schützen, bis er das Pensionsalter erreicht hatte und nach Virginia zurückkehren konnte, wo die Leute in zivilisierten Verhältnissen lebten und vor Indianern sicher waren. Collins hatte während seiner Dienstzeit nur allzugern die Verantwortung für das Fort seinem Stellvertreter, Captain Montgomery, überlassen. Und weshalb auch nicht? Man mußte schon Montogomerys Personalakte selbst gelesen haben, um so einen Lebenslauf für möglich zu halten. Er war mit achtzehn in die Armee eingetreten und hatte sich in den folgenden acht Jahren durch die Mannschaftsgrade zum Offizier hochgedient. Er hatte als Gefreiter angefangen und war wegen ungewöhnlicher Tapferkeit vor dem Feind zum Leutnant befördert worden. In drei Jahren hatte er dann den Sprung vom Zugführer zum Captain geschafft, und wenn er in solchem Tempo weitermachte, würde er in wenigen Jahren noch zu Harrisons Vorgesetzten werden.

Nicht, daß dieser Mann nicht alles verdient hätte, was ihm die Armee zuerkannt hatte – nein, soweit Captain Harrison das beurteilen konnte, war dieser Captain Montgomery in der Tat ein vorbildlicher Offizier. Er war nervenstark und behielt im Gefecht immer einen kühlen Kopf. Er war großzügig, gerecht und verständnisvoll im Umgang mit seinen Untergebenen, und daher nahm es nicht wunder, daß sie ihn für den wahren Kommandeur des Forts hielten. Die Offiziere wandten sich mit ihren Problemen an ihn; die Offiziersdamen himmelten ihn an und fragten ihn, wenn sie eine Gesellschaft geben wollten, um Rat. Captain Montgomery trank nicht und besuchte auch keine der Huren, die außerhalb des Forts wohnten. Noch nie hatte jemand erlebt, daß Captain Montgomery die Beherrschung verlor, und er konnte einfach *alles.* Er konnte reiten wie der Teufel und im vollen Galopp einem Truthahn aus einer Entfernung von hundert Metern ein Auge ausschießen. Er beherrschte die Zeichensprache der Wilden und konnte sich sogar leidlich in manchen Indianersprachen verständigen. Selbst die Rothäute mochten ihn und sagten, er wäre ein Mann, den sie respektieren und dem sie vertrauen könnten. Kein Zweifel: Captain Montgomery würde lieber sterben, bevor er sein Wort brach.

Alle Welt schien Captain Montgomery zu mögen, zu respektieren oder sogar zu verehren – alle bis auf Colonel Harrison. Ihm war Montgomery nicht nur unsympathisch, sondern er *verabscheute* ihn. Für alles, was Montgomery konnte und er, Harrison, *nicht,* haßte er diesen Captain nur noch mehr. Die Mannschaften erkannten schon in der ersten Woche nach Harrisons Ankunft im Fort, daß ihr Kommandeur keine Ahnung hatte, wie es im Wilden Westen zuging. Tatsächlich war Colonel Harrison bisher nie über den Mississippi hinausgekommen, und Captain Montgomery hatte sich erboten, ihm bei der Einarbeitung in seinen Aufgabenbereich behilflich zu sein. Aber das hatte Harrison natürlich nicht zulassen können, aber trotzdem hatte er sich zu seinem Leidwesen genötigt gesehen, den Captain ein paarmal nach seiner Meinung zu fragen. Der Captain hatte stets die richtige Antwort gewußt und ihm immer die beste Lösung für ein Problem angeboten.

Fünf Monate war Captain Harrison in Fort Breck Kommandeur gewesen, als er den Mann, der alle Antworten kannte, zu hassen begann. Natürlich machte ihm der Umstand, daß seine sechzehnjährige Tochter jedesmal fast in Ohnmacht fiel, wenn sie den Captain sah, diesen Montgomery keineswegs sympathischer.

Colonel Harrisons Abneigung gegen diesen Mann hatte schließlich an einem heißen Morgen im vergangenen Sommer ihren Höhepunkt erreicht, als er in übler Stimmung einen Mann, der den Weckruf verschlafen hatte, mit zwanzig Peitschenhieben bestrafen ließ. Harrison hatte die Trinkgewohnheiten seiner Leute satt und wollte an dem säumigen Gefreiten ein Exempel statuieren. Er ließ sich von den haßerfüllten Blicken, die ihm seine Untergebenen zuwarfen, nicht beirren, auch wenn ihm ein wenig mulmig zumute war. Harrison war kein Unmensch – er wollte lediglich dafür sorgen, daß Disziplin in seinem Fort herrschte.

Doch als Captain Montgomery vortrat, um gegen die Bestrafung dieses Gefreiten Protest einzulegen, verlor der Colonel die Beherrschung. Harrison belehrte den Captain, daß er der Kommandeur des Forts sei, und daß sich der Captain aus der Sache heraushalten sollte, falls er nicht anstelle des Gefreiten ausgepeitscht werden wollte. Erst als Montgomery seine Uniformjacke aufknöpfte, um sie auszuziehen, erkannte der Colonel, was er vorhatte.

Es war der schlimmste Morgen in Harrisons Leben gewesen, und er hatte sich damals sehnlichst gewünscht, wieder in sein Bett zurückkriechen und den Tag zum zweitenmal beginnen zu können. Captain Montgomery – der furchtlose, vorbildliche Captain Montgomery – ließ sich stellvertretend für den Gefreiten zwanzig Peitschenhiebe geben, und eine Weile befürchtete der Colonel, daß eine Meuterei im Fort ausbrechen würde, als sich alle Offiziere weigerten, die Bestrafung zu vollziehen. Schließlich fand sich ein Leutnant dazu bereit, und nachdem er Montgomerys breiten Rücken zwanzig Hiebe verpaßt hatte, warf er die Peitsche in den Dreck, drehte sich zu dem Colonel um und fragte mit vor Haß funkelnden Augen: »Noch etwas ... *Sir*?« Das letzte Wort betonte er mit schneidendem Hohn.

Vierzehn Tage sprach keiner im Fort auch nur ein Wort mit Colonel Harrison – seine Frau und seine Tochter inbegriffen. Der Captain trat am nächsten Morgen wieder pünktlich seinen Dienst an, ohne auch nur das Gesicht zu verziehen, obwohl er unter grausamen Schmerzen leiden mußte. Daß er sich nicht einmal für ein paar Tage krank meldete, um in der Sanitätsstation die offenen Wunden auf seinem Rükken behandeln zu lassen, brachte für den Colonel das Faß zum Überlaufen. Von diesem Tag an gab sich Harrison keine Mühe mehr, seinen Abscheu vor dem Captain zu verbergen. Natürlich zeigte Captain Montgomery niemals, was er über den Colonel dachte – nein, so vollkommene menschliche Wesen wie dieser Montgomery gaben in keiner Lebenslage ihre Gedanken oder Empfindungen preis. Er blieb, was er immer gewesen war: ein Vorbild als Offizier, ein Freund der Soldaten, ein charmanter Begleiter der Damen – kurz, ein Mann, dem alle vertrauten und der keine Fehler hatte.

Doch jetzt, überlegte Colonel Harrison, jetzt würde er dieses Idealbild von einem Offizier endlich loswerden. General Yovington hatte eine Eskorte für eine Opernsängerin durch ein Gebiet verlangt, in dem nach Gold geschürft wurde, und Colonel Harrison hatte beschlossen, diesen hochnäsigen Captain Montgomery mit dieser Aufgabe zu betrauen. »Ich hoffe, sie ist fett«, sagte der Colonel laut.

»Haben Sie etwas gesagt, Sir?« fragte der Corporal vom Schreibtisch am anderen Ende des Raumes her.

»Nichts«, bellte der Oberst zurück. »Bringen Sie Captain Montgomery zu mir, und dann lassen Sie uns allein.«

Pünktlich und korrekt wie immer meldete sich Captain Montgomery zur Stelle, und der Colonel mußte an sich halten, um ihn nicht finster anzufunkeln. Nicht ein Stäubchen war auf der dunkelblauen Uniform zu sehen, die Montgomery, wie der Colonel argwöhnte, insgeheim von einem Schneider hatte nachbessern lassen, damit sie wie angegossen saß.

»Sie wollen mich sprechen, Sir?« fragte Captain Montgomery und stand stramm.

Colonel Harrison überlegte, ob dieser Mann überhaupt den Rücken beugen *konnte.* »Ich habe Order für Sie von General Yovington erhalten. Haben Sie schon mal von ihm gehört?«

»Jawohl, Sir.«

Natürlich, dachte Harrsion bitter, als er sich hinter seinem Schreibtisch erhob, der Captain weiß ja auf alles eine Antwort.

Er verschränkte die Hände auf dem Rücken und wanderte im Raum auf und ab. Er mußte versuchen, sich seine Schadenfreude nicht anmerken zu lassen: »Dann ist Ihnen auch klar, daß General Yovington ein sehr bedeutender Mann ist und genau weiß, was er tut. Er gibt solchen Leuten wie mir und Ihnen die Gründe seiner Befehle nicht bekannt, aber schließlich sind wir ja auch nur Soldaten, die zu gehorchen und nicht nach dem Sinn zu fragen haben, der sich hinter einem Befehl verbirgt.« Er musterte den Captain eindringlich und bemerkte weder Ungeduld noch Verdruß in seinen Zügen – nur diese Ruhe, die Montgomery stets zur Schau trug. Vielleicht gelang es Harrison nur dieses eine Mal, diese stoische Ruhe zu erschüttern – er hätte einen Monatssalär dafür gegeben.

Colonel Harrison ging zum Schreibtisch zurück und nahm den Brief in die Hand. »Ein Sonderkurier überbrachte diese Order heute morgen. Sie scheint von äußerster Wichtigkeit zu sein. Der General hat offensichtlich – aus welchen Gründen auch immer – eine Zuneigung zu einer Opernsängerin gefaßt, und diese – äh – Lady will nun für die Goldgräber singen. Er möchte sie von einer Armee-Eskorte begleiten lassen.«

Der Colonel ließ Montgomery nicht aus den Augen, um sich die Reaktionen dieses Mannes nicht entgehen zu lassen. »Der General wollte eigentlich Leutnant Surrey mit dieser Aufgabe betrauen; aber wie Sie ja selbst wissen, kann der unglückliche Mann den Auftrag nicht mehr erfüllen. Ich habe lange und gründlich über einen passenden Ersatz nachgedacht, und meine Wahl ist auf Sie gefallen, Captain.«

Colonel Harrison hätte fast einen Freudensprung gemacht, als Montgomery zweimal blinzelte und dann die Lippen zusammenpreßte. »Sie müssen die Lady vor Gefahren bewahren und dafür sorgen, daß sie weder von Indianern noch von Goldgräbern belästigt wird. Außerdem obliegt es Ihren Pflichten, der Dame die Reise so angenehm wie möglich zu machen. Ich vermute, das bedeutet, daß Sie sie angemessen verköstigen und ihr warmes Badewasser zur Verfügung stellen . . .«

»Bei allem Respekt – ich lehne diesen Auftrag ab, Sir«, sagte Captain Montgomery, den Blick geradeaus gerichtet und den Rücken so gerade wie ein Ladestock.

Colonel Harrison hüpfte das Herz im Leibe. »Dies ist

keine Bitte, sondern eine Order. Sie werden nicht gefragt, sondern es wird Ihnen befohlen. Eine Order ist keine Einladung, die man ausschlagen kann.«

Zum Erstaunen des Colonel gab Captain Montgomery seine stramme Haltung auf. Er ließ sich, ohne erst um Erlaubnis zu fragen, auf einen Stuhl fallen und zog eine dünne Zigarre aus der Brusttasche seiner Uniformjacke. »Eine Opernsängerin? Was zum Teufel weiß ich schon von einer Opernsängerin?«

Der Colonel war sich klar, daß er dem Captain einen Verweis erteilen sollte, weil er sich ohne seine Erlaubnis hingesetzt hatte. Aber zumindest eines hatte Harrison in diesem einen Jahr gelernt: Die Armee im Westen unterschied sich grundsätzlich von jener im Osten, wo man großen Wert auf Disziplin legte. Zudem genoß er in diesem Moment viel zu sehr die Verlegenheit, in der sich dieser sonst so perfekte Captain offensichtlich befand.

»Nur Geduld, Captain, Sie werden rasch dahinterkommen, wie man mit einer Operndiva umgeht. Wer könnte das wohl besser als Sie? In meinen zwanzig Dienstjahren ist mir noch kein Mann mit einer besseren Personalakte als der Ihren begegnet. Auf dem Schlachtfeld zum Offizier befördert; eine hilfreiche Stütze für jeden Kommandeur. Sie haben gegen Indianer und Weiße gekämpft; Sie haben Rebellen und Banditen gejagt und zur Strecke gebracht. Sie sind ein mutiger Mann, können jedoch auch Ladies beim Tischdekken beraten, und wie ich von den Damen hörte, sollen Sie auch ein göttlicher Tänzer sein.« Er lächelte, als Montgomery ihm einen übellaunigen Blick zuwarf. Er hatte diese stoische Fassade nicht einmal an dem Tag bröckeln sehen, als der Captain sich für den Gefreiten hatte auspeitschen lassen.

»In welcher Beziehung steht Yovington zu ihr?«

»*General* Yovington hat mich nicht zu seinem Vertrauten

gemacht. Er hat mir lediglich seinen Befehl zukommen lassen. Sie müssen noch heute vormittag das Fort verlassen. Soweit ich orientiert bin, hat diese Dame bereits die Berge erreicht. Sie werden sie an ihrer . . .« Der Oberst hielt den Brief vor seine Nase und bemühte sich sehr, ein Lächeln zu unterdrücken, ». . . ihrer ungewöhnlichen Concord erkennen. Die Kutsche ist rot lackiert und trägt die Inschrift . . . lassen Sie mal sehen . . . ›LaReina‹ an der Seite. LaReina ist der Name dieser Dame. Wie ich hörte, soll sie sehr gut sein. Als Sängerin, meine ich. Ich weiß nicht, in welchen Belangen sie sonst noch gut ist. Der General hat mir das nicht mitgeteilt.«

»Sie reist in einer Kutsche?«

»In einer roten Kutsche, ja.« Colonel Harrison gestattete sich ein kleines Lächeln. »Nun kommen Sie schon, Captain, es ist wirklich kein *schlimmer* Auftrag. Denken Sie daran, wie gut er sich in Ihrer Personalakte ausmachen wird. Überlegen Sie, wo Sie das hinbringen könnte. Falls Sie sich in dieser Sache bewähren, wäre es möglich, daß Sie öfter als Eskorte für Generalstöchter abkommandiert werden. Ich bin überzeugt, daß meine eigene Tochter Sie für diesen Posten empfehlen würde.«

Captain Montgomery erhob sich abrupt von seinem Stuhl. »Bei allem schuldigen Respekt, Sir – ich kann diesen Auftrag unmöglich übernehmen. Es herrscht derzeit zu viel Unruhe im Land, und ich werde woanders dringend gebraucht. Weiße Siedler müssen geschützt werden, und bei den augenblicklichen kontroversen Standpunkten in der Sklavenfrage zwischen den Staaten der Union und wegen der Möglichkeit, daß es ihretwegen zum Krieg kommen könnte, glaube ich nicht, daß ich meinen Posten hier verlassen darf, um eine . . .«

Colonel Harrison verlor in diesem Moment seinen Sinn für Humor. »Captain, es steht nicht in Ihrem Ermessen, diesen Auftrag abzulehnen. Er ist ein *Befehl.* Ob es Ihnen gefällt oder nicht – dieses Kommando ist nicht unbefristet. Sie werden diese Dame so lange begleiten, wie sie es wünscht, und ihr folgen, wohin sie auch gehen möchte, und alles tun, was zu ihrer Bequemlichkeit nötig ist – selbst wenn Sie ihre Kutsche selbst aus einem Schlammloch herausziehen müssen. Und wenn Sie sich weigern sollten, diesem Befehl Folge zu leisten, werde ich Sie in Arrest nehmen, Sie vor ein Militärgericht stellen, Sie für schuldig erklären und standrechtlich erschießen lassen. Notfalls werde ich selbst den Abzug bedienen. Ist das klar? Muß ich noch deutlicher werden?«

»Nein, Sir«, erwiderte Captain Montgomery mit gepreßter Stimme.

»Schön, dann gehen Sie in Ihr Quartier und machen Sie sich reisefertig. Sie werden sich morgen früh bei Anbruch der Dämmerung zum Treffpunkt mit dieser Lady auf den Weg machen.« Der Colonel sah, daß der Captain offensichtlich versuchte, ihm noch etwas mitzuteilen.

»Wollten Sie noch etwas sagen?« schnarrte er.

»Toby«, war alles, was der wütende Captain hervorbrachte.

Sieh mal einer an, dachte der Colonel – dieser Captain konnte sich sogar ärgern, und Harrison war versucht, ihn noch mehr zu reizen, indem er ihm mitteilte, der Befehl schlösse den maulenden, knochendürren kleinen Gefreiten, der dem Captain nie von der Seite wich, nicht mit ein. Aber der Colonel erinnerte sich noch zu gut daran, wie empört die Männer gewesen waren, als sich Captain Montgomery für den Gefreiten hatte auspeitschen lassen.

»Nehmen Sie ihn mit«, brummte der Colonel. »Er ist hier sowieso zu nichts nütze.«

Der Captain bedankte sich mit einem Kopfnicken, sagte aber kein Wort mehr, sondern machte auf dem Absatz kehrt und verließ die Kommandantur.

Nachdem der Captain gegangen war, ließ sich der Colonel auf seinen harten Stuhl fallen und seufzte erleichtert. Aber kurze Zeit später wurde er von einer leichten Nervosität befallen. War er überhaupt in der Lage, dieses disziplinlose Fort zu befehligen, in dem die meisten Soldaten Bauern waren, die sich nur zum Militärdienst gemeldet hatten, damit sie sich satt essen konnten? Die Hälfte der Mannschaft war die meiste Zeit betrunken, und man mußte immer damit rechnen, daß die Soldaten fahnenflüchtig wurden. Gottlob war er im letzten Jahr von solchen Delikten verschont geblieben, aber das war größtenteils Captain Montgomerys Verdienst gewesen. Konnte er die Männer ohne den Captain zur Disziplin zwingen?

»Zum Teufel mit ihm!« schimpfte er und stieß wütend eine Schublade zu.

Natürlich konnte er sein eigenes Fort allein befehligen!

'Ring Montgomery beobachtete die Frau durch das Fernrohr und schob es dann ärgerlich zusammen.

»Ist sie es?« fragte Toby hinter ihm. »Bist du sicher, daß es die Richtige ist?« Er war gut einen Kopf kleiner als 'Ring, aber drahtig, und seine Haut hatte die Farbe von Walnußöl.

»Wie viele Frauen wären wohl sonst so töricht, allein in eine von vierzigtausend Männern bewohnte Bretterbudenstadt zu reisen?«

Toby nahm 'Ring das Fernglas und richtete es auf die Frau. Sie befanden sich auf einem Hügel und blickten in ein hübsches kleines Tal, wo eine rot angestrichene Kutsche neben einem Zelt in der Morgensonne leuchtete. Vor der Kutsche saß eine Dame an einem Tisch und verzehrte ihr Dinner, das von einer dünnen blonden Frau serviert wurde.

Toby ließ das Fernrohr sinken. »Was, glaubst du, ißt sie wohl zu Mittag? Ich habe etwas Grünes auf ihrem Teller gesehen. Meinst du, es könnten Erbsen sein? Vielleicht auch Buschbohnen. Oder ist es grünes Fleisch, wie es im Fort den Soldaten vorgesetzt wird?«

»Mir ist egal, was sie ißt. Zur Hölle mit diesem Bastard Harrison! Er ist unfähig, ein Fort von der Größe von Breck zu befehligen – trotzdem schickt er mich fort, damit ich seine schmutzige Arbeit erledige.«

Toby gähnte. Diese Schimpftirade hatte er in den letzten Tagen mindestens tausendmal gehört. Er kannte 'Ring schon, seit dieser ein Junge war, und obwohl 'Ring auf andere den Eindruck machte, als wäre er nie aus der Ruhe zu bringen, wußte Toby es besser. »Du solltest dem Bastard eigentlich dankbar sein. Er hat uns aus dem gottverlassenen Fort entlassen und schickt uns in eine Gegend, wo wir uns die Taschen mit Gold vollstopfen können.«

»Wir haben eine Auftrag, und den werde ich auch erfüllen.«

»Das mag für dich zutreffen, aber *ich* gehöre nicht zur Armee.«

'Ring wollte Toby gerade an die Uniform erinnern, die er trug, wußte jedoch, daß er nur seinen Atem verschwenden würde. Toby war in die Armee eingetreten, weil 'Ring es getan hatte, und aus keinem anderen Grund. Der Zweck einer Armee und die Arbeit, die sie leisten mußte, waren Toby gleichgültig.

Aber für 'Ring bedeutete die Armee alles. Er hatte sich freiwillig gemeldet, noch bevor ihm der erste Bart gesprossen war, und hatte sich stets bemüht, sein Bestes für die Armee zu geben, immer fair zu sein und rechtzeitig zu erkennen, was getan werden mußte, um es dann auch zu erledigen. Er war sehr erfolgreich und glücklich bei der Armee gewesen, bis zu dem Tag im vergangenen Jahr, an dem Colonel Harrison sein Vorgesetzter wurde. Harrison war ein unfähiger Trottel –

ein Mann, der noch nie ein Gefecht erlebt hatte; ein Schreibtischhengst, den man an die Front im Westen geschickt hatte, obwohl er keine Vorstellung hatte, was dort von ihm verlangt wurde. Harrison hatte seinen Ärger über seine eigene Unfähigkeit am Captain ausgelassen und ihn immer zum Sündenbock für sein eigenes Versagen machen wollen.

»Sie ißt noch etwas anderes«, verkündete Toby, der wieder durch das Fernrohr sah. »Meinst du, es könnte grüner Salat sein? Oder sind es Karotten? Oder kaut sie nur Zwieback wie unsereiner?«

»Ich habe dir schon gesagt, daß es mir scheißegal ist, was sie ißt.« 'Ring entfernte sich ein paar Schritte vom Hügelkamm. »Wir sollten uns einen Plan zurechtlegen. Zunächst müssen wir herausfinden, ob sie eine gute oder eine schlechte Frau ist. Trifft ersteres zu, hätte sie niemals allein hierherreisen dürfen. Trifft letzteres zu, erübrigt sich eine Eskorte. So oder so hätte sie für mich keine Verwendung.«

»Was steht denn auf ihrer Kutsche?«

'Ring stellte seine Wanderung ein und verzog das Gesicht. »LaReina, die singende Königin.« Er spähte über die Schulter zu der roten Kutsche. »Toby, wir müssen etwas gegen diese Reise unternehmen. Wir können nicht zulassen, daß sich die junge Frau in das Lager der Goldgräber begibt. Ich bin sicher, sie ahnt nicht, was sie sich vorgenommen hat. Wenn sie wüßte, wie viele Gefahren unterwegs und am Ziel auf sie lauern, würde sie zweifellos zum Ausgangspunkt zurückkehren.«

»Zu welchem Punkt?« fragte Toby.

»Dorthin, wo sie herkommt.«

»Ich frage mich, wie sie so ganz allein hierhergefunden hat. Meinst du, sie hat die Chaise selbst gelenkt?«

»Himmel, nein! Eine Concord ist nicht so einfach zu kutschieren.«

»Wo stecken dann ihre Kutscher?«

»Keine Ahnung«, erwiderte 'Ring und tat die Frage mit einer Handbewegung ab. »Vielleicht haben sie ihr den Krempel hingeschmissen, um selbst nach Gold zu suchen. Vielleicht ist sie mir sogar dankbar, wenn ich ihr auseinandersetze, was ihr auf so einer Reise alles zustoßen könnte.«

»Ha!« schnaubte Toby. »Ich habe noch nie eine Frau gesehen oder auch nur von einer gehört, die für irgend etwas dankbar gewesen wäre.«

'Ring nahm Toby das Fernrohr ab und sah wieder hindurch. »Schau dir nur an, wie gelassen sie dort sitzt und ißt. Und wenn mich meine Augen nicht trügen, hat sie sogar ein ziemlich edles Porzellan bei sich. Sie sieht mir nicht nach einer Frau aus, die an die Entbehrungen einer Goldgräberstadt gewöhnt ist.«

»Sie sieht überhaupt ziemlich vornehm aus. Imponierender Vorgarten. Auch die untere Hälfte ist nicht von schlechten Eltern, wenn du mich fragst. Ich kann nur ihr Gesicht von hier aus nicht erkennen.

»Sie ist eine Opernsängerin«, schnaubte 'Ring, »und kein Tanzhallen-Mädchen!«

»Ich verstehe. Tanzhallen-Mädchen treiben's mit Goldgräbern und Opernsängerinnen mit Generälen.«

'Ring funkelte Toby an, und Toby funkelte zurück, bis 'Ring seine Wanderung wieder aufnahm und sagte: »Hör zu. Wir werden ihr jetzt eine kleine Kostprobe vom Wilden Westen zeigen, damit sie sich bewußt wird, worauf sie in einem Goldgräberlager gefaßt sein muß.«

»Du willst sie doch wohl nicht als Scheibe für eine deiner Schießübungen verwenden, oder?«

»Natürlich nicht. Ich will sie nur – äh – ein bißchen erschrecken, verstehst du? Sie ein wenig zur Vernunft bringen.«

»Großartig«, erwiderte Toby seufzend. »Anschließend können wir dann ins Fort zu Colonel Harrison zurückkehren. Der Mann wird sich über ein Wiedersehen mit dir genauso freuen wie über den Besuch einer Horde von Apachen. Er kann dich nicht ausstehen.«

»Das beruht auf Gegenseitigkeit. Ja, wir werden nach Fort Breck zurückreiten, aber ich werde dort mein Versetzungsgesuch einreichen.«

»Fein. In vier oder fünf Jahren wird das Gesuch genehmigt, und bis dahin hast du keinen Fetzen Haut mehr auf deinem Rücken, weil du immer wieder versuchen wirst, den Helden zu spielen und die Männer zu beeindrucken.«

»Das hat mein Gewissen von mir verlangt, und deshalb habe ich es getan«, sagte 'Ring in einem Ton, als hätte er den Satz auswendig gelernt. Tatsächlich hatte er Toby schon tausendmal dasselbe erklärt.

»Und jetzt verlangt dein Gewissen von dir, diese Dame dort unten zu erschrecken, wie? Warum gehst du nicht einfach zu ihr und sagst ihr ins Gesicht, daß du nicht mit ihr die Goldgräberlager abklappern möchtest?«

»Sie muß sich freiwillig dazu entschließen, in die Zivilisation zurückzukehren, weil ich sonst nicht von meinem Auftrag und meinen Verpflichtungen entbunden bin.«

»Also willst du sie nur vergraulen, weil du dir einen Vorteil versprichst, und nicht, um ihre Haut vor den Indianern und Goldgräbern zu retten.«

»Du hast eine sehr pessimistische Einstellung zu den Dingen. Es wäre für uns beide das beste, wenn sie umkehren würde. Willst du jetzt mitkommen oder hierbleiben?«

»Ich möchte deinen Einschüchterungsversuch um keinen Preis der Welt versäumen. Vielleicht bietet sie uns sogar etwas zu essen an; aber hoffentlich singt sie nicht. Ich hasse Opern.«

’Ring zog seine Uniformjacke straff und schob den langen Kavalleriesäbel an die rechte Hüfte. »Laß uns das rasch hinter uns bringen. Im Fort erwartet mich eine Menge Arbeit, die keinen Aufschub duldet.«

»Ja, der olle Harrison mit einem Hinrichtungskommando zum Beispiel.«

’Ring gab ihm keine Antwort, sondern schwang sich auf sein Pferd.

2

Maddie holte das Foto von ihrer kleinen Schwester aus dem Koffer und schaute es lange an. Sie war so sehr in die Betrachtung des Bildes vertieft, daß sie nicht hörte, wie Edith ins Zelt kam.

»Sie werden doch nicht wieder zu weinen anfangen, oder?« fragte Edith, während sie eine Decke über die harte Liege breitete, die Maddie als Bett diente.

»Natürlich nicht!« schnaubte Maddie. »Hast du schon etwas gekocht? Ich sterbe fast vor Hunger.«

Edith schob eine aschblonde Strähne aus der Stirn. Weder ihr Haar noch ihr Kleid waren sauber. »Hast du dir es inzwischen anders überlegt?«

»Nein, das habe ich nicht. Ich habe mich nie vor etwas gedrückt. Und wenn ich für eine Bande von schmutzigen, ungebildeten und habgierigen Goldgräbern singen muß, um meiner Schwester das Leben zu retten, werde ich es tun.« Maddie musterte die Frau, die ihr teils als Gesellschafterin, teils als Zofe diente, zuweilen aber auch eine Nervensäge sein konnte. »*Du* hast doch nicht etwa kalte Füße bekommen, oder?«

»Ich habe doch keine Schwester, die man umbringen will. Und wenn ich eine hätte, die man als Geisel gefangenhält, würde mich das nicht kratzen. Ich habe vor, mir einen reichen Goldgräber zu angeln und ihn vor den Traualtar zu schleppen. Diese Reise soll mich zur wohlhabenden Ehefrau machen.«

Maddie sah wieder auf das Bild ihrer Schwester und legte es dann beiseite. »Ich möchte diese Sache so rasch wie möglich hinter mich bringen, damit ich meine Schwester wieder in die Arme schließen kann. Sechs Goldgräberlager. Sobald ich die durch habe, wird sie mir zurückgegeben.«

»Sie hoffen, daß man sie Ihnen dann zurückgibt«, korrigierte Edith. »Ich weiß nicht, warum Sie dem Wort dieser Kerle so sehr vertrauen.«

»General Yovington hat versprochen, mir zu helfen, und ihm vertraue ich. Wenn dieses Unternehmen abgeschlossen ist, wird er mich bei der Verfolgung der Entführer unterstützen.«

»Ihr Glaube an die Redlichkeit der Männer ist erheblich größer als meiner«, gestand Edith und zog die Decke auf der Liege stramm. »Sind Sie so weit, daß Sie . . .« Sie hielt mitten im Satz inne, als sie eine große, dunkle Gestalt vor dem Zelteingang sah. »Da ist er wieder.«

Maddie blickte auf und ging ins Freie. Minuten später kam sie wieder zurück. »Es könnte Schwierigkeiten geben«, sagte sie zu Edith. »Sei heute abend besonders wachsam.«

Eine Stunde später, als Maddie gerade ihre Mahlzeit beendete, blickte sie auf und sah zwei Soldaten auf sich zukommen. Oder anderthalb Soldaten, überlegte sie, denn der eine von ihnen steckte in einer maßgeschneiderten, perfekt sitzenden Uniform und saß auf einem Pferd, dessen Stammbaum bis auf Mohammeds Vollbluthengst zurückgehen mußte. Der andere, der viel kleiner war als sein Begleiter, trug ein Hemd, das aus schmutzigen Putzlumpen zusammengestükkelt zu sein schien. Vorne hatte er weite Taschen auf das Hemd genäht, die sich bauschten, als wären sie bis zum Rand gefüllt.

»Hallo«, grüßte sie lächelnd. »Sie kommen gerade rechtzeitig, um mit mir den Nachtisch einzunehmen. Darf ich Sie zu einer Tasse Tee und einem Stück Apfelkuchen einladen?«

Der Stattlichere von den beiden, der sich aus der Nähe als ein überaus gutaussehender Mann entpuppte – mit dunklen Haaren, die unter seiner breiten Hutkrempe hervorlugten, dunklen Augen unter buschigen Brauen und einem dichten schwarzen Schnurrbart – sah sie nur stirnrunzelnd an.

»Echten Tee?« fragte der Kleinere, dessen braune Haut sich kräuselte wie altes Pergament. Einer seiner Schneidezähne fehlte. »Echte Äpfel? Echter Kuchen?«

»Ja, natürlich. Bitte, teilen Sie den Nachtisch mit mir.« Der Kleine war aus dem Sattel, bevor Maddie den Tee einschenken konnte. Und als er die Tasse entgegennahm, zitterte seine Hand, als nähme er ein kostbares Geschenk entgegen. Sie schenkte ein zweite Tasse ein und hielt sie dem Stattlichen hin. »Captain?« sagte sie, als sie seinen Rang an den beiden silbernen Balken auf den Achselstücken erkannte.

Er übersah die ihm angebotene Tasse Tee und brachte sein Pferd ganz dicht an den Tisch heran. Maddie bekam fast einen Krampf im Nacken, als sie zu ihm hinaufsah.

»Sie sind LaReina?«

Er hatte eine angenehme Stimme, doch der Ton war barsch.

»Ja.« Sie lächelte so gnädig wie möglich und versuchte den Schmerz in ihrem Nacken zu ignorieren. »LaReina ist mein Bühnenname. Tatsächlich heiße ich . . .«

Sie konnte ihren Satz nicht beenden, weil das Pferd des Offiziers zur Seite tänzelte und sie verhindern mußte, daß das Geschirr vom Tisch fiel.

»Ruhig, Satan«, befahl der stattliche Reiter und brachte das Pferd wieder unter seine Kontrolle.

Der Kleine neben Maddie verschluckte sich an seinem Tee. »Ein echter Satan, wie?« meinte er dann grinsend.

Maddie schnitt ein großes Stück vom Apfelkuchen ab, legte es auf einen Teller und drückte ihn dem Kleinen in die Hand. »Wollen Sie sich nicht setzen?«

»Nein, vielen Dank, Ma'am. Ich werde das Schauspiel lieber von dort aus verfolgen.«

Maddie sah ihm nach, als er sich nach links entfernte, und blickte dann wieder zu dem stattlichen Reiter auf. Das Pferd war inzwischen wieder so nahe am Tisch, daß es mit seinem unruhigen Schwanz das Porzellan vom Tisch zu fegen drohte. »Kann ich Ihnen irgendwie helfen, Captain?« Sie brachte eine Teetasse in Sicherheit.

Der Reiter griff in die Brusttasche seiner blauen Uniformjacke, zog ein Stück Papier hervor und reichte es ihr. »Ich habe Order von General Yovington, Sie auf Ihrer Tour durch die Goldgräberlager zu begleiten.«

Maddie faltete lächelnd das Papier auseinander. Wie rücksichtsvoll vom General, ihr noch einen zusätzlichen Schutz zu gewähren. »Sie sind befördert worden«, sagte sie, als sie den Namen auf dem Papier las. »Meinen Glückwunsch, Captain Surrey.«

»Lieutenant Surrey ist in der letzten Woche gefallen, und ich wurde an seiner Stelle abkommandiert. General Yovington weiß noch nichts von Lieutenant Surreys Tod und wurde auch noch nicht davon unterrichtet, daß ich für Surrey eingesprungen bin.«

Einen Moment war Maddie sprachlos. Sie war sicher gewesen, daß der General einen Mann ausgewählt hatte, der über die Gründe, warum sie die Goldgräberlager bereiste, Bescheid wußte, und daß der General diesen Mann persönlich instruiert hatte. Was sollte sie tun? Wie, in aller Welt, sollte sie ausführen, was von ihr verlangt wurde, wenn zwei Soldaten sie ständig belauerten? Irgendwie mußte sie diesen Mann wieder loswerden.

»Wie reizend von Ihnen«, sagte sie und faltete den Brief wieder zusammen. »Wie überaus freundlich von General Yovington, aber ich brauche keine Eskorte.«

»Und die Armee hat Besseres zu tun, als Offiziere abzustellen, um eine umherziehende Sängerin zu beschützen«, erwiderte der Uniformierte.

Maddie blinzelte zu ihm hinauf. Sicherlich hatte er das so grob gemeint, wie er es gesagt hatte. »Bitte, Captain, wollen Sie nicht eine Tasse Tee mit mir trinken? Er wird schon kalt. Zudem habe ich Angst, daß Ihr Pferd meine Kutsche zertrümmert.« Sie deutete mit dem Kopf auf das Tier, das mit den Hinterhufen gegen das rotlackierte Holz der Concord trat.

Der Mann brachte das Pferd mit einem Schenkeldruck von der Kutsche weg, schwang sich aus dem Sattel und ließ die Zügel baumeln. Gut trainiert, dachte Maddie bei sich, und beobachtete den Reiter, der zu Fuß auf sie zukam. Er war noch immer so groß wie ein Turm, so daß sie ihre Nackenmuskeln nach wie vor strapazieren mußte, wenn sie ihm ins Gesicht schauen wollte. »Bitte nehmen Sie Platz, Captain.«

Er tat es nicht, sondern zog mit dem Fuß einen Schemel unter dem Tisch hervor und stellte einen Fuß darauf. Dann stützte er sich auf sein Knie, holte eine lange dünne Zigarre aus der blauen Jacke und zündete sie an.

Maddie sah ihm dabei zu und amüsierte sich im stillen über seine Arroganz.

»Ich glaube, Madam, daß Sie keine Ahnung haben, was vor Ihnen liegt.«

»Goldgräber? Berge?«

»Entbehrungen«, erwiderte er und betrachtete sie fest.

»Ja, ich bin sicher, es wird schwierig werden; aber . . .«

»Nichts aber. Sie sind . . .« Er sah auf den Tisch mit dem Porzellangeschirr hinunter: »Sie sind offensichtlich nicht an Entbehrungen gewöhnt. Was können Sie schon darüber wissen, da Sie doch das behütete Leben einer Operndiva geführt haben?«

Er wußte natürlich nichts von ihr und kannte sie nicht, sonst wäre ihm aufgefallen, daß ihre grünen Augen bei seinen Worten noch grüner wurden. »Darf ich aus Ihrer Bemerkung schließen, daß Sie ein Liebhaber von Opern sind, Captain, und viel Zeit in der Nähe von Opernbühnen und mit Sängern verbracht haben? Vielleicht singen Sie sogar selbst. Tenor, wenn ich mich nicht irre?«

»Ob ich mich mit Opern auskenne oder nicht, ist völlig belanglos. Ein General der Armee hat mir befohlen, Sie zu eskortieren, und es ist meine Überzeugung, daß Sie dieses hirnverbrannte Vorhaben, die Goldfelder zu besuchen, aufgeben würden, wenn Sie wüßten, welche Gefahren Ihnen drohen.« Er nahm seinen Stiefel vom Schemel und drehte ihr den Rükken zu. »Wenngleich ich Ihnen zugestehe«, fuhr er im väterlichen Ton fort, »daß Sie nur aus edelsten Motiven handeln. Sie wollen den Goldgräbern die Kultur näherbringen.« Er sah auf sie zurück und hätte fast gelächelt, als er hinzusetzte: »Ich kann Ihnen für Ihr nobles Vorhaben nur mein Kompliment aussprechen; aber diese Männer gehören nicht zu jener Sorte von Menschen, die gute Musik zu würdigen wissen.«

»Oh?« meinte sie leise. »Und welche Art von Musik würden diese Männer schätzen?«

»Vulgäres. Gassenhauer«, erwiderte er rasch. »Aber es geht hier ja gar nicht um gute oder schlechte Musik, sondern darum, daß die Goldgräberlager kein geeigneter Ort für eine Lady sind.«

Sie spürte und sah zugleich, daß er sie von Kopf bis Fuß musterte – aber in seinem Blick lag nichts Schmeichelhaftes – im Gegenteil, er schien zu sagen: »Falls Sie überhaupt eine Lady *sind.*«

»Dort gibt's üble Spelunken, wie?« gab sie leise, aber sehr

vernehmlich zurück. Nach jahrelangem Training hatte sie absolute Kontrolle über ihre Stimme.

»Schlimmer, als Sie sich vorstellen können. Dort gehen Dinge vor, die . . . nun, ich möchte Sie nicht mit solchen Horrorszenen belasten. Es gibt in solchen Lagern kein Gesetz, von dem Selbstschutz-Komitee einmal abgesehen. Todesurteile sind an der Tagesordnung, und das Baumeln am Strick ist noch die sauberste Art, einen Menschen ins Jenseits zu befördern. Diebstähle gibt's zu Hauf und . . .«, er stemmte die Hände auf die Tischplatte und beugte sich vor, ». . . Männer, die Frauen schamlos ausbeuten.«

»Oh, du meine Güte«, hauchte sie und sah ihn aus weitaufgerissenen Augen an. »Sie meinen also, daß ich diese Camps nicht aufsuchen sollte?«

»Unter keinen Umständen.« Er richtete sich wieder auf und fuhr mit einem angedeuteten Lächeln fort: »Ich hoffe, daß Sie ein Einsehen haben.«

»O ja. Ich bin durchaus einsichtig, wenn man mir mit vernünftigen Argumenten kommt. Sagen Sie mal, Captain – äh . . .«

»Montgomery.«

»Ja, Captain Montgomery – was haben Sie vor, wenn man Sie von der Pflicht, mich zu den Goldfeldern zu begleiten, entbindet?«

Er schob die Brauen ein wenig zusammen. Offenbar gefiel es ihm nicht, wenn man ihm Fragen stellte, die seine eigene Person betrafen. »Ich werde nach Fort Breck zurückkehren und dort meine Aufgaben wahrnehmen.«

»Wichtige Aufgaben?«

»Natürlich!« schnarrte er. »Alle Aufgaben, die ein Soldat zu erfüllen hat, sind wichtig.«

»Einschließlich der Säuberung von Latrinen«, bemerkte nun der Kleine in dem geflickten Hemd, der mit seinem leeren Teller zum Tisch kam. »Der ganze Tag ist mit so wichtigen Dingen wie Holzhacken, Wasserholen und dem Bauen neuer Armeebaracken ausgefüllt, wenn man nicht gerade die Latrine . . .«

»Toby!« knurrte Captain Montgomery.

Toby schwieg, und Maddie versorgte ihn mit einem zweiten Stück Apfelkuchen.

»Ich bitte für meinen Gefreiten um Entschuldigung«, sagte Captain Montgomery. »Er weiß die wahre Bedeutung der Armee nicht zu schätzen.«

»Aber Sie schätzen die Armee?« fragte Maddie mit zuckersüßer Stimme. Sie schnitt ihm nun ebenfalls ein Stück Kuchen ab, legte es auf einen hauchdünnen Porzellanteller und drückte ihm eine schwere Silbergabel in die Hand.

»Ja, Ma'am. Die Armee verteidigt dieses Land gegen alle Feinde, und wir beschützen die weißen Siedler vor den Indianern und . . .«

». . . und die Indianer vor den weißen Siedlern?«

Toby kicherte, aber ein wütender Blick von Captain Montgomery brachte ihn gleich wieder zum Verstummen. Dann wurde der Captain entsetzt seines Tellers gewahr, auf dem ein halb verzehrtes Stück Kuchen lag. Er stellte den Teller auf den Tisch, als sei er soeben vom Feind bestochen worden, richtete sich sehr gerade auf und sagte: »Kurzum – Sie können unmöglich die Goldfelder besuchen, Madam.«

»Ich verstehe. Ich darf Ihren Ausführungen entnehmen, daß Sie von Ihrem Auftrag befreit sind, wenn ich meine Pläne ändere.«

»Ob ich von dieser Pflicht entbunden werde oder nicht, spielt keine Rolle. Es geht lediglich darum, daß Sie in den Goldminen nicht sicher sind. Selbst ich könnte Sie dort vor den Ihnen drohenden Gefahren nicht beschützen.«

»Selbst Sie nicht, Captain?«

Er klappte den Mund zu und sah sie an. Das Gespräch verlief nicht so, wie er es sich erhofft hatte. »Miss LaReina, Sie mögen das Ganze als Anlaß für witzige Bemerkungen betrachten, aber ich versichere Ihnen, das ist kein Spaß. Sie sind eine auf sich allein gestellte Frau ohne Schutz, und Sie haben keine Ahnung, worauf Sie sich eingelassen haben.« Er schob eine Braue in die Höhe. »Vielleicht begehe ich einen Irrtum, wenn ich bezweifle, daß Sie überhaupt singen wollen. Vielleicht hoffen Sie, zu Ihrem Vorteil am Goldrausch teilnehmen zu können. Vielleicht haben Sie vor, einem arglosen Goldschürfer sein mühsam erworbenes Gold abzunehmen, indem Sie . . .«

»Das genügt«, fiel Maddie ihm ins Wort und stand auf. Sie legte die Hände auf die Tischplatte und beugte sich vor. »Sie begehen tatsächlich einen Irrtum, Captain. Und Ihre Vermutungen sind absolut falsch. Sie wissen *nichts* über mich, absolut nichts, aber ich verrate Ihnen etwas über mich: Ich werde die Goldminen besuchen, und weder Sie noch Ihre ganze Armee können mich davon abhalten.«

Montgomery schob wieder eine Braue in die Höhe und legte so schnell, wie eine Klapperschlange zubeißt, die Hand auf Maddies Arm. Er mußte das Erforderliche tun, um diese Frau zur Vernunft zu bringen.

Plötzlich traten zwei Männer aus dem Zwielicht – der eine war ein kleiner, untersetzter Bursche, dessen Gesicht man jahrelang an einer Ziegelmauer weichgeklopft haben mußte. Der andere war der größte und schwärzeste Mann, der 'Ring bisher unter die Augen gekommen war. 'Ring war nicht daran gewöhnt, daß Männer ihn an Größe überragten – doch dieser Kerl übertraf ihn um etliche Zoll.

»Werden Sie jetzt meinen Arm wieder loslassen?« fragte Maddie leise. »Weder Frank noch Sam sähen es gern, wenn mir ein Leid geschähe.«

Widerstrebend kam ’Ring ihrer Aufforderung nach und trat einen Schritt zurück.

Maddie ging um den Tisch herum, und die beiden Männer bauten sich neben ihr auf. Der Kleinere war nicht viel größer als sie; aber man konnte selbst durch seine Kleider hindurch erkennen, daß er ein geballtes Muskelbündel war – mindestens zweihundert Pfund reine Muskeln. Was den anderen Mann betraf, hätte sich kein Sterblicher gewünscht – jedenfalls keiner mit ein wenig Grips im Kopf –, mit diesem Hünen einen Ringkampf auszutragen.

»Captain«, sagte Maddie mit einem kleinen Lächeln, »Sie waren so sehr damit beschäftigt, mir vorzutragen, was ich Ihrer Meinung nach nicht weiß, daß Sie zu fragen vergaßen, welche Vorsichtsmaßnahmen ich getroffen habe. Gestatten Sie mir, Ihnen meine Beschützer vorzustellen.« Sie drehte sich dem Kleineren der beiden zu. »Das ist Frank. Wie Sie unschwer erkennen können, hat er etliche Boxkämpfe hinter sich. Er trifft mit Faustwaffen alles, was sich bewegt. Und so ganz nebenbei spielt er auch noch Klavier und Flöte.«

Sie wandte sich nun dem Schwarzen zu. »Das ist Sam. Ich glaube, es erübrigt sich, Ihnen sagen zu müssen, worin seine Stärken liegen. Er hat sogar einen Ringkampf mit einem Bullen gewonnen. Sehen Sie die Narbe an seinem Hals? Da hat jemand mal versucht, ihn aufzuhängen; aber der Strick ist gerissen, und ein zweites Mal hat keiner mehr gewagt, ihm eine Schlinge um den Hals zu legen.« Sie blickte wieder Captain Montgomery an und sah das Glitzern in seinen Augen. »Hinter Ihnen steht Edith. Edith hat eine Vorliebe für Messer aller Art.« Maddie lächelte. »Und mit einer Brennschere kann sie ebenfalls recht gut umgehen.«

Ihr Lächeln wurde breiter. Es war ein sehr angenehmes Gefühl, diesem arroganten Besserwisser einen Dämpfer versetzen zu können. Allem Anschein nach war er keineswegs daran gewöhnt, auf der Verliererseite zu stehen. »Und nun gebe ich Ihnen die Erlaubnis, in Ihr Armeefort zurückzukehren und Ihren Vorgesetzten mitzuteilen, daß ich keine Eskorte brauche. Sie können ihnen ausrichten, daß Sie sich selbst davon überzeugt haben, daß ich in verläßlichen Händen bin. Und um Ihr Gewissen zu beruhigen, werde ich General Yovington schreiben, ihn von Lieutenant Surreys unverhofftem und bedauerlichem Tod unterrichten und ihm erklären, daß ich zwar Ihr liebenswürdiges Angebot, mich zu eskortieren, zu schätzen wüßte, jedoch im Augenblick keinen Bedarf in dieser Hinsicht hätte.« Sie versuchte sich zwar zu bremsen, aber sie konnte nicht umhin, ihm noch einen Seitenhieb zu versetzen. »Und schon gar keinen Bedarf nach einer Begleitperson, die so ungeschickt ist wie Sie. Frank wußte schon vor zwei Tagen, daß Sie nach uns suchen. Ihre Erkundigungen waren nicht gerade ein Meisterstück, und als sie meinten, uns heimlich von jenem Hügel aus zu beobachten, hat Sam Sie nicht aus den Augen gelassen. Und wie Sie ins Lager gesprengt sind . . . du liebe Güte, Captain, der Chor von ›La Traviata‹ macht weniger Lärm als Sie! Es ist mir unbegreiflich, wie die Armee einen Mann wie Sie dazu ausersehen konnte, den Beschützer zu spielen.«

Sie wußte, daß sie nun aufhören sollte; aber es gelang ihr nicht. Sie ärgerte sich noch immer, daß dieser schreckliche Mann sie so abfällig eine umherziehende Sängerin genannt hatte. »Wenn die Armee schon um meine Sicherheit besorgt ist, könnte sie mir zumindest einen Mann schicken, der umsichtiger ist und weniger Lärm macht. Verraten Sie mir mal, Captain – sind Sie schon einmal im Wilden Westen gewesen? Haben Sie schon jemals einen Indianer gesehen? Können Sie einen Ute von einem Crow und einem Cheyenne unterscheiden? Oder haben Sie sich bisher nur dadurch ausgezeichnet, daß Sie Frauen einzuschüchtern versuchten?«

Sie lächelte zuckersüß. Während ihrer Ansprache hatte Montgomery unbewegt dagestanden, sein hübsches Gesicht war eine Maske aus Stein. Man hätte ihn für tot halten können, wären nicht seine Augen gewesen, in denen ein schwarzes Feuer loderte.

»Sie können jetzt zu Ihrer Armee zurückkehren, Captain«, sagte sie. »Ich bin mit Ihnen fertig.«

'Ring schaute von Frank zu Sam und dann auf Maddie zurück. Er tippte kurz an seine Hutkrempe, sagte »Guten Abend, Ma'am«, drehte sich um, ging um Edith herum und begab sich zu seinem Pferd. Toby folgte ihm, bedachte Sam noch einmal mit einem fast ehrfürchtigen Blick und zwinkerte Maddie zu, bevor er sich auf das ihm zugeteilte Kavalleriepferd schwang.

Sie waren noch nicht ganz außer Hörweite, als Maddie in helles Gelächter ausbrach. Frank fiel mit einem Kichern ein, und selbst Sam mußte lächeln. Nur Edith blieb ernst.

»Ihm wird es gar nicht gefallen, daß Sie so mit ihm gesprochen haben«, schnaubte Edith.

»Mir hat auch nicht gefallen, was er zu mir gesagt hat.«

»Aber Frauen werden dazu geboren, das einzustecken, was ein Mann ihnen gibt, aber ein Mann ist an so etwas nicht gewöhnt.«

»Dann werde ich eben allen Frauen, denen ich begegne, zeigen, daß sie sich nicht alles von einem Mann gefallen lassen müssen«, gab Maddie ebenso heftig zurück. »Warum soll ich mich aufregen?« fuhr sie etwas ruhiger fort, »diesen Mann haben wir zum letztenmal gesehen.« Sam bewegte sich, deutete mit dem Kopf zum Hügel, auf dem die beiden Armeeangehörigen gesessen hatten, und beobachtete sie durch das Fernglas. »Ja«, sagte Maddie, »ich denke, heute nacht wäre eine zusätzliche Wache angebracht.«

Sie wandte sich dem Zelt zu, während Frank die Öllampen

anzündete. Maddie nahm sich vor, heute frühzeitig schlafen zu gehen, damit sie schon bei Anbruch der Dämmerung weiterziehen konnten. Sie lächelte.

»Einen tüchtigen Schrecken einjagen, hast du gesagt.« Toby biß in den harten Armeezwieback und kicherte. »Diese Lady scheint vor gar nichts Angst zu haben. Und ich habe die beiden Typen erst bemerkt, als sie aus dem Schatten aufgetaucht sind. Wo, meinst du, hatten die beiden sich so lange versteckt? Dieser große Schwarze sieht aus, als ob er direkt aus der Hölle durchs Erdreich heraufgefahren ist – aber der andere Typ . . .«

»Könntest du vielleicht eine Minute den Mund halten?« fauchte 'Ring ihn über das Lagerfeuer hinweg an.

Toby hatte keineswegs die Absicht, diese Anordnung zu befolgen. »Und dabei ist die Dame auch noch hübsch! Meinst du, daß eine so gutaussehende Frau überhaupt singen kann?«

'Ring schüttete den Kaffeesatz ins Feuer. »Nein. Wenn sie eine Sängerin ist, bin ich ein Lügner.«

»Und das bist du nicht, nicht wahr, mein Junge?« In Tobys Augen irrlichterte es, als er fortfuhr: »Du hast ihr doch nur die Wahrheit gesagt, als du ihr vorgehalten hast, daß sie von nichts eine Ahnung hat. Natürlich bist du gar nicht erst auf die Idee gekommen, sie zu fragen, ob sie vielleicht daran gedacht hat, sich ein paar häßliche Vögel als Beschützer mitzunehmen. Nein, du hast ihr einfach ins Gewissen geredet, und das hat ihr gar nicht gefallen. Du hättest mehr Lärm gemacht, sagte sie, als . . . wie war das gleich wieder?«

»Als eine Oper«, sagte 'Ring laut. »Sie erwähnte den Namen einer Oper. Hast du nichts Besseres zu tun, als mir Vorträge zu halten?«

»Großer Gott! Ich hoffe doch, du jagst mir nicht so einen

Schrecken ein wie dieser kleinen Lady! Wo willst du denn hin?«

'Ring schwang sich auf sein Pferd. »Erwarte mich nicht vor morgen früh zurück.«

Toby runzelte die Stirn. »Du wirst doch hoffentlich keinen Blödsinn machen? Dieser Schwarze sieht ganz danach aus, als könnte er Kleinholz aus dir machen.«

»Das gelingt ihm nicht so leicht.« 'Ring lenkte sein Pferd in den Wald. Als er sich genügend weit von Toby und der roten Kutsche der Sängerin entfernt hatte, stieg er ab, nahm die Satteltaschen vom Pferd und leerte sie aus. Am Grund der Taschen befand sich ein Futteral aus Leder, und in diesem Futteral befand sich eine runde Zinnschachtel. Er hatte diese Gegenstände seit Monaten nicht mehr betrachtet, aber er wußte, daß er sie nun brauchen würde.

Als er sich auszog, dachte er an die Vorgänge dieses Abends zurück. Es war nicht die erlittene Demütigung, die ihn störte – nicht einmal die Tatsache, daß eine Frau ihn gedemütigt hatte, schließlich ließ sich ein Mann doch nicht von Worten aus der Ruhe bringen –, sondern daß sie sich einem Mitglied der Armee widersetzt hatte. Er hatte einen Befehl erhalten, und egal, wie ungern er ihn auch befolgte, er würde ihn ausführen und wenn sich diese Person noch so sehr dagegen sträubte.

Sie glaubte, daß sie in diesem Land sicher war. Sie meinte, sie hätte nichts zu befürchten, weil sie zwei Männer als Wachhunde zur Seite hatte. Es stimmte zwar, daß 'Ring die beiden Männer, die sich offenbar hinter der Kutsche versteckt hatten, erst zu spät entdeckt hatte – das wollte er gar nicht bestreiten –, doch als die beiden Kerle sich zeigten, hatte er sich keineswegs vor Angst in die Hosen gemacht. Der Kleine, Frank, hatte ein milchiges linkes Auge. Vermutlich war er blind auf dem Auge, oder er konnte zumindest fast nichts mehr sehen. Der Schwarze hatte zwar eine straffe Haut, als stünde er noch in der Blüte seiner Jahre, aber 'Ring war aufgefallen, daß er sich ein wenig steif bewegte und daß er sein Gewicht vornehmlich auf das rechte Bein verlagerte. Seiner Schätzung nach war der Mann schon ziemlich alt, und sein linkes Knie machte ihm offenbar schwer zu schaffen. Und was die Frau mit dem Messer betraf, so konnte er sie von der Liste streichen. Er hatte in ihren Augen Verlangen und Sehnsucht entdeckt, und vermutlich brauchte er sie nur anzulächeln, und sie würde ihr Messer fallen lassen.

Nur LaReina war nicht so leicht zu beurteilen. Er hatte geglaubt, sie schon beim ersten Blick durchschaut zu haben. Sie hatte ihn mit so großen, treuherzigen Augen angesehen und schien auf jedes Wort zu hören, das er sagte. Daß sie eine Lady war, hatte er an der Art bemerkt, wie sie Toby den Tee angeboten hatte. Keine von den Offiziersfrauen im Fort würde einem Gefreiten – schon gar nicht einem, der so aussah wie Toby – eine so kostbare Porzellantasse anvertrauen. Sie hätten ihm nicht mal, wie diese Opernsängerin, ein Lächeln geschenkt.

Als 'Ring sich seines letzten Kleidungsstückes entledigte, war er überzeugt, daß diese Frau Schutz brauchte. Vielleicht hatte General Yovington das erkannt und deshalb um einen militärischen Begleiter gebeten. Die Wahl von Lieutenant Surrey war jedoch sonderbar gewesen. 'Ring hatte ihn als einen sehr stillen, zurückhaltenden Mann im Gedächtnis. Als Offizier war er unauffällig gewesen, war jedoch einmal des Betrugs beschuldigt worden. Der General mußte sehr gute Gründe für seine Wahl gehabt haben.

Wie fragwürdig ihm auch die Entscheidung des Generals erscheinen mochte – Yovington hatte jedenfalls eine militärische Begleitperson abkommandiert. Vielleicht wußte der General, daß sie eine Frau war, die sich zwar für zäh und unbesiegbar hielt, in Wirklichkeit aber so weich war wie Talkumpuder. Sie schien zu glauben, daß sie in den Goldminen nichts zu befürchten hatte – trotz der Tatsache, daß sie die hübscheste Frau war, die er seit vielen Jahren gesehen hatte.

Nachdem er sich splitternackt ausgezogen hatte, schlang er ein Lendentuch um die Hüften, zog sich hohe, weiche Mokassins an und befestigte ein Messer an einem Lederband um seine Taille. Dann öffnete er die Dose, in der sich rotes Bleioxyd befand.

Ihre Schönheit war ein Problem. Vielleicht konnte er die Goldgräber von *ihr* fernhalten, aber wie wollte er *sie* von den Goldgräbern trennen? Vielleicht hatte der General ihr die Eskorte zugedacht, damit sie ihre Keuschheit bewahrte und kein Techtelmechtel mit anderen Männern anfing.

Als er den Finger in das Bleioxyd tauchte, zuckte er mit den Achseln. Er war Soldat. Er brauchte nicht nach den Gründen der Befehle zu fragen, die er bekam. Er hatte sie lediglich auszuführen.

Maddie schlief tief und träumte, daß sie in der Mailänder Scala zusammen mit Adelina Patti sang. Das Publikum pfiff Patti aus und begann im Chor zu rufen: »LaReina, LaReina!«

Sie lächelte im Schlaf, als ein Streichholz angerieben wurde und die aufflackernde Flamme einer Öllampe sie weckte. Sie blinzelte ein paarmal, ohne die Augen richtig zu öffnen. »Edith, mach das Licht aus«, murmelte sie und wollte sich auf die andere Seite drehen. Aber jemand hielt ihre Hand fest. Schlaftrunken zog sie die Hand zurück und wurde schlagartig wach, als sie keinen Erfolg hatte. In jäher Panik versuchte sie sich aufzusetzen, aber anscheinend waren ihre Hände und ihre Füße an der Liege festgebunden. Sie öffnete den Mund, um zu schreien.

»Schreien Sie ruhig. Ich kann Ihnen versichern, daß niemand kommt, um Sie zu retten.«

Sie schloß den Mund, drehte sich um und sah Captain Montgomery in der Mitte des Zelts auf dem Boden sitzen und gelassen eine dünne Zigarre rauchen. Aber er sah so anders aus, daß sie ihn zunächst fast nicht erkannt hätte. Er trug nur ein ledernes Lendentuch, das seine langen, muskulösen Beine und einen großen Teil seines Gesäßes unbedeckt ließ. Seine Brust war nackt bis auf eine kräftige Behaarung und drei rote Markierungen auf einer Schulter. Er hatte auch orangefarbene Streifen im Gesicht.

Vielleicht hätte sie Angst vor ihm haben müssen, aber sie fürchtete sich überhaupt nicht. Sie wußte genau, was er vorhatte: Sie hatte seinen Stolz verletzt, und nun zahlte er ihr den Spott heim – wie jeder kleine Junge es tun würde.

»Wie freundlich von Ihnen, bei mir hereinzuschauen, Captain, und was für ein interessantes Kostüm Sie tragen! Aber Sie sollten mich besser losbinden, bevor Sam Sie entdeckt. Er hat nicht besonders viel Sinn für Humor.«

Er zog an seiner Zigarre. »Ich habe Ihre beiden Wachhunde und Ihre Dienerin versorgt, ehe ich zu Ihnen kam.«

Sie zerrte wieder an den Stricken, mit denen sie gefesselt war. »Wenn Sie meinen Leuten ein Leid angetan haben, werde ich dafür sorgen, daß man Sie hängt.«

»Henkt.«

»Wie bitte?«

»Das Wort heißt ›henken‹ nicht ›hängen‹. Wenn man an jemandem hängt, ist das eine Gnade; aber ein Strick um den Hals ist kein Geschenk Gottes.«

»Ein Geschenk Gottes? Ich habe keine Ahnung, wovon Sie überhaupt sprechen.«

»Wirklich? Ich hätte gedacht, Sie wüßten eine ganze Menge, wenn ich an den General denke . . .«

In diesem Moment begriff Maddie, was er meinte. Seine Kostümierung und die Fesseln, mit denen er ihr beweisen wollte, wie unrecht sie gehabt hatte, ärgerten sie nicht, aber die Unterstellung, daß sie eine Affäre mit dem General hatte, war empörend. »Wie können Sie es wagen!« keuchte sie. »Ich werde Sie bei Ihrem Kommandeur anzeigen. Ich werde dafür sorgen, daß Sie gehängt – gehenkt – werden, verdammt noch mal! Aufs Rad geflochten und gevierteilt, wenn Sie mir nicht augenblicklich die Fesseln abnehmen.«

»Sachte. Sie machen so viel Lärm, daß der Chor von ... wie war das noch?«

»›La Traviata‹, Sie ungebildetes, zurückgebliebenes, anmaßendes Armee-Muli! Binden Sie mich los!«

Er stand langsam auf und streckte sich. »Wenn ich ein Indianer wäre, hätte ich längst Ihren Skalp. Ein weißer Mann hätte sich auch nehmen können, was er sich von Ihnen wünscht.«

»Soll mir das vielleicht Angst einjagen? Warum in aller Welt würde ein Indianer den Ausbruch eines Krieges riskieren, nur weil er meinen Skalp haben möchte?«

Montgomery setzte sich auf den Rand der Liege und sah sie an. »Haben Sie noch nie etwas davon gehört, daß die Indianer weiße Frauen schänden?«

»Vermutlich lesen Sie viele Groschenromane.«

Er wandte sich ab und beschäftigte sich mit seiner Zigarre. »Sie scheinen sich mit Indianern gut auszukennen. Wie erfährt eine Herzogin von Lanconia – das sind Sie doch, wie? – so viel über Indianer?«

Maddie war versucht, ihm die Wahrheit zu erzählen; beschloß aber, sich lieber die Zunge abzubeißen, als sich diesem Mann anzuvertrauen. Sie hätte ihm nicht einmal die Uhrzeit gesagt, wenn er danach gefragt hätte. »Sie sind äußerst scharfsinnig, Captain«, schnurrte sie. »Ein alter Trapper –

einer der Leute, die im Wilden Westen Fallen aufgestellt und mit Pelzen gehandelt haben – kam nach Lanconia und wohnte bei uns. Als Kind habe ich oft auf seinen Knien gesessen, während er mir viele wunderbare Geschichten – *wahre* Geschichten erzählt hat.«

»Und jetzt sind Sie hergekommen, um sich das Land anzuschauen, von dem er Ihnen erzählt hat?«

»O ja. Und um zu singen. Ich bin eine ziemlich gute Sängerin.«

Er stand auf, und als er ihr den Rücken zudrehte, zerrte sie wieder an den Fesseln, aber ohne Erfolg.

Montgomery drehte sich schnell um, aber Maddie lag schon wieder friedlich auf der Liege und lächelte ihn an.

»Ich sagte Ihnen bereits, daß Sie in den Goldgräberlagern Schwierigkeiten bekommen. Das ist ein rauhes Volk, und ich fürchte für Ihr Leben.«

Du fürchtest dich davor, mich auf Schritt und Tritt begleiten zu müssen, dachte sie grimmig, behielt aber ihr Lächeln bei. »Mir passiert dort sicher nichts, und Sie können zu Ihrer Armee zurückkehren. Ich verspreche Ihnen, daß ich General Yovington einen netten Brief schreiben werde. Er ist ein reizender Mann.«

»Ich kann mir vorstellen, daß Sie wissen, wie reizend er ist.«

Sie preßte die Lippen zusammen. »Ich kann Ihnen versichern, Sir, daß das Interesse des Generals an mir lediglich künstlerischer Art ist.«

»Künstlerischer Art?«

Ja, du halbnackter Dodo-Vogel, dachte sie wütend, aber sie lächelte ihn immer noch an. »Mein Gesang. Der General hört mich gern singen. Wenn Sie so freundlich wären, mich von diesen Fesseln zu befreien, würde ich auch für Sie singen.«

Er schaute sie mit einem so herablassenden Lächeln an, daß sie ihre Wut kaum noch im Zaum halten konnte.

»Opern?« sagte er. »Nein, danke.«

Sie schnaubte entrüstet. »Schön, Captain, lassen Sie uns diese Komödie beenden. Sie haben meine Männer, meine Zofe und mich von Ihrer Geschicklichkeit überzeugt. Sie haben gewonnen. Was wollen Sie noch?«

»Die Armee hat mir befohlen, Sie zu begleiten, und das habe ich auch vor – das heißt, wenn Sie so unvernünftig sind, Ihre Reise fortzusetzen.«

»Sie meinen, daß sich mein Verhalten grundsätzlich durch Unvernunft auszeichnet, wie, Captain? Aber lassen wir das. Sie mögen zu den wenigen Leuten auf dieser Welt gehören, die eine berühmte Sängerin nicht hören wollen, aber ich kann Ihnen versichern, daß Millionen von Menschen auf diesem Globus nicht so . . .«, eigentlich wollte sie »dumm« sagen, hielt es aber für klüger, sich eleganter auszudrücken: »unempfänglich sind. *Sie* würden mich gern singen hören.«

»Gute Idee. Ich mag Musik, aber . . .«

»Wie großzügig von Ihnen.«

Er ignorierte ihre Bemerkung. »Aber ich denke, Sie sollten in die Staaten zurückkehren, ein paar Jahre warten, bis dieses Land dichter besiedelt ist, und dann zurückkommen und singen.«

Sie holte tief Luft, um sich zu beruhigen, und als sie wieder das Wort ergriff, sprach sie so, als würde sie mit einem nicht sehr intelligenten Kind reden: »Captain Montgomery, vielleicht haben Sie schon davon gehört, daß die Stimme einer Sängerin nicht konserviert werden kann. Es gehört zu den unglücklichen Tatsachen des Lebens, daß ich nicht bis ins hohe Alter hinein singen kann. Im Augenblick bin ich fünfundzwanzig und noch nicht einmal auf dem Höhepunkt meiner Entwicklung, aber ich muß singen, solange ich kann, und ich möchte für diese armen, einsamen Männer singen. Ich *werde* in den Goldgräberlagern singen.«

Er sah auf sie hinunter. »Sie sind ziemlich starrsinnig, wie?«

»Ich? Starrsinnig? Ich habe Ihnen auf jede nur mögliche Art beizubringen versucht, daß Sie hier weder erwünscht sind noch gebraucht werden, und Sie kommen im Indianerkostüm mitten in der Nacht hierher und fesseln eine arme, wehrlose Frau.«

Er hätte fast gelächelt. Er setzte sich auf ihre Liege und löste die Fesseln an ihren Händen. Seine Haut war warm und von der Sonne gebräunt. Maddie dachte, sie müßte schon ein paar Wochen hindurch mit einem Lendenschurz herumlaufen, wenn sie am ganzen Körper so braun werden wollte wie er.

Als er ihre Hände von den Stricken befreit hatte, setzte sie sich auf und sah zu, wie er ihre Fußfesseln aufknotete. Sobald sie von den Stricken befreit war, stieß sie ihn zur Seite und sprang aus dem Bett. Aber bevor sie den Zeltausgang erreichen konnte, umfaßte er ihre Taille und stieß sie auf die Liege zurück.

»Haben Sie Whisky?« fragte er, nachdem er sie eine Weile grimmig betrachtet hatte. »Ich denke, ich brauche jetzt einen Schluck.«

»Das Ausschenken von Feuerwasser an die Indianer ist verboten.«

»Reizen Sie mich nicht noch mehr. Das Maß ist voll.«

»Im kleinen Koffer liegt eine Flasche.«

Er ging zum Koffer und drehte ihr den Rücken zu. Er nahm ein Glas aus ihrem großen Koffer, goß sich einen großen Schluck Whisky ein, trank ihn in einem Zug und schenkte sich zum zweitenmal ein. »Wie ich es sehe, gibt es nur zwei Möglichkeiten – entweder gehen Sie nicht auf Tournee, oder Sie akzeptieren mich als Begleiter.«

»Das ist so, als ließen Sie mir die Wahl, mich entweder zu vergiften oder zu erschießen.«

Er schob eine Braue in die Höhe. »Ich kann Ihnen versichern, daß man meine Gesellschaft in der Regel nicht als unangenehm empfindet.«

»Bitte, haben Sie die Güte, mich mit Berichten über Ihre romantischen Eroberungen zu verschonen. Sie interessieren mich nicht.«

Der Whisky schien seine Wirkung zu tun. Er spürte, wie er sich entspannte. »Was für Interessen haben Sie eigentlich, Ma'am?«

»Mein Gesang und meine Familie. Das ist so ungefähr alles.«

»Ihre Familie? Kleine Herzöge und Herzoginnen. Singen die auch?«

»Ein bißchen, und sie können großartig mit Büffelgewehren umgehen.«

»Ah, ja, sie sind Jäger.« Seine Lider wurden schwer. »Wenn Sie unbedingt in die Minen reisen und dort singen müssen, werde ich Sie begleiten und beschützen.«

»Captain Montgomery, Sie scheinen nicht zu begreifen, daß ich Sie nicht als Begleiter haben will. Ich habe die Armee nicht um Hilfe gebeten. Und schon gar nicht um einen Beschützer wie Sie. Unter keinen Umständen möchte ich Sie auf meine Reise mitnehmen.«

»Befehle«, murmelte er, »Befehle.«

»*Ihre* Befehle, nicht meine.«

Er rieb sich müde die Augen und schaute dann die Flasche Whisky an. »Was ist darin?«

»Opium«, erklärte sie heiter. »Das war Ediths Idee. Sie hat jedem ihrer . . . Kunden einen Drink spendiert, wenn sie ihr unsympathisch waren. Und wenn sie dann wieder aufwachten, schwärmte sie ihnen vor, was für fantastische Liebhaber sie gewesen wären. Kein Mann hat je an ihren Worten gezweifelt.«

Montgomery konnte sich jetzt kaum noch gegen die Müdigkeit wehren. »Sie haben mich betäubt?«

»*Sie* haben mich doch um einen Whisky gebeten. Ich bin nur die Nutznießerin Ihrer Trinkgewohnheiten. Sie stand auf, ging zu ihm und strich ihm über den Kopf. »Keine Angst, Captain, Sie werden in ein paar Stunden aufwachen und feststellen, daß man Ihnen Ihr kostbares Kostüm nicht geraubt hat. Ich wäre dankbar, wenn Sie sich dann eine andere Person suchen würden, die Sie belästigen können. Ich habe gewisse Pläne für die Zukunft, und darin ist kein Platz für einen anmaßenden Besserwisser von der Armee, der mich als umherziehende Sängerin bezeichnet.«

Sie ging auf den Zeltausgang zu, und er versuchte, sich zu erheben, um ihr zu folgen. Aber seine Glieder waren schwer wie Blei. »Gute Nacht, Captain«, sagte sie mit zuckersüßer Stimme. »Angenehme Träume.«

Sie verließ das Zelt.

3

Maddie schaute zur Sonne über den Bäumen, um sich zu vergewissern, daß die Richtung stimmte, beugte sich dann vor und tätschelte ihrem Pferd den Hals. Es war nicht einfach gewesen, Frank und Sam abzuschütteln; aber es war ihr gelungen. Warum dachten nur alle, daß sie eine hilflose Frau war? Warum nahmen Männer wie Frank und Sam es als gegeben an, daß sie oben und unten nicht voneinander unterscheiden konnte? Frank war in New York City aufgewachsen, und Sam hatte sein Leben im Süden verbracht, bis sie ihm einen Strick um den Hals gelegt hatten. Dann war er in den Norden umgezogen, und dort hatte Maddie ihn kennengelernt.

Sie schraubte ihre Feldflasche auf und trank einen Schluck Wasser. Es schien nicht wichtig gewesen zu sein, daß keiner der beiden jemals über den Mississippi hinausgekommen war. Sie glaubten beide, sie könnten in diesem Teil des Landes besser Spuren lesen und verfolgen als eine Frau, die den größten Teil ihres Lebens im Wilden Westen verbracht hatte.

Auf ihre Art waren die beiden genauso wie der Captain. Aber über Frank und Sam hatte sie sich nie so geärgert wie über *ihn.*

Sie knirschte mit den Zähnen vor Wut, aber dann lächelte sie. Sie war ja am Ende Siegerin geblieben. Nachdem das

Opium gewirkt hatte und er eingeschlafen war, hatte sie nach Frank und Sam gesucht und sie mit einiger Mühe von ihren Fesseln befreit.

»Seemannsknoten«, hatte Frank gemurmelt und sich dann damit gebrüstet, daß kein Mann sich unbemerkt an ihn heranpirschen könne.

Maddie hatte nichts dazu gesagt. Schon als sie die beiden Männer angeheuert hatte, war ihr klargewesen, daß es klüger wäre, sich Begleiter zu suchen, die sich ein bißchen in den von Indianern bewohnten Gebieten auskannten – zumindest Männer, die einen Dachs von einem Biber unterscheiden konnten und einen Ute von einem Crow. Aber die Zeit war knapp gewesen, und deshalb hatte sie die Männer engagiert, die General Yovington ihr geschickt hatte. Franks Gesicht und Sams Größe reichten aus, um Fremde einzuschüchtern. Sam hatte keinen Ton von sich gegeben, als Maddie ihn von seinen Fesseln befreit hatte. Sam ging so sparsam mit Worten um, als wären sie Edelsteine, von denen er sich nicht trennen durfte, wenn er nicht am Bettelstab enden wollte.

Sie hatte Edith unter der Kutsche gefunden – gefesselt, geknebelt und über alle Maßen zornig. Offenbar hatte sich Captain Montgomery erst sehr um sie bemüht, bevor er sie ans Wagenrad gefesselt hatte. »Ich dachte, er wollte *mich haben*«, fauchte sie. »Aber er wollte mich nur *fesseln.* Und als die Sache anfing, spannend zu werden, hat er mich einfach sitzen lassen. Gefesselt! Ohne mich anzurühren!«

Maddie hatte nur stumm die Fesseln gelöst und Edith nicht danach gefragt, was sich denn da Spannendes zwischen ihr und dem Captain entwickelt habe.

Sie waren sofort aufgebrochen. Sam hatte den schlafenden Captain aus dem Zelt getragen, ihn am Rand eines Abhangs niedergelegt und ihm dann einen kleinen Tritt versetzt, daß er den Hang hinunterrollte.

Maddie hoffte, daß der Captain nicht in der kalten Bergluft erfroren war; aber sie meinte, daß ein Mann mit so viel Unternehmungsgeist noch genug Feuer in sich hatte, daß es ihn bis zum Morgengrauen warm hielt.

Sie waren in Richtung Goldfelder gefahren, bis die Sonne aufgegangen war. Dann hatte Sam die Pferde angetrieben, und sie hatten so viele Meilen zwischen sich und den auf seinen Auftrag versessenen Captain Montgomery gelegt, wie nur möglich.

Seither waren drei Tage verstrichen, und sie hatten den Captain nicht mehr gesehen. Vielleicht war er tatsächlich an Unterkühlung gestorben. Oder er war, was Maddie für wahrscheinlicher hielt, in sein Fort zurückgekehrt und hatte sich dort über eine »unberechenbare« Opernsängerin beschwert. Warum auch immer er verschwunden war – Maddie war froh, ihn loszusein.

Sie hängte ihre Feldflasche an das Sattelhorn und zog ihre Wegskizze aus der stramm sitzenden Wolljacke. Sie kannte ihre Route inzwischen zwar auswendig, aber sie wollte sich dennoch vergewissern, daß sie zur rechten Zeit an der richtigen Stelle war.

Als sie das Papier auseinanderfaltete, fiel ihr eine Locke von Laurels Haar in die Hand, die mit dem ersten Brief gekommen war. Die Nachricht war eine Drohung, daß man Maddie beim nächsten Mal einen Finger von Laurel schicken würde, falls sie nicht an der verabredeten Stelle erschiene.

Mit bebenden Händen legte sie die Wegskizze wieder zusammen und steckte sie zusammen mit Laurels Locke in ihre Jackentasche. Dann trieb sie ihr Pferd den steilen mit Geröll übersäten Hang hinauf.

Sie haben Laurel in ihrer Gewalt, dachte sie traurig. Diese anonymen, gesichtslosen Männer – oder waren es Frauen? – haben ein unschuldiges zwölfjähriges Kind aus ihrer Wohnung in Philadelphia entführt und benützen es dazu, mich ihren Wünschen gefügig zu machen.

Vor einem halben Jahr war Maddie zum ersten Mal in Amerika aufgetreten. Sie hatte bereits Europa für sich erobert, hatte dort neun Jahre lang auf allen Opernbühnen des Kontinents vor begeistertem Publikum gesungen, sich aber danach gesehnt, wieder nach Amerika zurückkehren zu können. Ihr Manager, John Fairlie, hatte deshalb für sie in Boston und New York Auftritte arrangiert, und drei glorreiche Monate lang hatte sie vor amerikanischem Publikum gesunden, das sie überschwenglich gefeiert hatte.

Vor drei Monaten hatte ihre Tante, die ein kleines Haus in Philadelphia besaß, Maddie eine Botschaft zukommen lassen, daß sie so rasch wie möglich nach Philadelphia kommen müsse.

Als Maddie an diesen Brief dachte, plagte sie das schlechte Gewissen. Warum war sie nicht sofort nach Philadelphia gefahren? Warum war sie nicht in den nächstbesten Zug gestiegen und zu ihrer Tante geeilt? Statt dessen hatte sie drei Tage verstreichen lassen und drei neue Titelrollen gesungen, bevor sie ihre Tante aufgesucht hatte. Schließlich war ihre Tante eine alte, schon ein bißchen schrullige Dame – möglicherweise bereits senil. Maddie hatte gedacht, so eilig könne die Sache wohl nicht sein, aber als sie in Philadalphia eingetroffen war, hatte sie feststellen müssen, daß sie zu spät gekommen war, um das Schlimmste zu verhindern.

Laurel, Maddies kleine Schwester, hatte an der Ostküste die Schule besucht, und ihr Vater hatte sie im Hause seiner verwitweten Schwester untergebracht. Maddie hatte zwar gewußt, daß Laurel nur ein paar hundert Meilen von ihr entfernt wohnte, aber da sie einen vollen Terminkalender hatte und mindestens dreimal wöchentlich auftreten mußte, hatte sie keine Zeit gehabt, einen Besuch in Philadelphia zu machen – oder sie hatte sich nicht die Zeit dafür *genommen*, korrigierte sie sich.

Maddie erinnerte sich, daß ihre Schwester ein etwas dickliches, linkisches Kind gewesen war, das ihr nachgelaufen war wie ein Schoßhund und immer unter ihrem Klavier gehockt hatte, wenn sie gesungen hatte.

In den neun Jahren, die Maddie in Europa gewesen war, hatte sie Botschaften und Fotos mit ihrer weit entfernten Familie ausgetauscht und glühende Verehrerbriefe von Laurel erhalten, als diese größer wurde. Laurel konnte weder singen wie Maddie noch so gut zeichnen wie ihre Schwester Gemma, aber sie konnte zumindest ihre begabten älteren Schwestern bewundern. Sie hatte Zeitungsausschnitte über Maddie gesammelt und sie aus der Ferne angehimmelt.

Maddie hatte die Verehrung ihrer kleinen Schwester wie eine Selbstverständlichkeit hingenommen und ihr jahrelang Programme aus Opernhäusern geschickt, die von einem König oder dem Zaren signiert waren. Zuweilen hatte sie ihr auch einen kleinen vergoldeten Fächer oder ein Perlenhalsband aus Europa geschickt, doch die Zeit, sie zu besuchen, hatte sie sich nie genommen, selbst als sich ihre kleine Schwester nur wenige Fahrstunden von ihr entfernt aufgehalten hatte.

Als Maddie in Philadelphia angekommen war, hatte ihre Tante mit einer schweren Nervenkrise im Bett gelegen. Fast eine Woche war vergangen, seit ein Mann ins Haus gekommen war und ihr mitgeteilt hatte, er hielte Laurel gefangen und wolle mit Maddie sprechen.

»Dein Vater wird mir das niemals verzeihen«, hatte ihre Tante immer wieder geklagt. »O Maddie, ich habe mein Möglichstes getan. Laurel ist so ein süßes Kind. Sie war nie so schmutzig oder vorlaut wie andere Kinder und hat ihre neue Schule geliebt. Warum mußte ihr nur so etwas passieren?«

Maddie hatte ihrer Tante eine kräftige Dosis Laudanum verabreicht und sich dann in den Salon begeben, um zu warten. Es war ein langer, nervenaufreibender Tag geworden, ehe sich jemand mit ihr in Verbindung gesetzt hatte. Gegen Abend war ein Mann an der Haustür erschienen. Er hatte zwar seinen Hut aufbehalten und im Schatten gestanden, aber Maddie hatte sich seine Gesichtszüge genau eingeprägt.

Er hatte ihr mitgeteilt, daß sie Laurel zurückerhalten würde, wenn sie die neuen Goldgräberlager am Colorado River besuchte und dort in sechs Städten sang. An jedem dieser Orte würde sich jemand mit ihr treffen und ihr eine Wegskizze überreichen. Sie sollte dann an dem darauf verzeichneten Ort erscheinen und nach einem Mann Ausschau halten, der ihr einen Brief geben würde, den sie am nächsten Übergabepunkt jemand anderem zustellen sollte.

»Was steht in diesen Briefen?« hatte Maddie gefragt, ohne erst zu überlegen.

»Das geht Sie nichts an«, hatte der Mann barsch geantwortet. »Sie tun nur, was ich Ihnen sage und stellen keine Fragen. Nur dann bekommen Sie Ihre kleine Schwester gesund wieder.«

Er hatte sie auch davor gewarnt, um Hilfe zu bitten oder jemandem von dieser Sache zu erzählen. Wenn sie seine Anweisungen genau befolgte, würde sie ihre Schwester im dritten Goldgräberlager sehen dürfen und sie ganz bei sich behalten können, sobald sie die sechste Goldgräberstadt erreicht hätte.

Maddie dachte nicht mehr an ihre geplante Tournee durch die Städte an der Ostküste. Sie hatte ihrem Manager aufgetragen, alle Termine abzusagen. John war wütend gewesen und hatte gejammert, weil sie Amerika kampflos Adelina Patti überließ und die Amerikaner sie in Zukunft bestimmt schneiden würden.

Maddie wußte, daß John recht hatte, aber sie wußte auch, daß sie gar keine andere Wahl hatte. Sie hatte bestimmt keine Lust, in den Westen zu reisen und für eine Horde von Goldgräbern zu singen, die meinten, eine Oper sei daran zu erkennen, daß eine dicke Frau sang. Sie hatte schon genug Probleme am Hals, auch ohne sich bei einer Bande wilder Banausen in Gefahr zu begeben, aber sie mußte ihre Schwester retten.

John hatte zu guter Letzt alle Vorstellungen abgesagt, aber zugleich den Vertrag mit ihr gekündigt. Sie waren seit Maddies siebzehntem Lebensjahr zusammengewesen, und alles, was sie jetzt darstellte, hatte sie ihm zu verdanken. Sie hatte ihn verloren, weil diese Kidnapper sie unter Druck setzten und sie als Nachrichtenübermittlerin mißbrauchten.

Sie hatte in fieberhafter Eile ihre Sachen gepackt und sich gerade ihren Reiseplan zurechtgelegt, als General Yovington zu Besuch kam. Seit ihrem ersten Auftritt in Amerika war er ihr größter und unerschütterlichster Verehrer gewesen, hatte sie nach jeder Vorstellung besucht, sie zum Essen ausgeführt und ihr sogar Geschenke gemacht – einen Rubin und einen Smaragd. Sie war sich darüber im klaren, daß er sie gern zu seiner Mätresse gemacht hätte, aber sie wußte einem Mann derart zu schmeicheln, daß er meinte, sie würde sich ihm gern widmen, wenn die Umstände es erlauben würden.

Bei diesem Besuch hatte sich der General aber ganz und gar nicht wie ein verliebter Kavalier benommen. Er hatte sie unsanft ins Haus gestoßen und ihr erzählt, daß er von Laurels Entführung erfahren habe.

Zu ihrer Schande war Maddie in Tränen ausgebrochen. Der General hatte sie eine Weile an seine Brust gedrückt, sie dann energisch von sich geschoben und ihr eine Menge Dinge gesagt, die sie nicht verstanden hatte. Offenbar ging es dabei um Politik, für die Maddie sich nicht sonderlich interessierte. Er hatte über die Sklaverei und das Territorium, in dem kürzlich Gold entdeckt worden war, und das sich der Union anschließen und sich als Befürworter oder Gegner der Sklaverei erklären würde, gesprochen.

»Was hat das alles mit Laurel zu tun?« hatte sie gefragt und sich geschneuzt. »Oder mit mir?«

»Die Männer brauchen einen Kurier – jemanden, auf den kein Verdacht fällt. Eine Sängerin auf Tournee erregt keinen Argwohn und erfüllt diese Voraussetzung.«

»*Wer* braucht einen Kurier?«

»Ich weiß es nicht. Ich weiß nicht einmal, ob Sie gebeten werden, Botschaften zu überbringen, die sich für oder gegen die Sklaverei aussprechen.«

»Mir ist die Sklaverei gleichgültig. Ich habe nie einen Sklaven besessen und gedenke auch in Zukunft nicht, mir einen zuzulegen. Ich will nur meine kleine Schwester zurückbekommen. Vielleicht könnte mein Vater . . .«

»Nein!« hatte der General heftig erwidert. »Diese Männer sind Fanatiker. Sie werden Ihre kleine Schwester töten, wenn Sie einen Dritten in diese Sache hineinziehen. Sie sollten sich lieber genau an die Anweisungen der Entführer halten.« Er hatte ihre Hände in die seinen genommen. »Aber ich werde Ihnen helfen.«

Drei Tage später hatte sie sich mit Tausenden von Leuten auf den Weg nach Westen gemacht, die sich entweder als Siedler dort niederlassen oder ihr Glück als Goldschürfer versuchen wollten. Sie reiste in ihrer eigenen Kutsche, die hellrot lackiert war, und hatte drei Bedienstete bei sich. Eine seltsamere Reisebegleitung konnte sie sich gar nicht vorstellen. Da war zunächst Frank, der mit zornigen Augen aus einem bis zur Unkenntlichkeit zerschlagenen Gesicht in die Welt blickte, und Sam, der so selten den Mund aufmachte, daß man niemals wußte, was er dachte. Und zu guter Letzt

Edith, die sich Edith Honey nannte und sie ständig mit Anekdoten aus ihrem Leben als Prostituierte unterhalten wollte.

Diese drei Personen und die Kutsche hatte der General für sie ausgesucht. Maddie hätte sich lieber für ein kleineres und unauffälligeres Fahrzeug entschieden, aber General Yovington hatte auf die robuste Konstruktion der Concord hingewiesen und ihr die Vorzüge der drei Leute beschrieben, die er für sie engagiert hatte. Damals hatte sie so sehr darauf gebrannt, ihre Reise anzutreten, daß sie sich mit den Personalproblemen nicht lange aufhalten wollte.

Und jetzt befand sie sich im Wilden Westen und ritt einen steilen Hügel hinauf. Vor wenigen Monaten war sie noch in Samt und Seide gekleidet im Zweispänner gefahren und hatte in weichen Federbetten geschlafen. Damals war sie von Leuten umgeben gewesen, die über ihre Triller und Kadenzen diskutierten, und nun übernachtete sie auf einer harten Liege in einem Zelt und hörte sich von Edith Geschichten über Männer und ihre Vorlieben an. Nachts bekam sie von dem arroganten Captain Montgomery Besuch, der ihr vorschreiben wollte, was sie zu tun und zu lassen habe.

Gott sei Dank, daß sie diesen Klugscheißer losgeworden war! Mit Sam, Frank und Edith hatte sie keine Schwierigkeiten, wenn sie eigene Wege gehen wollte. Sie waren der Meinung, daß es schließlich ihre Sache war, wenn sie allein in die Wälder reiten und sich dem Risiko aussetzen wollte, getötet zu werden. Maddie hatte das Gefühl, daß Captain Montgomery ihr nicht erlaubt hätte, etwas ohne seine Zustimmung zu unternehmen.

Was wäre wohl gewesen, wenn er mit ihr gereist wäre? Wenn er verhindert hätte, daß sie sich mit den Männern traf, denen sie die Briefe überreichen sollte? Wenn er sie gefragt hätte, warum sie sich allein in den Wäldern herumtrieb? Da Edith vom General angeheuert worden war, hatte Maddie ihr von den Briefen erzählt. Aber Edith hatte nur gegähnt. Sie interessierte sich noch weniger für Politik als Maddie. Edith dachte grundsätzlich nicht weiter als bis zur nächsten Mahlzeit.

Maddie hatte gespürt, daß Captain Montgomery aus ganz anderem Holz geschnitzt war. Er hätte bestimmt seine Nase in ihre Angelegenheiten gesteckt, und wenn er entdeckt hätte, daß sie Nachrichten weitergab, die auf die politische Entscheidung für oder gegen die Sklaverei Einfluß hatten, hätte er ihr sicherlich seinen Standpunkt in dieser Sache dargelegt. Sicher hätte er mißbilligt, daß sie versuchte, in einer Gewissensfrage die Meinungsbildung zu manipulieren.

Nein, sie hatte der Gefahr vorbeugen müssen, daß er sie an der Ausführung ihres Auftrages hinderte und die Entführer deswegen ihre kleine Schwester Laurel töteten. Ein süßes, unschuldiges Kind von zwölf Jahren hätte sterben müssen, nur weil ein übereifriger Captain meinte, das tun zu müssen, was er für richtig hielt.

Sie gab ihrem Pferd die Sporen und trieb es den steilen Hang hinauf. Sie sollte sich in vier Stunden dort oben mit dem Mann treffen, der ihr den ersten Brief übergeben würde.

»Was siehst du?« fragte Toby, der sich im Gras in der Mittagssonne rekelte.

'Ring senkte sein Fernglas und spähte durch die Bäume zu der Frau, die ihr Pferd den steilen Hang hinauftrieb. Seit drei Tagen war er ihr mit Toby gefolgt – immer im sicheren Abstand, damit sie nicht merkte, daß er sie überwachte. Bisher hatte sie nichts Ungewöhnliches unternommen. Sie hatte tagsüber in ihrer Kutsche gesessen, und abends hatten die beiden Männer in ihrer Begleitung für sie das Zelt aufgebaut. Sie hatte nichts getan, was in irgendeiner Hinsicht sein Interesse verdiente, aber er hatte sie so aufmerksam beobachtet, daß er die Leute, die ihr folgten, erst nach einem Tag entdeckt hatte.

Am Morgen des zweiten Tages waren ihm die beiden Männer aufgefallen, die sich nicht einmal Mühe gaben, sich zu verstecken, und offensichtlich Schwierigkeiten mit dem bergigen Terrain hatten. 'Ring hatte die beiden ein paar Stunden beobachtet und bemerkt, daß sie die Sängerin nicht aus den Augen ließen. Sie erinnerten ihn an zwei Geier, die darauf warteten, daß ihre Beute endlich ihren Geist aufgab. Während er jetzt die beiden »Geier« beobachtete, entdeckte er eine Bewegung in der Ferne, und als er sein Fernrohr bis zur maximalen Brennweite auseinandergeschoben hatte, sah er eine Gestalt. Wenn er sich nicht irrte, war es ein Indianer. Er schien keine Begleiter zu haben, und 'Ring konnte nicht erkennen, auf wen sich das Interesse des Indianers konzentrierte – auf die Sängerin oder auf die beiden Männer.

In der dritten Nacht entdeckte 'Ring ein zweites Lagerfeuer. Die beiden Männer, die LaReina folgten, entfachten abends immer ein Feuer, aber der Indianer hatte das bis jetzt nicht getan. 'Ring hatte sich so sehr auf diese drei Männer konzentriert, daß ihm fast der vierte Mann entgangen wäre, der sich auf dem Hügelkamm hinter ihm befand. Dort flakkerte ein kleines Lagerfeuer, und irgendwie spürte 'Ring, daß sich dieser Mann ebenfalls für LaReina interessierte.

'Ring setzte das Fernglas ab. »Diese Frau wird von mehr Leuten verfolgt als der Rattenfänger von Hameln«, sagte er.

Toby kratzte sich unter dem Arm. »Glaubst du, die wollen sie singen hören?«

'Ring schnaubte. »Höchst unwahrscheinlich. Da geht etwas Wichtiges vor sich, sonst hätte sich die Frau nicht so angestrengt, mich loszuwerden.«

Toby blickte zu den Baumwipfeln und grinste. Vor drei Nächten war ein vor Kälte zitternder, mit blauen Flecken übersäter wütender 'Ring zu ihm ins Lager gestürmt, und obwohl Toby ihm Löcher in den Bauch gefragt hatte, wollte 'Ring nicht verraten, was geschehen war. Seither verfolgte er mit 'Ring die Frau, und sie beobachteten sie und ihre nähere Umgebung aus einiger Entfernung.

In diesem Augenblick rasteten sie – oder zumindest Toby rastete, während 'Ring auf dem Bauch lag und LaReina durch das Glas über eine Schlucht hinweg beobachtete.

»Wie konnten die drei sie nur allein in den Wald reiten lassen?« murmelte 'Ring. »Ich dachte, diese Bande wurde engagiert, damit sie sie beschützen.« Er rollte sich auf den Rükken. »Ein alter Mann und ein Boxer, der auf einem Auge blind ist.«

»Vergiß nicht die kleine Blondine«, sagte Toby. »Sie ist ein hübsches Ding, wenn auch nicht ganz so hübsch wie ihre Lady. Aber . . .«

'Ring, der wieder durch sein Glas blickte, wurde starr. »Die beiden Männer treten in Aktion.« Er hob das Glas und fixierte einen Punkt am Gipfel des Hügels vor ihm. »Der Indianer wird auch tätig.« Er sprang auf die Beine. »Ich muß ihr nachgehen.«

»Und wie willst du die Schlucht überwinden?« fragte Toby. »Springen? Oder vielleicht fliegen?«

»Ich gehe zum Gipfel und wandere den Grat entlang.«

Toby blickte in die Höhe und sah den steilen Felsen. »Da kann niemand hinaufklettern«, stellte er fest, aber 'Ring zog bereits seine Stiefel aus und schlüpfte in seine Mokassins. Er legte die enge Uniformjacke, den Säbel und den Revolver ab und befestigte seine Feldflasche am Gürtel. »Du kannst unmöglich ohne deinen Revolver losziehen«, protestierte Toby. »Du weißt nicht, mit was für Leuten du es zu tun bekommst.«

'Ring antwortete nicht. Er schob ein Messer in einen seiner Mokassins. Dann stand er auf und blickte in das wettergegerbte Gesicht des Gefreiten hinunter, das ihn besorgt ansah. »Mir wird schon nichts geschehen«, sagte 'Ring. »Benimm dich nicht wie ein altes Weib. Ich muß ihr helfen. Ich weiß nicht, warum diese Narren sie allein in den Wald reiten ließen, aber sie haben es getan, und jetzt wollen ihr die beiden Männer, die sie bisher nur beobachtet haben, auf den Leib rücken. Ich muß . . .«

»Wie damals, als du mich unbedingt wegtragen mußtest?« schnaubte Toby.

'Ring grinste. »Richtig. Du bleibst hier sitzen und hörst auf, dir Sorgen zu machen. Ich werde die Frau einholen, sie zu ihrer Kutsche zurückbringen und ihren sogenannten Wächtern den Marsch blasen. Ich treffe dich dann später bei der Kutsche. Von jetzt an werden wir mit ihr reisen.« Er krempelte seine Hemdärmel auf. »Ich begreife allmählich, warum General Yovington eine Eskorte für sie verlangt hat. Sie braucht einen Beschützer.« Nach kurzer Pause fuhr er fort: »Und ich gedenke herauszufinden, was sie verheimlichen möchte.« Er drehte sich der Felswand zu, drehte sich aber noch einmal um und legte seine Hand auf Tobys Schulter. Niemand wäre auf die Idee gekommen, daß der nörglerische alte Mann für 'Ring oft so etwas wie ein zweiter Vater war. »Mach dir keine Sorgen, sonst schlage ich dich zur Beförderung vor, und wenn wir ins Fort zurückkommen, mußt du eine ganze Schar von Männern unter deine Fittiche nehmen.«

»Einen Teufel werde ich tun«, raunzte Toby. »Ich werde desertieren. Ich habe Besseres zu tun, als mich über einen Mann aufzuregen, der ständig versucht, sich selbst umzubringen.«

Maddie blieb stehen und lauschte. Sie hörte, wie der Mann, mit dem sie sich treffen sollte, durch das Unterholz stapfte.

So langsam und vorsichtig, damit das Leder nicht knarrte, stieg sie aus dem Sattel und führte das Pferd am Zügel hügelan. Als das Geräusch knackender Zweige immer lauter wurde, begann ihr Herz heftig zu klopfen. Obwohl sie über die Entführung ihrer kleinen Schwester, an der dieser Mann sicherlich beteiligt war, empört war, durfte sie ihn nicht reizen. Sie mußte ihn so höflich und zuvorkommend wie möglich behandeln. Sie mußte . . .

Sie holte scharf Luft, als Captain Montgomery plötzlich einen knappen halben Meter vor ihr von einem Baum fiel. Sie preßte die Hand aufs Herz und schnaubte: »Haben Sie mich erschreckt!« Dann erholte sie sich von ihrem Schock und sagte: »Was zum Kuckuck treiben Sie hier?« Ihr Gehirn begann fieberhaft zu arbeiten. Sie mußte ihn loswerden. Sofort!

»Ich könnte Sie dasselbe fragen«, erwiderte er. »Sie sagten doch, Sie hätten Leute angeheuert, die Sie beschützen, und dennoch reiten Sie hier mutterseelenallein durch den Wald.«

»Ich will allein sein.« Sie holte wieder tief Luft und versuchte, einen klaren Gedanken zu fassen. »Captain Montgomery, Sie müssen weg von hier. Ich muß etwas erledigen, und zwar allein. Es hat damit zu tun, daß ich eine – äh – Frau bin.« Vielleicht konnte ihn diese nebulose Erklärung überzeugen und ablenken.

Er lehnte sich an einen Baum und kreuzte die Arme vor der Brust. »Was könnte das wohl sein?« Er musterte sie von Kopf bis Fuß. »Ein Kind scheinen Sie nicht zu bekommen. Und ich kann mir nicht vorstellen, daß Sie wegen Ihrer Regel das Lager verlassen mußten . . .«

»Sie sind unausstehlich, und ich bin nicht bereit, mir so etwas Vulgäres anzuhören. Ich habe Ihnen schon einmal gesagt, daß ich Ihren Schutz weder brauche noch haben möchte.« Sie wollte mit ihrem Pferd an ihm vorbeigehen, aber er verstellte ihr den Weg. Und als sie es in einer anderen Richtung versuchte, hielt er sie wieder auf. »Schön – was wollen Sie von mir?« seufzte sie schließlich.

»Auskünfte. Was sind das für Männer, mit denen Sie sich hier treffen?«

Sie durfte ihm nicht die Wahrheit sagen, weil sie sonst Laurels Leben gefährdete. Denke nach, Maddie, beschwor sie sich, denk dir rasch etwas aus!

»Einer von ihnen ist mein Liebhaber«, erklärte sie und hoffte, daß es überzeugend klang.

»Warum besucht er Sie nicht in Ihrem Lager?«

»Weil ... weil ...« Sie sah ihn an. »Weil er ein ... gesuchter Verbrecher ist. O Captain, ich weiß, daß er etwas Unrechtes getan hat. Ich meine, er ist zwar kein Mörder, aber er hat ein paar Banken beraubt, so daß er sich nicht sehen lassen kann, aber ich möchte ihn unbedingt treffen.« Sie rückte einen Schritt näher an ihn heran. Männer, die sie einmal als Sängerin erlebt hatten, mußte sie nicht mehr betören, aber dieser gehörte zu den Strohköpfen, die sich nicht für Kunst interessierten. Sie lächelte ihn an. Er war Soldat – ein Mann, der mit vielen Vertretern seines Geschlechts in einem Fort leben mußte, und deshalb mußte sie sich vermutlich nicht sonderlich anstrengen, um ihn zu becircen.

»Selbst Sie, Captain, müssen doch für die Liebe Verständnis haben. Ich liebe diesen Mann, auch wenn er gegen die Gesetze verstoßen hat.« Sie rückte ihm noch dichter auf den Leib. Seine Arme hingen lose herab, sein Hemd war zur Hälfte aufgeknöpft und hatte über der obersten Rippe links einen Riß. Sie fuhr mit der Fingerspitze über die Haut, die sich zwischen dem klaffenden Stoff zeigte. »Sie werden mir doch ein paar Minuten Zweisamkeit mit dem Mann gönnen, den ich liebe, nicht wahr?«

Er gab keine Antwort und schaute mit einem so spöttischen Grinsen auf sie hinunter, daß sie unwillkürlich einen Schritt zurückwich.

»Lügen Sie aus Gewohnheit oder nur, weil Sie Ihren Kopf durchsetzen wollen? Nehmen Ihnen die meisten Menschen ab, was Sie ihnen erzählen?«

Sie funkelte ihn wütend an. »Woran wollen Sie denn erkennen, ob die Leute Ihnen Lügen oder die Wahrheit erzählen, Sie Schlafmütze? Und was wissen Sie schon von Dingen, bei denen es um Tod oder Leben geht?« Und bevor sie überlegen konnte, was sie tat, stürzte sie sich auf ihn, rammte ihm den Kopf in den Magen, trat ihn, als er einen Moment in Atemnot geriet, mit dem Stiefel heftig gegen das Schienbein und biß ihn dann in die Brust.

Er umklammerte ihre Taille, und als sie beide auf den Boden fielen, preßte er die Hand unter ihr Kinn, um sie daran zu hindern, ihn noch einmal zu beißen. »Was zum Teufel ist in Sie gefahren?« schnaubte er. »Was suchen Sie allein hier in den Bergen?«

»Verletzen Sie meine Kehle nicht«, flüsterte sie. »Alles, nur das nicht!«

Er sah, daß sich ihre Augen mit Tränen füllten, lockerte den Griff an ihrem Hals, blieb aber auf ihr liegen, damit sie ihm nicht entschlüpfen konnte. Sie drehte den Kopf zur Seite, weil er ihre Tränen nicht sehen sollte. Er fand dieses Verhalten seltsam. Den meisten Frauen gefiel es, wenn Männer sie weinen sahen.

»Erzählen Sie mir, was hier vorgeht«, sagte er leise.

»Wie soll ich reden können, wenn ich kaum Luft bekomme, weil Sie mit Ihrem ganzen Gewicht auf mir liegen ... Und außerdem bluten Sie und verderben mir die Kleider.«

Er schaute auf seinen Arm und sah, daß Blut aus einer Wunde auf ihre teure Reithose tropfte. »Tut mir leid. Das mit dem Blut meine ich. Es war nicht so leicht, zu Ihnen zu kommen. Ich mußte an der Felswand da drüben hinaufklettern.«

Maddie drehte den Kopf und betrachtete den Felsen, der senkrecht zu ihr herabfiel. Dann betrachtete sie Montgomery. »Unmöglich. Selbst mein Vater könnte die Wand nicht erklettern.«

Er blickte sie mit verschleierten Augen an. »Ich konnte es aber und habe es getan.«

Sie wand sich unter ihm, um sich von ihm zu befreien.

»Es wird Ihnen nicht gelingen, mir zu entwischen. Und wenn Sie sich krümmen wie ein Wurm, gefällt mir das sogar. Sie sollten mir endlich die Wahrheit sagen.«

Sie öffnete den Mund, um ihm zu antworten, hielt dann plötzlich den Kopf still und flüsterte: »Er ist hier. Er wartet auf mich.«

»Er ist schon eine ganze Weile hier. Macht mehr Lärm als *La* . . .«

Sie sah ihn mit flehenden Augen an. »Bitte, lassen Sie mich los. Bitte. Aus dem Grunde meines Herzens flehe ich Sie an . . .«

»Vielleicht ist dieser Mann tatsächlich Ihr Liebhaber. Vielleicht haben Sie sich nur heimlich hierhergeschlichen, damit General Yovington nichts davon erfährt.«

»Tragen Sie Ihren ganzen Verstand in der Hose mit sich herum?« zischte sie. »Regt sich bei Ihnen nur das?« Sie deutete auf seinen Körper.

Er sah sie überrascht an. »Es gibt vieles, was mir mehr bedeutet als . . . das da.«

»Er geht wieder fort. O mein Gott, er geht wieder.« Maddie versuchte mit aller Macht, sich zu befreien.

Er ließ sie eine Weile gewähren, fasziniert von der Tatsache, daß sie ihm so heftig Widerstand leistete. Er konnte sie mühelos festhalten, aber die Begegnung mit diesem Fremden mußte für sie sehr, sehr wichtig sein.

»Alles«, sagte sie mit einer von Tränen, Verzweiflung und Wut erstickten Stimme. »Ich gebe Ihnen *alles*, wenn Sie mich jetzt allein zu ihm gehen lassen. Geld. Juwelen. Ich werde . . . werde . . .« Sie schaute ihm in die Augen. »Ich gehe auch mit Ihnen ins Bett, wenn Sie mich eine halbe Stunde mit ihm alleinlassen.«

Er gab sie frei und setzte sich hin. »Gehen Sie«, sagte er leise. »Ich gebe Ihnen eine halbe Stunde Zeit. Dann komme ich nach. Verstanden?«

Tränen schossen ihr in die Augen. »Danke«, murmelte sie und lief den steilen Hang hinauf, stolperte dabei über abgebrochene Äste, fiel gegen einen Stein und verletzte sich an beiden Händen, aber sie kletterte unbeirrt weiter.

Er sah ihr nach, bis sie aus seinem Blickfeld verschwand, lehnte sich dann an einen Baum und lauschte. Er hörte, wie sie mit dem Unbekannten zusammentraf, und lächelte. Irgendwie war es für ihn eine kleine Genugtuung, zu wissen, daß sie bekommen hatte, wonach sie so sehr verlangte.

Aber was war für diese Frau so ungemein wichtig? Und warum tummelten sich so viele Leute in ihrer Nähe? Je länger er sie kannte, um so mehr kam sie ihm wie das Auge eines Taifuns vor, der Menschen und Ereignisse anzog und im Kreis herumwirbelte. Er fragte sich, ob sie über die Männer, die sie heimlich beobachteten, und über den Indianer und den einzelnen Mann, der ihr in noch größerem Abstand folgte, Bescheid wußte.

Er lauschte und vernahm, daß der Unbekannte, mit dem sie sich getroffen hatte, die Stimme erhob. Im Nu war er auf den Beinen. Wer auch immer dieser Unbekannte war – Verwandter, Freund oder Feind – 'Ring würde nicht zulassen, daß er ihr etwas antat.

'Ring war noch keine zehn Schritte gegangen, als sich ein Pfeil in den Baum vor ihm bohrte. Sofort ließ er sich auf den Boden fallen und tastete nach seinem Revolver. Plötzlich erinnerte er sich, daß er ihn gar nicht bei sich trug.

Er schaute sich um, konnte jedoch niemanden sehen oder hören. Der Pfeil war eine Warnung, das wußte er, sonst hätte er ihn nicht verfehlt. Aber eine Warnung wovor? Daß er sich von dieser Frau fernhalten sollte? Und falls ja, warum hatte der Indianer keinen Pfeil abgeschossen, als er mit ihr am Boden gerungen hatte? War der Pfeil eine Aufforderung, die Frau mit dem Unbekannten alleinzulassen?

Langsam und vorsichtig, während er mit Blicken die Bäume ringsum nach dem Indianer absuchte, stand er auf, legte die Hand auf den Pfeil und zog ihn aus dem Stamm. Ein Crow, dachte er. Seltsam, denn die Crows waren keine gewalttätigen Indianer. Tatsächlich nahmen sie die Weißen meistens freundlich auf. 'Ring wußte, warum. Die Weißen brachten herrliche Sachen mit, die die Crows stehlen konnten – und die Crows waren Diebe allerersten Ranges. 'Ring hatte gehört, daß sie einem Reiter das Pferd unter dem Hintern wegstehlen konnten, ohne ihn erst aus dem Sattel zu bemühen.

Er betrachtete den Pfeil mit der kleinen Stahlspitze. Die Indianer bevorzugten inzwischen Feuerwaffen, benützten aber noch häufig Pfeile, wenn sie keinen Lärm machen wollten. Diesen Indianer schien es nicht zu stören, daß 'Ring von seiner Anwesenheit wußte, aber entweder wollte er nicht, daß die Frau davon erfuhr, oder sie war informiert. Und der Indianer wünschte offenbar nicht, daß 'Ring das Treffen mit dem Unbekannten störte.

Er hob den Pfeil als stummen Gruß für den Indianer und schob ihn in seinen Gürtel. Zugleich hörte er, wie die Frau, die sich LaReina nannte, wieder den Abhang herunterkam.

Sein Blut auf ihrem Reitkleid war inzwischen getrocknet, und sie hatte Schürfwunden am Hals und an den Händen. Vermutlich waren da auch noch ein paar blaue Flecken an ihrem Körper unter ihren Kleidern.

Sie ging stumm zu ihrem Pferd, und 'Ring sagte ebenfalls kein Wort. Er hatte genug gesehen und gehört, um zu wissen, daß es keinen Sinn hatte, sie zu fragen, warum sie das alles tat. Aber er hatte vor, das herauszufinden.

4

Einige Stunden später war Maddie endlich allein in ihrem Zelt und mußte sich nicht länger beherrschen. Der Mann, mit dem sie sich getroffen hatte, war schrecklich gewesen. Er hatte tückische, harte Augen und war – was sie noch schlimmer fand – ein Dummkopf. Sie hatte rasch gemerkt, daß es keinen Sinn hatte, mit ihm über Laurel oder andere Dinge zu reden. Er hatte ihr den Brief überreicht, aber auch verlangt, daß sie ihm die kleine Brosche mit den Perlen und Diamanten aushändigte, die sie an der Jacke getragen hatte. Die Brosche besaß zwar keinen hohen materiellen Wert, war aber ein Geschenk ihrer Mutter gewesen und hatte einmal ihrer Großmutter gehört. Sie hatte protestiert, und er war wütend geworden. Er hatte sie angeschrien, und sie schämte sich, daß sie vor ihm Angst gehabt hatte. Sie hatte Angst um Laurel gehabt – gewiß, aber auch um ihr eigenes Leben.

Sie schlug die Hände vors Gesicht. Bisher war ihr immer alles gelungen, was sie sich vorgenommen hatte. Sie war mit einem Talent geboren worden, das ihr die Verehrung unzähliger Menschen auf der Welt eintrug, und sie hatte ihre Familie, die sie immer in ihren Vorhaben unterstützt hatte.

Nun schien sich plötzlich alles Glück von ihr zu wenden, und sie war allein und ganz sich selbst überlassen.

Sie sah auf, als jemand ins Zelt kam, und stellte zu ihrem Ärger fest, daß es Captain Montgomery war. Sie waren zusammen auf ihrem Pferd den Berg hinuntergeritten, aber sie hatte sich geweigert, mit ihm zu reden, und zum erstenmal hatte er nicht versucht, ihr Löcher in den Bauch zu fragen.

»Was haben Sie hier zu suchen?« forschte sie. »Das ist zufällig mein Zelt, meine private Burg sozusagen. Wenn ich Ihre Gesellschaft brauchen würde, hätte ich Sie zu einem Besuch aufgefordert, und überdies . . .«

»Wir haben einen Handel abgeschlossen, wenn ich Sie daran erinnern darf«, unterbrach er sie.

Sie sah ihn stirnrunzelnd an. »Ich habe keine Ahnung, wovon Sie . . .« Sie brach ab, weil ihr einfiel, worauf er anspielte. »Sie können doch unmöglich geglaubt haben, daß ich . . .«

»Sie sagten, Sie würden mit mir ins Bett gehen, wenn ich Sie eine halbe Stunde mit dem Fremden allein lasse. Das habe ich getan, und jetzt bin ich hier, um meinen Lohn zu fordern.«

»Ich hatte nicht die Absicht . . .« wisperte sie.

»Sie haben es nicht so gemeint? Bestehen Sie denn nur aus Lügen? Steckt auch nicht ein Funken Glaubwürdigkeit in Ihnen?«

»Ich bin keine Lügnerin. Ich lüge nie. Ich hatte es niemals nötig zu lügen«, sagte sie.

»Schön«, erwiderte er mit einem Lächeln, das ihr besonders heimtückisch erschien. »Dann wollen wir zur Sache kommen.«

Laurel, dachte sie. Ich tue das für Laurel. Vielleicht war es so auch besser. Wenn er ihr Liebhaber wurde, konnte sie ihn das nächste Mal möglicherweise leichter dazu überreden, sie in Ruhe zu lassen, wenn sie sich wieder zum Austausch von Nachrichten mit einem Mann treffen mußte.

Sie versuchte, an nichts zu denken, als sie die Hände an die Knöpfe ihrer Jacke legte. Sie sah zu ihm hoch. Er hatte den einen Fuß auf den Koffer neben dem Zelteingang gestellt und beobachtete sie. »S . . . sollen wir den Docht der Lampe herunterdrehen?«

»Nein«, sagte er langsam. »Ich möchte sehen, was ich bekomme.«

Ihr Gesicht lief dunkelrot an, und sie mußte zu Boden blikken, damit er den Abscheu in ihren Augen nicht bemerkte. Sie vermutete, daß sie ihn wahrscheinlich umbringen würde, wenn diese Nacht vorüber war. Sie würde ihn gern vor sich in seinem Blut auf der Erde liegen sehen.

Sie hatte gerade ihre Jacke aufgeknöpft und wollte sie von den Schultern streifen, als er seine Hände auf die ihren legte und sie daran hinderte. Sie funkelte ihn haßerfüllt an.

»Ich bin froh, daß diese Augen keine Dolche sind«, sagte er im belustigten Ton.

Sie befreite sich mit einem Ruck aus seinem Griff. »Lassen Sie uns das hinter uns bringen, ja? Ich muß Sie dafür bezahlen, daß Sie mir erlaubt haben« – sie spuckte die Worte förmlich aus –, »meine gottverdammte Freiheit auszunutzen. Was spielt es schon für eine Rolle, was ich denke oder fühle? Sie sind der physisch Stärkere, Captain Montgomery. Sie haben die Kraft, sich zu nehmen, was Sie sich wünschen.« Sie riß sich die Jacke von den Schultern, und als sie sich in ihren Haaren verfing, zerrte sie noch heftiger daran.

»Hören Sie auf«, sagte er und zog sie in seine Arme. »Still«, sagte er leise und strich ihr über den Rücken. »Es ist vorbei. Niemand wird Ihnen etwas antun.«

»Sie!« keuchte sie, aber sie wehrte sich nicht mehr gegen ihn. Sie hatte genug damit zu tun, ihre Tränen niederzukämpfen. »Sie werden mir etwas antun.« Sie schluckte.

»Nein, das werde ich nicht, und das war auch nie meine Absicht. Ich wollte nur etwas herausfinden, und jetzt weiß ich Bescheid.«

Sie schob ihn von sich weg, damit sie ihm ins Gesicht sehen konnte. »Was haben Sie entdeckt?« fragte sie leise.

»Wie wichtig Ihnen das ist, was Sie heute bekommen haben. Sie sind sogar bereit, dafür mit jemandem ins Bett zu gehen, den Sie so sehr verabscheuen wie mich. Und . . .«

Er lächelte, und seine Unterlippe verschwand unter seinem breiten Schnurrbart.

»Und was, Captain?«

»Und ich habe die Wahrheit über General Yovington herausgefunden.« Er sah sie mit einem wissenden Lächeln an. »Sie haben sich noch nicht oft vor einem Mann ausgezogen.«

»Oh?« hauchte sie leise.

»Tatsächlich« – er lächelte noch breiter – »tatsächlich vermute ich, daß Sie es noch *nie* zuvor getan haben.« Er lachte leise. »Ich habe zudem erfahren, was Sie über mich denken.« Sein Lächeln verlor sich. »Ich kann Ihnen versichern, Madam, daß ich nicht zu der Sorte von Männern gehöre, die eine Frau dazu zwingen, ihre Gunst gegen . . . gegen irgend etwas einzutauschen. Ich bin ein Mann der Vernunft, und Sie können mit mir über alles reden, ohne zu irgendwelchen unkeuschen Mitteln Zuflucht nehmen zu müssen.«

Er schwieg eine Weile und sah sie an, als erwartete er von ihr ein Dankeschön für seine edle Tat.

»Ein Mann der Vernunft?« flüsterte sie. »Sie, Captain Montgomery, sind der unvernünftigste Mann, der mir jemals begegnet ist. Ich habe Maultiere gekannt, die vernünftiger waren als Sie. Maultiere reagieren wenigstens, wenn man ihnen ein Brett auf den Kopf schlägt. Ich bezweifle sehr, ob dieses Mittel bei Ihnen Erfolg hätte.«

»Moment mal . . .«

»Nein! Jetzt hören Sie mir zu.« Sie mochte ihm zwar als Ringkämpferin nicht gewachsen sein, aber im Wettkampf der Stimmen konnte sie es mit jedem aufnehmen. »Seit ich Sie zum erstenmal getroffen habe, haben Sie mich immer nur beleidigt.«

»Ich würde niemals eine Lady beleidigen.«

»Sie haben mich eine umherziehende Sängerin genannt. Sie sagten zu mir, daß ich tun müßte, was Sie von mir verlangen. Können Sie denn nicht begreifen, daß Sie keine Befehlsgewalt über mich haben?«

»Meine Order . . .«

»Zur Hölle mit Ihrer Order. Sie sind in der Armee, nicht ich. Ich habe alles in meiner Macht Stehende getan, um Ihnen beizubringen, daß ich Sie weder brauche noch in meiner Nähe haben möchte. Aber Sie stehen hier, und das . . .« Sie preßte ihre Jacke an sich. ». . . das! Sie demütigen mich, machen sich über mich lächerlich und zwingen mich dazu, für Sie die Hure zu spielen. Und . . .« Ihr Kopf schnellte in die Höhe . . . »nur zu Ihrer Information! Ich habe mich vor Hunderten von Männern ausgezogen – Franzosen, Italiener, Russen –, aber nicht einer von ihnen hat mich eine umherziehende Sängerin genannt!«

»Ich hatte nicht die Absicht . . .«

»Natürlich nicht!« schnaubte sie. »Sie taten ja nur Ihre Pflicht, nicht wahr? Sie wollten mir Ihren Willen aufzwingen, nicht wahr?«

Plötzlich schien sie die Kraft zu verlassen. Ihr wurde schwindlig, und sie merkte, wie ihre Knie weich wurden. Es war alles zuviel für sie. Seit dem Tag, als sie in das Haus ihrer Tante gekommen war und von der Entführung Laurels erfahren hatte, hatte sie keine Ruhe mehr gefunden. Seither war ihr Leben, das aus Musik, gutem Essen und Heiterkeit bestanden hatte, untergegangen, und an seine Stelle waren harte Liegen, Schmutz, fremde Gesichter und die Angst getreten. Ihr Manager hatte sie verlassen, ihre Bequemlichkeit und ihr Humor waren irgendwo in England geblieben. Und alle Leute, die sie und ihre Musik kannten und sie liebten, befanden sich auf der anderen Seite des Planeten.

Sie legte die Hand an die Stirn und sank langsam zu Boden. 'Ring fing sie auf, bevor sie auf die Erde schlug. Er trug sie zu ihrer Liege, ging zum Eimer und tauchte ein Tuch ins Wasser, wrang es aus und legte es ihr auf die Stirn.

»Rühren Sie mich nicht an«, flüsterte sie.

»Pst. Es fehlt Ihnen nichts, was ein paar Stunden Schlaf und ein nahrhaftes Essen nicht kurieren könnten.«

»Schlaf und Essen«, murmelte sie. Mit allen Mahlzeiten dieser Welt würde sie Laurel nicht befreien können.

»Bleiben Sie still liegen, Miss LaReina, und ruhen Sie sich aus. Ich habe Ihnen etwas zu sagen. Es ist wahr, daß die Armee mir den Befehl gab, Sie zu begleiten, und ich habe mir vorgenommen, diesen Befehl auszuführen. Bleiben Sie liegen«, forderte er mit ruhiger Stimme. Sie schloß die Augen, und er schob das Tuch auf ihrer Stirn gerade und berührte dann sacht das Haar an ihrer Schläfe.

»Zuerst wollte ich Sie nur zur Rückkehr bewegen.«

Sie wollte ihm sagen, daß sie gar keine andere Wahl hatte, als in diesem Land zu bleiben, tat es aber nicht. Besser, wenn er so wenig wie möglich von der Wahrheit erfuhr.

Er berührte ihre andere Schläfe, legte dann sehr sacht die Hände auf ihren Kopf und begann mit dem Daumen kleine kreisende Bewegungen an ihren Schläfen zu vollführen. Sie spürte, wie sie sich bis zu den Zehen hinunter zu entspannen begann. »Wo haben Sie denn das gelernt?« fragte sie leise.

»Eine meiner Schwestern litt oft an Kopfschmerzen, die ich ihr immer wegmassiert habe.«

Sie spürte, wie sich die verspannten Muskeln in ihren Schultern und ihrem Rücken lockerten. »Wie viele Schwestern haben Sie?«

»Zwei.«

Sie lächelte. »Ich habe auch zwei Schwestern. Gemma ist ein Jahr älter als ich, und Laurel ist . . .« Sie holte tief Luft. »Laurel ist erst zwölf.« Seine großen Hände massierten ihren Hinterkopf. »Meine kleine Schwester ist vierzehn.«

»Das Nesthäkchen der Familie?«

»Bei sieben älteren Brüdern ist es ein Wunder, daß sie kein Monster ist.«

»Aber das ist sie nicht?«

»Nicht in meinen Augen«, sagte er leise.

»Und Laurel ebenfalls nicht. Sie ist immer fröhlich. Sie ist mir früher auf Schritt und Tritt gefolgt und war von meinem Gesang begeistert.«

»Ist sie jetzt in Lanconia?«

Einen Moment lang konnte sich Maddie nicht daran erinnern, wer oder was Lanconia war. Dann öffnete sie die Augen. »Ja, sie ist jetzt zu Hause in unserem Schloß«, sagte sie tonlos, und der Bann war gebrochen. »Vielen Dank für das . . . das Tuch, Captain Montgomery. Wären Sie jetzt so liebenswürdig, Edith zu mir zu schicken?«

»Natürlich«, erwiderte er und sah sie einen Moment an. »Was ist aus der Brosche geworden, die Sie heute an Ihrer Jacke getragen haben?«

Sie griff sich mit der Hand an den Hals. »Ich . . . ich habe sie verloren, als ich den Berg hinaufkletterte.«

»Und Sie haben nicht nach ihr gesucht? Sie sah antik aus.«

Sie wandte sich ab. »Sie gehörte einmal meiner Großmutter«, sagte sie leise und fuhr dann in schrofferem Ton fort: »Würden Sie mich jetzt bitte in Ruhe lassen und sich aus meinem Zelt zurückziehen? Reiten Sie in Ihr Fort, und belästigen Sie mich nicht mehr mit Ihrer Gegenwart.«

Er schien sich von ihrem Ausbruch nicht aus der Ruhe bringen zu lassen. »Ich sehe Sie dann morgen früh, Madam«, sagte er heiter und ging aus dem Zelt.

Als er das Zelt verließ, entdeckte er, daß die drei Reisebegleiter der Sängerin draußen gestanden und schamlos alles belauscht hatten, was sich im Zelt zugetragen hatte. 'Ring beachtete sie kaum und suchte sich einen Lagerplatz, der so nahe bei der Kutsche und dem Zelt war, daß er hören konnte, wenn der Sängerin Gefahr drohte. Toby hatte ein Karnickel in der Schlinge gefangen und röstete es über dem kleinen Feuer, das 'Ring entzündet hatte. Dann bestand er darauf, die Schnittwunde an 'Rings Arm zu untersuchen, und als 'Ring sein Hemd ausgezogen hatte, behandelte er die vier oder fünf Schürfwunden an 'Rings Oberkörper.

»Sie ist schon eine beachtliche Person, wie?« sagte Toby.

»Wenn du eine Vorliebe für Lügner hast, ist sie in der Tat beachtlich.« 'Ring schlürfte die schauderhafte Brühe, die Toby als Kaffee bezeichnete, und starrte in die Flammen. »Soweit ich es beurteilen kann, hat sie zu mir noch nie die Wahrheit gesagt.«

»Manchmal haben die Leute gute Gründe für ihre Lügen.«

»Ha!« schnaubte 'Ring.

»Wir können nicht alle so rein sein wie du«, sagte Toby und schüttete Whisky auf die Wunden. »Wenn du meinst, daß sie ein so abgrundtief schlechtes Geschöpf ist – warum läßt du sie dann nicht in Ruhe und reitest ins Fort zurück?«

»Sie ist nicht schlecht«, versetzte 'Ring und blickte zur Seite, als Toby grinste. »Ich habe keine Ahnung, was sie ist. Wenn man eine Auskunft von ihr bekommen will, ist es so, als würdest du . . . würdest du . . .«

»Mit einem Blackfoot-Indianer kämpfen?«

»Fast so schlimm.« 'Ring stand auf und streckte sich. »Ich werde mich jetzt schlafen legen. Bei dieser Frau braucht man jedes Quentchen Kraft, das man bekommen kann.« 'Ring zog sein Hemd an, setzte sich auf die Decke, die er auf dem Boden ausgebreitet hatte, und streifte die Mokassins ab.

»Toby?«

»Ja.«

»Hast du schon mal den Ausdruck ›seelische Schlafmütze‹ gehört?«

»Nicht, das ich wüßte. Wo hast du denn das aufgegabelt?«

»Von unserer kleinen ...« Er hielt inne und lächelte. »... umherziehenden Sängerin.«

Er hatte sie gewiß nicht in böswilliger Absicht so genannt, sondern sie nur einschüchtern wollen, damit sie von ihren Reiseplänen Abstand nahm. Und genau diesen Zweck hatte er mit seinen weiteren Aktionen verfolgt, aber er hatte nur erreicht, daß sie sich über ihn ärgerte. Angst hatte er ihr nicht einjagen können, aber als sie heute von dem Treffen mit dem Unbekannten zurückgekommen war, war sie ganz blaß gewesen vor Angst. Und bevor er zu ihr ins Zelt gekommen war, hatte sie geweint.

Er lächelte, als er sich an ihr Zusammensein im Zelt erinnerte. Es war ihm in der Tat gelungen, ihre Tränen zum Versiegen zu bringen. Ihre nassen Augen hatten gesprüht vor Haß, und er war froh gewesen, daß sie in diesem Moment keine Waffe in Reichweite gehabt hatte. Ob sie wohl mit einer Waffe umgehen konnte? Auf einem Pferd hielt sie sich gut, das mußte der Neid ihr lassen. Lernte man das in einem herzoglichen Reitstall? Kaum ...

»Was ist denn das?« fragte Toby plötzlich.

'Ring blickte geistesabwesend auf den Pfeil, den er aus seinem Gürtel gezogen hatte. »Ein Pfeil. Ein Crow-Pfeil.«

»Für mich sehen alle Indianer und alle Pfeile gleich aus. Wo hast du den her?«

'Ring hielt den Pfeil mit ausgestrecktem Arm von sich und betrachtete ihn. »Er wurde mir geschickt. Eine Botschaft, denke ich. Vielleicht eine Warnung. Ich glaube, der Indianer soll die Sängerin vor irgend etwas bewahren.«

»Wie kann eine Herzogin von . . . von . . .«

». . . Lanconia.«

»Ja, richtig. Wie kann eine ausländische Lady einen Indianer als Beschützer haben?«

'Ring lachte und streckte sich auf seiner Decke aus. »Das ist meine geringste Sorge. Morgen werde ich damit beginnen, mir die Antworten auf meine Fragen zu holen. Gute Nacht«, sagte er und schloß die Augen.

Maddie saß auf der harten, mit Pferdeleder überzogenen Bank und starrte wütend aus dem Fenster. Sie würde um keinen Preis der Welt den Mann ansehen, der ihr gegenübersaß. Heute morgen hatte Captain Montgomery sie davon unterrichtet, daß er in ihrer Kutsche mitreisen würde. Er hatte gar nicht erst gefragt, ob sie ihm es gestattete. Angeblich wollte er sich eine Weile vom Sattel erholen, aber sie wußte genau, was er vorhatte. Er wollte sie ausfragen.

Heute morgen, als sie aus einem unruhigen Schlaf erwacht war, hatte sie sich als erstes daran erinnert, wie er mit seinen Händen ihre verkrampften Muskeln entspannt hatte, als sie am Abend vorher vor Erschöpfung fast umgefallen wäre. In diesem Moment hätte sie ihm fast verraten, was mit Laurel passiert war.

Was würde wohl geschehen, wenn sie ihm die Wahrheit anvertraute? Sie konnte ihn sagen hören: »Ich habe den Befehl erhalten, Madam, jeden Mann und jede Frau festzunehmen, die versuchen, sich in die freie Meinungsbildung dieses Landes einzumischen.« Sie stellte sich vor, wie sie ihn anflehte, das Leben ihrer Schwester zu retten, und wie er ihr antwortete, daß Pflichtgefühl und Gehorsam wichtiger seien als das Leben eines unbedeutenden Mädchens.

»Wie bitte?« sagte sie, als sie merkte, daß Captain Montgomery etwas zu ihr gesagt hatte.

»Ich fragte, ob LaReina Ihr vollständiger Name ist.«

»Ja«, erwiderte sie und sah ihm jetzt doch in die Augen. Sie hatte ihm schon einmal klarzumachen versucht, daß LaReina ihr Künstlername war – offenbar hatte er ihr damals nicht zugehört. Warum also einen zweiten Versuch unternehmen?

»Das ist seltsam; Miss Honey redet Sie nur mit Maddie an, und Ihre Koffer tragen die Initialen ›MW‹.«

»Wenn Sie es schon genau wissen wollen: LaReina ist mein Mittelname. Ich heiße Madelyn LaReina ...« Sie grübelte, um sich einen passenden »lanconischen« Nachnamen einfallen zu lassen.

»Kein Nachname? Ist das in Königshäusern nicht üblich? Oder in Fürstenhäusern? Sind Sie mit dem König verwandt?«

»Er ist ein Vetter dritten Grades«, sagte sie, ohne mit der Wimper zu zucken. Es war verblüffend, daß ihr die Lügen immer leichter über die Lippen kamen.

»Mütter- oder väterlicherseits?«

Sie öffnete den Mund, um zu antworten, aber er fuhr, ohne auf sie zu achten, fort: »Das war eine dumme Frage. Er müßte ja väterlicherseits mit Ihnen verwandt sein, weil sich sonst der Titel nicht in Ihrer Familie vererben würde.« Seine Augen funkelten. »Falls in Lanconia nicht die mütterliche Erbfolge gilt oder Ihre Mutter einen von diesen seltenen Titeln besitzt, den eine Frau erben kann. In diesem Fall dürfte Ihr Vater wiederum den Titel seiner Frau gar nicht annehmen.« Er schwieg, als die Kutsche einen Satz machte. »Aber wenn *Sie* inzwischen den Titel geerbt haben, sind vermutlich Ihre beiden Eltern tot, und es gilt die matriarchalische Erbfolge.«

»Schauen Sie nur«, sagte Maddie, »dort draußen ist ein Elch. Vielleicht kann ich mir morgen abend nach der Vorstellung die Gegend ein wenig ansehen. Hier ist alles so anders als in meiner Heimat.«

»Was ist es nun?«

»Was ist nun was?« fragte sie, obwohl sie genau wußte, wonach er sie gefragt hatte.

»Geht Ihr Titel auf eine matriarchalische Erbfolge zurück?«

Sie knirschte mit den Zähnen. Wenn dieser Mann auch keine Vorzüge besaß – hartnäckig war er bestimmt. »Wir sind hier in Amerika. Solange ich in diesem Land bin, möchte ich so amerikanisch wie möglich sein. Das Dasein einer Herzogin ist so . . . so . . .«

»So voller Verpflichtungen?«

»Richtig. Sie haben es erfaßt. Das Leben im Palast war sehr langweilig. Ich habe mich schon immer nur für den Gesang interessiert und den ganzen Tag mit Madame Branchini verbracht. Nur mein Musikunterricht war mir wichtig.« Endlich war etwas Wahrheit an dem, was sie ihm erzählte. Sie rückte ihren Hut zurecht. Vielleicht würde er endlich still sein, wenn sie ihm eine Geschichte erzählte. »Nachdem ich einmal außerhalb von Paris drei Abende hintereinander *I Puritani* gesungen hatte, lud mich ein russischer Fürst zu einer Dinnergesellschaft in sein Haus ein. An jenem Abend saßen ungefähr ein halbes Dutzend Frauen an der Tafel – Damen aus dem englischen und französischen Hochadel und eine schöne, traurig aussehende russische Prinzessin. Der erste Gang war eine herrliche dicke Cremesuppe mit ein bißchen Sherry, und als wir die Suppe gegessen hatten, fand jede Dame eine Perle auf dem Grund der Tasse. Eine schöne, große Perle.«

'Ring musterte sie eine Weile nachdenklich. »Nach einer Kindheit in einem Herzogspalast und Dinners mit Perlen in den Suppentellern sind Sie nach Amerika gekommen. Dieses Land muß doch für Sie ein Abstieg sein nach der glanzvollen Zeit an Opernhäusern und Fürstenhöfen.«

»Es ist nicht so übel. Ich meine, Amerika und die Amerikaner haben eine Menge für sich.«

»Es ist sehr gütig von Ihnen, so etwas zu sagen, aber eine Lady wie Sie ... Sie sind doch an Champagner gewöhnt, an Rosen und Kavaliere, die Ihnen Juwelen schenken.«

»Nicht eigentlich«, sagte sie. »Mir ist es lieber, wenn es nicht so ist. Schließlich habe ich das alles mein Leben lang gehabt. Als Kind mußte ich sogar eine kleine Krone tragen, wenn ich in der Öffentlichkeit erschien.« Es ist ein Wunder, daß Gott mich nicht mit einem Blitz erschlägt, dachte sie.

Er sah sie lächelnd an. »Und welche Titel haben Ihre Schwestern?«

Sie wußte, daß das eine Falle war. Obwohl sie wenig von aristokratischen Titeln wußte, so war ihr doch eines klar: Es gab immer nur eine Herzogin in einer Familie. »Ich habe schreckliche Kopfschmerzen, Captain.«

»Soll ich Ihnen wieder den Kopf massieren?«

»Ebensogut könnte ich mit einer Klapperschlange spielen«, antwortete sie, legte den Kopf zurück und schloß die Augen. Sie öffnete sie nicht einmal, als sie sein leises Lachen hörte. Sie war sich nicht sicher, was für ein Spiel er mit ihr veranstaltet hatte, aber irgendwie hatte sie das Gefühl, daß sie als Verliererin daraus hervorgegangen war.

Gegen Mittag erreichten sie Denver City – eine »Stadt«, die aus ein paar Hundert Holzschuppen, einigen Zelten und ein paar Tausend Menschen bestand, die hier alle zu Millionären werden wollten.

Sobald ihre Kutsche zum Stehen gekommen war, strömten Leute herbei, um sie mit den neuesten Nachrichten über die Goldvorkommen zu begrüßen oder um eine Anleihe zu betteln, damit sie sich etwas zu essen oder eine Goldgräberausstattung kaufen konnten, und andere wieder waren nur neugierig. Unweit der Stadtgrenze befand sich ein Lager von Ute-Indianern. Sie kamen, um die rote Kutsche zu besichtigen und die Frau zu betrachten, die ein hellblaues Seidenkleid trug.

Maddie ließ der Lärm, das Gedränge der Leute und die vielen Fragen kalt. Sie lächelte allen gnädig zu, gab dann Frank und Sam den Auftrag, ihr Zelt aufzubauen und anschließend Handzettel zu verteilen, die ihren Auftritt für den Abend ankündigten. Als das Zelt errichtet war, ging sie hinein, um sich einen dunklen Wollrock, der bis zu ihren Knöcheln reichte, und eine schlichte weiße Baumwollbluse anzuziehen. Captain Montgomery wartete währenddessen vor dem Zelt auf sie.

»Guten Tag, Captain«, sagte sie und wollte an ihm vorbeigehen, aber er verstellte ihr den Weg. »Also gut – was wollen Sie von mir?« fragte sie ungehalten.

»Wohin gehen Sie?«

»Das geht Sie zwar nichts an, aber ich gedenke, erst zu Mittag zu essen und dann einen Rundgang durch die Stadt zu machen.«

»Und wer soll Sie zu Ihrem Schutz begleiten?«

»Ich habe vor, allein durch die Stadt zu gehen, wie ich es seit meiner Kindheit getan habe.«

»Sie können sich nicht ohne Begleitung unter diesem Pack bewegen.«

Sie preßte die Lippen aufeinander, versuchte an ihm vorbeizugehen, und als er sie zurückhielt, stieß sie ihren Ellbogen in seine Rippen. Er knickte nach vorn, und es gelang ihr, an ihm vorbeizukommen. Edith hatte bereits den Tisch gedeckt. Auf dem Weg von St. Louis nach Denver City hatten sie in einem Farmhaus frisches Gemüse und geräuchertes Fleisch gekauft.

»Wenn Sie schon meinen, auf mich aufpassen zu müssen,

Captain, dann haben Sie wenigstens die Güte, sich zu setzen, statt mit finsterem Gesicht neben mir zu stehen. Essen Sie mit uns.«

Er setzte sich auf einen der Schemel, schüttelte aber den Kopf, als Edith ihm einen Teller mit Schinken und Bohnen füllen wollte. »Ich will Sie nicht beleidigen, Ma'am; aber ich möchte lieber kein Gericht oder Getränk anrühren, das aus Ihrer Küche stammt.«

Zum erstenmal schenkte Maddie ihm ein aufrichtiges Lächeln. »Endlich höre ich mal etwas Kluges aus dem Mund unseres so vollkommenen Captain Montgomery. Zu schade, daß Sie so furchtsam sind. Der Schinken ist ausgezeichnet.«

Toby tauchte plötzlich aus dem Nirgendwo auf. Maddie nickte Edith zu, und sie reichte ihm einen Teller mit Bohnen und Schinken.

»Ich hoffe, es schmeckt Ihnen, Gefreiter Toby.«

»Das tut es. Das tut es ganz bestimmt«, sagte Toby mit vollem Mund, während er sich mit seinem Teller in der Nähe des Tisches auf den Boden setzte. »Und ich heiße Toby – ich bin kein Gefreiter, jedenfalls kein echter. Ich habe mit der Armee nichts am Hut, solange ich es vermeiden kann. Der Junge hier hat sich für den Verein entschieden, obwohl ich nicht begreife, warum er Warbrooke verlassen wollte, um . . .«

»Toby!« schnaubte 'Ring. »Verzeihung, Madam; aber manchmal redet er zuviel.«

»Oh?« Sie lächelte Toby an. »Und wo liegt dieses Warbrooke?«

»In Maine. Der Junge hat Maine verlassen . . .«

»Toby!«

Toby legte seine Gabel weg. »Himmel, es hat keinen Sinn, ein Tischgespräch zu führen. Ich weiß nicht, warum 'Ring das so gallig macht, was ich sage.« Toby stand auf, nahm seinen Teller und zog sich damit auf die Hinterseite des Zelts zurück.

»Warum sind Sie denn so mißgelaunt, Captain?«

»Die Sorge, daß man Sie umbringen könnte.«

»Umbringen? Du liebe Güte – wer sollte mir denn das Leben nehmen wollen?«

Er griff unvermittelt nach ihrer Hand, hielt sie fest, als Maddie sie ihm entziehen wollte, und drehte sie um, daß sie mit der Innenseite nach oben wies. Ein tiefer Kratzer war auf ihrer Handfläche und am Gelenk ein blauer Fleck zu sehen.

Maddie entriß ihm ihre Hand, stand auf und sagte: »Wenn Sie mich entschuldigen wollen, Captain. Ich möchte jetzt einen Rundgang durch die Stadt machen.«

»Sie werden nicht allein gehen.«

Sie schloß einen Moment die Augen und betete, daß Gott ihr Kraft geben möge. Vielleicht sollte sie vernünftig mit ihm reden und ihm versichern, daß ihr niemand etwas zuleide tun wollte. Aber sie konnte ihn nicht davon überzeugen, ohne ihm mehr zu verraten, als sie eigentlich wollte. Schließlich traten sie zusammen den Weg durch die Stadt an. Maddie versuchte ihren Begleiter zu ignorieren, aber es war gar nicht so leicht, einen Mann zu übersehen, der fast einsneunzig groß war und ihrer Schätzung nach zweihundert Pfund wiegen mußte.

Da man in Denver City nur selten einer Frau begegnete, die nicht verkäuflich war, erregte sie ein beträchtliches Aufsehen, als sie über die breiten Lehmpfade ging, die hier als Straßen dienten. Sie blieb an den primitiven Tischen stehen, die vor einigen Zelten aufgebaut waren und auf denen Waren von der Ostküste lagen. Oft verkauften Leute im Osten ihre ganze Habe, um sich ein Gespann und die nötige Ausrüstung für die Reise zu den Goldfeldern besorgen zu können. Und wenn sie hier eintrafen, verkauften sie ihren Wagen und ihre Ausrüstung für ein paar Siebe und Schaufeln und vielleicht für ein Stück Land an einem Fluß.

Maddie betrachtete einige Laternen und nahm dann einen hübschen Spitzenkragen in die Hand. Als sie ihn begutachtete, blieben drei Goldschürfer bei ihr stehen, die Hüte gegen die Brust gepreßt, und starrten sie an. Sie drehte sich um und lächelte ihnen zu. »Guten Morgen.«

Die Männer gaben ihren Gruß mit einem Nicken zurück.

»Haben Sie schon Gold gefunden?«

Einer der drei Männer griff in seine Tasche, aber als er die Hand wieder herausziehen wollte, war Captain Montgomery bei ihm und legte seine große Hand auf den Arm des Mannes.

Maddie war dieser Vorfall nicht nur peinlich, sondern er empörte sie auch. Sie faßte nach dem Handgelenk des Captain, sagte: »Entschuldigen Sie, meine Herren«, und wandte sich ab.

»Er hätte einen Revolver in der Tasche tragen können«, sagte 'Ring hinter ihr. »Ich wollte Sie nur vor Gefahren bewahren . . .«

»Gefahren? Das sind doch nur ein paar einsame Goldgräber!« Sie wirbelte herum. »Gehen Sie, Captain Montgomery! Lassen Sie mich gefälligst in Ruhe!«

»Ich werde Sie beschützen, egal was ich dafür tun muß oder wie unangenehm es für uns beide auch sein mag.«

Das war der Gipfel der Unverschämtheit. Jetzt tat er so, als wäre es für ihn eine Last, seine Zeit in ihrer Gesellschaft zu verbringen. Sie ging vor ihm, die Hände an den Seiten zu Fäusten geballt. Viele Menschen blieben stehen und betrachteten neugierig die hochgewachsene, elegante Frau, der ein noch größerer Mann folgte. Die Männer grinsten und stießen sich gegenseitig an, denn sie konnten unschwer erkennen, daß die Frau sehr wütend war.

Jetzt werde ich auch noch zum Gespött der Leute, dachte Maddie. Womit habe ich das verdient? Warum mußte mein Leben eine so unglückliche Wendung nehmen?

In diesem Augenblick faßte sie den Entschluß, die blamable Komödie ein für allemal zu beenden. Sie drehte sich um und sagte mit ihrem süßesten Lächeln: »Captain Montgomery, ich habe Hunger.«

»Aber Sie haben doch gerade gegessen!«

Wo waren nur die Männer geblieben, die Frauen jeden Wunsch von den Augen ablasen? »Richtig, aber jetzt bin ich wieder hungrig. Könnten wir nicht irgendwo einkehren?«

Er blickte über ihren Scheitel hinweg. Tatsächlich war er selbst hungrig wie ein Wolf. Er hatte die ganzen letzten Tage von Dörrfleisch und hartem Armeezwieback gelebt, während sich Maddie an Frischfleisch und – was noch besser war – frischem Gemüse delektiert hatte. Aber nachdem sie ihn mit dem Opium in ihrem Whisky außer Gefecht gesetzt hatte, wagte er nicht mehr, etwas zu sich zu nehmen, was sie ihm anbot. »Dort drüben ist eine Garküche auf Rädern, wo man auch Lebensmittel kaufen kann.«

In wenigen Sekunden kam er mit Tellern und einem frischen Brotlaib, den er bei Edith abliefern sollte, zurück. Sie lächelte ihn an. »Könnten Sie das bitte so lange für mich halten, während ich mal kurz auf die ... Sie wissen schon ... gehe?«

Er schaute auf die mit Roastbeef, Kartoffeln, Maisbrot und Erbsen beladenen Teller. Er hörte kaum, was sie sagte, nickte und setzte sich auf eine Bank neben dem Wagen. Er war so hungrig, daß er seinen Teller bereits leer gegessen und ihren Teller schon zur Hälfte abgeräumt hatte, bevor ihm auffiel, daß sie schon ziemlich lange weg war.

»Zum Henker mit ihr«, murmelte er. »Zum Henker mit *mir*«, korrigierte er sich und machte sich auf die Suche nach ihr. Natürlich war es nicht leicht, eine Frau in dieser riesigen Zeltbudenstadt wiederzufinden, aber sie war doch auffällig genug, daß viele Leute ihr nachschauten, wenn sie an ihnen vorüberkam, und es schien keinen Mann in Denver City zu geben, der sie nicht gesehen hatte; nur über die Richtung, in die sie gegangen war, gab es widersprüchliche Meinungen.

Es dauerte fast eine Stunde, bis er sie inmitten einer Gruppe von Ute-Frauen entdeckte. Er fragte sich, wie sie sich mit den lachenden Frauen verständigen konnte, als er auf sie zustürmte.

Die Indianerinnen bemerkten ihn zuerst und warnten Maddie, die ins Indianercamp lief. 'Ring hetzte hinter ihr her und brüllte, daß sie stehenbleiben sollte. Die Indianerfrauen, die immer für einen Scherz zu haben waren, bemühten sich nach Kräften, 'Ring an der Verfolgung zu hindern, bis er eine der Frauen aufhob und zur Seite stellte.

Maddie lief so schnell sie konnte, durch das Indianerdorf, wich Kindern und Hunden aus, prallte einmal mit einem Krieger zusammen und entschuldigte sich wortreich bei ihm, ohne jedoch ihr Tempo zu drosseln. Als sie das andere Ende des Indianerdorfs erreicht hatte, schlug sie einen Haken und rannte auf die Stadt zu.

Sobald sie den Stadtrand erreichte, ging sie langsam weiter, um wieder zu Atem zu kommen, und lächelte. Sie hatte den Captain nicht nur überlistet, sondern auch im Wettlauf besiegt. Doch ein paar Sekunden später spürte sie eine Hand auf der Schulter, und als sie aufschaute, sah sie ihn mit einem triumphierenden Leuchten in den Augen neben sich stehen. Plötzlich schrie sie: »Helft mir! Helft mir! Bitte, schlage mich nicht noch einmal!«

Acht Männer stürzten sich gleichzeitig auf 'Ring, während sie wieder floh. Zwanzig Minuten später war er ihr abermals dicht auf den Fersen. Sie blickte über die Schulter auf ihn zurück und sah, daß seine sonst so tadellose Frisur arg zerzaust war, er etliche rote Flecken im Gesicht hatte und von oben bis unten mit Lehm bedeckt war. Sie grinste und lief weiter.

Sie war sich nicht sicher, wann das Spiel angefangen hatte ihr Spaß zu machen, aber sie genoß es über alle Maßen. Sie versteckte sich in einem leeren Gurkenfaß und hätte fast laut gekichert, als er keinen halben Meter von ihr entfernt stehen blieb und in alle Richtungen spähte. Sie rannte in eine Gruppe von Männern hinein, die würfelten, nahm einem der Männer den Hut weg und kauerte sich zwischen ihnen nieder. Die Männer drängten sich enger zusammen, um ihr zu helfen, sich vor ihrem Verfolger zu verstecken. Tatsächlich drängte sich einer der Männer viel zu nahe an sie heran, und sie protestierte mit einem lauten Quietschen, als er – sie konnte es zwar nicht beschwören, aber sie war sich ziemlich sicher – sie in den Oberschenkel kniff. Sie schreckte hoch, und in diesem Augenblick drehte sich Captain Montgomery um und entdeckte sie. Sie lief erneut davon.

Sie stürmte in einen der vielen Saloons, blieb an der hohen, roh gezimmerten Theke stehen und flüsterte: »Whisky.« Sie trank den Schnaps in einem Zug und streckte dem Barkeeper das Glas zum Nachfüllen hin, als sie Captain Montgomery am Eingang bemerkte. »Er bezahlt«, sagte sie und schlüpfte durch den Hinterausgang. Der Bartender und ein paar Männer hielten den Captain so lange fest, bis er das Geld aus der Tasche gekramt und den Whisky bezahlt hatte.

Draußen bat Maddie zwei Männer, sie auf eines der wenigen Gebäude von Denver City hinaufzuheben, die über eine feste Dachkonstruktion verfügten. Die Männer taten ihr nur zu gern diesen Gefallen, jedoch nicht ohne sie an Stellen zu berühren, die im Grunde für sie verboten waren.

Maddie stand auf dem Dach und beobachtete Captain Montgomery, der nach ihr Ausschau hielt. Sie mußte sich den Mund zuhalten, um nicht laut zu lachen. Sie holte tief Luft, streckte die Arme in die Höhe und legte den Kopf zurück. Es war seit Monaten das erste Mal, daß sie sich wieder ihres Lebens freute. Wie kostbar doch die Freiheit ist, dachte sie bei sich.

Als sie die Augen wieder öffnete, stand Captain Montgomery unter ihr und starrte zu ihr hinauf.

»Hallo«, sagte sie lachend und ging zum anderen Ende des Daches, wo ein Haufen alter Fässer und Wagenräder lag. Als sie hinunterkletterte, stand Captain Montgomery bereit, um sie in Empfang zu nehmen. Sie wollte wieder davonlaufen, aber er packte sie am Rock und zog sie zurück.

Sie wehrte sich nach Kräften, aber er hielt ihre Hände fest, und schließlich faßte er sie um die Taille und schwang sie über seine Hüfte.

»Versuchen Sie ja nicht, mich zu beißen«, warnte er sie, »oder Sie werden eine Woche lang nicht sitzen können. Haben Sie mich verstanden?«

Sie kam sich wie ein Mehlsack vor, als sie über seinem Arm hing, aber sie spürte, daß er sehr wütend war, und zornige Männer waren unberechenbar und taten zuweilen merkwürdige Dinge. Sie gab ihren Widerstand auf, und 'Ring stapfte mit ihr aus der Stadt.

Nach einiger Zeit, als sie schon den Lärm der Menschen nicht mehr hören konnten, setzte er sie auf einem kleinen, mit Gras bewachsenen Hügel ab.

»Captain Montgomery, ich . . .«

»Sagen Sie nichts! Nicht ein Wort! Ich habe den Befehl, auf Sie aufzupassen, und ich werde mich daran halten, verdammt noch mal. Für Sie mögen Ihre kleinen Eskapaden ein netter Zeitvertreib sein, aber Sie haben ja keine Ahnung, was in so einer Goldgräberstadt vor sich geht. Wissen Sie überhaupt, was für Gesindel sich dort herumtreibt? Sie . . .«

»Sie sind derjenige, der keine Ahnung hat«, erwiderte sie gelassen und legte sich ins Gras zurück. Die Bewegung in der klaren, dünnen Bergluft hatte ihr gutgetan. Zum erstenmal, seit sie von Laurels Entführung erfahren hatte, fühlte sie sich nicht angespannt. »O Captain, haben Sie denn keinen Sinn für Humor? Nicht einmal ein Fünkchen Verständnis dafür?« fragte sie versonnen. Es war das erste Mal seit langem, daß sie Wiesenblumen, Bäume und den blauen Himmel wahrnahm und sich darüber freute.

Er schwieg eine Weile, dann streckte er sich einen halben Meter von ihr entfernt ebenfalls im Gras aus und murmelte: »Ich habe sogar einen sehr ausgeprägten Sinn für Humor, aber den scheine ich im letzten Jahr verloren zu haben.«

»Oh?« erwiderte sie in einem Ton, der ihn zum Weiterreden ermuntern sollte; aber er schwieg. Sie holte tief Luft und sagte: »Ich kann mir nicht vorstellen, daß ein Mann, der sein Pferd Satan tauft, Sinn für Humor haben kann. Sie bestehen doch nur aus Pflichtbewußtsein. Sie sind viel zu ernst, und Sie haben keine Ahnung, wie man mit Frauen umgeht. Offensichtlich glauben Sie, daß man sie unter allen Umständen einschüchtern muß. Ich bin sicher, manche Frauen mögen das, aber in den meisten Fällen haben Sie mit dieser Methode bestimmt keinen Erfolg.«

»Sie wissen nichts über mich«, erwiderte 'Ring gereizt.

»Dann sind wir quitt. Denn Sie wissen ebensowenig über mich.«

Er drehte sich zur Seite, um sie anzusehen, aber sie hielt den Blick noch immer auf den Himmel gerichtet. »Da irren Sie sich sehr. Denn ich weiß eine Menge über Sie, Miss La-Reina.«

Sie lachte geringschätzig und sagte: »Nichts. Absolut nichts.«

Er rollte sich auf den Rücken. »Wollen wir wetten?«

»Fordern Sie wieder, daß ich mit Ihnen ins Bett gehe?«

»Nein«, sagte er leise. »Wir werden um etwas Wichtigeres wetten.« Er übersah den wütenden Blick, mit dem sie ihn bedachte. »Sie werden mir versprechen, daß Sie mir vierundzwanzig Stunden lang nicht weglaufen. Ich möchte schlafen können, ohne mir Sorgen machen zu müssen, daß Sie wieder etwas Dummes anstellen.«

»Was bekomme ich dafür?«

»Vierundzwanzig Stunden, in denen ich Ihnen nicht nachspioniere.«

Sie lächelte zu den Bäumen hinauf. »Und bei dieser Wette geht es lediglich darum, ob Sie etwas über mich wissen oder nicht, richtig?« Sie glaubte nicht, daß sie viel riskierte, wenn sie auf das Spiel einging. Schon deswegen nicht, weil sie hier in Denver City heute abend mit jemandem zum Austausch der Briefe zusammentreffen sollte, und sie hatte keinen Zweifel daran, daß diese Transaktion vor seinen Augen vonstatten gehen konnte, ohne daß er etwas merkte. Er glaubte, Frauen wären zerbrechliche Geschöpfe, und sie kannte seine Vorurteile, was Opernsängerinnen betraf. »Schön. Die Wette gilt. Was wissen Sie über mich?«

»Zunächst, daß Sie keine Herzogin sind. Ebensogut könnte ich die Königin Victoria sein. Sie haben nicht die geringste Ahnung von den aristokratischen Erbfolgegesetzen, und das Königreich Lanconia kennen Sie höchstens aus Büchern. Die Brosche, die Sie – äh – verloren haben und die früher Ihrer Großmutter gehört hat, war zwar ein hübsches kleines Schmuckstück, aber weder mit den Diamanten noch mit den Perlen, mit denen sie besetzt war, hätte sich eine Herzogin zufriedengegeben. Was Sie *wirklich* kennen, ist dieses Land. Sie klettern auf die Berge, als wären Sie hier geboren und aufgewachsen. Sie können besser reiten als die meisten Männer, und Sie trinken diesen Fusel, der sich Whisky schimpft, als wären Sie damit großgezogen worden. Wie mache ich mich bisher?«

»Ich bin noch nicht eingeschlafen.«

»Sie haben nicht die geringste Scheu vor Indianern – höchst ungewöhnlich für eine europäische Lady, nicht wahr? Sie kennen Sam und Frank nicht sehr gut und mögen Edith nicht besonders. Ich frage mich deshalb, ob nicht ein anderer Ihre Reisebegleiter für Sie ausgesucht hat. Habe ich recht?«

»Vielleicht.«

»Was noch? Ja, meiner Einschätzung nach haben Sie keine Erfahrung mit Männern, oder zumindest fast keine.«

»Das gefällt mir ganz und gar nicht, Captain.« Sie wollte sich erheben, aber er ließ es nicht zu.

»Ich wollte Sie damit gewiß nicht beleidigen. Ich bin sicher, daß eine Frau, die so hübsch ist wie Sie, mehr als genug Anträge bekommen hat, aber ich glaube nicht, daß Sie sich sonderlich für Männer interessieren.«

»Männer, die mir aufgezwungen werden, interessieren mich wahrhaftig nicht. Ich glaube, ich muß in die Stadt zurück.«

Er hielt sie am Arm fest. »Das war noch nicht alles. Ich darf Sie daran erinnern, daß Sie behauptet haben, ich wüßte nichts über Sie. Was habe ich noch vergessen? Ach ja – jemand erpreßt Sie. Ich habe zwar noch nicht herausgefunden, warum, aber ich bin sicher, daß Sie es nicht mit einem zurückgewiesenen Liebhaber zu tun haben. Nein, das ist eine viel ernstere Sache – viel, viel ernster. Sie erschrecken nicht so leicht, aber Sie haben eine Todesangst vor dem, was sich im Augenblick in Ihrem Leben abspielt.«

Maddie war sprachlos.

Behutsam nahm er ihre Hand in die seine. »Ich bin ein Ehrenmann ... Maddie«, flüsterte er, und benutzte den Namen, den er von Edith gehört hatte. »Wenn Sie sich mir anvertrauen würden, werde ich alles in meiner Macht Stehende tun, um Ihnen zu helfen. Aber Sie müssen mir vertrauen.«

Maddie mußte ihre ganze Willenskraft zusammennehmen, um ihm nicht von Laurels Entführung zu erzählen. Sie wollte sich jemandem offenbaren, der sie verstehen konnte – jemandem, der anders reagierte als Edith, die nur mit den Schultern gezuckt hatte. Und sie brauchte einen Rat. Was sollte sie tun, wenn sie ins dritte Lager kam und man ihr dort Laurel nicht zeigte? Was wäre, wenn ...

Um der Versuchung nicht zu erliegen, sprang sie auf die Füße und baute sich vor ihm auf. »Oh, das war sehr gut, Captain Montgomery. Sehr gelungen. Wenn Sie einmal die Armee verlassen wollen, könnten Sie vielleicht zur Bühne gehen.« Sie straffte die Schultern und sah ihn hochmütig an. »Aber Sie vergessen den wichtigsten Teil von mir. Meine Stimme. Solange Sie noch nicht gehört haben, wie ich singe, wissen Sie nichts über mich. Gar nichts. Alles andere ist ohne Bedeutung.«

Er lächelte. »Glauben Sie wirklich, daß diese Horde von betrunkenen, habgierigen Männern Opernarien hören möchte?«

»Man muß kein Liebhaber von Opernarien sein, nicht einmal ein Musikliebhaber, um sich an meiner Stimme zu erfreuen.«

Er lachte – lachte von Herzen. Es war ein tiefes, angenehmes Lachen. »Sie sind eitel, nicht wahr?«

Ihr Gesicht wurde ernst. »Absolut nicht. Ich habe nicht einen Funken Eitelkeit in mir. Meine Stimme ist eine Gabe Gottes. Wenn ich sagen würde, sie wäre schlechter, als sie wirklich ist, würde ich Gott beleidigen.«

»So kann man es auch betrachten.«

Sie setzte sich neben ihn. »Nein«, entgegnete sie ernsthaft, »ich sage die Wahrheit. Wo sonst kommen unsere Talente her als von Gott? Ich singe seit meinem dritten Lebensjahr. Ich bin mit sechzehn zum erstenmal auf der Bühne gestanden, und jeden Tag danke ich Gott dafür, daß er mich mit dieser Stimme gesegnet hat. Ich versuche ihn zu ehren, indem ich meine Stimme pflege.«

Er wußte, daß sie von ihren Worten zutiefst überzeugt war. Und wie sie es sagte, machte es auch Sinn. »Und Sie glauben, daß Ihre Arien den Goldgräbern gefallen werden? Daß Sie Ihre *La* . . .«

». . . *La Traviata*.«

»Ah, ja, daß sie Ihre Arien von der gefallenen Frau lieben werden?«

Sie sah ihn nachdenklich an. »Sprechen Sie Italienisch?«

»Ein bißchen. Gauben Sie, daß die Glücksritter Ihre Arien mögen?« hakte er nach.

»Nicht meine Arien, meine Stimme. Das ist ein gewaltiger Unterschied.«

»Also gut«, sagte er lächelnd. »Dann beweisen Sie mir das. Singen Sie ein Lied für mich.«

Sie blickte ihn lächelnd an. »Ich muß mich bei Ihnen entschuldigen, Captain Montgomery. Sie *haben* Sinn für Humor. Einen unglaublichen, unverfrorenen Sinn für Humor.«

»Oh, ich verstehe. Sie brauchen etwas dazu. Ein Orchester? Können Opernsänger nicht *a cappella* singen?«

»Ich könnte sogar unter Wasser singen, wenn das nötig wäre, aber ich singe nur, wenn ich singen will. Würde ich jetzt für Sie singen – nur für Sie allein –, wäre das ein sehr wertvolles Geschenk. Sie haben nichts getan, um sich so ein Geschenk zu verdienen.«

»Die Goldsucher, die heute abend zehn Dollar bezahlen müssen, haben sich aber dieses . . . Geschenk verdient?«

»Heute abend werde ich nicht für einen Mann singen, sondern für viele. Das ist ein gewaltiger Unterschied.«

»Ich verstehe«, höhnte er und zog dann seine große goldene Taschenuhr aus der Jackentasche, »Geschenk oder nicht – es wird Zeit für Sie, ins Lager zurückzukehren, um sich für Ihren Auftritt heute abend vorzubereiten.«

»Wie habe ich nur fünfundzwanzig Jahre überlebt, ohne daß Sie mir sagen mußten, was ich zu tun habe?«

»Das weiß ich nicht. Es ist mir auch ein Rätsel.« Als er aufstand, schnitt er eine Grimasse und hielt sich den Rükken.

»Werden Sie alt, Captain?«

»Ich bin an Felswänden hinaufgeklettert, um Sie vor Gefahren zu bewahren, gebissen, getreten und in die Rippen geboxt worden, und ich mußte acht Männer Ihretwegen k. o. schlagen – das alles scheint nicht ganz spurlos an mir vorübergegangen zu sein.«

»Sie können ja jederzeit in Ihr Fort zurückkehren und sich dort ausruhen.«

»Harrison würde sich freuen, wenn ich unverrichteter Dinge zurückkäme«, murmelte 'Ring.

»Und wer ist Harrison?«

»Ich werde Ihre Frage beantworten, wenn Sie meine beantworten.«

»Eher friert die Hölle ein«, gab sie mit süßer Stimme zurück, bevor sie sich auf den Rückweg machte.

»Hölle hin oder her – vergessen Sie nicht, daß ich die Wette gewonnen habe. Sie laufen mir in den nächsten vierundzwanzig Stunden nicht weg!«

»Sie haben die Wette *nicht* gewonnen, Captain. Das habe ich Ihnen doch schon erklärt. Wenn Sie gesagt hätten: ›Sie sind eine Sängerin‹, hätten Sie gewonnen, denn Singen ist mein Lebensinhalt.«

»Ich habe doch gesagt, daß Sie eine Sängerin sind.«

Sie drehte sich um und funkelte ihn an. »Sie haben meinen Gesang nicht mit einem Wort erwähnt.«

In seinen Augen irrlichterte es. »Ich habe zu Ihnen gesagt, daß Sie eine Sängerin sind.« Er senkte die Stimme. »Eine Sängerin, die umherzieht.«

Sie wurde wütend, aber dann biß sie sich auf die Unterlippe, um nicht laut zu lachen. »Ha!« Sie machte kehrt und marschierte in Richtung Lager. »Sie werden es erleben«, rief sie über die Schulter. »Heute abend werden Sie erfahren, wer und was ich bin.«

Er stand auf und sah ihr nach. Sie war eine verdammt interessante Frau – hübsch, intelligent – und sie hatte Probleme. Sie steckte bis zum Hals in Schwierigkeiten und konnte nicht noch mehr davon gebrauchen. Ihm hatte gefallen, wie sie über ihre Stimme gesprochen hatte. Manchmal hatte er die Frauen satt, die ihn ständig danach fragten, ob ihm ihr Kleid oder ihre Frisur gefiel. Vielleicht hatte Toby recht. Toby hatte gesagt, daß die Frauen es allen Montgomery-Jungs zu leicht machten. Sie sahen gut aus, hatten Geld wie Heu, und die meisten Frauen verlangten nicht mehr als das. Toby meinte, das wäre unfair, denn er selbst hätte weder das eine noch das andere und wenn er eine Frau für sich gewinnen wollte, müßte er nett zu ihr sein und ihr den Hof machen.

'Ring beobachtete Maddie. Sein gutes Aussehen schien auf sie nicht den geringsten Eindruck zu machen, und er bezweifelte, daß sich ihr Verhalten ihm gegenüber ändern könnte, wenn er ihr von dem Familienvermögen erzählen würde. Wie konnte sich wohl jemand von Geld beeindrucken lassen, der schon als Kind eine kleine Krone getragen und im Land herumgereist war, um sich von seinen Untertanen zujubeln zu lassen? Er lachte laut und beherrschte sich wieder, als ein paar Leute stehenblieben und ihn anstarrten.

Sie war eine Lügnerin; aber eine interessante und einfallsreiche Lügnerin. Vielleicht brauchte sie tatsächlich weniger Schutz, als er ursprünglich angenommen hatte, aber er wollte in ihrer Nähe bleiben, und wenn auch aus keinem anderen Grunde, als zu erfahren, was als nächstes passierte.

Diese Frau in einem schmutzigen Goldgräberlager zu jagen, war ein viel besserer Zeitvertreib als der Dienst bei der Truppe, der, wie Toby ihm bei jeder Gelegenheit versicherte, sogar einen toten Mann langweilen mußte.

Er lächelte und beobachtete, wie Maddies Rock um ihre wohlgeformten Hüften schwang.

5

»Also gut«, sagte 'Ring zu Toby. »Hast du alles verstanden, was ich dir aufgetragen habe? Und wirst du es auch nicht vergessen?«

Sie befanden sich in einem Zelt hinter dem großen halbfertigen Schuppen aus Holz, der ein Hotel werden sollte, aber heute als Konzertsaal für Maddies Auftritt hergerichtet worden war.

»Wie sollte ich das vergessen können?« erwiderte Toby mit gereizter Stimme. »Du hast mir ja in den letzten zehn Minuten zwanzigmal dasselbe erzählt. Wir müssen für Disziplin im Saal sorgen. Und falls einem Zuhörer ihre Arien nicht gefallen und er Stunk machen will, hauen wir ihm den Schädel ein.«

»Mehr oder weniger«, sagte 'Ring, der wieder auf seine Taschenuhr sah.

»Was ist nur los mit dir? So zappelig habe ich dich noch nie erlebt. Man könnte meinen, du bekommst ein Baby.«

»Fast ist mir so. Sie glaubt, daß sich diese Saufköpfe für ihre Arien begeistern.«

»Ich hätte sie für gescheiter gehalten.«

'Ring seufzte. »Du hättest sie hören sollen! Sie hält ihre Stimme für eine Gabe Gottes. Das mag ja stimmen, aber sie ist ein Geschenk für Männer im Frack – für Männer, die Champagner trinken. Aber wer das Zeug säuft, das sie hier Whisky nennen, will wohl eher ihre Beine sehen.«

»Keine schlechte Idee.«

'Ring warf ihm einen strafenden Blick zu.

»Wir können nicht alle so edle Gedanken haben wie du. Ich habe heute in der Stadt Geschichten über euch beide gehört. Du hast bisher noch nie versucht, eine Frau einzufangen – weder öffentlich noch privat. Und stimmt es, daß du sie anschließend in den Wald geschleppt hast?«

'Ring schwieg und schaute wieder auf seine Taschenuhr.

»Seid ihr euch im Wald nähergekommen?«

»Ja«, schnaubte 'Ring. »Wir haben *geredet.* Hast du schon mal versucht, dich mit einer Frau zu unterhalten?«

»Warum sollte ich? In der Armee muß man sich doch so viel Geschwätz anhören, daß der Bedarf, zu reden, für alle Zeiten gedeckt ist. Hast du sie geküßt?«

»Toby, halt den Mund.«

Toby grinste.

Maddie betrachtete noch einmal ihren Programmzettel. Sie sollte erst ein paar populäre Arien singen, die ins Ohr gingen, dann einige Lieder, die ihre Stimme besonders zur Geltung brachten, und mit der Hymne »America the Beautiful« das Programm abschließen.

Frank hatte ein Klavier aufgetrieben, dessen Gehäuse zwar verschrammt und zerkratzt war, aber er hatte es gestimmt, und es gab passable Töne von sich. Frank war ein recht begabter Musiker, und Maddie glaubte, daß er sich auch einmal als solcher sein Geld verdient hatte, bevor er sich für eine Karriere als Boxer entschieden hatte. Sie hatte ihn nie nach seiner Vergangenheit gefragt. Mit seinem Gesicht ermutigte er wahrhaftig niemanden, Vertraulichkeiten mit ihm auszutauschen.

Sie sah auf, als Captain Montgomery, gefolgt von Toby, die kleine improvisierte Garderobe betrat, die sich neben der Hintertür des Rohbaus befand.

»Sie schenken Whisky aus«, verkündete der Captain düster, »und verteilen Würfelbecher. Die Leute sind nicht an zivilisierte Unterhaltung gewöhnt. Toby und ich werden unser möglichstes tun, um das Gesindel im Zaum zu halten, aber ich kann für nichts garantieren.«

»*Ich* werde sie im Zaum halten, Captain. Meine Stimme und ich werden die Männer genügend ablenken.«

Er warf ihr einen Blick zu, der besagte, daß er sie nicht für sonderlich intelligent hielt, lächelte und meinte augenzwinkernd: »Klar. Sicher. Gott wird vermutlich einen Blitz schikken, der diejenigen tötet, die sich nicht benehmen.«

»Hinaus«, sagte sie leise. »Hinaus!«

'Ring verbeugte sich spöttisch und verließ die Garderobe, aber Toby zögerte seinen Abgang noch ein bißchen hinaus. »Der Mann kann einen rasend machen, nicht wahr, Ma'am?«

»Mehr, als ich sagen kann. Hat ihm eigentlich noch niemand gesagt, daß er sich auch einmal irren kann?«

»Ein paar, aber am Ende hat er immer recht behalten.«

»Kein Wunder, daß ihn seine Familie zur Armee geschickt hat.«

Toby kicherte. »Ma'am, die ganze Familie ist so wie er.«

»Das kann ich nicht glauben. Die Erde könnte so etwas nicht ertragen.«

»Ja, Ma'am.« Toby grinste. »Viel Glück heute abend.«

»Danke.«

Als Maddie auf die Bühne kam, die erst heute nachmittag nach Sams Vorgaben errichtet worden war, hatte sie ein wenig Lampenfieber. Sie wußte, daß sie ihre Nervosität Captain Montgomery zu verdanken hatte. Jetzt stand er an der Rückwand des Rohbaus, hinter einer Menge von schätzungsweise dreihundert Männern. Er hatte einen Säbel an der Seite, eine Pistole im Halfter und ein oder zwei Messer im Gürtel. Er schien sich darauf vorbereitet zu haben, mit einem Schiff voller Piraten kämpfen zu müssen. Toby stand an der Seitenwand und stocherte sich mit einem Messer, das so groß war, daß man damit Büffelknochen spalten konnte, zwischen den Zähnen herum.

Bei Gott, dachte sie, ich singe in einem Gefängnis, aber in diesem Fall sind die Gefangenen vergnügt und die Wärter verrückt.

Sie begann ihr Programm mit der wunderschönen Arie »*Ah, fors' è lui*« aus *La Traviata*, aber sie hatte kaum zwei Zeilen des Librettos gesungen, als im Hintergrund des Raumes Unruhe ausbrach. Und das war ganz allein Captain Montgomerys Schuld. Irgendein armer, müder Goldgräber hatte seinen Stuhl zu weit nach hinten gekippt, daß er zu Boden fiel, und der Captain hatte sich sofort mit gezogener Pistole auf den Mann gestürzt.

»Eine Prügelei!« rief jemand, und dann flogen die Fäuste, und das Chaos brach los. Holz zerbarst, Stühle segelten durch die Luft.

Was macht man mit ungezogenen Jungen? fragte sich Maddie. Man schreit sie nieder.

Sie holte tief, ganz tief Luft, füllte ihren Körper, wie sie das jahrelang geübt hatte, mit Luft, und sang einen hohen, reinen und sehr lauten Ton.

Damit lenkte sie sogleich die Aufmerksamkeit der Männer, die sich in ihrer unmittelbaren Nähe prügelten, auf sich. Sie erstarrten mitten in der Bewegung und sahen sie aus großen Augen an.

Maddie hielt den Ton, und noch mehr Männer hielten inne und starrten sie an. Die Leute im Vordergrund begannen rhythmisch zu klatschen, gaben den Takt an für die Leute in der Mitte des Saales, die ihn aufnahmen und im gleichen Rhythmus mit den Füßen stampften. Die Männer im Hintergrund waren die letzten, die begriffen, was vor sich ging. Sie hörten auf sich gegenseitig umzubringen und wandten sich der Bühne zu.

»Mich laust der Affe!« sagte Toby und staunte, wie lange Maddie diesen hohen Ton halten konnte.

'Ring ließ die Haare des Mannes los, den er mit Ohrfeigen traktiert hatte, und sah sie an. Jetzt hatte sie die Aufmerksamkeit aller gewonnen.

Maddie sang noch immer diesen Ton – und hielt ihn. Tränen liefen ihr über das Gesicht. Sie hatte keinen Atem mehr; aber sie hielt den Ton noch immer, während die Männer rhythmisch klatschten. Eins, zwei, drei, vier . . .

Endlich breitete sie die Arme weit aus und ballte ihre Hände zu Fäusten. Ihr Körper schmerzte, und ihr taten alle Muskeln weh, aber sie ließ den Ton nicht los.

Sie legte den Kopf zurück, und dann schlug sie rasch und unvermittelt die Fäuste gegeneinander.

Der Ton riß ab, und einen Moment fürchtete sie, ohnmächtig zu werden. Doch dann schnappte sie nach Luft wie eine Ertrinkende, und die Menge raste.

Die Männer jubelten und feuerten mit Pistolen, Gewehren und Schrotflinten gegen die Decke. Sie packten sich gegenseitig an den Armen und tanzten im Raum umher. Sie mochten ungebildet sein und keinen Anstand haben, aber sie konnten sehr wohl erkennen, wenn eine an Wunder grenzende Leistung vollbracht wurde.

Als Maddie sich einigermaßen erholt hatte, schaute sie über die Köpfe der jubelnden Goldgräber hinweg Captain Montgomery an. Seine Augen waren weit aufgerissen, und Maddie lächelte selbstbewußt und deutete zum Himmel. 'Ring gab ihr Lächeln zurück, legte eine Hand an die Brust, die andere auf den Rücken, und verneigte sich tief. Als er sich wieder aufrichtete nickte sie ihm so gnädig zu, daß jede Königin vor Neid erblaßt wäre.

Von jetzt an gehörten diese einsamen, halb betrunkenen Männer Maddie. Sie sang, und sie hörten zu. Sie hatte sich oft geärgert, daß die Amerikaner eine so seltsame Vorstellung von Opern hatten. Sie schienen zu glauben, daß Opern etwas für Könige waren – für Leute mit Bildung; aber in Wahrheit hatte die Oper sich aus ganz gewöhnlichen Anfängen entwickelt – aus einfachen Geschichten für einfache Leute.

Sie erzählte den Goldgräbern von der armen Elvira, die den Mann nicht bekommen konnte, den sie liebte. Dann stimmte sie »*Tui la voce sua soave*« an, die Arie der jungen Frau, die den Verstand verliert. Am Ende wischten sich etliche rauhbeinige Kerle die Tränen aus den Augen.

Nach sechs Arien baten die Männer um Wiederholungen. Maddie hatte nicht mehr für ein so dankbares Publikum gesungen, seit sie das Haus ihrer Eltern verlassen hatte.

Sie sang fast vier Stunden, bis Captain Montgomery auf die Bühne kam und den Leuten sagte, daß die Vorstellung zu Ende war. Es wurde gezischt und gebuht, und zunächst wollte Maddie ihn zurechtweisen, daß sie selbst entscheiden würde, wann sie zu singen aufhörte. Aber die Vernunft siegte über ihren Stolz, und sie nahm dankbar den Arm, den er ihr anbot, und ließ sich durch die Hintertür führen.

Der Applaus hinter ihr war wie ein Donner – verstärkt durch die Schüsse aus zahlreichen Feuerwaffen. Ihre Zuhörerschaft bestand nicht mehr nur aus dreihundert Männern; Hunderte waren leise, respektvoll, auf Zehenspitzen in das Gebäude gekommen, als Maddie gesungen hatte. Sie hatten die Türen geöffnet und standen, saßen und lagen draußen im Freien, um sie singen zu hören.

»Ich mache noch eine Zugabe«, sagte Maddie, aber Captain Montgomery hielt sie fest.

»Nein, das tun Sie nicht. Sie sind müde. Es muß Sie eine enorme Kraft gekostet haben, so zu singen.«

Sie schaute zu ihm auf und sah, daß seine Augen ganz groß waren vor Staunen und Anerkennung. »Danke«, sagte sie und lehnte sich leicht an ihn. Ihr ehemaliger Manager hatte nie danach gefragt, ob sie müde oder erschöpft war; er fand, daß das Singen ausschließlich Maddies Angelegenheit und nicht die seine war. Er hatte sich auch keine Vorwürfe gemacht, wenn sie eine Vorstellung abgesagt hatte, weil sie sich nicht gut fühlte – was selten der Fall war. Er war nur um ihre Engagements und um das Geld, das sie verdiente, besorgt gewesen.

Es tat ihr gut, wenn sich jemand besorgt zeigte, weil sie müde sein könnte. Sie lächelte ihn an. »Ja, ich bin sehr müde. Möchten Sie vielleicht noch ein Glas Portwein mit mir trinken, Captain? Ich habe immer einen Vorrat vom besten portugiesischen Wein bei mir. Ich trinke nach jedem Auftritt ein Glas. Das ist Balsam für meine Kehle.«

Um sie herum befanden sich Hunderte von schießenden Männern, aber sie hätten ebensogut allein sein können. Das Mondlicht brachte die rosenfarbene Seide ihres Kleides zum Schimmern, und ihre bloßen Schultern waren weiß und samtweich. »Die Einladung nehme ich gern an«, sagte er leise.

'Ring brachte sie zu ihrem kleinen Garderobenzelt und hielt ihr die Türplane auf. Maddie schlüpfte in das Innere und erstarrte. Sie sah sich plötzlich diesem schrecklichen Mann gegenüber, der wußte, wo sich ihre entführte Schwester befand. Er zielte mit einem Revolver auf sie.

Maddie begriff, daß dieser Mann sie beide erschießen würde, wenn sie den Captain nicht sofort loswurde. Sie drehte sich rasch um, riß Captain Montgomery die Türplane aus der Hand und schnaubte: »Captain, beabsichtigen Sie etwa, mich zu verführen? Haben Sie mich deshalb so gedrängt, die Bühne zu verlassen?«

»Ich? Wieso? Nein . . .«

»Nein? Ist es denn nicht das, was alle Männer von einer Frau haben wollen? Haben Sie mich nicht mit diesem Hintergedanken heute durch die Stadt gezerrt? Sie haben sich vorgenommen, mich dahin zu bringen, daß ich Ihnen gebe, was Sie von mir verlangen. Ich habe mit Männern wie Ihnen überall in der Welt die gleiche Plage gehabt.« Bei jedem Wort sah sie, wie er steifer wurde, bis er am Ende so stramm stand wie ein Soldat auf Wache. Sie gefiel sich gar nicht in der Rolle, die sie jetzt spielte. Wenn sie ehrlich war, mußte sie zugeben, daß er bisher wirklich nichts anderes getan hatte, als sie zu beschützen.

Aber sie *mußte* ihn jetzt loswerden. Der Mann im Zelt konnte sie und den Captain erschießen, ohne daß es bei dem Lärm, der um sie herum herrschte, auffallen würde.

»Habe ich nicht recht, Captain? Sie meinen, eine umherziehende Sängerin wie ich wäre nicht sonderlich tugendhaft, nicht wahr?« Da er erst vor ein paar Stunden erklärt hatte, daß er von ihrer Jungfräulichkeit überzeugt war, machten ihre Worte wenig Sinn. »Hindert Sie die Hoffnung, daß Sie mich erobern können, daran, wieder in Ihr Fort zurückzukehren?«

Er starrte sie mit kalten, harten Augen an. »Ich bitte um Entschuldigung, wenn ich so einen Eindruck vermittelt habe. Ich werde draußen warten, bis Sie . . . Sie Ihren Portwein getrunken haben. Dann begleite ich Sie zu Ihrem Lager.« Er berührte mit dem Finger seine Hutkrempe, machte eine Kehrtwendung und marschierte davon.

Maddie mochte nicht mehr daran denken, was sie eben zu ihm gesagt hatte. Der Mann wartete auf sie im Zelt und schob seinen Revolver in den Gürtel zurück.

»Geistesgegenwärtig, wie?«

»Falls nötig.« Sie ging zu dem kleinen Koffer, den Sam für sie bereitgestellt hatte, und holte den unter dem Innenfutter versteckten Brief hervor. Der Mann zog einen zweiten aus seinem Hemd. Der Brief war zusammengefaltet, so daß er ein Kuvert bildete, auf dem nichts geschrieben stand; aber das Papier war zerknittert und feucht von dem Schweiß des Mannes. Maddie hätte ihn am liebsten mit spitzen Fingern angefaßt.

Der Mann grinste, als könne er ihre Gedanken lesen. Dann zog er ein zweites Papier aus der Hemdtasche und gab es ihr.

Sie brachte es zu der Laterne, deren Docht sie heruntergedreht hatte, damit man von draußen nicht die Schatten zweier Menschen im Zelt erkennen konnte. Im Licht der Flamme sah sie eine Wegskizze. Morgen sollte sie an einem Ort am Tarryall Creek singen und zwei Tage darauf in einer abgelegenen kleinen Stadt namens Pitcherville. Nach der Vorstellung sollte sie einen Ort aufsuchen, der fünfzig Meilen entfernt in den Bergen lag, wo sie den zweiten Brief zustellen mußte.

»Und dort werde ich dann mit Laurel sprechen können?« fragte sie den Mann. »Man sagte mir, daß ich sie nach dem dritten Goldgräberlager sehen dürfte.«

»Wenn Sie den angegebenen Ort finden können.«

»Den finde ich bestimmt.«

»Allein? Wenn Sie dort mit diesem komischen Captain auftauchen, seid ihr alle drei tot.«

»Sie würden doch kein Kind umbringen!«

Der Mann lachte leise. »Nach allem, was die Kleine bisher durchgemacht hat, wäre es ihr vielleicht lieber, wenn sie tot wäre.«

Maddie stürzte sich auf den Mann, aber er fing sie in seinen Armen auf und hielt sie mühelos fest. »Wie wäre es mit einem Kuß, Baby?«

Es dauerte eine geraume Weile, bis Maddie aus ihrer Garderobe kam. Captain Montgomery hatte die ganze Zeit über hinter dem Rohbau gewartet, um sie zu ihrem Lager zurückzubegleiten. Sie gingen stumm nebeneinander her.

Schließlich ergriff 'Ring das Wort: »Sie scheinen Ihren Portwein nicht sehr genossen zu haben. Sie wischen sich dauernd den Mund ab.«

»Was ich tue oder nicht tue, geht Sie nichts an.«

Als sie bei ihrem Zelt anlangte, befahl sie Edith, ein paar Kessel Wasser aufzusetzen. »Ich werde ein Bad nehmen.«

»Ein Vollbad?« fragte Edith.

»Ja. So heiß wie möglich. So heiß, wie ich es ertragen kann.« Sie schlüpfte ins Zelt.

»Was hat sie denn jetzt wieder?« fragte Toby. »Ich hätte gedacht, daß sie heute abend rundherum glücklich sein müßte.«

»Das war sie auch«, erwiderte 'Ring steif. »Bis sie glaubte, mir unehrenhafte Absichten unterstellen zu müssen.«

»Sie kennt dich wohl nicht sonderlich gut, wie?« sagte Toby. Seine Worte sollten wie eine Beleidigung klingen, aber 'Ring faßte sie nicht so auf.

»Nein, das tut sie nicht. Erst lädt sie mich zu einem Glas Port ein, und im nächsten Moment schaut sie in ihre Garderobe und führt sich auf, als wäre ich ein Satyr, der über sie herfallen will. Diese Frau ist unberechenbar. Sie . . .« Er hielt inne. »Toby, was bin ich doch für ein Narr!« rief er, drehte sich um und stürmte davon.

Vier Männer bauten gerade Maddies provisorische Garderobe ab. 'Ring suchte den Boden, über dem sie gestanden hatte, mit der Laterne ab. Die Erde war jedoch so zertrampelt, daß er keine lesbaren Spuren erkennen konnte. Aber er entdeckte einen Zigarrenstummel und hob ihn auf. »Gehört der einem von euch?« fragte er die vier Männer.

»Nein. Du kannst ihn behalten.«

»Ich meinte, ob einer von euch diese Zigarre geraucht hat!«

Einer der Männer stieß seinen Nebenmann mit einem vielsagenden Blick in die Rippen. »Du bist doch derjenige, der heute nachmittag hinter der kleinen hübschen Sängerin hergelaufen ist und sie durch die ganze Stadt gejagt hat, nicht wahr? Ihr anderer Bekannter ist bereits gegangen.«

»Ihr habt ihn hier gesehen?«

»Ich habe gar nichts gesehen«, erwiderte der Mann. »Und du, Joe? Hast du vielleicht etwas gesehen?«

'Ring wußte, daß ihm die beiden Männer freiwillig keine Auskunft geben würden. Sie hatten Maddie in ihr Herz geschlossen und meinten, sie gegen ihn verteidigen zu müssen. Er packte den Mann, der Joe genannt wurde, beim Kragen. »Wenn du deine Zähne behalten willst, erzählst du mir, was du gesehen hast. Ich glaube, der Bursche möchte sie umbringen.«

Vier Pistolen wurden wie auf ein Stichwort gezogen. Joe befreite sich aus 'Rings Griff. »Warum hast du das nicht gleich gesagt? Ich hab' ihn vor ein paar Minuten noch gesehen, als er sich davongeschlichen hat. Soviel ich weiß, ist er hier fremd.«

'Ring musterte die Männer mit gerunzelter Stirn. »Wie sah er aus. Klein? Groß?«

»Mittelgroß, würde ich sagen.«

»Blond? Schwarz?«

»Eher braun.«

»Verdammt!« fluchte 'Ring und schloß die Finger über dem Zigarrenstummel. Dann stapfte er wütend davon. Was war nur in ihn gefahren? Er wußte doch, daß sie eine Lügnerin war, aber trotzdem hatte er ihr diesmal geglaubt. Am liebsten hätte er sich selbst geohrfeigt, weil er ihr geglaubt hatte.

Sie hatte seinen verdammten Stolz verletzt. Sie brauchte ihm nur ein paar Grobheiten an den Kopf zu werfen, und schon lief er davon wie ein beleidigter kleiner Junge.

Wer hatte in diesem Zelt auf sie gewartet? Hatte sie der Mann mit einem Revolver bedroht? Hatte sie ihm etwa das Leben gerettet, indem sie ihn reizte bis aufs Blut? Hätte sie zugelassen, daß er mit ihr das Zelt betrat, ohne auf einen Hinterhalt vorbereitet zu sein, wäre er jetzt vermutlich tot.

Narr, dachte er bei sich. Ich bin ein Narr, weil ich sie nicht durchschaut habe.

Er blieb abrupt stehen, als er sich daran erinnerte, daß sie sich immer wieder den Mund abgewischt und ein Bad verlangt hatte, als sie zu ihrem Zelt zurückgekommen war. Womit wurde sie erpreßt? Was für ein Druckmittel konnte jemand gegen sie haben, daß sie sich so verhielt?

Er trat behutsamer auf, als er sich ihrem Lager näherte. Als Leibwächter taugten Sam und Frank keinen Schuß Pulver. Bedauerlicherweise hatte er auch nicht besser abgeschnitten. Er war von ihrer Stimme so betört gewesen, daß er an die Möglichkeit, daß sie ein Opfer von Erpressern sein könnte, nicht mehr gedacht hatte. Er hatte jeden Instinkt für Gefahren verloren.

Er wäre am liebsten in ihr Zelt gestürmt, um sie zu fragen, was sich in ihrer Garderobe abgespielt hatte. Aber was für ein Druckmittel wollte er anwenden, um sie zu zwingen, ihm die Wahrheit zu sagen? Sie war von Anfang an überzeugt gewesen, daß er ihr nichts zuleide tun würde. Und sie hatte recht. Er könnte sich niemals an einer Frau vergreifen.

Wie konnte er sie dazu bringen, ihm von ihren Schwierigkeiten zu erzählen? Indem sie Zutrauen zu ihm faßte. *Vertrauen* war das Schlüsselwort für die Lösung seines Problems. Nur wenn sie ihm vertraute, würde er die Antworten auf seine Fragen erhalten.

Er sah Edith aus dem Zelt kommen. »Ist sie mit dem Baden fertig?«

»Ja, und ich bin ebenfalls fix und fertig vom Tragen der vielen Wassereimer.«

'Ring holte eine Goldmünze aus der Tasche und drückte sie Edith in die Hand. »Trotzdem werden Sie alles tun, was sie von Ihnen verlangt.«

»Ich werde alles tun, was *Sie* von mir verlangen«, erwiderte Edith mit schmachtendem Blick.

'Ring beachtete sie nicht weiter und trat in Maddies Zelt.

»Captain Montgomery!« fuhr Maddie ihn an. »Wie können Sie es wagen . . .«

»Ich wollte Sie nur beim Wort nehmen und den Portwein mit Ihnen trinken, zu dem Sie mich eingeladen haben. Das heißt, wenn der Mann, der Sie vorhin in Ihrer Garderobe besuchte, noch etwas davon übriggelassen hat.«

»Ich hätte diesem Mann *niemals* einen Port angeboten!« Maddie preßte erschrocken eine Hand auf den Mund.

»Oh? Was *haben* Sie ihm denn angeboten?«

Maddie blickte zur Seite. »Ich habe keine Ahnung, wovon Sie sprechen. Ich bin müde, Captain. Ich möchte jetzt zu Bett gehen.«

Er rückte einen Stuhl zurecht und setzte sich. »Ich werde Sie nicht daran hindern.« Er lächelte sie an. »Ich will nur den mir versprochenen Portwein haben. Wollen Sie nicht auch ein Glas trinken? Das würde Ihren Nerven guttun.«

»Ich bin nicht mehr nervös. Daß ich nach einer Vorstellung aufgeregt bin und eine gewisse Zeit brauche, um wieder zur Ruhe zu kommen, ist ganz normal.«

»Tatsächlich? Es waren also nicht etwa die Küsse Ihres Besuchers, die Sie so in Rage gebracht haben?«

Maddie zitterte mit einemmal am ganzen Leib, als sie daran dachte, wie dieser schreckliche Mann sie in seinen Armen gehalten hatte und zudringlich geworden war. Dieser Mann hatte sie angefaßt und geküßt! Er hätte ihr vielleicht noch mehr geraubt als Küsse, wenn Edith nicht unerwartet in ihre Garderobe gekommen wäre.

Sie spürte, wie ein starker Arm sich um ihre Schultern legte, und geriet in Panik. Sie wehrte sich heftig.

»Aber, aber«, beschwichtigte 'Ring. »Ich bin es doch nur. Sie sind jetzt in Sicherheit. Darf ich Ihnen ein Kompliment machen? Sie haben die großartigste Stimme der Welt. Sie ist tatsächlich ein Gottesgeschenk, und ich habe noch nie so einen Musikgenuß erlebt wie heute abend. Was war das für eine Arie von der jungen Dame, die den Verstand verlor?«

»*Tui la voce sua soave*«, sagte sie und lehnte sich an seine Brust.

»Ich widme dir meine schönste Stimme . . .?« übersetzte er den Text absichtlich falsch.

»Nein – ›meine lieblichsten Töne‹.«

»Ah, ja. Das war die Arie, die mir am besten gefallen hat.«

Sie lächelte. »Die Ihnen *bisher* am besten gefallen hat. Sie kennen ja noch nicht viele Arien.«

»Oh, doch. Ich habe Adelina Patti singen hören.«

»Was?!« Sie schob ihn von sich weg. »Patti? Diese Vogelscheuche? Ihr hohes ›C‹ ist eine einzige Katastrophe! Sie hätte niemals Solosängerin werden dürfen!«

»Ich fand sie gar nicht so übel.«

»Wie wollen Sie das beurteilen können? Sie sind doch nur ein armseliger Kolonialsoldat, während ich . . .«

»Während Sie eine Herzogin von Lanconia sind?« Er sah sie augenzwinkernd an.

Plötzlich erkannte sie, was er mit seiner Rede bezweckte. Sie war den Tränen nahe gewesen, als er das Zelt betreten hatte, aber jetzt ging es ihr besser – erheblich besser. »Kann ich Ihnen jetzt den versprochenen Port einschenken, Captain?«

'Ring wußte, daß sie ihn richtig verstanden hatte, und das gab ihm ein gutes Gefühl. »Noch lieber würde ich ein Lied von Ihnen hören. Ein Lied nur für mich.«

»Ha!« rief sie, lächelte aber dabei. »Da müssen Sie schon erst einen bösen Drachen erschlagen, bevor Sie so eine hohe Belohnung verlangen können! Heute abend haben Sie sich nur ein Glas Portwein verdient, wenngleich von der allerbesten Sorte.« Es schmeichelte ihr, daß er seine Skepsis, was ihr Talent betraf, aufgegeben hatte und sie sogar bat, für ihn zu singen.

»Dann muß ich mich wohl mit dem begnügen, was ich bekomme. Aber ich bin fest entschlossen, mir auch das Lied zu verdienen.«

Sie goß den dunkelroten Wein in zwei Kristallkelche, die sie in einem eigens für sie angefertigten ausgepolsterten Kästchen mit sich führte.

»Auf die Wahrheit«, sagte er und erhob sein Glas.

Maddie stieß mit ihm darauf an, obwohl sie fürchtete, daß Gott sie strafen und sie auf der Stelle tot umfallen könnte. Sie lächelte ihn über den Rand des Glases hinweg kläglich an und schwor sich, ihm keine Geheimnisse mehr preiszugeben.

Am nächsten Tag brachen sie auf, und Maddie saß mit Edith in der schaukelnden Kutsche. Edith schlief und schnarchte laut. Captain Montgomery hatte Maddie gefragt, ob er sich zu ihr in die Concord setzen dürfe, aber sie hatte ihm die Bitte abgeschlagen. Obwohl sie sich gern mit ihm unterhalten hätte, fürchtete sie, daß sie sich verplappern und Sachen sagen könnte, die er nicht wissen sollte.

Am frühen Vormittag zügelte Sam die Pferde, und der Captain kam ans Fenster und sagte: »Ich fürchte, ich muß Sie um einen Gefallen bitten. Toby fühlt sich nicht wohl. Kann er mit Ihnen in der Kutsche fahren?«

»Natürlich. Er kann sich neben Edith setzen.«

»Das ist ihm sicher recht.«

»Wie bitte?«

'Ring beugte sich näher zu ihr: »Ich glaube, er ist in sie verliebt!« flüsterte er in Maddies Ohr.

»Oh?« Sie richtete sich auf und blickte von Edith zu Toby, der einen sehr gesunden Eindruck machte.

'Ring beugte sich abermals vor und flüsterte: »Die beiden wollen unter sich sein.«

Sie begriff noch immer nicht.

»Sie können ja mit mir reiten!«

»Ich verstehe. Wenn das ein Versuch sein soll, mich dazu zu bringen, mit Ihnen allein zu sein, können Sie das vergessen . . .«

»Sie können auf *meinem* Pferd reiten!«

Sie fragte ihn gar nicht erst, woher er wußte, daß sie seinen Hengst reiten konnte. Seit sie das Pferd zum erstenmal gesehen hatte, hatte sie sich gewünscht, es einmal zu reiten. Sie stieß die Tür der Kutsche so rasch auf, daß sie Toby an der Schulter traf und fast zu Boden geschleudert hätte.

»Entschuldigung. Aber ich wollte nicht . . .«

'Ring packte Toby von hinten und stieß ihn buchstäblich in die Kutsche. Dann warf er die Tür zu und sagte: »Edith wird sich schon um ihn kümmern.« Er machte eine einladende Bewegung zu seinem prächtigen Hengst hin.

Maddie betrachtete das Tier. »Komm her, Satan«, rief sie, aber das Pferd bewegte sich nicht von der Stelle. »Satan?«

'Ring nahm seinen Hut ab und kratzte sich am Hinterkopf. »Versuchen Sie es mal mit – äh – ›Butterblume‹.« Sie sah ihn an. »Butterblume?«

»Es war nicht meine Idee. Meine kleine Schwester hat ihn so getauft.«

»Also heißt er nicht Satan?«

Er blickte auf seinen Hut hinunter. »Meine Familie hätte sich totgelacht, wenn ich ihn so genannt hätte. Sind Sie bereit, auf ihm zu reiten?«

»Komm her, Butterblume!« rief sie, und das Pferd trottete direkt auf sie zu.

Sie lachte, nahm die Zügel und schwang sich auf den Rükken des Pferdes.

»Er ist nur an mich gewöhnt; er könnte irritiert sein über Ihr geringeres Gewicht«, erklärte 'Ring, als er die Steigbügel für sie kürzte.

Sie tätschelte dem Pferd den Hals. »Ich werde schon mit ihm fertig. Mein Vater hat mir das Reiten beigebracht. Wir werden prächtig miteinander auskommen, nicht wahr, du großer, schöner Hengst?«

Maddie hatte nicht die geringsten Schwierigkeiten mit Butterblume. Es war herrlich, wieder einmal auf dem Rücken eines feurigen Pferdes zu sitzen, und sie ritt den steilen Hügel vor der Kutsche so schnell hinauf, daß 'Ring auf Tobys Pferd ihr nur mit Mühe folgen konnte. Sie hätte den Hengst zu gern auf flachem Gelände ausprobiert, aber in den Rockies gibt es keine Ebenen.

Als 'Ring mit seinem Kavalleriegaul neben ihr anhielt, lachte sie.

»Es muß herrlich sein, sich wieder in dem Land zu tummeln, in dem man aufgewachsen ist«, sagte 'Ring beiläufig.

»Ja, das stimmt. Es ist himmlisch. Die Luft ist so klar und kühl und . . .« Da merkte sie, daß sie ihm wieder auf den Leim gegangen war. »Captain«, sagte sie leise, »wie heißen Sie eigentlich? Ich meine außer ›Junge‹, wie Toby Sie zu rufen pflegt?«

»Ich heiße 'Ring.«

Sie warf ihm einen befremdeten Blick zu. »Ring? Ich verstehe. Und wie heißen die vielen Brüder und Schwestern, von denen Sie mir erzählt haben? Etwa ›Halskette‹, ›Armband‹, ›Krawattennadel‹?«

Er lachte leise. »Nein, tatsächlich heiße ich Christopher Hring Montgomery. Mein mittlerer Name wird mit einem ›H‹ geschrieben, das jedoch nicht ausgesprochen wird. Meine Mutter buchstabierte meinen Namen stets mit einem Apostroph am Anfang. Ich schätze, das hielt die Leute davon ab, mich ›He-ring‹ zu rufen.«

Sie schwieg eine Weile, genoß die Luft und das herrliche Pferd unter ihren Schenkeln. »Woher haben Sie Ihren Namen?«

»Mein Vater hat eine große alte Familienbibel, aus der er die Namen für seine Kinder ausgesucht hat.«

»Zum Beispiel?«

»Jarl und Raine und Jocelyn.«

»Jocelyn ist ein hübscher Name.«

»Aber nicht, wenn ein Junge ihn bekommt.«

»Vielleicht sollten Sie dem Jungen einen anderen Namen verpassen wie . . . Lyn zum Beispiel.«

»Lyn! Er hätte sich schon als Knirps von sechs Jahren mit einem Revolver zur Wehr gesetzt!«

»Lyn ist nicht schlimmer als 'Ring. Warum haben Ihre Eltern Sie nicht Chris gerufen?«

»Christopher ist der Name meines Vaters. Also wäre ich ›Jung-Chris‹ gerufen worden oder ›Klein-Chris‹. Wie auch immer – 'Ring ist ganz in Ordnung, solange man mich nicht ›He-Ring‹ nennt.«

Er lächelte sie an. »Und woher haben Sie Ihren Namen, Maddie?«

»Von der Königin natürlich. Sie tauft alle kleinen Herzoginnen.«

»Ich schätze, sie hat Ihre kleine Schwester Laurel nach irgendeiner lankonischen Pflanze benannt. Ich wette, sie . . .«

Er brach ab, weil ihr Gesicht plötzlich zu einer steinernen Maske wurde. Was hatte sie so verletzt oder verärgert? »Laurel«, wiederholte er leise und sah, wie sie zusammenzuckte. »Schauen Sie mal dorthin! War das nicht ein Eisvogel?« Sie sah in die Richtung, in die er deutete, und als sie sich ihm wieder zuwandte, war ihr von ihren Gefühlen nichts mehr anzumerken.

Laurel, dachte er. Vielleicht hatte diese Reise etwas mit ihrer Schwester Laurel zu tun.

Er versuchte nicht mehr, sie zu provozieren, sondern ließ sie den Tag und den Ritt auf seinem Pferd genießen. Aber er schwor sich im stillen, noch besser auf sie aufzupassen als bisher.

6

Maddies zweiter Auftritt bedurfte keiner besonderen Showeffekte, um die Goldgräber in aufmerksame Zuhörer zu verwandeln, denn Berichte über ihre erste Vorstellung waren ihr vorausgeeilt, und die Männer waren aus den in den Bergen verstreuten Schürfstellen herbeigeeilt, um LaReina zu hören.

Sie hatte Captain Montgomery gesagt, daß sie diesmal im Freien singen wolle. Er hatte zwar Protest eingelegt, jedoch nachgegeben, als er erkannte, wie entschlossen sie war, ihren Willen durchzusetzen. Also zimmerten die Männer eine primitive Bühne, die groß genug war für sie und Frank, der sie diesmal auf der Flöte begleitete. Captain Montgomery baute sich links neben der Bühne auf, und Toby schirmte sie auf der rechten Seite ab.

Während der Vorstellung schaute sie einmal Captain Montgomery an, der mit geschlossenen Augen an einem Baum lehnte. Was sie auch immer gegen ihn vorbringen konnte – von ihrem Gesang schien er wirklich begeistert zu sein. Und am Ende der Vorstellung sang sie sogar eigens für ihn eine Bravourarie, in der sie ihr ganzes Stimmvermögen ausspielen konnte, und sah aus den Augenwinkeln, daß er verklärt lächelte.

Als er sie nach vier Stunden von der Bühne führte, drückte er ihren Arm und legte seine Hand auf ihre: »Sie hatten recht – Worte reichen nicht aus, um Ihre Stimme zu beschreiben.«

Maddie dachte, daß das vielleicht das aufrichtigste Kompliment war, das sie jemals erhalten hatte. Er war so charmant und der Mond so zauberhaft, daß sie diesmal vorsichtshalber davon Abstand nahm, 'Ring zu einem Glas Portwein einzuladen. Sobald sie allein war in ihrem Zelt, holte sie das Foto von Laurel hervor und betrachtete es lange. Was sie auch tun mußte – sie durfte sich niemandem anvertrauen, schon gar nicht einem Mann, der sich mit Sicherheit in die Sache einmischen würde. Sie sah Captain Montgomery vor sich, wie er mit gezogenem Degen den Hügel hinaufsprengte und den schrecklichen Menschen, der ihr die Briefe überreichte, zum Duell forderte. Laurel mußte dafür büßen und vielleicht sogar sterben.

Als sie schließlich zu Bett ging, waren ihre Gedanken nur noch bei Laurel.

Für die Kneipen auf den Pikes-Peak-Goldfeldern gab es keine Sperrstunden. Der Alkohol floß dort so reichlich wie das Schmelzwasser von den Bergen.

In einem der zahlreichen Zelte leerten vier Männer schon die dritte Flasche Whisky.

»So was wie sie habe ich noch nie gehört«, sagte einer von ihnen.

»Ein Engel könnte nicht schöner singen.«

»Und Sully hat behauptet, daß sie nichts taugt?«

»Ich wollte, die Jungs hätten sie gehört.«

»Wir können sie ja fragen, ob sie nicht bei uns am Bug Creek singen will.«

»Sie brauchte einen Tag bis dahin, und wir sind nur fünfzig Leute. Das reicht nicht mal für's Fahrgeld. Sie wird es nicht machen.«

Sie bestellten noch eine Flasche und tranken sie halb leer. »Ich meine, sie sollte für uns singen. Sully würde sie gern hören, selbst wenn er das Goldfeld nicht verlassen kann, weil es nur so von Claimräubern wimmelt.«

Sie tranken schweigend die vierte Flasche leer, und als sie die fünfte bestellten, war ihre Courage auf dem Höhepunkt angelangt.

»Ich meine, sie muß für uns singen.«

»Ja«, sagten die anderen drei, »das *muß* sie.«

'Ring hörte die Männer vor Maddies Zelt und war sofort hellwach. Nach den Geräuschen zu urteilen, mußten es zwei Männer sein. Leise erhob er sich von seinem Lager, nahm seine Pistole in die Hand und lief zu den Bäumen. Er war keine drei Schritte weit gekommen, als er den Schatten eines Mannes bei einer Tanne bemerkte.

'Ring drückte dem Mann seine Pistole in die Rippen. Der Fremde drehte sich um und grinste. Sein Atem hätte ein Pferd betäuben können. »'n Abend«, sagte der Mann.

Es war das letzte, was 'Ring hörte, bevor ein Pistolenkolben auf seinen Kopf heruntersauste und ihn zu Boden schickte.

Er wachte auf, als ein Paar kräftige Hände ihn an den Schultern rüttelten. Er schlug benommen die Augen auf, aber es war so dunkel, daß er das schwarze Gesicht über sich kaum sehen konnte. Zudem tat sein Kopf höllisch weh. Es dauerte einen Moment, bis sein Erinnerungsvermögen wieder einsetzte, und dann versuchte er aufzuspringen, kam jedoch nur taumelnd auf die Füße. Er hielt sich an der breiten Schulter des Mannes vor ihm fest. »Sam«, flüsterte er.

»Sie ist fort«, sagte Sam mit einer für diesen Koloß überraschend weichen Stimme.

»Fort?« 'Ring hatte Schwierigkeiten, den Sinn dieser Worte zu begreifen. Er blinzelte ein paarmal, damit der Schleier vor seinen Augen zerriß, und sah dann Sam wieder an. »Fort? Maddie ist fort? Wohin? Mit wem hat sie sich diesmal getroffen?«

»Sie wurde entführt. Von vier Männern.«

'Ring stand einen Moment still, um diese Neuigkeit zu verdauen. »Wer?«

»Keine Ahnung.«

»Teufel, und wo hast du gesteckt?« fauchte 'Ring und faßte sich dann mit beiden Händen an den Kopf. Er hatte das Gefühl, als ob sein Gehirn in seinem Schädel herumwirbeln würde. Als es endlich wieder zur Ruhe kam, wurde ihm klar, daß es nicht wesentlich war, wer Maddie entführt hatte. Nur wohin man sie gebracht hatte, war von Bedeutung.

Er kletterte die kleine Anhöhe zu ihrem Zelt hinauf. Er traf dort Edith an, die Maddies Kleider durchsuchte. »Erzählen Sie mir alles, was Sie wissen«, befahl 'Ring und blinzelte ins Licht der Laterne.

»Vier Männer sind in ihr Zelt eingedrungen und haben sie mitgenommen. Ich glaube, sie waren betrunken.«

'Ring griff sich wieder an seinen schmerzenden Schädel. »Und wo waren Sie, als Maddie entführt wurde? Und Frank? Und du?« fragte er und drehte sich zu Sam um.

Edith erwiderte: »Ich habe vor dem Zelt geschlafen und mich nicht gerührt, weil ich noch eine Weile am Leben bleiben möchte.« Sie sah 'Ring trotzig an. »Frank ist nicht hier. Ich weiß nicht, wo er sich herumtreibt. Und Sam haben sie niedergeschlagen, glaube ich.«

'Ring betrachtete Sam genauer. Erst jetzt entdeckte er das Blut, das aus einer Wunde an seiner Schläfe sickerte. Sam mußte der Schädel genauso brummen wie ihm, aber er hatte sich nichts anmerken lassen. 'Rings Achtung vor diesem Mann nahm ein wenig zu, aber für Ediths Verhalten hatte er kein Verständnis. »Haben Sie gesehen, wohin die Männer mit ihr gegangen sind?«

»In die Stadt«, antwortete Edith.

»Also nach Westen«, murmelte 'Ring, drehte sich um und eilte zu seinem Zelt zurück. Nachdem er sein Pferd gesattelt hatte, weckte er Toby und beantwortete rasch und knapp seine Fragen.

»Du wirst doch hoffentlich nicht allein die Verfolgung aufnehmen.«

'Ring nickte. Er hatte keine andere Wahl. Toby war kein sonderlich guter Reiter, und er war schon zu alt für so ein Unternehmen. »Ich möchte, daß du hierbleibst und für mich ermittelst, was eigentlich vorgeht. Wo hat sich zum Beispiel Frank aufgehalten, als Maddie entführt wurde? Und wo ...«

»In einem Spielsalon. Der Mann ist ein notorischer Spieler.«

'Ring drehte sich zu Toby um. »Und die feige Miss Honey?«

»Sie empfängt Kundschaft, wenn alle anderen schlafen.«

Erstaunlich, dachte 'Ring, daß er bei Toby, den er schon so lange kannte, immer noch etwas Neues entdeckte. Er hatte nicht gewußt, was für ein scharfsinniger Beobachter Toby war.

»Und Sam?«

»Der ist nicht so leicht zu durchschauen.«

'Ring schwang sich in den Sattel. »Finde heraus, auf wessen Seite die drei stehen. Stell fest, wer sie für diese Reise in den Westen angeheuert hat. Wir sehen uns erst wieder, wenn ich Maddie aus den Händen ihrer Entführer befreit habe!«

Er ritt durch die Stadt und versuchte, seine Kopfschmerzen zu vergessen und sich auf seine Aufgabe zu konzentrieren. Er gab sich die Schuld an ihrer Entführung und machte sich Vorwürfe, weil er nicht besser auf sie aufgepaßt hatte.

Es wäre sinnlos gewesen, in einem Lager, wo Hunderte

von Menschen auch nachts noch auf den Beinen waren, nach Spuren zu suchen. Er konnte nur Leute anhalten und sie fragen, ob sie etwas Verdächtiges bemerkt hatte. Nach einer Stunde stieß er auf zwei Männer, die gesehen haben wollten, wie vier Männer nach Westen ritten – einer von ihnen mit der Opernsängerin vor sich im Sattel.

»Wie sah sie aus? War sie verwundet oder betäubt?«

»Hübsch«, erwiderte der eine. »Ich sagte zu ihr, sie hätte wunderbar gesungen, und sie nickte mir zu. Gelächelt hat sie dabei allerdings nicht.«

»Haben Sie eine Ahnung, wo man sie hinbringen wollte?«

»Ich habe sie nicht danach gefragt, aber westlich von hier gibt es nur noch fünf oder sechs Goldgräberlager. Allerdings bin ich schon seit ein paar Wochen nicht mehr in diese Richtung geritten. Es könnten inzwischen also mehr geworden sein.«

'Ring bedankte sich bei den beiden und folgte den Wagenspuren, die in die Berge führten.

Als die Morgendämmerung hereinbrach, folgte 'Ring noch immer dem Weg und suchte ständig den Boden und die Bäume nach Spuren ab. Vielleicht verstand Maddie etwas vom Fährtenlesen und hatte einen Gegenstand weggeworfen oder eine Markierung angebracht, an der sich die etwaigen Verfolger orientieren konnten.

Aber es wurde Tag, und die Sonne stieg immer höher, ohne daß 'Ring einen Hinweis fand. Gegen elf Uhr vormittags erreichte er eine Weggabelung und hielt sein Pferd an, um einen Schluck aus seiner Feldflasche zu trinken.

Er hatte eine Chance von fünfzig zu fünfzig, daß er sich für den richtigen Weg entschied. Er wählte den rechten und war keine fünfzig Meter weit gekommen, als von oben ein Pfeil heruntersauste und in einem Baum links vom Weg einschlug. 'Ring hielt an. Es war ein Crow-Pfeil – jenem zum

Verwechseln ähnlich, den er damals am Berghang über der Schlucht aus dem Baum gezogen hatte.

Sollte das wieder eine Warnung sein? Als er den Pfeil aus dem Holz entfernte und dessen Spitze betrachtete, kam ihm die Erleuchtung. Diesmal war er eine Barrikade – eine Hinweis, daß er sich auf dem falschen Weg befand. Der Crow mußte demnach wissen, wohin man Maddie verschleppt hatte. Er wußte Bescheid, aber er folgte ihr nicht. Und weshalb nicht?

'Ring wendete sein Pferd und ritt bis zur Kreuzung zurück. Diesmal folgte er dem linken Weg und stieß zehn Meilen später abermals auf eine Abzweigung. Als er sich nach rechts wandte, wurde er nicht von einem Pfeil auf eine falsche Entscheidung hingewiesen. Er ritt weiter, bis er bei Einbruch der Abenddämmerung ein kleines Lager erreichte, in dem höchstens fünfzig Männer in Holzhütten und Zelten unter einem Felsvorsprung hausten.

Maddie war nicht schwer zu finden. Sie saß auf einem Baumstumpf, umgeben von traurig aussehenden Männern.

»Nur ein Lied!«

»Bitte, Ma'am.«

»Wir bezahlen Sie auch dafür!«

»Bitte.«

'Ring hätte fast gelächelt, als er die Szene betrachtete. Sie saß in ihrem staubbedeckten Kleid so hoheitsvoll inmitten der Männer wie eine Königin auf einem Thron. »Ihr könnt eure Bemühungen aufgeben, Jungs«, rief 'Ring. »Sie ist der größte Sturkopf, den man sich vorstellen kann. Wenn sie nicht will, dann könnt ihr noch so viel betteln.« Er lächelte Maddie über die Köpfe der Männer hinweg zu, und sie gab sein Lächeln zurück, wenn auch ein wenig schmollend, als wollte sie sagen: »Ich wußte ja, daß du kommen würdest, aber mußte das so lange dauern?«

Er stieg vom Pferd, schob sich durch den Kreis, stieg über ein paar auf dem Boden liegende Männer hinweg und streckte Maddie seine Linke hin. Sie ergriff sie, erhob sich von ihrem Platz und folgte ihm durch die Menge zu seinem Pferd. Ein paar Männer seufzten leise und unternahmen einen weiteren Versuch, sie doch noch zum Singen zu bewegen. Aber niemand hielt sie mit Gewalt zurück.

Langsam führte 'Ring sie zu seinem Pferd, hob sie hinauf und schwang sich hinter ihr in den Sattel. Im Schritt, die Rechte immer in der Nähe seines Revolvers, ritt er mit Maddie aus dem Lager. Keiner von den Männern, die ihnen betrübt nachsahen, rührte sich vom Fleck.

»Sie brauchen keine Angst zu haben, daß die Männer uns verfolgen«, sagte Maddie.

»Diese Schurken!« schimpfte er leise. »Sobald wir außer Sichtweite sind, halten wir an, und ich werde . . .«

Sie legte ihre Rechte auf seine Zügelhand. »Nein, bitte nicht. Sie hatten nichts Böses mit mir vor . . .«

»Nichts Böses? Mein Kopf fühlt sich an, als wäre er mit einem Fuhrwerk zusammengestoßen. Sam blutete aus einer Kopfwunde, als er mich fand, und Sie behaupten, diese Halunken hatten nichts Böses im Sinn?«

»Sie waren nur betrunken. Und so was passiert mir nicht zum erstenmal.«

»Ich verstehe. Sie sind ein notorisches Entführungsopfer. Und der Besucher in Ihrer Garderobe? Sollten Sie dem auch etwas vorsingen?«

Sie war nicht bereit, ihm diese Frage zu beantworten. »*Diese* Männer wollten mich nur singen hören«, sagte sie, »und eine beliebte Sängerin ist vor einer Entführung niemals sicher. In Rußland haben Studenten meine Pferde ausgespannt und meine Kutsche auf den Hof einer billigen Herberge gezogen. Die armen Kerle konnten sich selbst den billigsten Stehplatz nicht leisten, wollten mich aber unbedingt singen hören.«

»Und haben Sie für die armen Kerle gesungen?«

»Nein. Ich hätte es zwar gern getan, weil ich mich geschmeichelt fühlte, daß ihnen so viel an meinem Gesang lag, aber ich hatte Angst, es könnte sich herumsprechen, daß man mich nur wie einen Vogel in einen Käfig sperren muß, um mich zum Singen zu bringen. Vielleicht hätte jemand versucht, mich ein Leben lang in einen Käfig zu sperren.«

Nach kurzem Schweigen sagte er schroff: »Kommen Sie. Lehnen Sie sich an mich.«

Sie zögerte zunächst, seiner Aufforderung nachzukommen, aber dann tat sie es doch, weil sie so müde war, daß sie eine Stütze brauchte, um nicht vom Pferd zu fallen.

»Wer hat Sie auf diesen jahrelangen Reisen begleitet?« fragte er.

»John. John Fairlie, mein Manager.«

Sie merkte, daß er noch immer wütend war.

»Wo ist all das Geld geblieben, das Sie mit Ihren Konzerten verdient haben? Und wer verwaltet das Geld, das Sie auf dieser Tournee einnehmen?«

»Ich weiß es nicht«, antwortete sie schlaftrunken. »Früher hat John sich darum gekümmert. Jetzt ist Frank dafür zuständig oder Sam vielleicht. Ich glaube nicht, daß sich Edith damit befaßt.«

»Wie gut kennen Sie die drei?«

»Könnten Sie bitte damit aufhören, mir ständig Fragen zu stellen?«

Er antwortete nicht, und das Schweigen gab ihr die Ruhe, die sie brauchte, um sich entspannen und die Augen schließen zu können.

Sie schlief in wenigen Minuten in seinen Armen ein, aber als er anhielt, war sie sofort hellwach. »Stimmt etwas nicht?«

»Ich habe angehalten, weil Butterblume so müde ist wie Sie und ich. Das Pferd hätte gegen ein paar Stunden Schlaf auch nichts einzuwenden.«

Sie war erschöpfter, als sie zugeben wollte, und als er ihr die Arme entgegenhob, glitt sie vom Pferd und stand eine Weile an ihn gelehnt, während er ein Blatt aus ihrem Haar zupfte. »Sie sind eine Frau, die einen wirklich in Harnisch bringen kann. Wissen Sie das?«

Sie war zu müde, um sich mit ihm zu streiten. »Ich wußte, daß Sie nach mir suchen und mich finden würden. Sie sind der hartnäckigste Mann, der mir jemals begegnet ist.«

»Ich denke, Sie sind daran gewöhnt, daß Männer auf ihren Schlaf verzichten, um nach Ihnen zu suchen. Ich wette, Ihr Manager hat damals, als Sie von russischen Studenten entführt wurden, auch nach Ihnen gesucht.«

»Nein, das hat er nicht. Er hat mit dem Zaren gegessen und ist dann zu Bett gegangen. Er war der Meinung, daß ich auf mich selbst aufpassen kann. Er hatte recht. Die Goldgräber hätten mich nach ein paar Stunden wieder zu meinem Zelt zurückgebracht.«

»Möglich«, gab er schroff zurück. »Aber wer kann schon sagen, was alles hätte passieren können?«

»Sie sind nicht für mich verantwortlich.«

»Doch. Die Armee hat Sie meiner Obhut anvertraut.« Er legte den Arm um ihre Schultern und führte sie zu einer kleinen Lichtung. Als er sie aufforderte, sich zu setzen und still zu sein, erhob sie keinen Widerspruch. Sie lehnte sich an einen Baum, schlug die Arme um sich und schloß die Augen.

Sie hatte Todesangst ausgestanden, als die Goldgräber in ihr Zelt eindrangen, aber sie würde sich eher die Zunge abbeißen, als ihm davon zu erzählen. Es hatte eine Weile gedauert, bis sie erkannt hatte, daß die Kerle nichts anderes von ihr verlangten als ein paar Arien. Hätte sie gewußt, daß es nur ein paar Betrunkene waren, die jemanden suchten, der ihnen Zerstreuung verschaffte, hätte sie vermutlich protestiert. Aber sie hatte geglaubt, die vier gehörten zu Laurels Entführern.

Sie war wütend geworden, hatte stumm dagesessen und auf Captain Montgomery gewartet.

Sie schrak zusammen, als sie eine Hand auf ihrer Schulter spürte. Captain Montgomery reicht ihr einen Becher mit Kaffee.

»Ich habe nur einen Notproviant bei mir. Ich bin ziemlich hastig aufgebrochen.«

Sie sah zu, wie er Holz auf das Feuer legte, sein Pferd versorgte und Decken auf dem Boden ausbreitete. Er gab ihr ein Stück von diesem scheußlichen harten Armeezwieback, und als sie gegessen hatte, führte er sie zu den Decken.

»Wo werden Sie schlafen?«

»Das lassen Sie mal meine Sorge sein. Ich bin nicht derjenige, der alle fünf Minuten in Schwierigkeiten gerät.«

»Ich war ja gar nicht in Schwierigkeiten. Ich war vollkommen sicher und . . .«

»Aber das wußte keiner von uns, nicht wahr? Sam hat eine Platzwunde an der Schläfe, und Sie sollten mal die Beule auf meinem Hinterkopf sehen! Mir tut der Schädel noch so weh, daß ich kaum geradeaus sehen kann. Sie . . .«

»Lassen Sie mich mal die Beule betrachten«, unterbrach sie ihn. Sie hätte alles getan, um ihn endlich zum Schweigen zu bringen. Sie saß auf den Decken und forderte ihn mit einer Handbewegung auf, sich vorzubeugen, damit sie seinen Hinterkopf untersuchen konnte. Sie fuhr mit beiden Händen durch sein dichtes schwarzes Haar und betastete die in der Tat beträchtliche Schwellung auf seinem Hinterkopf.

Einem Impuls folgend, beugte sie sich vor und küßte die Beule. »Fühlen Sie sich jetzt besser?«

»Kaum«, erwiderte er. Er hob den Kopf, und sein Gesicht war noch so finster wie zuvor.

»Mein Gott, Captain – verstehen Sie denn gar keinen Spaß? Es tut mir leid, daß ich Ihnen so viel Mühe gemacht habe, aber ich habe Sie niemals um Hilfe gebeten oder Sie aufgefordert, sich in meine Angelegenheiten einzumischen. Ich habe auch kein Gesuch an die Armee gerichtet, mir eine Eskorte zur Verfügung zu stellen. Ich brauche keine Eskorte. Sie können jederzeit in Ihr Fort zurückkehren, Captain.«

Er drehte sich zum Feuer um und setzte sich einen halben Meter von ihr entfernt auf den Boden.

»Und wer soll Sie beschützen?« fragte er leise.

»Sam und . . .«

»Ha! Sie können besser auf sich aufpassen als die beiden.«

»War das etwa ein Kompliment? Wenn ja, werde ich es in mein Tagebuch eintragen.«

»Ich habe Ihnen schon einmal ein Kompliment gemacht. Ich habe Ihnen gesagt, daß Sie eine wundervolle Stimme haben.«

Sie starrte stirnrunzelnd in die Flammen. »Richtig. Ihnen gefällt meine Stimme, aber von meiner Person haben Sie eine sehr schlechte Meinung. Ich bin eine Lügnerin, haben Sie gesagt, und . . .«

»Soweit ich es beurteilen kann, ist das meiste von dem, was Sie mir bisher erzählt haben, gelogen.«

»Begreifen Sie denn nicht, daß man manchmal lügen *muß*? Gezwungenermaßen? Oder sind Sie etwa ein Mensch, der so vollkommen ist, daß er niemals lügen würde?«

Er schwieg so lange, daß sie sich ihm zudrehte. Sie sah ihm an, daß sie eine wunde Stelle getroffen hatte.

»Nein, ich bin kein Mensch ohne Fehl und Tadel«, erwiderte er leise. »Ich habe Angst wie jeder andere.«

»Wovor haben Sie Angst?« flüsterte sie. In diesem Augenblick war er nicht ein Armeeoffizier und sie seine Gefangene, sondern sie waren zwei einsame Menschen, die im dunklen Wald an einem Lagerfeuer saßen. »Wovor haben Sie Angst?« wiederholte Maddie.

Er öffnete den Mund, schloß ihn wieder, preßte die Lippen aufeinander und sah sie an. »Wenn Sie bereit sind, mir Ihre Geheimnisse zu verraten, werde ich Ihnen von meinen erzählen. Doch bis dahin bewegen wir uns auf verschiedenen Ebenen. Und jetzt, Miss Wie-Sie-auch-immer-heißen-mögen, legen Sie sich hin und schlafen Sie.«

Er stand auf und ging in den Wald, damit sie sich ungestört auf die Nachtruhe vorbereiten konnte. Als die Goldgräber in ihr Zelt eingedrungen waren, hatte sie die Männer gebeten, ihr wenigstens zu erlauben, sich etwas anzuziehen. Sie hatte sich so rasch wie möglich angekleidet.

Die Nächte in den Bergen waren kühl, und Maddie schlüpfte angezogen unter die Decke, legte den Kopf auf Captain Montgomerys Satteltasche und schlief sofort ein. Als Kind hatte sie oft unter dem Sternenhimmel neben einem Lagerfeuer geschlafen.

In der Nacht wurde sie von einer lauten Stimme geweckt und setzte sich erschrocken auf.

Captain Montgomery kam zu ihr und drückte sie wieder auf das Lager.

»Ich habe geträumt«, murmelte sie, »ich wäre mit meinem Vater unterwegs.«

»Er ist nicht hier, also schlafen Sie weiter.«

Er wollte sich wieder entfernen, aber Maddie hielt seine Hand fest. »Worth«, flüsterte sie.

»Worth was?«

»Mein Nachname ist Worth. Maddie Worth.«

»Ah, richtig, das Monogramm auf Ihren Koffern – M. W.«

Sie gähnte, drehte sich auf die andere Seite und sagte: »Danke, daß Sie gekommen sind und mich gerettet haben.«

»Ich hoffe nur, ich muß es nicht wieder tun.«

»Ich hoffe das ebenfalls«, murmelte sie und schlief wieder ein.

'Ring kehrte zu seiner Schlafstelle unter den Bäumen zurück. Er fror erbärmlich, und da er ihr seinen letzten Zwieback überlassen hatte, plagte ihn auch der Hunger. Den größten Teil der Nacht verbrachte er damit, Maddie zu betrachten und die Stücke des Puzzlespieles, das sie für ihn darstellte, zusammenzusetzen. Sein Kopf und Rücken taten ihm am Morgen noch immer weh, und seine Laune war dementsprechend. »Stehen Sie auf«, befahl er. »Das hier ist nicht Paris, wo Sie bis zum Mittag schlafen können.«

Sie streckte sich und gähnte. »Sie sind heute morgen offenbar mit dem falschen Fuß aus dem Bett gestiegen.«

»Ich hatte kein Bett, aus dem ich steigen konnte.«

»Was ist los mit Ihnen, Captain? Wütend, weil eine Frau nicht tun möchte, was Sie von ihr verlangen?«

Er sah sie stirnrunzelnd an.

»Sie hatten doch gewiß bisher nicht viel Mühe mit Frauen, nicht wahr? Ihr gutes Aussehen hat Ihnen bestimmt sehr geholfen, bei Frauen zu erreichen, was Sie wollten, richtig?«

Seine Laune schien sich ein wenig zu bessern, als sie sein gutes Aussehen erwähnte.

»Ich kann sie förmlich hören, die jungen Damen.« Sie richtete den Blick auf den Himmel und fuhr im schmachtenden Ton fort: »O 'Ring, du tanzt wunderbar, und es ist herrlich, wenn man sich an eine *so* starke Schulter anlehnen kann. Gefällt dir mein Kleid?« Sie sah kurz zu ihm und fuhr fort: »O Captain, ich finde es schrecklich heiß hier drin. Könnten wir nicht eine Weile hinausgehen? Nur wir beide? Wir zwei im Mondlicht?« Sie lachte. »Ihre Lebensgeschichte?«

Er mußte sich auf die Lippen beißen, weil er sonst laut aufgelacht hätte, denn ihre Beschreibung kam der Wahrheit sehr nahe. Im Fort hatte Toby 'Ring immer warnen müssen, wenn die Tochter des Colonel oder sogar dessen Frau sich ihm näherten. Sonst hätte 'Ring wohl die Hälfte seiner Dienstzeit darauf verwenden müssen, sein Urteil über die Farbe von Seidenbändern abzugeben und seine Meinung über das Wetter oder über den Zustand der Welt im allgemeinen zu äußern.

»Auch nicht im entferntesten«, sagte er und reichte ihr einen Becher mit Kaffee.

»Wer hat denn jetzt gelogen? Sie werden nie ein guter Lügner. Ihre Wangen sind so rot, daß man es sogar durch die Sonnenbräune hindurch sehen kann.« Sie lachte, als er noch mehr errötete.

Er hörte auf, finstere Grimassen zu schneiden und sagte: »Tatsächlich sind meine Probleme mit Frauen das Gegenteil dessen, was Sie anzunehmen scheinen. Deshalb hat mein Vater Toby für mich angeheuert. Sind Sie zum Aufbruch bereit? Wir müssen weiterreiten, wenn Sie noch . . .«

»Ich dachte, Toby dient wie Sie in der Armee.«

»Das tut er auch. Er trat ein, weil ich eingetreten bin.« Er sah sie vorwurfsvoll an. »Er hat Ihnen das doch bereits erzählt, nicht wahr? Zum Glück bin ich ein besserer Detektiv als Sie.«

»Erzählen Sie mir etwas über Toby.«

»Sie dürfen den Kaffeetopf reinigen, oder können Sie nur singen?«

»Ich kann vieles, von dem Sie keine Ahnung haben. Wie steht es mit dem Frühstück?«

»Das muß warten. Sie haben meinen ganzen Zwieback aufgegessen, und zum Jagen haben wir keine Zeit.«

»Ich könnte ein Kaninchen in der Schlinge fangen oder eines schießen, wenn Ihnen das lieber ist.«

Er sah sie erstaunt an. »So? Und wo haben Sie das gelernt, wenn ich fragen darf?«

»Von meinem Vater«, erklärte sie, nahm den Kaffeetopf, ging zu dem Bach in der Nähe und scheuerte den Topf mit Sand. Als sie zurückkam, war das Feuer ausgetreten und die Decken hingen zusammengerollt an der Satteltasche. Maddie strich Butterblume über die weichen Nüstern. »Warum hat Ihr Vater Toby angeheuert?« Sie hatte ihn nicht danach fragen wollen, aber ihre Neugierde ließ ihr keine Ruhe. Als sie 'Ring zum erstenmal begegnet war, hatte sie das Gefühl gehabt, alles über ihn zu wissen. Sie hatte die leidvolle Erfahrung gemacht, daß sich alle großen, starken und gutaussehenden Männer ziemlich ähnlich waren. Das Leben verwöhnte sie, und sie glaubten, einen Anspruch darauf zu haben, daß sie im Leben alles geschenkt bekamen. Aber Captain Montgomery paßte nicht in das Klischee, und das überraschte Maddie.

Er half ihr aufs Pferd und schwang sich dann hinter ihr in den Sattel. »Warum heuert ein Vater wohl für seinen Sohn einen Mann wie Toby an?« sagte er.

Sie lächelte. »Das ist leicht zu erraten. Um ihn vor Dummheiten zu bewahren. Denn obschon Toby sich laufend über Sie beschwert, ist er um Sie besorgt wie eine Mutter. Zweifellos hat er Sie schon öfter vor entzürnten Vätern retten müssen, die Ihnen mit der Schrotflinte nachjagten, weil Sie ihren Töchtern zu nahe gekommen sind. Sind Sie in die Armee eingetreten, um nicht irgendein armes, unschuldiges Mädchen heiraten zu müssen?«

Sie verrenkte sich den Hals, um sein Gesicht sehen zu können. Sie hatte sicherlich den Nagel auf den Kopf getroffen, aber er lächelte nur.

»Ich verstehe nicht, warum Sie so eine üble Meinung von mir haben. Was habe ich gesagt oder getan, daß Sie so schlecht von mir denken?«

»Abgesehen davon, daß Sie die Bedingung gestellt haben, daß ich mich Ihnen zur Verfügung stellen muß, wenn ich von meinem freien Willen Gebrauch mache?«

»Ja, abgesehen davon«, erwiderte er mit blitzenden Augen.

»Eigentlich nichts, aber Sie mögen mich ja auch nicht sonderlich.

»Ich glaube nicht, daß *mögen* etwas mit dem zu tun hat, worüber wir gerade sprechen. Ich mag Sie vielleicht nicht, aber Sie sind für mich auch kein unerfreulicher Anblick.«

»Danke«, sagte sie leise. »Ich denke, ich . . .« Was für ein seltsames Gespräch, dachte sie. »Warum ist Toby angestellt worden?«

»Mein Vater hatte Angst, ich könnte vor lauter Pflichtgefühl das Leben vergessen.« 'Ring schnitt eine Grimasse. »Er war auch über meinen Mangel an Humor besorgt. Als ich sechzehn wurde, hat er Toby gebeten, mich mit dem . . . äh . . . Leben bekanntzumachen.«

»Leben?«

»Mädchen.«

»Sie mochten – mögen – keine Mädchen?«

»Ich dachte, Sie wollten mich über Toby ausfragen.«

Sie war sich nicht mehr sicher, was sie eigentlich wissen wollte. »Hat er das getan? Sie mit Mädchen bekannt gemacht, meine ich?«

»Mehr oder weniger.«

Sie versuchte, sich klarzuwerden, was er damit meinte. »Ich habe noch nie gehört, daß ein Vater jemanden anstellt, der seinen Sohn in das . . . das Leben einführen soll.«

»Er war besorgt, daß ich mich zu sehr um unseren Familienbetrieb kümmern würde. Das ist alles. Also hat er einen Mann gesucht, der über das Leben besser Bescheid weiß, als jeder andere, den er kennt.«

»Toby?«

»Toby.«

Sie schwieg einen Moment. »Ich nehme an, er hat seinen Auftrag erfolgreich ausgeführt. Mit Ihrem Gesicht und Ihren . . .« Sie wollte ihm nicht die Genugtuung verschaffen, daß sie seine körperlichen Vorzüge zu sehr lobte. »Ich vermute daß Sie ein gelehriger Schüler waren.«

»Ich tat, was man von mir verlangte.«

Was in aller Welt sollte das nun wieder heißen? fragte sich Maddie.

»Aber ich trat mit achtzehn in die Armee ein, und nun bin ich hier.«

»Und haben zweifellos eine Schar zu Tode betrübter junger Damen zurückgelassen«, sagte sie lachend.

»Nein«, erwiderte er.

»Aber sicherlich haben Sie . . .«

»Genug. Lassen Sie uns jetzt über Sie reden.«

Aber sie wollte nicht zum Thema des Gespräches werden. »Captain, ich verstehe das alles nicht.«

»Sie sind mir ebenfalls ein Rätsel.«

Sie kannten sich zwar noch nicht lange, aber sie hatte sich in seiner Nähe stets sicher gefühlt – von den wenigen Minuten, als sie befürchtet hatte, von ihm mißbraucht zu werden, einmal abgesehen. Aber nun kam es ihr doch eigenartig vor, daß er nicht einmal versucht hatte, ihre Hand zu küssen. Und daß er kein einziges Mal versucht hatte, sie unsittlich zu berühren, obwohl sie seit Stunden in dieser Wildnis mit ihm allein war. »Ihr Vater mußte jemanden anstellen, der Sie mit Frauen zusammenbrachte, weil Sie Ihrer Veranlagung nach kein Interesse an Frauen hatten?«

»Mein Vater *mußte* Toby nicht anstellen.«

»Schön. Sagen wir, er hielt es für richtig, Toby anzustellen. Darauf kommt es doch nicht an. Es geht vielmehr darum, ob Sie Frauen mögen oder nicht.«

»Wen interessiert das?«

»*Mich* interessiert das!« schnaubte sie. »Mögen Sie sie, oder mögen Sie sie nicht?«

»Was?«

»Frauen natürlich, Sie Dummkopf! Sie wollen mir nicht antworten, nicht wahr?«

»Wer war der Mann in Ihrer Garderobe nach Ihrem ersten Auftritt? Wer hat Sam und Frank und diese entzückende Miss Honey angeheuert?«

»Gehört Edith zu den Frauen, die Sie mögen?«

»Rauchen alle Männer, die Sie mögen, Zigarren und verstecken sich in Zelten? Warum wehren Sie sich so heftig gegen eine militärische Eskorte? Warum geben Sie vor, eine Herzogin zu sein? Was ist aus Ihrer Brosche geworden? Wo lebt Ihre Familie? Wer . . .?«

»Schön.« Sie lachte. »Sie haben gewonnen. Wie wäre es, wenn Sie ein paar Gesangsstunden bei mir nähmen?«

»Wie wäre es, wenn Sie für mich singen würden?«

»Nein, ich will es Ihnen beibringen, nicht für Sie singen. Hören Sie gut zu.« Sie sang einen Ton. »Das ist der Kammerton ›A‹.« Sie sang einen höheren Ton. »Das ist ›C‹ . . . Das war eben Fis . . . Und das ist das hohe ›C‹.«

»Der Ton, den die Patti nicht singen kann?«

»Was für ein unangenehm gutes Gedächtnis Sie doch haben. Nun hören Sie gut zu. Ich singe jetzt die Töne hintereinander, und wir wollen sehen, ob Sie den Unterschied erkennen können.«

»Hohes ›C‹, Fis, ›H‹, Kammerton ›A‹.«

»Sehr gut. Ich werde Ihnen jetzt noch mehr Töne einzeln vorsingen und anschließend hintereinander.« Sie tat es, und er konnte ihr jedesmal den richtigen Ton nennen. »Hervorragend«, lobte sie. »Sie haben ein gutes Gehör. Vielleicht sogar das absolute Gehör. Wußten Sie das?«

»Ich habe nie darüber nachgedacht. Meine Familie kennt Musik nur vom Hörensagen.«

»Singen Sie mir ein Lied vor«, bat Maddie.

»Sie haben noch keinen Drachen für mich erschlagen.«

»Ich fürchte, Sie können mit Ihrer untrainierten Stimme nicht einmal den Tod einer Eidechse von mir verlangen! Singen Sie, oder ich werde Sie wieder über Toby ausfragen!«

Er sang »Row, Row, Row Your Boat«, und sie wartete, bis er geendet hatte, ehe sie sagte: »Erstaunlich, Captain, wirklich erstaunlich.«

»Gar nicht so übel, wie?«

»Es ist erstaunlich, daß jemand eine so angenehme Sprechstimme und ein so gutes Gehör haben kann, daß er die geringste Tonschwankung erkennt, und trotzdem . . .«

». . . trotzdem was?«

». . . ein so miserabler Sänger ist.«

»Passen Sie auf!« rief er, gab ihr einen Schubs und fing sie auf, bevor sie zu Boden stürzte. Sie warf ihre Arme um seinen Hals, damit sie nicht den Halt verlor, und sah ihn lachend an. Auch er lachte jetzt, und auf einmal hatte er sogar Lust, sie zu küssen. Vielleicht war das viele Gerede von Mädchen daran schuld.

Sie sah, wie sein Mund sich auf sie zubewegte. Sie schloß die Augen – aber der Kuß kam nicht. Als sie die Augen wieder aufschlug, blickte er mit einem Ausdruck auf sie hinunter, den sie nicht verstand. Peinlich berührt, löste sie die Arme von seinem Hals, richtete sich gerade auf und drehte ihm den Rücken zu.

»Wie lange wird es dauern, bis wir die Goldgräberstadt erreichen?«

»Ich schätze, das wissen Sie genauso gut wie ich.«

Sie wußte es. Sie hatte aber keine Ahnung, was sie jetzt noch mit ihm reden sollte. Ihre gute Laune war verflogen.

7

Im Lager wurden sie bereits von den anderen erwartet; aber nur Toby schien sich ihretwegen Sorgen gemacht zu haben. Maddie erlaubte Sam, ihr von Captain Montgomerys Pferd herunterzuhelfen, und der Captain ritt sofort weiter zu seinem Lager auf dem Kamm eines kleinen Hügels.

Maddie ging in ihr Zelt, und Edith folgte ihr.

»Er kam, als Sie fort waren.«

»Wer?«

»Haben Sie sich so gut mit dem Captain amüsiert, daß Sie darüber Ihre kleine Schwester vergessen haben?«

Maddie war sofort hellwach. »Aber warum so früh? Ich sollte mich doch erst morgen nach meinem Auftritt mit ihm treffen! Und er hat mir eine Wegskizze gegeben, weil der Ort, in dem ich meine Schwester sehen soll, sich ganz woanders . . .«

»Ja, das hat er mir alles erzählt. Er wollte nur sichergehen, daß Sie sich auch dort einfinden werden. Und er sagte, Sie sollten sich was Hübsches anziehen. Etwas Glitzerndes. Ich glaube, er macht sich Sorgen um Ihren Freund.«

Maddie setzte sich auf ihre Liege. »Was hat er über Captain Montgomery gesagt?«

»Er sagte, er würde ein Büffelgewehr mitnehmen. Das hätte das richtige Kaliber für so einen großen Kerl wie ihn.«

Maddie schlug die Hände vors Gesicht. »Was mache ich

nur? Morgen soll ich in die Berge reiten, mich mit dem Kerl treffen und Laurel wiedersehen. Ich darf ihn unter keinen Umständen verärgern. Um keinen Preis«, sagte sie und setzte verbittert hinzu: »Er sagte, daß Laurel schon . . . schon so viel gelitten . . . Ich darf nicht daran denken. Ich muß tun, was er von mir verlangt.«

»Dann sollten Sie lieber auf die Begleitung Ihres Armeefreundes verzichten. Und der kleine Mann ist mir auch viel zu wißbegierig.«

»Der Kleine?«

»Toby. Er schnüffelt um Frank, Sam und mich herum und wollte alles über Sie wissen.«

Maddie stand auf und ging im Zelt umher. Was sollte sie tun? Was konnte sie tun? Sie *mußte* Captain Montgomery loswerden. Sie konnte ihm unmöglich sagen, was sich abspielte, weil sie befürchten mußte, daß er sich einmischte. Nach dem Fiasko der letzten Tage würde er wachsamer sein denn je. Obwohl niemand beobachtet hatte, wie sie von betrunkenen Goldgräbern entführt wurde, hatte er sie dennoch gefunden. Was ihm einmal gelungen war, brachte er auch ein zweites Mal fertig, aber diesmal bekam er es nicht mit Männern zu tun, die sie nur singen hören wollten – diesmal waren es Erpresser, die Laurel in ihrer Gewalt hatten.

»Was werden Sie tun?« fragte Edith.

»Ich weiß es nicht. Irgendwie muß ich ihn dazu bewegen, mich allein in die Berge reiten zu lassen.«

»Ich habe noch etwas Opium.«

»Von mir nimmt er weder Essen noch ein Getränk an.«

»Soll ich ihm mit 'ner Keule eins auf den Schädel geben?«

»Ich will ihm nichts zuleide tun.« Maddie dachte an die gestrige Nacht, als er ihr seine Decken überlassen und erbärmlich gefroren hatte. Captain Montgomery wollte sie wirklich nur beschützen.

»Und wie wäre es mit ein paar Mädchen, die ich zusammentrommeln könnte, damit wir ihn . . .«

»Nein!«

Edith sah Maddie eine Weile an. »Zu schade, daß Sie nicht selbst eine Nacht mit ihm verbringen können.«

»Ich habe über wichtigere Dinge nachzudenken als über die Verführung eines Mannes. Obwohl . . .« Sie überlegte, daß es nicht schaden könne, wenn er ihr ein bißchen mehr vertraute als bisher. »Toby hat also versucht, dich auszuhorchen? Vielleicht kann ich den Spieß umdrehen und ihn ausfragen. Deck den Tisch fürs Mittagessen. Ich kann mit vollem Magen besser denken.«

Edith hatte ein paar Hühner eingekauft und in heißem Fett gebraten. Maddie lud Toby zum Mittagessen ein und bat ihn, an ihrem Tisch Platz zu nehmen.

»Sie kennen den Captain doch schon ziemlich lange, nicht wahr, Toby? Nehmen Sie sich doch noch ein wenig Fleisch!«

»Ich kenne ihn schon viele Jahre. Ich nehme mir gern noch einen Hühnerschenkel, danke.«

Sie lächelte ihn so liebenswürdig an, wie sie konnte. »Erzählen Sie mir etwas von ihm.«

Toby schaute sie nicht einmal an. Er war daran gewöhnt, daß Frauen versuchten, ihn nach 'Ring auszufragen. Er war schon so oft von Damen, die sich an 'Ring heranmachen wollten, zum Essen gebeten worden, daß er inzwischen so rund gewesen wäre wie ein Faß, wenn er eine Veranlagung zur Fettsucht gehabt hätte. Anfangs war Toby deswegen in Gewissensnöte geraten, denn einerseits wußte er, daß er keinerlei Informationen über 'Ring preisgeben durfte, aber er wollte andererseits aber auch nicht auf das gute Essen verzichten. »Ich kann Ihnen nicht viel über ihn erzählen. Er unterscheidet sich kaum von anderen Männern.«

»Nur wenige Väter engagieren einen Mann, der den Sohn mit den weltlichen Freuden bekanntmachen soll.«

Toby sah sie betroffen an. »Das hat er Ihnen erzählt?«

»Ja, das hat er. Bitte, nehmen Sie doch ordentlich viel Butter, wenn Sie sich ein Brötchen bestreichen. Ich frage mich nur, warum er so wenig . . . ich meine, warum er Frauen gegenüber so zurückhaltend ist.«

»Keine Ahnung«, erwiderte Toby mit vollem Mund.

»Vielleicht eine enttäuschte Liebe? Eine Frau, die er liebte, aber nicht haben konnte?«

»Oh, Sie meinen, so was wie in der Arie, die Sie gestern gesungen haben? Nein, nichts dergleichen. Er hat eben einfach kein Interesse an Mädchen. Ich habe erlebt, daß sie die verrücktesten Sachen anstellten, um seine Aufmerksamkeit zu erregen, aber das hat nie geklappt.«

»Nehmen Sie doch noch etwas Tomatensalat. Vielleicht ist das mangelnde Interesse an Frauen eine Erbanlage in der Familie.«

»Nein, Madam. Tatsächlich gehörte das zu den Dingen, die seinem Vater große Sorgen machen. Seine sechs jüngeren Brüder sind alle *sehr* an Mädchen interessiert. Auch die kleineren. Obwohl es natürlich damit zusammenhängen könnte, daß er der häßlichste Junge von sieben Geschwistern ist.«

Maddie, die gerade ein Stück Hühnerbrust zum Mund führte, erstickte fast daran. »Captain Montgomery – unser Reisebegleiter – ist der häßlichste Junge der Familie?«

»Ja, Madam, das ist er. Und seine jüngeren Brüder sorgen dafür, daß er das auch nie vergißt. Sie sagen, sie hätten ein paar Bullterrier, die besser aussehen würden als 'Ring.«

In diesem Moment begriff Maddie, daß Toby sie mit dem treuherzigsten Gesicht der Welt zum Narren hielt. Sie lächelte nachsichtig. »Wenn er sich nicht für Frauen interessiert – wofür *dann*?«

»Für Pflicht und Ehre. Solche Sachen.« Toby sagte das in einem Ton, als handele es sich um abscheuliche Qualitäten. Er blickte sie an, ehe er sich ein halbes belegtes Brötchen in den Mund schob: »Sind Sie an ihm interessiert?«

»Natürlich nicht. Ich wollte nur wissen, inwieweit man ihm vertrauen kann.«

Toby legte das angebissene Brötchen auf seinen Teller und musterte sie eindringlich. »Sie können ihm Ihr Leben anvertrauen. Wenn er sagt, daß er sie beschützen will, meint er das auch so. Er würde sein eigenes Leben opfern, um zu verhindern, daß Ihnen etwas zustößt.«

Maddie runzelte die Stirn. »Ich könnte mir vorstellen, daß er sich niemals für etwas Ungesetzliches hergeben würde.« Zum Beispiel für den Versuch, die öffentliche Meinung zu manipulieren, dachte sie.

»Himmel, nein! Er würde sich eher foltern lassen, als eine krumme Sache zu unterstützen.« Toby schnitt eine Grimasse. »Der Junge kann einen Mann zur Verzweiflung treiben, das kann ich Ihnen sagen! Er lügt nicht, er mogelt nicht, er tut nichts, was sich nicht in Übereinstimmung mit den menschlichen Gesetzen und den göttlichen Geboten befindet.«

Maddie schenkt ihm ein schwaches Lächeln. Es war genauso, wie sie gedacht hatte. Wenn Captain Montgomery dahinterkam, daß sie ein Geheimkurier war – würde er sie dann der Armee zur Bestrafung übergeben? Sie in Ketten legen und in die Hauptstadt bringen, damit sie dort wegen Hochverrats verurteilt wurde? Würde er bei Gericht vortragen, daß das Wohl des Landes wichtiger sei als das Heil eines Kindes?

»Sie beschäftigt etwas, nicht wahr, Madam?«

»Möglich.«

»Er ist ein guter Junge«, sagte Toby. »Sie können ihm Ihr Leben anvertrauen.«

Aber kann ich ihm auch meine Geheimnisse anvertrauen?

dachte sie. »Was macht Captain Montgomery eigentlich in diesem Augenblick?«

»Er beobachtet Männer, die Ihnen gefolgt sind. Er sitzt auf einem Hügel und beobachtet sie. Zwei Ihrer Verfolger halten sich ziemlich bedeckt, aber die anderen beiden benehmen sich wie Trampeltiere.«

Sie hörte auf zu essen. »Sie meinen, er liegt dort oben auf der Lauer? Beobachtet er auch, was ich hier tue?«

Toby sah sie mit einem kleinen Lächeln an. »Er versucht doch nur herauszufinden, was Sie vor ihm verbergen. Sie sollten es ihm lieber sagen, damit er endlich zur Ruhe kommt. Ich kann ihn nicht einmal dazu überreden, etwas anderes zu essen als Armeezwieback. Zum Glück geht unser Vorrat bald zu Ende.«

Ich muß es ihm also nur sagen? dachte Maddie. Das hätte sie gern getan, wenn sie nicht das Leben ihrer Schwester dadurch gefährdet hätte. »Edith, packe den Rest des Hähnchens und ein paar Tomaten ein.«

»Sie wollen ihn auf dem Hügel besuchen?«

Ich werde ihm zeigen, daß die Welt nicht nur aus Männern besteht, die mich verfolgen, dachte Maddie. »Ja, vielleicht möchte er ein bißchen Gesellschaft haben.«

»Er würde lieber ein Buch lesen als Damenbesuch empfangen«, sagte Toby und konnte sich das Lachen nur mit Mühe verbeißen. Er hatte das mindestens hundertmal zu verschiedenen Frauen gesagt, und jede von ihnen hatte das als eine persönliche Herausforderung betrachtet. Er war froh, daß sich die Opernsängerin in diesem Punkt nicht von anderen Frauen unterschied.

»So? Vielleicht kann ich ihn vom Gegenteil überzeugen.«

Maddie nahm das Paket, das Edith vorbereitet hatte, und stieg den Hügel hinauf.

»Captain?« sagte sie. Er saß auf dem Boden, den Rücken an einen Baum gelehnt, und machte den Eindruck, als ob er schlafen würde. Aber sie wußte es besser. Er atmete viel zu tief und zu gleichmäßig. Sie setzte sich neben ihm ins Gras. »Sie können aufhören, Theater zu spielen. Sie sind ein viel zu guter *Mess-Captain*, um sich von jemandem im Schlaf überraschen zu lassen.«

Er öffnete langsam die Augen, lächelte jedoch nicht. »Was suchen Sie denn hier oben?«

»Ich bringe Ihnen gebratenes Huhn.«

»Danke, ich habe bereits gegessen.«

»Toby hat mir erzählt, was Sie gegessen haben. Habe ich Sie verärgert?«

»Bitte, wären Sie so freundlich, wieder in Ihr Zelt zurückzukehren?«

»Und Sie hier oben auf dem Hügel sitzen zu lassen, damit Sie mich durch Ihr Fernrohr beobachten können?« Ehe er begriff, was sie vorhatte, war sie schon hinter ihn getreten und hatte sein Fernrohr an sich gerissen. Er versuchte es ihr wieder abzunehmen, aber sie versteckte es auf ihrem Rücken. Er lehnte sich an den Baum zurück, während sie ihre Beute betrachtete.

»Das ist ja ein antikes Stück!« sagte sie, als sie das blanke Messinggehäuse sah. »Benützt man so ein Fernrohr nicht auf Schiffen?«

»Möglich.«

Sie drehte am Gehäuse, bis es in voller Länge ausgefahren war. »Ach, ja, jetzt erinnere ich mich wieder! Sie haben doch Sam und Frank mit Seemannsknoten gefesselt. Ich darf demnach annehmen, Captain, daß Sie schon etwas mit Seefahrt zu tun hatten. Habe ich recht?«

Er nahm ihr schweigend das Glas weg.

»Warum sind Sie so mürrisch?«

»Weil ich zu tun habe und Ihnen dankbar wäre, wenn Sie in Ihr Zelt zurückkehren würden.«

Sie öffnete das Paket, das Edith zurechtgemacht hatte, und holte ein Stück gebratener Hühnerbrust heraus. »Ich habe Ihnen etwas Gutes zu essen mitgebracht.«

»Ja? So gut wie Ihr vergifteter Whisky? Ich nehme von Ihnen keine Nahrungsmittel an.«

»Den Portwein haben Sie aber getrunken.«

»Sie haben zuerst davon getrunken und mir aus der gleichen Flasche eingeschenkt.«

»Also gut«, seufzte sie, brach ein Stück von der gebratenen Hühnerbrust ab und steckte es sich in den Mund. Dann bot sie ihm Fleisch zum zweitenmal an.

»Danke, ich habe bereits gegessen.«

»Hühnerbrust. Sie schmeckt köstlich. So etwas Delikates habe ich schon lange nicht mehr gegessen – hmmmm.«

Er lächelte und griff nach dem Stück Fleisch, das sie ihm hinhielt, aber sie zog lachend ihre Hand zurück.

Im nächsten Augenblick warf er sich nach vorn, faßte sie um die Taille, drückte sie auf den Boden und schnappte nach dem Stück Hähnchenbrust, das sie mit zwei Fingern festhielt.

Sie kicherte, aber mit einemmal wurde sie sich seines Körpers bewußt, der auf ihrem lag, und sie merkte, daß ihre Finger in seinem warmen Mund steckten. Sie verstummte und sah ihn an.

»'Ring«, flüsterte sie.

Einen Moment lang glaubte sie, er würde dasselbe empfinden wie sie, aber er packte ihr Handgelenk und entfernte ihre Finger aus seinem Mund. »Hühnchen mag ich, aber Menschenfleisch nicht.«

Er schien sich bei jeder Gelegenheit ihren Wünschen zu widersetzen. Sie mußte sich gewaltig zusammennehmen, um ihm nicht die Hühnchenreste an den Kopf zu werfen und in ihr Zelt zurückzukehren. Du darfst es dir nicht mit ihm verscherzen, ermahnte sie sich. Du mußt, um Laurels willen, freundlich zu ihm sein, denn du bist auf Captain Montgomerys Wohlwollen angewiesen, wenn du dich morgen nach der Vorstellung mit Laurels Entführern treffen willst.

Sie zwang sich zu einem Lächeln. »Darf ich jetzt wieder aufstehen, nachdem Sie versucht haben, mich mit Ihrem Zwei-Zentner-Gewicht zu zerquetschen?«

»Aber gewiß«, sagte er gutgelaunt und rollte zur Seite. »Ich bin mir zwar ziemlich sicher, daß das Fleisch nicht vergiftet ist; würde Sie aber trotzdem bitten, jedes Stück vorzukosten.«

»Aber gern, Captain. Sie halten mich wohl für eine Giftmischerin, wie? Für eine Lucrezia Borgia?«

»Wer ist das?«

Er sah sie über seinen halb abgenagten Hühnerschenkel hinweg an. »Wie viele Sprachen beherrschen Sie eigentlich?«

»Einschließlich der auf dem amerikanischen Kontinent gesprochenen Dialekte?«

Er musterte sie erstaunt, und das freute sie. »Einschließlich der Sprache, in dem das Wort *Mess-Captain* vorkommt. Was ist das eigentlich – ein *Mess-Captain*?«

Nun war sie es, die ihn erstaunt anblickte. Er war so aufmerksam wie ein Meisterdetektiv. »Die Waldläufer nennen einen Anführer oder einen erfahrenen Pelztierjäger *Mess-Captain.* Ich habe Ihnen ja bereits erzählt, daß ich als Kind engen Kontakt zu einem Waldläufer hatte.«

»Richtig, in Lanconia«, erwiderte er. »Sind Sie schon mal in Lanconia gewesen?«

»Schmeckt Ihnen die Hühnerkeule? Möchten Sie eine Tomate dazu haben?«

Er ließ sich von ihr eine Tomate geben und biß hinein. »Eigenartig, daß Sie so viel von Musik und Sprachen verstehen, aber erbärmliche Geschichtskenntnisse haben. Und soweit ich das beurteilen kann, sind Sie im Rechnen eine absolute Niete.«

»Ich bin diesen Steilhang heraufgeklettert«, sagte sie entrüstet, »um Ihnen etwas zu essen zu bringen, und Sie beleidigen mich. Ich weiß gar nicht, warum ich mich so bemühe, freundlich zu Ihnen zu sein.«

»Das verstehe ich auch nicht. Ich bin sicher, Sie hatten einen Grund, zu mir heraufzuklettern. Das Hähnchen war doch nur ein Vorwand. Was hat Sie in Ihrem Zelt erwartet, als wir zurückkamen?«

Sie wich seinem bohrendem Blick aus.

»Ich hoffe, Miss Worth, Sie werden eines Tages begreifen, daß Sie mir vertrauen können.«

»Mein Vater hat immer gesagt, daß man sich Vertrauen erst verdienen muß.«

»Und was Ihr Vater sagt, ist Gesetz.«

»Was soll das nun wieder heißen?«

»Sie haben Ihren Vater schon ziemlich oft erwähnt.« Er schob sich ein Stück Fleisch zwischen die Zähne. »Wissen Sie, daß Sie jedesmal, wenn Sie Ihren Vater zitieren, in einem Ton von ihm sprechen, als wäre er der liebe Gott? Ich vermute, Ihr Vater ist ein guter *Mess-Captain.*«

»Der beste von der Welt! Er ist ehrlich, freundlich, gütig und . . .« Sie hätte diesem Captain die Augen auskratzen können, weil er so unverschämt grinste! ». . . und er hat Sinn für Humor.«

»Jeder, der das, was ich in den letzten vier Tagen erleben mußte, durchgemacht hat, ohne den Verstand zu verlieren, muß Sinn für Humor haben.«

»Das haben Sie sich doch alles nur selbst zuzuschreiben«, erwiderte sie erbost. »Warum reiten Sie nicht dorthin zurück, wo Sie hergekommen sind, und lassen mich in Ruhe?«

»Ich soll Sie den Männern überlassen, die Sie ständig beobachten?«

»Von allen Männern, die mich beobachten, sind Sie der einzige, der mich stört«, fauchte sie, stand auf und machte sich auf den Rückweg. Aber er hielt sie am Rock fest.

»Was ist los mit Ihnen? Warum sind Sie so barsch? Haben Sie jetzt plötzlich Ihren Sinn für Humor verloren?«

Sie sah auf ihn hinunter und wußte nicht, ob er das ernst gemeint hatte oder sich nur über sie lustig machte.

»Nun bleiben Sie schon! Sie wollten doch gar nicht gehen, nicht wahr? Wissen Sie, was ich denke, Miss Worth?«

»Nein, und ich möchte es auch gar nicht wissen.«

»Ich glaube, man hat Sie jahrelang wie eine Primadonna behandelt und nicht wie eine Frau aus Fleisch und Blut. Ich glaube nicht, daß Sie jemand so nahe an sich herangelassen haben, daß er Ihre Legende von der Herzogin LaReina zerstören konnte. Sie brauchten nur zu singen, und jeder, der Ihre Stimme hörte, war davon so verzaubert, daß er von seinem Verstand keinen Gebrauch mehr machen konnte.«

»Ist das so?« Maddie versuchte einen hochmütigen Ton anzuschlagen, aber es gelang ihr nicht ganz.

»Sie haben mir von Ihrem Manager erzählt. Soweit ich es beurteilen kann, hatte er nur Interesse an dem Geld, das Sie für ihn verdient haben. Sagen Sie mal – wann haben Sie zuletzt mit Ihrer Familie gesprochen?«

Maddie konnte es kaum glauben, aber bei diesen Worten kamen ihr die Tränen. »Lassen Sie mich gehen«, sagte sie und raffte ihren Rock. »Ich muß mir das nicht länger anhören.«

»Nein, das müssen Sie nicht«, sagte er leise, als wollte er sich entschuldigen. »Es war nicht meine Absicht, Sie zu . . .«

Er brach ab, weil er ein Geräusch hörte, das aus den Büschen am gegenüberliegenden Hang kam. Wer auch immer dieses Geräusch verursacht hatte, kam aus den Bergen und nicht aus der Richtung, in der sich Maddies Zelt befand.

Maddie hätte nicht geglaubt, daß sich jemand so schnell bewegen könne wie Captain Montgomery. Eben hatte er noch vor ihr gesessen, und im nächsten Moment lag er über ihr, drückte sie mit seinem Gewicht auf den Boden, schlang seine Arme und Beine um sie und rollte mit ihr den Hügel hinunter – weg von den Geräuschen in den Büschen.

Sie rollten gut zehn Meter weit, wobei Maddies Körper kaum den Boden berührte, weil er sie mit seinen Gliedmaßen umschlungen hielt. Als sie ein Eichengestrüpp am Rand des Hügels erreichten, suchte er dort Schutz. Sie wollte etwas sagen, aber er legte die Hand auf ihren Hinterkopf und barg ihr Gesicht an seinem Hals. Sie war hinter seinem Körper geborgen wie hinter einem Schutzwall, und falls jemand mit einer Kugel oder einem Pfeil auf sie schießen wollte, würde es ihn treffen. Das Geräusch in den Büschen kam näher, und Maddie erkannte die Ursache des Lärms genauso rasch wie er.

»Ein Hirsch«, flüsterte sie an seinem Hals, und er nickte.

Er bewegte vorsichtig den Kopf zur Seite. Und als sie in die gleiche Richtung spähte, sah sie oben auf dem Hügel den Hirsch stehen. Er stand ganz still und äugte zu ihnen hinunter, wußte offenbar nicht, was er von ihnen halten sollte, bis 'Ring den rechten Arm hob. Der Hirsch flüchtete mit weiten Sätzen in den Wald, aus dem er gekommen war.

'Ring stützte sich auf die Ellenbogen hoch und sah Maddie an. »Haben Sie sich verletzt?« fragte er.

»Nein.« Sie wollte sich aufrichten, als sie einen heftigen Stich an der Schulter spürte. »Ich scheine mir einen Splitter eingezogen zu haben.«

»Lassen Sie mal sehen.« Er setzte sich auf, drehte sie auf den Bauch und entfernte zwei Kakteenstacheln aus ihrer Schulter. »Erledigt. Noch etwas?«

Sie bewegte beide Schultern. »Nein, ich denke, das war alles.« Sie betrachtete den Hang, den sie heruntergerollt waren, und entdeckte dort zahlreiche kleine stachelbewehrte Trockengewächse. Sie sah 'Ring an. »Ich habe noch nie erlebt, daß jemand so schnell reagiert wie Sie. Danke.«

»Jeder gute Mess-Captain hätte das getan. Oder Ihr Vater.« Sie hielt das für keinen guten Witz, fragte aber nur: »Rede ich wirklich von meinem Vater in einem Ton, als wäre er der liebe Gott?«

Er lächelte nur und deutete mit dem Kopf zum Tal. »Sind Sie jetzt bereit, in Ihr Zelt zurückzukehren?«

»Ja«, erwiderte sie und blickte auf ihren Rock hinunter. Er war mit Kakteenstacheln gespickt.

»Drehen Sie sich um«, befahl sie.

»Ich denke, Sie sollten jetzt lieber gehen. Sie haben zwei anstrengende Tage hinter sich und müssen morgen wieder ausgeruht . . .«

»Sie sollen sich umdrehen, habe ich gesagt.«

»Miss Honey wird sich Ihretwegen schon Sorgen machen.«

»Edith ist es egal, was mit mir passiert.«

»Soll ich mich nur umdrehen und Ihnen die kalte Schulter zeigen oder mich freimachen?«

»Sie sind ein Mann, über den man sich wirklich ärgern kann«, erwiderte sie, packte ihn am Arm und versuchte ihn herumzuschwenken. Aber er war zu schwer für sie, und wenn er nicht nachgeholfen hätte, hätte sie seine Kehrseite niemals in Augenschein nehmen können. Sie war mit Kakteenstacheln übersät.

»Sie haben mir schon öfter gesagt, daß ich keinen liebenswerten Charakter besitze. Aber unser Gespräch vorhin ist unterbrochen worden. Wissen Sie, wo das viele Geld geblieben ist, das Sie in den letzten Jahren verdient haben?«

Sie zog mit spitzen Fingern einen Dorn aus seiner Kehrseite. »Sind Sie etwa hinter meinem Geld her?«

»Ich habe nicht einmal eine Ahnung, ob Sie Geld haben oder nicht. Wenn Sie sich in der Vergangenheit so wenig um Ihre Einnahmen gekümmert haben wie auf dieser Reise, sind Sie vermutlich bettelarm. In unserer Familie achten wir auf unser Geld. Mein Vater hat mich schon im Alter von drei Jahren dazu überredet, zwanzig Prozent meines Taschengeldes gewinnbringend anzulegen.«

Sie zog drei Stacheln auf einmal aus seinem Gesäß; aber dann kam ihr sein Hemd in die Quere. Sie gab ihm einen Klaps auf die Hüfte. »Ziehen Sie das Hemd aus!« befahl sie. »Geld ist für mich Nebensache. Ich will singen, aber nicht zu meinem Broterwerb. Die Musik und die Anerkennung meiner Zuhörer sind mir wichtig, nicht die Einnahmen.«

Er stieg den Hang hinauf, und sie folgte ihm. »Sagten Sie nicht, daß Ihre Stimme nicht ewig halten würde? Wovon wollen Sie leben, wenn Sie nicht mehr singen können?«

»Keine Ahnung. Darüber habe ich noch nicht nachgedacht. Vielleicht heirate ich einen fetten, gutbetuchten alten Mann und laß mich von ihm unterhalten.« Als sie auf dem Hügel angelangt waren, drehte er sich zu ihr um.

»Und wie sieht es dann mit Kindern aus?«

»Ziehen Sie Ihr Hemd aus und legen Sie sich auf den Bauch. Ich möchte die Stacheln aus Ihrem Allerwertesten entfernen.«

Er knöpfte sein Hemd auf. »Sie haben nie an Kinder gedacht?«

Obwohl er so tat, als würden ihn die Stacheln nicht weiter stören, wußte sie es besser. Sie mußten ihm höllisch weh tun. Sie trat hinter ihn und half ihm, sich so behutsam wie möglich aus dem Hemd zu schälen, damit sich die Stacheln nicht noch tiefer in die Haut bohrten.

»Soll das etwa ein Heiratsantrag sein, Captain?« fragte sie. »Falls ja, bin ich nicht interessiert. Als Opersängerin reise ich ständig in der Welt umher. Ich habe weder die Zeit noch die Lust, mich an einen Mann zu . . .« Sie hielt inne, als sie die vielen kleinen weißen Narben auf seinem muskulösen Rükken sah.

»Legen Sie sich auf den Bauch«, befahl sie. Als er ihrer Aufforderung nachgekommmen war, fuhr sie mit den Fingerspitzen sacht über eine dieser dünnen Narben. »Wie sind Sie denn dazu gekommen?« fragte sie leise.

»Ich bin in ein Hindernis gelaufen.«

»In das falsche Ende einer neunschwänzigen Katze? Ich wußte gar nicht, daß auch Offiziere ausgepeitscht werden! Ich kann mir unmöglich vorstellen, daß Sie etwas anstellen könnten, was so eine Strafe verdient. Ich dachte, die Armee gibt solchen Leuten wie Ihnen Orden – nicht die Peitsche.«

»Ich bin nicht immer Offizier gewesen«, sagte er und sah zu, wie sie zu seiner Satteltasche ging und sein großes Jagdmesser hervorholte. »Wollen Sie mir die Haut abziehen?«

Sie lachte, als sie eine leise Nervosität aus seiner Stimme heraushörte, schnitt einen mit Fett getränkten Streifen von dem Papier ab, in das Edith das Hähnchen gepackt hatte, und wickelte ihn um ihren rechten Daumen. »Liegen Sie still«, sagte sie, als sie sich neben ihm ins Gras kniete. »Ich habe schon öfter Stacheln entfernen müssen. Ich weiß also, was ich tue.« Dann fing sie an, mit dem Messerrücken die Stacheln gegen ihren gepolsterten Daumen zu drücken und vorsichtig herauszuziehen.

Als sie so viel Haut auf seinem Rücken von Stacheln befreit hatte, daß sie die Hand darauf legen konnte, berührte sie wieder eine dieser zahllosen weißen Narben mit der Fingerspitze und sagte: »Bei all Ihrer Abgebrühtheit, die Sie an den Tag legen, weiß ich genau, wie schlimm eine Auspeitschung für Sie gewesen sein muß, die solche Narben hinterläßt. Ich verstehe nämlich etwas von Schmerzen.«

Hatte er etwa ein Schluchzen in ihrer Stimme gehört? »Nun sagen Sie bloß, Sie bemitleiden sich selbst. Was wissen Sie schon von Schmerzen und Entbehrungen? Das Leben einer Opernsängerin zeichnet sich doch nicht durch Entbehrungen aus. Was machen Sie denn den ganzen Tag? Sie singen. Und wenn Sie nicht singen, besuchen Sie Ihre Schneiderin.«

»Sie haben nicht die geringste Vorstellung vom Alltag einer Sängerin. Wenn Sie brav liegen bleiben und still sind, erzähle ich Ihnen, wie ich zu meinem Beruf gekommen bin. Ich muß damals sieben Jahre alt gewesen sein, als mein Vater einer Gruppe von Siedlern half. Sie waren in den Westen gekommen, um einen Handelsposten zu gründen, und . . .«

»In Lanconia?«

»Das Ziehen der Stacheln könnte eine sehr schmerzhafte Prozedur für Sie werden, wenn Sie mich dauernd unterbrechen. Also seien Sie still, und hören Sie mir zu. Zu dieser Gruppe von Siedlern gehörte eine kranke Frau, die auf dieser Reise ihren Mann verloren hatte . . .«

»Indianer?«

»Nein, soweit ich mich erinnern kann, wurde er von einer Klapperschlange gebissen. Die anderen Siedler waren sehr verärgert, weil sie seine Witwe am Hals hatten und sie versorgen mußten. Noch dazu war sie krank, und nach allem, was mir mein Vater damals erzählte, ließen die Siedler die Frau spüren, daß sie nur eine Last für sie war. Mein Vater hatte keine Sympathie für diese Siedler, denn er betrachtete sie als eine Plage für das Land. Er . . .«

»Ich dachte, Ihr Vater wäre ebenfalls ein Siedler gewesen, oder war er das nicht?«

»Wollen Sie mir jetzt zuhören oder reden?«

»Ich kann es kaum erwarten, noch mehr über Ihren illustren Herrn Vater zu hören.«

»Sie sollten sich geehrt fühlen! Also – wo war ich eben stehengeblieben?«

»Bei Ihrem Vater, einem Siedler, der sich darüber ärgerte, daß noch mehr Siedler ins Land kamen.«

»Entschuldigung«, sagte sie, als sie einen Stachel drehte, »habe ich Ihnen etwa weh getan? Ich werde versuchen, behutsamer zu sein, aber wenn Sie nicht aufhören, mich zu unterbrechen, kann ich natürlich für nichts garantieren. Also – worüber habe ich gerade gesprochen? Ach ja, von Mrs. Benson. Mein Vater meinte, meine Mutter würde sich vielleicht über eine Gesellschafterin freuen, also brachte er die Witwe in unser Haus. Er wollte sie im Frühjahr zurück an die Ostküste bringen. Die Geschichte endete damit, daß Mrs. Benson vier Jahre bei uns blieb, bis sie einen Mann, der auf der Durchreise war, kennenlernte, sich in ihn verliebte und ihn heiratete. Aber damals hatte ich bereits Madame Branchini.«

»Und die hat Ihnen das Singen beigebracht?«

»Ich greife den Ereignissen voraus. Mrs. Benson hatte an der Ostküste Klavier- und Gesangsunterricht gegeben, und meine Mutter meinte, es wäre nett, wenn sie mich ein bißchen beschäftigen würde, weil ich auf meine ältere Schwester Gemma schrecklich eifersüchtig war. Meine Mutter ist Malerin, müssen Sie wissen, und meine Schwester hat ihr Talent geerbt. Gemma konnte schon mit fünf Jahren in Öl malen, während ich nicht mal ein Pferd zeichnen konnte. Ich war eifersüchtig, weil meine Mutter so viel Zeit mit Gemma verbrachte.«

»Also hat Ihre Mutter Sie der Musiklehrerin überlassen, und Sie begannen sofort mit dem Singen von Arien?«

»Nein, ich habe schon früher kleine lustige Lieder gesungen, die mir Freunde meines Vaters beigebracht hatten.«

»Lieder wie ›Gott segne die Königin‹? Waren die Freunde Ihres Vaters auch Herzöge?«

Sie ignorierte seine Frage. »Niemand hatte eine große Meinung von meiner Stimme, bis Mrs. Benson eines Morgens einen Koffer durchsuchte, den mein Vater gefunden hatte. Er war vom Wagen eines Siedlers heruntergeworfen worden – diese Dummköpfe nehmen alles mit, was sie besitzen, bis sie die erste schwierige Stelle ihrer Route erreichen und Ballast abwerfen müssen.«

'Ring kannte aus eigener Erfahrung ein paar solcher schwierigen Stellen – Schluchten mit fünfzig Meter hohen steilen Wänden. »Was befand sich in diesem Koffer?«

»Notenblätter. Mein Vater hatte den Koffer mit nach Hause gebracht, weil er glaubte, Mrs. Benson und ich hätten vielleicht Verwendung dafür.« Maddie zog wieder einen Stachel aus Montgomerys Rücken und lächelte. »In dem Koffer befanden sich die Noten zu ›*Air des bijoux*‹ aus der Oper ›*Faust*‹.«

»Die Edelstein-Arie«, sagte er leise.

»Richtig.«

»Ich kenne die Arie nicht, aber vielleicht erkenne ich die Melodie, wenn Sie sie mir vorsingen.«

»Ohne erschlagenen Drachen ist da nichts zu machen. Mrs. Benson half mir beim Text, und da der Geburtstag meines Vaters vor der Tür stand, dachte ich, daß ich das Lied einstudieren und ihm vortragen könnte.«

»Und Sie haben es einstudiert.«

»So leicht war das allerdings nicht. Mrs. Benson war Amerikanerin.«

»Offenbar ein Fluch für einen Erdenbürger.«

»So meine ich es nicht. Amerikaner haben einen Horror vor Opern. Sie glauben, daß Opern etwas für reiche Leute und für Snobs sind. Wenn ein Amerikaner nur sagt, daß er eine Oper *gesehen* hat, riskiert er schon, verspottet zu werden. Als ich Mrs. Benson fragte, was das für ein Musikstück sei, meinte sie abfällig, es wären Noten von einer Oper, die sich nicht für so ein kleines Kind wie mich eigneten. Ich muß damals gerade zehn geworden sein.«

»Und diese Antwort war für Sie ein rotes Tuch, nicht wahr? Niemand darf Ihnen sagen, daß Sie etwas nicht tun sollen, richtig?«

»Soll ich hinuntergehen und Edith zu Ihnen heraufschikken? Ich bin überzeugt, sie wäre glücklich, Sie im unbekleideten Zustand anzutreffen.«

Er schwieg, drehte den Kopf zur Seite und warf ihr einen Blick zu, den sie nicht verstand.

»Ich fühlte mich allerdings von Mrs. Bensons Antwort herausgefordert«, fuhr Maddie fort. »Zumindest war meine Neugierde geweckt, und deshalb nahm ich die Notenblätter und brachte sie Thomas.« Bevor er sie danach fragen konnte, erklärte sie ihm, wer Thomas war. »Bei uns wohnten mehrere Freunde meines Vaters. Thomas war einer von ihnen, und er konnte ein bißchen Flöte spielen und singen. Wenn auch nicht so gut wie mein Vater; aber . . .«

»Selbstvrständlich nicht so gut wie Ihr Daddy«, spottete 'Ring leise.

»Thomas konnte ein bißchen Flöte spielen und singen«, wiederholte sie, »und deshalb ging ich mit den Notenblättern zu ihm. Damals konnte ich schon ganz gut Noten lesen und sie auch vom Blatt singen.«

»Wie es sich für große Talente gehört.«

Sie lächelte. »Wir haben die Noten abgeschrieben, und ich studierte die Arie ein. Am Geburtstag meines Vaters, nachdem alle gegessen und mein Vater von allen sein Geschenk bekommen hatte, spielte Thomas auf seiner Flöte, und ich sang dazu.«

»Und fortan waren Sie eine Opersängerin?«

Sie schnaubte undamenhaft. »›Fortan‹ – das wäre übertrieben. Als ich die Arie zu Ende gesungen hatte, saßen alle stumm da und starrten mich an. Ich wußte zwar, daß ich keine Ahnung hatte, wie man italienische Worte aussprechen muß, fand jedoch, daß ich nicht schlecht gesungen hatte, und deshalb war ich gekränkt, weil niemand etwas sagte.«

Sie schwieg einen Moment und dachte an den entscheidendsten Tag ihres Lebens zurück. »Eine Ewigkeit schien vergangen zu sein, als sich meine Mutter meinem Vater zudrehte und sagte: ›Jeffrey, morgen früh reist du an die Ostküste und suchst für meine Tochter eine Lehrerin – eine Gesangslehrerin. Eine wirkliche Lehrerin. Die beste Lehrerin, die man für Geld bekommen kann. Meine Tochter wird eine Opersängerin.‹ Danach brach die Hölle los. Alle tanzten im Zimmer umher und jubelten, und mein Vater setzte mich auf seine Schultern und . . .«

»Auf seine unglaublich breiten Schultern?«

»Auf seine in der Tat unglaublich breiten Schultern. Es war der herrlichste Abend meines Lebens.«

»Wirklich? Nicht einer Ihrer vielen Hundert Männer hat Ihnen danach einen so herrlichen Abend bescheren können?«

»Einen auch nicht annähernd so schönen Abend.«

»Ich schätze, Ihr Vater hat Ihnen die Lehrerin besorgt. Es würde mich wundern, wenn Ihr Vater auch nur in einem Punkt versagt hätte. Er verschaffte Ihnen diese Madame . . .«

»Mein Vater blieb monatelang fort, und als er wiederkam, brachte er eine hagere, säuerlich dreinsehende Frau mit. Sie war mir vom ersten Moment an unsympathisch, aber meine Mutter hieß sie willkommen. Die hagere kleine Frau ignorierte sie. Madame Branchini sagte: ›Lassen Sie mich das Kind hören, damit ich mich davon überzeugen kann, ob sie es verdient, daß ich Ihretwegen so viel durchmachen mußte.‹

Ich sah, wie mein Vater hinter ihrem Rücken Grimassen schnitt, und schloß daraus, daß die Dame eine sehr unangenehme Reisebegleiterin gewesen sein mußte.«

»Aber dann hörte die Frau Sie singen, und das entschädigte sie natürlich für die Reisestrapazen. Sie erklärte sich bereit, bei Ihnen zu bleiben und Ihnen alles beizubringen, was Sie jetzt können, nicht wahr?«

»Irrtum. Die Sache verlief ganz anders. Ich mußte ihr etwas auf dem Klavier vorspielen – mein Vater hatte schon vor einiger Zeit ein Piano von der Ostküste mitgebracht – und . . .«

»Hat er es auf dem Rücken getragen?«

». . . und dazu singen.« Maddie hielt inne und schüttelte den Kopf. »Ich war damals ein eitles kleines Ding. Meine Familie vergötterte mich und redete mir ein, daß ich die beste Sängerin der Welt sei. Ich glaube, ich bildete mir sogar ein, daß Madame Branchini sich geehrt fühlen müsse, wenn ich ihr überhaupt etwas vorsang.«

»Ich bin froh, daß sich Ihre Einstellung inzwischen geändert hat. Heute braucht man sich nur noch geschmeichelt zu fühlen, wenn sich eine so berühmte Sängerin bereitfindet, eine Probe ihres Könnens zu geben.«

»Inzwischen habe ich mir diesen Anspruch auch verdient. Aber damals war ich ein eitles Kind – bildete mir etwas ein, was jeder Grundlage entbehrte. Heute trifft das zu, was ich sage. Habe ich Sie jemals belogen oder übertrieben, was meine Stimme betrifft?«

»Nein«, sagte er aufrichtig. »Das ist aber auch der *einzige* Punkt, an dem Sie bei der Wahrheit geblieben sind.«

»Damals habe ich mich selbst belogen. Ich muß schrecklich gewesen sein. Das Talent war natürlich da, aber roh und ungeformt.«

»Natürlich.«

»An jenem Tag bekam ich nicht den Beifall, den ich von meiner Familie gewohnt war. Als ich mit meinem Vortrag zu Ende gekommen war, schaute ich Madame Branchini erwartungsvoll an. Ich erwartete ein dickes Lob, sogar Enthusiasmus. Wenn es wahr ist, was man mir später erzählte, war ich sogar davon überzeugt, daß sie vor mir auf die Knie fiel vor Dankbarkeit, daß sie in den Genuß gekommen war, mich singen zu hören. Statt dessen sagte sie kein Wort. Natürlich warteten meine Eltern und alle anderen Mitglieder der Familie auf ihre Reaktion. Ich glaube, sie hofften ebenfalls auf ein Loblied über ihre kostbare Tochter. Vermutlich hatte mein Vater mein Talent in den höchsten Tönen gepriesen, um Madam Branchinis Einwilligung zu dieser langen und beschwerlichen Reise zu erhalten.

»Wahrscheinlich.«

»Madame Branchini lobte mich nicht, sondern erklärte vielmehr meinen Eltern, ich sei faul, verwöhnt und eingebildet. Mit so etwas wüßte sie nichts anzufangen. Sie verlangte von meinem Vater, daß er sie umgehend nach New York zurückbringen sollte – daß er seine und ihre Zeit vergeudet habe für ein wertloses Kind.«

'Ring musterte sie.

»Ja, kaum zu glauben, wie? Aber sie wußte, was sie tat. Jeder begann sogleich auf sie einzureden, und mein Vater sagte, daß sie wenigstens über den Winter bei uns bleiben solle, während die anderen entrüstet meinten, daß sie taub sein müsse. Ich stand vor der Tür und lauschte, und für mein junges Herz war die Empörung meiner Eltern sehr schmeichelhaft. Wie kam diese alte Krähe dazu, zu behaupten, ich hätte kein Talent? Schließlich wollte ich eines Tages die größte Sängerin der Welt sein. Ich stellte mir vor, wie sie zu mir hinter die Bühne kam und mich um Verzeihung bat, daß sie mich so verkannt habe.«

Maddie lachte leise. »Gott sei Dank besaß ich selbst in diesem zarten Alter etwas Vernunft. Ich fragte mich nämlich plötzlich, *wie* ich zur größten Sängerin der Welt werden sollte. Konnte Mrs. Benson mich dazu bringen? Würde ich mich selbst ausbilden? Sollte ich so lange warten, bis ich erwachsen war, dann an die Ostküste reisen und mit meiner Ausbildung beginnen? Was sollte ich in der Zwischenzeit anfangen? In den paar Jahren, die Mrs. Benson bei uns gewesen war, hatte ich erkannt, daß ich nichts lieber auf der Welt tat als singen. Ich sang ständig, wo ich mich auch aufhielt und was ich auch tat.«

Maddie holte tief Luft. »Ich traf in diesem Moment die wichtigste Entscheidung meines Lebens. Ich erkannte plötzlich, daß Madame Branchini recht hatte. Ich war faul. Deshalb ging ich zu ihr und bat sie, mich zu unterrichten. Sie weigerte sich. Ich fiel vor ihr auf die Knie und flehte sie an.«

Maddie starrte einen Moment ins Leere, ohne die Hände zu bewegen. »Meine Familie war wütend auf mich, weil ich mich vor ihr so demütigte. Alle haßten Madame Branchini. Mein Vater versuchte, mich vom Boden hochzuziehen, aber nach Madame Brachinis wiederholter Weigerung, mich auszubilden, war ich sogar dazu bereit, ihr die Füße zu küssen.«

'Ring sah sie wieder an. Daß diese Frau jemanden angefleht hatte, konnte er sich nicht vorstellen.

Sie lächelte. »Ich hätte alles getan, um singen zu können, und diese Frau war der Schlüssel zu meinen Wünschen.«

»Sie gab nach«, sagte er leise.

»O ja, das tat sie, aber erst, nachdem ich ihr versprochen hatte, ihre Sklavin zu sein. Meiner Familie gefiel das nicht, aber ich glaube, ich hatte eine recht gute Vorstellung von dem, was mir fehlte. Sie blieb sieben Jahre bei uns, und sie brachte mir bei, was ich jetzt kann. Das war nicht einfach.«

»Den ganzen Tag zu singen war nicht einfach?«

»Was wissen Sie schon davon? Sie haben vermutlich Ihre

Kindheit im Freien und in der Sonne verbracht. Ich nicht. Ob es regnete oder die Sonne schien – bei gutem oder schlechtem Wetter –, blieb ich im Haus und übte mit Madame. Immer wieder den gleichen Ton. Die gleiche Silbe. Lernte Französisch und Italienisch. Ich konnte die Leute draußen lachen und sich vergnügen hören; aber ich mußte immer im Haus bleiben und üben.«

»Sie müssen doch auch mal eine Pause gehabt haben.«

»Sehr wenig Pausen. Ich wurde nur einmal wankend in meinem Entschluß – ein einziges Mal. Ich verliebte mich rasend in einen jungen Mann, den mein Vater als Gehilfen für seine Arbeit angestellt hatte. Ich war fast ebenso gern in seiner Nähe, wie ich singen wollte.«

»Und was hat Ihre Madame dazu gesagt?«

»Sie sagte, daß ich entweder eine Sängerin sein oder mich der lebenslangen Tyrannei eines Mannes unterwerfen könnte. Ich könnte es mir aussuchen.«

»Die Worte einer echten alten Jungfer.«

Maddie schnitt eine Grimasse. »Warum glauben die Männer immer, daß es für eine Frau nichts Schlimmeres gibt, als ohne einen Mann leben zu müssen? Ja, sie war eine schon ältliche Jungfer. Und weil sie das war, besaß sie auch die Unabhängigkeit, bei mir in ...«, Maddie zögerte, »... in Nirgendwo zu leben.«

»Darf ich daraus schließen, daß Sie Ihr Gesangsstudium diesem Cowboy vorzogen?«

»Offenbar, wie Sie sehen können. Ich traf ihn ein paar Jahre später wieder und wunderte mich, was ich damals in ihm gesehen hatte.«

»Aber Sie haben das Versäumte später mit Ihren vielen Liebhabern wieder wettgemacht, wie?«

»Mit meinem was? Ach, ja, mit all diesen Männern. Es stimmt, daß Männer Frauen mit Talent lieben.«

»Und auch Frauen mit so einer hübschen Figur.«

Sie lachte. »Möglich, daß das eine ... äh ... zusätzliche Attraktion ist. Opernsängerinnen neigen zu einer gewissen Fülle, und deshalb habe ich stets darauf geachtet, mich in dieser Hinsicht nicht hervorzutun. Ich wußte gar nicht, daß Ihnen das aufgefallen ist.«

»Es steckt immerhin etwas Leben in mir, und ich bin auch ein Mann. Sie wissen schon – eine Kreatur, die Frauen dadurch ins Unglück stürzt, daß sie ihnen nicht gestatten, eine alte Jungfer zu werden.«

Als sie zum zweitenmal laut lachte, drehte er wieder den Kopf zur Seite und sagte: »Kein Sinn für Humor, wie?«

»Nicht den geringsten. Ich bin überzeugt, Sie haben das ernst gemeint. Und nachdem ich Ihnen meine Geschichte erzählt habe, erzählen Sie mir jetzt auch Ihre.«

»Welche?«

»Warum Sie sich um mich kümmern und sich als mein Beschützer aufspielen.«

»Ich habe den Befehl dazu bekommen, das wissen Sie doch. Ihr geliebter General Yovington hat mich dazu abkommandiert, und ich tue nichts anderes als meine Pflicht.«

»Nein, General Yovington hat Lieutenant ...«

»... Surrey.

»... ja, Lieutenant Surrey sollte mich begleiten. Sie, Captain Montgomery, sind irrtümlich dazu bestimmt worden. Warum ist die Wahl Ihres Kommandeurs auf Sie gefallen?«

»Nun, *er* ist ein Mann mit einem großen Sinn für Humor. Ich glaube, er hielt es für einen blendenden Witz, mich als Babysitter für eine Opernsängerin abzustellen.«

»Wie viele von diesen Stacheln stecken noch unterhalb der Gürtellinie, Captain?«

»Nicht so viele, daß ich mich gezwungen fühle, vor einer Lady die Hosen herunterzulassen.«

»Lächerlich, wenn ich bedenke, in welchem Aufzug Sie sich damals in mein Zelt eingeschlichen haben. Da hatten Sie ja praktisch nichts an.«

»Ich wußte ja nicht, daß der Überfall eines Schwarzfußindianers Ihnen nur ein müdes Lächeln abringen würde.«

»Da täuschen Sie sich aber. Ziehen Sie sich die Hose aus, und dann wollen wir sehen, was Sie sich dort noch an Stacheln eingefangen haben. Ich verspreche Ihnen, beim Anblick ihres blanken Allerwertesten nicht in Ohnmacht zu fallen.«

Er richtete sich auf und grinste sie an. »Ich möchte Sie wirklich nicht gern enttäuschen; aber ich trage eine Unterhose. Glücklicherweise, möchte ich sagen, denn sonst wäre ich in den letzten Tagen sicherlich erfroren, als ich im Gebirge hinter Ihren Entführern herjagte.«

Er knöpfte seinen Hosenbund auf und zog die Hose und seine Stiefel aus. Er trug eine lange rote Unterhose, und als er Maddie den Rücken zukehrte, entdeckte sie etliche lange Stacheln an seinen Beinen.

Sie kniete sich ins Gras und begann, die Stacheln aus seinen Waden zu ziehen. Er stand ganz still, und sie wurde sich bewußt, daß sie seinen Körper berührte. Er hatte behauptet, daß sie niemals jemanden an sich heranließe. Sie war immer davon überzeugt gewesen, daß sie zuviel von sich abgeben müsse, wenn sie noch etwas anderes liebte als ihren Gesang. In den Jahren, die sie nun das Singen als Beruf ausübte, hatte sie so viele gute Sängerinnen ihre Karriere aufgeben sehen, um einen Mann zu heiraten und Kinder zu bekommen. Maddie wollte sich gar nicht erst der Gefahr aussetzen, vor so eine Wahl gestellt zu werden, und hatte deshalb ein zurückgezogenes Leben geführt. John Fairlie hatte ihr dabei sehr geholfen, indem er sie so sehr mit Übungen, Proben und Auftritten beschäftigte, daß ihr gar keine Zeit mehr blieb für ein eigenes

Leben. John hatte stets dafür gesorgt, daß sie mit reichen, einflußreichen Leuten zusammenkam, die ihre Karriere fördern konnten.

Doch in diesen Bergen, wo sie aufgewachsen war, in diesem wilden und zugleich so schönen Land, schienen die Salons der Ostküste und Europas unendlich weit entfernt zu sein. Sie hatte vor Captain Montgomery mit ihren unzähligen Affären geprahlt, obwohl sie nicht eine einzige Affäre gehabt hatte. Ihre Finger spannten sich um seine muskulöse Wade.

»Erledigt«, sagte sie schließlich, und um sicherzugehen, daß sich keine Stacheln mehr in seiner Haut befanden, fuhr sie mit den Händen an seinen Beinen entlang. Sie hatte noch nie einen Mann so angefaßt wie jetzt, und wenn sie ehrlich sein sollte, hatte sie auch nie das Bedürfnis verspürt, einen Mann zu berühren.

Aber jetzt war sie wie hypnotisiert, und es schien, als könnte sie ihn nicht mehr loslassen. 'Ring stand regungslos da, während sie mit ihren Händen über seine muskulösen Beine strich – über die Waden hinunter zu den Fersen. Sie wünschte, sie hätte seine Haut fühlen können. Die Erinnerung, wie er damals nachts in ihr Zelt gekommen war – nur mit einem Lendenschurz bekleidet –, wurde jetzt wieder in ihr lebendig. Sie hatte ihn damals kaum beachtet; aber nun dachte sie an die Farbe seiner Haut.

Sie erhob sich stumm und ließ ihre Hände über sein Gesäß zu seiner nackten Taille gleiten. Sie berührte mit beiden Händen die warme glatte Haut auf seinem Rücken, fuhr mit den Fingern die schmalen weißen Narben nach und strich mit den Fingerkuppen über die geröteten Hautstellen, wo sie die Stacheln entfernt hatte.

Es war so, als hätte sie noch nie den Körper eines Mannes gesehen, obwohl sie unter Männern aufgewachsen war, die im Sommer selten mehr trugen als einen Lendenschurz.

Doch damals war ihr die Musik wichtiger gewesen als ein gutgebautes männliches Geschöpf.

Ihre Hände wanderten zu seinen kräftigen Schultern und zu seinem rechten Arm.

Schließlich faßte er nach ihren Handgelenken. »Nein«, flüsterte er, und sie schaute ihm in die Augen.

Sein Blick brach den Bann, und sie wandte sich verlegen ab. Sie drehte ihm den Rücken zu und stammelte: »Ich ... ich habe nur nach Stacheln gesucht.«

»Da sind keine Stacheln mehr«, sagte er leise.

»Ich ... ich muß jetzt gehen«, sagte sie und lief, so rasch sie konnte, den Hügel hinunter. Sie konnte es nicht ertragen, ihm noch einmal in die Augen zu sehen.

8

Als Maddie am nächsten Morgen erwachte, spürte sie sofort, daß etwas nicht stimmte. Zunächst wußte sie nicht, was es war, bis ihr wieder die peinliche Situation, in die sie tags zuvor geraten war, einfiel.

Edith brachte ihr die Waschschüssel. »Sie sind gestern abend aber lange mit ihm auf dem Hügel zusammengewesen. Und dann hatten Sie es verdammt eilig, den Hügel wieder zu verlassen. Hat er etwas versucht, was Ihnen nicht gefallen hat?«

Maddie erinnerte sich nur zu gut daran, daß Captain Montgomery sich nicht das geringste hatte zuschulden kommen lassen. Sie konnte sich aber ebensogut daran erinnern, wie er »nein« gesagt hatte, als ihre Hände über seinen Körper gewandert waren.

Sie drehte sich Edith zu. »Es ist absolut nichts passiert. Captain Montgomery hat sich wie ein perfekter Gentleman benommen.«

»*Deswegen* waren Sie so wütend.«

»Ich war keineswegs wütend«, fauchte Maddie. »Mußt du dich jetzt nicht ums Frühstück kümmern?«

»Soll ich ihn vielleicht füttern?«

»Falls mit ›ihn‹ Captain Montgomery gemeint sein sollte, mußt du dich bei ihm erkundigen, ob er mit uns essen möchte. Ob er etwas ißt oder nicht, ist nicht meine Sorge.«

Edith verließ kichernd das Zelt.

Während Maddie sich wusch und ihre Reisekleider anlegte, sagte sie sich, daß sie keineswegs wütend und Edith eine dumme Gans ohne Moral und ohne Verstand war. Doch je mehr sie über Ediths Bemerkungen nachdachte, um so heftiger spannten sich die Muskeln in ihrem Körper an. Wie konnte er es wagen, sie wie eine Animierdame aus einem Saloon zu behandeln? Sie hatte lediglich die Kakteenstacheln aus seinem Körper entfernt, aber er hatte sich eingebildet, daß sie ihn begehrte. Das war doch der Gipfel der Anmaßung! Sie hatte nicht das geringste Interesse an ihm. Falls sie überhaupt Interesse an einem Mann haben könnte, dann an einem, der . . . der romantischer war. Ein Mann, der ihr hin und wieder ein Kompliment machte.

Als sie fertig angekleidet war und das Zelt verließ, war sie nicht länger verlegen, sondern rechtschaffen wütend auf Captain Montgomery, weil er ihre Gutmütigkeit mißverstanden hatte. Draußen hatte Edith inzwischen Spiegeleier mit Speck gebraten und Scheiben altbackenen Brotes in Fett geröstet, während Frank, Sam, Toby und Captain Montgomery auf dem Boden saßen und mit großem Appetit ihr Frühstück verzehrten.

Der erste, auf den Maddies Blick fiel, war Captain Montgomery. Für Maddie sah es so aus, als würde er ihr vielsagend zugrinsen. So, dachte sie, du bildest dir wohl ein, daß ich zu den Frauen gehöre, die du um den kleinen Finger wickeln kannst! Du glaubst, ich gehöre zu diesen weiblichen Schafsköpfen, die gutaussehenden Männern nachlaufen und um ihre Aufmerksamkeit betteln!

Sie reckte die Nase in die Luft, wandte sich von ihm ab und lächelte den anderen drei Männern zu. »Guten Morgen«, sagte sie fröhlich. »Ich hoffe, ihr habt alle so gut geschlafen wie ich. So sorglos und tief!«

Sie setzte sich an den Tisch, blickte auf den Teller, den Edith ihr vorsetzte und auf dem Eier und Brot in Fett schwammen, und verlor jeden Appetit. Sie stocherte eine Weile in dem Zeug herum und blickte dann Frank an. »Hast du dir die Noten angesehen, die ich dir gegeben habe?«

»Ja«, erwiderte er ohne großes Interesse.

»Hat dir das Stück gefallen?«

»Es läßt sich spielen.«

Sie sah wieder auf ihren Teller. Vielleicht ließ sich mit Sam ein besseres Tischgespräch führen. »Wie bekommt den Pferden die Reise?« fragte sie ihn.

Von ihm bekam sie nur ein stummes Nicken zur Antwort. Sie lächelte Toby an. »Wie schmeckt Ihnen das Frühstück?«

»Es ist besser als der Fraß bei der Armee.«

Sie führte ein kleines Stück Spiegelei zum Mund. »Toby, erzählen Sie mir etwas über sich.«

»Da gibt es nicht viel zu erzählen. Ich wurde geboren und bin noch nicht gestorben. Sonst hat sich nichts Nennenswertes ereignet.«

Sie gab sich große Mühe, dem Blick auszuweichen, den Captain Montgomery auf sie gerichtet hielt, und sah wieder auf ihren Teller zurück. Sie würde nicht versuchen, mit ihm ein Gespräch anzuknüpfen. Von jetzt an wollte sie ihm zu verstehen geben, daß sie keinerlei Interesse an ihm hatte. Nicht das geringste. Nicht den Hauch eines Interesses.

Nach dem Frühstück bauten die Männer das Zelt ab. Edith spülte das Geschirr, verstaute Maddies Prozellan in einer gepolsterten Kiste und sagte beiläufig: »Ich dachte, Sie würden heute besonders nett zu ihm sein, damit er Sie beim nächsten Mal, wenn Sie mit Ihrer kleinen Schwester zusammentreffen sollen, nicht mit seiner Gegenwart behelligt.«

»Ich brauche doch niemanden um Erlaubnis zu fragen, wenn ich irgendwo hingehen möchte. Weder Captain Montgomery noch der Armee steht das Recht zu, mir zu sagen, was ich zu tun und zu lassen habe.«

»Aber er glaubt, daß er das Recht dazu hat. Meiner Erfahrung nach nehmen sich Männer, was sie wollen, und machen, was sie wollen. Wenn ihnen eine Frau dabei im Weg steht, ist das für sie ein ebenso großes Hindernis wie eine Mücke, die ihnen um den Kopf schwirrt.«

»Captain Montgomery ist nicht so. Er ist ein wohlerzogener, vernünftiger Mann. Ich werde ihm sagen, daß ich etwas erledigen muß, und zwar allein.«

Ediths Antwort war lautes Gelächter.

»Und wenn er unvernünftig sein sollte«, sagte Maddie zu sich, »gibt es ja noch immer das Opium.«

Zum nächsten Lager, wo Maddie singen sollte, hatten sie nur eine Entfernung von fünfzehn Meilen zurückzulegen, aber der Weg dorthin war besonders beschwerlich. Die Fahrt in der Kutsche ähnelte einem Martyrium. Maddie wurde von einer Seite auf die andere geschleudert, ihr Kopf schlug bald an der Decke, bald an der harten Rückenlehne an, und ihre Knie machten ständig eine unliebsam harte Bekanntschaft mit der Türverkleidung. Captain Montgomery erkundigte sich einmal, ob sie nicht lieber auf seinem Pferd mitreiten wolle, aber sie lehnte sein Angebot hochmütig ab.

Edith hatte eine Stunde in der Concord verbracht, dann jedoch gemeint, daß es angenehmer sei, die Strecke zu Fuß zurückzulegen, und Maddie allein in der Kutsche zurückgelassen. Maddie wollte nicht zu Fuß gehen, weil sie überzeugt war, daß Captain Montgomery neben ihr herreiten und sich über sie lustig machen würde. Das blanke Entsetzen ergriff sie bei dem Gedanken, daß er eine Bemerkung über ihr gestriges Benehmen machen könnte. Sie übte einen Text ein, den sie aufsagen wollte, falls er den Vorfall erwähnte. Jeder Satz dieser einstudierten Antwort war eine vernichtende Kritik –

eine Zurechtweisung, die er schon seit langem verdiente. Ein paarmal wünschte sie sich, sie hätte ihm die Stacheln nicht aus seiner Haut entfernt, aber zweimal erinnerte sie sich daran, wie sich seine Beine unter ihren Händen angefühlt hatten.

Kurz nach Mittag mußten sie die Kutsche anhalten, um einen Seitenarm des Colorado River zu überqueren. Frank kam zu ihr und riet ihr, lieber auszusteigen, falls es zu Komplikationen käme und die Kutsche umstürzte. Mit Franks Hilfe stieg sie hoheitsvoll die steile Trittleiter der Concord hinunter und ging dann den mit Furchen übersäten Weg entlang.

Als sie sich am Ufer befand, drehte sie sich um und beobachtete die Männer, die versuchten, die Kutsche über das Geröll und durch den Fluß zu schieben. Als die Concord in den Steinen am Flußgrund steckenblieb, sah sie zu, wie Captain Montgomery vom Pferd stieg, sein Hemd auszog, es in die Kutsche warf und Sam half, die Chaise wieder flottzumachen.

»Er ist ein verflucht gutaussehender Mann, nicht wahr?« hörte sie hinter sich Ediths Stimme.

Maddie starrte auf den breiten, von der Sonne gebräunten Rücken des Captain.

»So ein Mann kann einen wirklich schwach machen, nicht wahr?«

»Hast du nichts Besseres zu tun, als mir so einen Schwachsinn zu erzählen?« fauchte Maddie, worauf Edith sie beleidigt ansah und sich trollte.

Maddie dachte, sie könnte die Fahrtunterbrechung dazu benützen, sich ein wenig die Beine zu vertreten; aber sie blieb stehen, wo sie war, und beobachtete jede Bewegung von Captain Montgomery. Sie betrachtete das Spiel der Muskeln unter seiner Haut, als er sich gegen das eingeklemmte Hinterrad der Kutsche stemmte, sah, wie die Sehnen in seinen Beinen hervortraten, als er die Kutsche anschob. Einmal drehte er sich kurz um und schaute sie direkt an, als wüßte er ganz genau, daß sie ihn beobachtete. Sie wandte sich rasch in eine andere Richtung.

Als die Kutsche dann glücklich ans andere Ufer befördert worden war, drehte Captain Montgomery sich wieder um und gab ihr ein Zeichen, ans Ufer zu kommen. Sie tat so, als hätte sie sein Handzeichen nicht bemerkt, und ging unter die Bäume.

In wenigen Sekunden war er bei ihr – hoch zu Roß, aber noch immer ohne Hemd. »Ich bin gekommen, um Sie auf meinem Pferd über den Fluß zu bringen.«

Sie war so sehr in seinen Anblick vertieft gewesen, daß sie gar nicht überlegt hatte, wie sie ans andere Ufer gelangen sollte. »Nein, vielen Dank. Ich gehe zu Fuß.«

»Sie können den Fluß nicht durchwaten. Er ist zu tief, der Grund zu schlüpfrig und das Wasser zu kalt.«

»Die Kälte scheint Sie aber nicht gestört zu haben«, sagte sie mit einem Seitenblick auf seinen nackten Oberkörper.

Er ritt neben ihr her. »Was ist denn heute mit Ihnen los? Gestern haben Sie meine Gesellschaft nicht abgelehnt, und heute kann der Abstand zu mir nicht groß genug sein.«

Sie drehte sich zu ihm um und funkelte ihn so wütend an, daß Butterblume zur Seite tänzelte.

Er versuchte, daraus einen Witz zu machen: »Sie erschrekken mein Pferd.« Als sie nicht auf die Bemerkung einging, seufzte er und sagte: »Was ich diesmal auch wieder angestellt haben mag, Maddie, ich bitte um Verzeihung. Ich hatte niemals . . .«

»Ich ziehe es vor, mit Miss Worth angeredet zu werden. Ich habe Ihnen nie erlaubt, mich Maddie zu nennen.«

»Ach, zum Kuckuck«, murmelte er, neigte sich vom Pferd,

faßte sie unter den Achseln und hob sie auf. »Alle warten nur noch auf Sie.«

»Stellen Sie mich sofort wieder auf die Erde zurück! Sie tun mir weh. Ich werde zur Kutsche gehen.«

»Sie können nicht durch den Fluß gehen, und wir haben nicht so viel Zeit, daß Sie mir das Gegenteil beweisen. Ich trage Sie jetzt vor den Augen der Leute ans andere Ufer, oder Sie reiten mit mir durch das Wasser.«

»Captain Montgomery, ich kann Sie nicht leiden. Nicht ein kleines bißchen«, sagte sie und gestattete ihm, ihr aufs Pferd zu helfen. Sie spürte seinen warmen nackten Oberkörper durch den Stoff ihrer Baumwollbluse hindurch.

»Das ist komisch«, sagte er an ihrem Ohr. »Gestern hatte ich den Eindruck, daß Sie mich sehr mögen.«

Maddie wurde rot vor Verlegenheit, und sie strengte sich an, sehr gerade vor ihm zu sitzen, damit sie nicht mit ihm in Berührung kam, was natürlich eine vergebliche Mühe war. Sie hätte schwören können, daß er das Pferd absichtlich in jedes Loch am Flußgrund treten ließ, so daß sie gegen ihn geschleudert wurde.

Als Butterblume einmal mit dem Vorderhuf ausrutschte, spannte sich 'Rings Arm um Maddies Brustkorb. »Mir ist es egal, wie wütend Sie auf mich sind«, brummte er. »Lehnen Sie sich an mich, oder Sie riskieren, in den Fluß zu fallen.«

Sie war vernünftig genug, ihm zu gehorchen, und sie stellte fest, daß sie ihm so perfekt angepaßt war, als wäre ihr Körper für ihn gemacht. Als sie am anderen Flußufer vom Pferd stieg, sah sie ihn nicht an. »Danke«, murmelte sie und begab sich rasch zur Kutsche. Sein Hemd lag auf der Sitzbank, und Maddie nahm so weit entfernt davon Platz wie möglich.

Die Kutsche hatte sich gerade in Bewegung gesetzt, als die Tür aufgerissen wurde und Captain Montgomery in die Kabine stieg.

»Diese Concord ist das schwerste Fahrzeug, das ich jemals in meinem Leben angeschoben habe. Was haben Sie denn in Ihren Koffern. Blei etwa?«

»Ich möchte keine Gesellschaft haben«, sagte sie und schaute aus dem Fenster.

»Aber ich. Frank und Sam sind nicht gerade sehr gesprächig, und Toby beklagt sich nur, wenn er den Mund aufmacht. Was Ihre Zofe angeht . . .«

Sie sah ihn an und wünschte, sie hätte es nicht getan, weil er sein Hemd noch immer nicht angezogen hatte. »Was haben Sie denn gegen Edith?«

»Nichts, außer daß sie sich mir ständig anbietet. Sie sagt, für mich wäre es kostenlos.«

Sie musterte ihn mit einem zornigen Blick. »Und wir wissen, daß Sie sich viel zu fein sind, um ihr Angebot anzunehmen, nicht wahr?«

Er rieb sich die Arme, um die Kälte zu vertreiben, und schaute sich dann nach seinem Hemd um. Er zog es an. »Ich weiß nicht, wie ich dazu komme, daß man mich für prüde hält. Was ich, nebenbei bemerkt, gar nicht bin.«

Sie sah ihn nicht an und schnaubte: »Ha!«

»Sollte ich mich einer Frau an den Hals werfen, um zu beweisen, daß ich es nicht bin?«

»Ich weiß nicht, was Sie auf die Idee bringt, daß ich mich dafür interessiere, was Sie tun. Obgleich ich allerdings sehr daran interessiert bin, daß Sie sich einen anderen Platz suchen. Ich habe Sie nicht aufgefordert, in dieser Kutsche mit mir zu reisen. Ich habe Sie auch nicht zu dieser Reise eingeladen. Ich wünsche mir wirklich, daß Sie sich jetzt entfernten.«

Er schwieg eine Weile, und tatsächlich war er so gedankenvoll. Er beobachtete sie so eindringlich, daß sie ihn fragte: »Habe ich einen Schmutzfleck im Gesicht, Captain?«

»Nein«, sagte er bedächtig. »Keinen Schmutzfleck.« Er

sagte kein Wort mehr, öffnete den Kutschenschlag, hielt sich mit beiden Händen am Gitter über der Tür fest und schwang sich hinauf aufs Dach, wo Sam und Frank ihren Platz hatten.

Maddie machte sich Vorhaltungen, weil sie sich wie ein Esel benahm – so idiotisch, daß es allen auffallen mußte. Sie schwor sich, daß sie in Zukunft ihre Gefühle für sich behalten würde. Captain Montgomery bedeutete ihr absolut nichts. Sie war in keinerlei Hinsicht an ihm interessiert, und je früher er das begriff, um so besser. Von jetzt an würde sie höflich zu ihm sein und sonst nichts. Er bedeutete ihr nicht mehr als Frank oder Sam.

»Sie können nicht hinausgehen«, sagte 'Ring leise, »weil diese Männer betrunken sind. Sie haben einen Tag dazu gebraucht, um sich den Rausch anzutrinken, und jetzt werden sie brutal.«

Sie befanden sich in Maddies Zelt, das sie vor dem einzigen festen Gebäude aufgeschlagen hatten, über das diese kleine Stadt Pitcherville verfügte. Als sie vor ein paar Stunden in diesem kleinen schmutzigen Goldgräbercamp eingetroffen waren, hatten sich bereits alle Männer und Frauen, die den Schürfern zu Diensten waren, hier versammelt, um die singende Herzogin zu sehen. Die Nachricht von LaReinas bevorstehendem Besuch hatte das Lager am vorhergehenden Tag erreicht, und jeder hatte heute auf die Goldsuche verzichtet, um sich in Erwartung des Vortrages der Opernsängerin vollaufen zu lassen. Sechs Männer hatten sich sogar auf die beschwerliche Reise nach Denver City gemacht, um das Klavier zu holen. Sie hatten es über die Gebirgspfade geschleppt und es dabei dreimal fallen lassen. Nun versuchte Frank, es wieder zusammenzuflicken.

»Natürlich kann ich für diese Leute singen«, widersprach Maddie. Sie versuchte, ihrer Stimme einen zuversichtlichen

Ton zu geben. Aber sie konnte das Grölen der Männer hören, in das sich hin und wieder Revolverschüsse mischten.

Er faßte sie am Arm und zwang sie, ihn anzusehen. »Was ist los mit Ihnen? Warum sind Sie auf einmal so wütend auf mich?«

»Ich weiß nicht, wovon Sie reden. Ich bin nicht anders als sonst. An meinem Verhalten hat sich nichts geändert.«

»Und ob es sich verändert hat. Eine Weile dachte ich, wir könnten vielleicht sogar Freunde werden. Ich für meinen Teil habe jedenfalls unsere Gespräche sehr genossen.«

»Gespräche? Das nennen Sie Gespräche, wenn Sie mir ständig vorschreiben, was ich zu tun und zu lassen habe? Wenn Sie mich nach allen Aspekten meines Lebens ausfragen?«

Er wich einen Schritt zurück. »Ich bitte um Verzeihung. Ich habe mir vermutlich ein falsches Bild gemacht.« Er holte tief Luft. »Aber vergessen Sie jetzt unsere Differenzen. Diese Leute dort draußen werden tückisch, und ich habe Angst um Sie.«

»Warum? Sie haben Angst, daß man einen Eintrag in Ihrer Personalakte machen könnte, wenn jemand Ihrer Schutzbefohlenen eine leere Whiskyflasche über den Schädel schlägt?«

Er sah sie lange an. »Es würde mir gar nicht gefallen, wenn Sie verletzt würden.«

Sie wandte sich ab. »Sie können mich nicht aufhalten. Ich werde zu ihnen hinausgehen.«

Er umklammerte ihre Schultern und drehte sie herum. »Maddie, tun Sie das nicht, nur um mir zu beweisen, daß Sie Ihren Willen durchsetzen können. Benützen Sie Ihren gesunden Menschenverstand. Ich kann eine solche Menge von Rowdies nicht bändigen. Und diesmal werden Sie die Leute nicht so schnell begeistern können.«

Sie wußte, daß er recht hatte, und wenn sie allein hätte entscheiden dürfen, wäre sie noch jetzt, mitten in der Nacht, nach Denver City zurückgefahren. Aber die Bedingungen lauteten, daß sie in sechs Goldgräberlagern aufzutreten habe, und deshalb würde sie auch in sechs Camps singen. »Ich muß hinaus«, flüsterte sie.

Er hielt sie auf Armeslänge von sich und sah ihr in die Augen. »Ich wünschte, Sie würden mir endlich sagen, was hier gespielt wird und warum Sie sich zu dieser Tournee entschlossen haben. Wir könnten uns beide viel Ärger ersparen, wenn Sie mir endlich vertrauen würden.«

Wenn ich dir vertraue, dachte sie, kann uns das vielleicht Ärger ersparen, aber meiner kleinen Schwester auch das Leben kosten. »Ich habe keine Ahnung, wovon Sie sprechen.« Sie löste sich aus seinem Griff. »Ich werde diesen armen Leuten ein bißchen Kultur bringen und . . .« Sie hielt inne, als draußen eine Reihe von Gewehrschüssen durch die Luft peitschten.

»Ich werde alles tun, was in meiner Macht steht«, sagte er mit einem Achselzucken und verließ das Zelt.

Maddie blieb einen Moment regungslos am Zelteingang stehen und sah ihm nach. Sie war nicht so naiv, wie sie sich gab. Einsame Männer, die größtenteils nüchtern waren, mit ihrer Stimme zu beeindrucken, war eine Sache, aber sie hatte zu viele Betrunkene erlebt, um nicht zu wissen, daß viele Männer, die sich sonst rücksichtsvoll und artig benahmen, im betrunkenen Zustand oft gewalttätig wurden.

Ungefähr ein Dutzend Schüsse ertönten kurz hintereinander. Maddie erschrak. Sie dachte an frühere Vorstellungen, bei denen sie Blumen geschenkt bekommen hatte.

»Sie sehen aus, als würden Sie jeden Moment losheulen«, sagte Edith, die gerade ins Zelt kam.

»Unsinn.« Maddie betupfte mit einer Puderquaste ihre Wange.

»Wenn ich diesen Männern gegenübertreten und singen müßte und noch dazu so aussehen würde wie Sie, hätte ich auch Angst.«

»Was soll das heißen? Wenn du so aussehen würdest wie ich?«

»Das Lager ist eine von Harrys Domänen. Harry ist diese große Rothaarige. Nicht direkt rot; aber doch rot genug, daß man sie an der Haarfarbe erkennen kann. Es gefällt ihr gar nicht, daß Sie in diesem Lager sind. Sie betrachtet die Männer als ihr Eigentum und ist nicht bereit, sie mit anderen zu teilen.«

»Ich kann dir – und ihr – versichern, daß ich mir keinen von diesen Männern angeln möchte. Ich möchte nur, daß sie eine Weile zuhören.«

»Was Sie auch immer wollen – es gefällt ihr nicht. Sie hat so lange gegen Sie Stimmung gemacht – Sie als Snob und Lady bezeichnet, die auf ihre Zuhörer herabschaut –, daß die Männer wütend auf Sie sind. Sie hat ihnen auch erzählt, Sie wären ein Eisberg und daß eine Oper etwas für Männer wäre, in deren Adern Eiswasser fließe.«

»Das ist lächerlich. Alle Opern drehen sich um Leidenschaft und Liebe.«

»Aber der Text ist in einer fremden Sprache abgefaßt, die niemand versteht, richtig? Und so, wie Sie dastehen, wenn Sie Ihre Arien singen . . .« Edith machte den Rücken steif, faltete die Hände, setzte eine stolze, hochmütige Miene auf und spitzte die Lippen. »Sie sehen nicht so aus, als würden Sie eine Liebesarie singen, wenn Sie auf der Bühne stehen.« Edith schaute sie listig an. »Ich glaube auch nicht, daß Captain Montgomery an Sie und die Liebe im gleichen Atemzug denken würde.«

Das gab den Ausschlag. Maddie warf die Puderquaste auf den Tisch. »Edith, ich möchte mir das rot-schwarze Korsett von dir ausleihen – dieses wirklich auffallende Ding.«

»Was?«

»Du hast es gehört. Hol es mir. Auf der Stelle.«

»Aber es ist bestimmt ein bißchen eng um Ihre ... äh ... Brüste.«

»Na, wenn schon. Ich werde eben einen großen Teil davon zeigen.«

Ediths Augen weiteten sich. »Jawohl, Madam«, sagte sie und huschte aus dem Zelt. Maddie streifte ihr schlichtes Seidenkleid ab.

Eine Dreiviertelstunde später kam Captain Montgomery wieder zum Zelt, um Maddie auf die Bühne zu führen, die Sam inzwischen aufgebaut hatte. Er hatte sich vorgenommen, sie noch einmal dazu zu überreden, in diesem Lager nicht zu singen, aber ein Blick auf ihr vorgeschobenes Kinn genügte, daß er gar nicht erst wagte, den Mund aufzumachen. Er ging stumm vor Maddie her, und sie fragte sich, wie er sich unter der Last der Waffen, die er trug, überhaupt noch bewegen konnte. Toby folgte ihr mit ernstem Gesicht.

Maddie versuchte so gut wie möglich ihre Nervosität zu verbergen. Sie war sich nicht sicher, ob sie den Mut hatte, ihren Plan tatsächlich durchzuführen.

Sie betrat die Bühne, und der Lärm im Zuhörerraum wurde zu einem gedämpfen Brodeln. Die Männer waren nicht bereit, sie willkommen zu heißen – sie wollten sie auf die Probe stellen. Maddie erkannte an ihren Blicken, daß sie der Rothaarigen glaubten und sie für arrogant hielten. Aber vielleicht konnte sie mir ihrer Stimme einen Sinneswandel bei ihren Zuhörern bewirken.

Sie nahm die Haltung ein, die sie von Madame Branchini gelernt hatte, und begann eine herrliche Arie aus *Don Giovanni* zu singen.

Sie hatte keine fünf Minuten gesungen, als das Pfeifkonzert anfing. Etliche Schüsse wurden in die Luft gefeuert, und ein paar Männer begannen laut miteinander zu reden.

Sie schaute Captain Montgomery an, sah, wie er mit Blikken die Menge absuchte, die eine Hand an seiner Pistole, die andere an seinem Säbel.

Maddie verstummte und drehte sich zu Frank um. »Haben Sie die Partitur von der neuen Oper dabei?«

»Carmen?«

Sie nickte. »Spielen Sie ein paar Takte von der Ouvertüre, und dann spielen Sie die ›*Habanera*‹. Spielen Sie sie dreimal so, als würde Ihr Leben davon abhängen.«

Frank betrachtete ängstlich die Menge. »Hier könnte das sogar stimmen.«

Maddie versuchte, die Aufmerksamkeit des Publikums auf sich zu ziehen, ihnen die Geschichte von Carmen zu erzählen und den Text der Arie zu erläutern, die sie singen wollte. Doch niemand hörte ihr zu. Sie warf wieder einen Blick auf Captain Montgomery und bemerkte seine besorgte Miene.

Ich werde es ihnen zeigen, dachte sie. Ich werde Carmen sein, das lebenshungrige Mädchen, das in einer Zigarettenfabrik arbeitet.

Frank spielte einen Teil der Ouvertüre, und Maddie begann, ihre Bluse aufzuknöpfen. Was ihr mit ihrem Gesang nicht gelang, erreichte sie mit ihrer Haut. Sie hatte jetzt die Aufmerksamkeit der ersten Reihe für sich gewonnen. Und als sie die Nadeln aus ihrem Haar zog und es ihr über die Schultern floß, hatte sie die Aufmerksamkeit der nächsten fünf Reihen erobert.

Carmen war eine Rolle für einen Mezzosopran, und Maddies Stimme hatte nicht das nötige Timbre dafür, aber was ihr an Timbre fehlte, ersetzte sie durch Leidenschaft. Die ersten Worte der »*Habanera*« lauteten: »Liebe ist ein rebellischer Vogel, den niemand zähmen kann, und es ist ein vergebliches Bemühen, ihn zu rufen, wenn er nicht kommen will.«

Als sie die Zeilen sang, daß die Liebe ein Zigeunerkind sei, spielte sie auch ein Zigeunerkind. Sie warf ihren Rock zur Seite, daß man ihre Knöchel in den schwarzen Seidenstrümpfen sehen konnte. Als sie zu der Stelle kam, wo sie *»L'amour«* mehrmals wiederholte, gab sie sich so verführerisch, wie sie konnte.

Sie hatte noch niemals in ihrem Leben eine solche Figur auf der Bühne verkörpert, aber als sie die Arie zum zweitenmal anstimmte, bereute sie sogar fast, daß sie bisher noch nie in so einer Rolle aufgetreten war. Sie spürte, wie der Blick des Captain auf ihr ruhte. Gestern war sie ihm gegenüber zudringlich geworden, und er hatte »nein« gesagt, aber die großen Augen der Männer im Zuhörerraum verrieten ihr, daß sie keiner von ihnen jetzt abweisen würde.

Sie verließ die Bühne und mischte sich unter die Männer. Ihre Bluse stand nun bis zur Taille offen, und wie ihr Edith prophezeit hatte, quollen ihre Brüste aus dem grellroten Seidenkorsett. Sie beugte sich zu den Männern und sang, sprach von der Liebe als etwas, »das dir entwischt, wenn du meinst, du kannst es festhalten«, und dabei entglitt sie den Händen der Männer, die nach ihr greifen wollten.

Beim dritten Vortrag der *»Habanera«* ging sie von Tisch zu Tisch. Sie war nun die treulose verführerische Carmen, die jedem Mann auf der Welt den Kopf verdrehen konnte – aber sie selbst konnten sie nicht haben.

Als sie die Arie zum drittenmal gesungen hatte, schaute sie Frank an. Er bemühte sich, seine Überraschung nicht zu zeigen – aber es gelang ihm nicht. Captain Montgomery sah sie mit gerunzelten Brauen an. Sie lächelte ihm zu und ging dann zur nächsten Arie über, in der sie Don José mitteilt, daß ihr Herz niemandem gehöre.

Sie vermutete, daß die meisten ihrer Zuhörer die französischen Worte nicht verstanden, aber das galt nicht für Captain Montgomery. Sie sang die Arie mit echtem Gefühl, legte ihr ganzes Können in die Worte, daß sie ihren Liebhaber mitnehmen würde, um nicht vor Langeweile zu sterben.

Am Ende ihres Vortrages erlebte Maddie die größte Überraschung ihres Lebens: Aus dem Zuhörerraum kam ein etwas schmuddelig aussehender älterer Mann auf sie zu und befahl ihr auf französisch, in einer recht angenehmen Tenorstimme, daß sie schweigen und keinen Ton mehr von sich geben sollte.

Maddie erholte sich rasch von ihrem Schock. Sie merkte, daß der Mann die Rolle von Don José übernommen hatte, und spielte mit. Sie sang und tanzte, als ob sie wirklich eine Zigeunerin, die einen Mann verführte, wäre.

Die Goldgräber grinsten und boxten sich gegenseitig in die Rippen, während sie hörten, wie der alte Sleb mit dieser schönen Frau im Duett sang. Sie beobachteten, wie Maddie, als Carmen, ihn foppte, ihm mit ihrer Miene und ihrem Körper zu verstehen gab, daß sie ihn lieben könne, wenn sie Lust dazu hätte. Der arme Sleb war ein Spiegelbild dessen, was alle Männer im Saal empfanden: Man sah ihm an, daß er seine Seele dem Teufel verkaufen würde, wenn er sie haben könnte, und daß er sich vielleicht umbringen würde, wenn sie sich verweigerte.

Sleb sang seine Qual heraus, während Maddie den Part der Frau sang, die ihn beherrschte. Ihre Stimme war so gewaltig, daß sie sich gegen den Lärm und den Trubel, den die Zuhörer verursachten, durchsetzte und jeder Ton klar und deutlich zu vernehmen war.

Der Jubel und Applaus der Goldgräber erschütterte das Gebäude bis in die Grundfesten. Maddie atmete erleichtert auf, musterte Captain Montgomery und freute sich über seinen finsteren Blick. Sie verneigte sich vor ihrem Publikum und reichte dem Mann die Hand, der auf so unerwartete Weise die Rolle von Don José übernommen hatte.

Doch die Goldgräber waren nicht bereit, ihr einen normalen Abgang zuzugestehen. Sie stürmten die Bühne, und Maddie sah, daß 'Ring einen Satz machen wollte, um sie vor der Menge zu retten, aber die Männer drängten ihn beiseite.

Sie rief ein paarmal »'Ring!«, als die Männer sie packten und auf ihre Schultern hoben, aber niemand konnte in diesem Tumult ihre Stimme mehr hören.

9

Maddie wurde auf den Schultern der Männer von der Bühne getragen. Der Geruch nach Schweiß und billigem Whisky schlug ihr entgegen. Diese Männer waren so betrunken, daß sie fürchtete, auf den Boden zu stürzen und zertrampelt zu werden. Noch dazu hatte sie Angst, daß einige dieser Männer meinten, sie sei tatsächlich ein Mädchen wie Carmen.

Sie war heilfroh, als sie sah, daß sich Captain Montgomery einen Weg durch die Menge bahnte. Er war nicht nur mindestens einen Kopf größer als die meisten, sondern auch entschlossen, Maddie vor Schaden zu bewahren. Maddie krallte ihre Finger in die Haare der Männer, die sie trugen, um sich auf ihrem erhöhten Sitz zu behaupten.

Als sich 'Ring bis auf einen Meter an sie herangekämpft hatte, erkannte sie, daß er sehr zornig war, aber als er die Arme nach ihr ausstreckte, zögerte sie keinen Augenblick. Sie fiel in Captain Montgomerys Arme. Sie barg ihr Gesicht an dem groben Wollstoff seiner Jacke und schmiegte sich an ihn. Sie spürte das Klopfen seines Herzens, das die wütenden Rufe der Goldgräber übertönte. Sie hörte noch andere Stimmen, die sich energisch erhoben, und wußte, ohne erst hinsehen zu müssen, daß Toby, Frank und Sam zu ihrer Rettung herbeigeeilt waren. Captain Montgomery brachte Maddie in ihr Zelt, das Sam während der Vorstellung unter die Bäume verlegt hatte – weg von den Unterkünften der Goldgräber.

Der Captain ließ sie, ohne viel Umstände zu machen, auf die Liege fallen, drehte ihr dann den Rücken zu und schenkte ein Glas voll Whisky ein. »Hier«, sagte er und streckte ihr das Glas hin.

Er kann nicht gar so wütend sein, wenn er mir etwas zu trinken anbietet, dachte Maddie. Sie nahm einen Schluck, bevor er ihr das Glas wieder abnahm und den Whisky selbst trank.

»Sie verdienen keinen Drink, und ich traue keinem Whisky aus Ihrer Vorratskiste«, sagte er und funkelte sie an. »Heute abend haben Sie den Leuten aber ein schönes Schauspiel geboten! Hat Madame Branchini Ihnen das beigebracht?«

»Ich habe nur nach meinen Instinkten gehandelt.« Sie lächelte. »Hat es Ihnen gefallen?«

»Ich bin froh, daß die Männer den Text nicht verstehen konnten. Zigeunerliebe! Wahrhaftig.« Er wandte sich ab und füllte das Glas zum zweitenmal.

Sie stützte sich auf die Ellbogen. Ihre Bluse stand noch immer offen und zeigte Ediths Korsett und ihre halbentblößten Brüste. »Ich habe so etwas noch nie zuvor getan. Ich glaube, ich war keine üble Schauspielerin, meinen Sie nicht auch?«

Er drehte sich so heftig um, daß der Whisky aus dem Glas schwappte.

Sie lächelte unschuldig.

»Wenn Sie mit dem Feuer spielen, werden Sie sich daran verbrennen.«

»So? Und wer wird das Feuer schüren?«

»Ich bestimmt nicht, falls Sie das meinten.«

Das kühlte sie ein bißchen ab. Sie setzte sich auf. »Ich hätte wissen müssen, daß ich von Ihnen kein Kompliment bekomme.«

»Wollten Sie nur das mit dieser Komödie bezwecken? Ihr

Gesang war großartig. So etwas habe ich bisher noch nie erlebt. Jede Note war wie ein kostbarer Edelstein, den man der Erde opfert.«

Sie blinzelte ein paarmal, als sie die Aufrichtigkeit aus seinen Worten heraushörte. »Aber was sagen Sie zu meiner Darstellung?«

»Darstellung?« schnaubte er. »Sie haben nicht dargestellt – Sie *waren* Carmen.« Er sah sie von Kopf bis Fuß an. »Aber Sie können jetzt damit aufhören.«

Sie hielt ihre Bluse zusammen und erhob sich. »Vielen Dank, daß Sie mich vor den Goldgräbern gerettet haben, Captain, aber ich möchte jetzt schlafen gehen und bitte Sie deshalb, mich allein zu lassen.«

»Ich werde Sie heute abend nicht aus den Augen lassen, also werde ich auch nicht gehen.«

»Sie können die Nacht nicht mit mir verbringen.«

»Nein, ich werde die Nacht nicht mit Ihnen verbringen. Jedenfalls nicht so, wie sich das eben anhörte. Ich werde versuchen, Ihnen die Männer vom Leib zu halten, nachdem Sie sich alle Mühe gegeben haben, sie anzulocken. Sam, Frank und Toby schlafen direkt vor dem Zelt.«

Damit gab er Maddie das Gefühl, eine ungewöhnlich begehrenswerte Frau zu sein.

»Sie können aufhören, ein so selbstzufriedenes Gesicht zur Schau zu stellen. Ich hoffe, daß niemand zu Schaden kommt«, fuhr 'Ring fort.

»Das hoffe ich auch, und ich bin sicher, daß nichts Schlimmes geschieht, wenn Sie die ganze Nacht über auf mich aufpassen.« Sie lächelte ihn an. »Sie mochten mich, nicht wahr?« Sie begann die *»Habanera«* zu summen, hob ihren Rock an und bewegte sich im Zelt umher, als würde sie tanzen.

Er sah ihr stirnrunzelnd zu. »Warum möchten Sie solche Männer für sich gewinnen?«

»Sie verstehen das nicht.«

»Dann erklären Sie es mir.«

Sie nahm ihm das leere Glas aus der Hand, füllte es mit Whisky und trank es aus. »Die Leute haben so seltsame Vorstellungen von Opernsängerinnen. Sie glauben, sie wären keine richtigen Menschen, sondern so etwas wie Göttinnen. Sie glauben, wir kämen als Sängerinnen auf die Welt und uns würde alles in den Schoß fallen. Sie sehen nicht, daß wir genauso menschlich sind wie sie und die gleichen Wünsche haben wie alle Frauen.«

'Ring faßte sie am Handgelenk und zog sie näher an sich. »Und was wünschen Sie sich, Maddie? Wollen Sie eine Saloon-Sängerin sein, die aus ihrem viel zu kleinen Korsett herausquillt?«

»Nein, ich bin eigentlich mit meinem Los zufrieden, aber heute abend war es . . . ich weiß nicht, es war angenehm, zu erleben, daß man auch meine weiblichen Qualitäten und nicht nur meine Stimme schätzt.«

»Aber Ihre Stimme . . .«

Sie entzog ihm ihre Hand. »Ich *weiß*, daß ich eine großartige Stimme habe. Ich wollte wissen, ob diese Männer meine . . . Ich wollte wissen, ob sie mich auch als Frau mögen. Und das haben sie getan.«

»Wie konnten Sie nur daran zweifeln?« fragte er leise.

Sie drehte sich um und sah ihn an, und in diesem Moment war sie wieder Carmen, die lebenslustige Zigeunerin, die wußte, daß sie Macht über Männer besaß. Sie wollte, daß er sie in seine Arme nahm, sie küßte und vielleicht sogar liebte.

»Sparen Sie sich Ihre Verführungskünste für die Goldgräber auf«, sagte er und drehte sich von ihr weg.

Maddie hatte ein Gefühl, als hätte man sie in den Bauch getreten, und es dauerte einen Moment, bis sie wieder ruhig atmen konnte. Sie ging zu ihrer Liege. »Ich will Sie heute nacht nicht in meinem Zelt haben, Captain. Wenn Sie meinen, ich wäre hier nicht sicher, dann schicken Sie mir Toby oder Frank oder Sam herein.«

»Nach dem Schauspiel, das Sie heute gegeben haben, würde ich meinem eigenen Vater nicht trauen, wenn er mit Ihnen hier allein wäre. Selbst meinem Großvater nicht.«

»Aber bei Ihnen bin ich vollkommen sicher, wie, Captain?« Zu ihrem Entsetzen spürte sie, daß ihre Augen feucht wurden. Als sie heute abend von Carmens Liebhaber, dem Armeeoffizier, gesungen hatte, war ihr bewußt gewesen, daß ihr Gesang auch diesem Armeeoffizier gegolten hatte, der ihre Gedanken in letzter Zeit über Gebühr beschäftigte.

»Ich werde Sie mit meinem Leben beschützen, aber Sie müssen mir vertrauen.«

»Ich würde Ihnen mein Leben anvertrauen, aber . . .« Sie brach ab, überwältigt von dem Sturm der Gefühle, den dieser Abend in ihr ausgelöst hatte. »Lassen Sie mich bitte eine Weile allein.«

Er trat hinter sie und zog sie in seine Arme. Sie wehrte sich. Er wollte sie nicht berühren, wenn sie es sich wünschte, aber sobald sie seinen Anblick nicht mehr ertragen konnte, wandte er sich ihr zu. »Ich hasse Sie.«

»Nein, das tun Sie nicht.« Er strich über ihr Haar. »Sie haben keine Ahnung, was Sie für mich empfinden.«

»Aber Sie wissen es, nehme ich an«, erwiderte sie wütend.

»Ich glaube, ich weiß es zumindest besser als Sie.«

Sie schob ihn von sich. »Sie glauben, ich wäre eitel, aber Ihre Eitelkeit kennt keine Grenzen. Ich vermute, Sie denken, daß ich Sie mag. Aber das stimmt nicht. Ich empfinde nicht das geringste für Sie.«

»Das habe ich Ihnen angesehen, als ich mir einen Weg durch diese Männer bahnte, um Sie aus ihrer Gewalt zu befreien. Ich habe noch nie so eine Freude auf dem Gesicht eines Menschen gesehen, wie in dem Augenblick, als ich Ihnen meine Arme entgegenhob und Sie sich vertrauensvoll hineinfallen ließen.«

»Ich hätte mich in diesem Moment jedem Mann anvertraut, den ich kenne. Die Männer, die mich auf ihren Schultern trugen, hätten mich fast fallen lassen.«

»So? In dem Moment, in dem diese Männer Sie auf ihre Schultern hoben, war Sam keinen halben Meter von Ihnen entfernt. Warum haben Sie ihn nicht um Hilfe gebeten. Immerhin ist er noch einen halben Kopf größer als ich.«

»Ich habe ihn bemerkt«, log sie, »aber ich wollte mich nicht an ihn wenden. Das ist alles.«

Sie wandte sich ab, weil sie dieses Grinsen auf seinem Gesicht nicht ertragen konnte.

»Ich frage mich, ob wir unseren Streit nicht so lange unterbrechen könnten, bis Sie mich verbunden haben. Ich blute.«

Sie wirbelte herum, legte die Hände auf seine Taille und drehte ihn um, bis er ihr den Rücken zuwandte. Ein großer Blutfleck zeichnete sich auf seinem Rücken ab, und darüber war sein Hemd zerschnitten. »O 'Ring, Sie Dummer. Das sieht ernst aus. Warum haben Sie nicht gleich gesagt, daß Sie verletzt sind? Hat Sie jemand mit dem Messer angegriffen?« Sie sah zu ihm auf, und wieder sah sie dieses unverschämte Grinsen auf seinem Gesicht. »Ich würde jedem helfen, der in meinen Diensten steht, selbst Männern, die ich nicht ausstehen kann. Hören Sie auf zu feixen, und ziehen Sie Ihr Hemd aus. Ich habe ein paar Bandagen in meinem Koffer.«

»Sie würden alles tun, damit ich mich ausziehe, nicht wahr?«

»Ehrlich gesagt, gefällt mir Ihr Aussehen besser als das, was aus Ihrem Mund kommt.«

Sie merkte, daß er zusammenzuckte, als er die Arme aus den Ärmeln zog. »Setzen Sie sich«, befahl sie, und er gehorchte.

Sie hatte schon öfter Männer verbunden und verstand etwas von Verletzungen. Der Messerschnitt war nicht sehr tief, und sie brauchte die Wunde nicht zu nähen, aber sie sah sehr schmutzig aus.

»Haben Sie sich in einem Schweinestall auf dem Boden gewälzt, nachdem man Sie in den Rücken gestochen hatte?«

»Mehr oder weniger. Jemand schlug mir von hinten in die Kniekehlen, und nachdem ich zu Boden gefallen war, trampelten ungefähr dreißig oder vierzig Leute über mich hinweg.«

»Ich habe gesehen, wie Sie zu Boden gingen, aber ich konnte Ihnen nicht zu Hilfe kommen.«

»Und ich habe gehört, wie Sie nach mir riefen. Es tut mir leid, daß ich Ihnen nicht gleich beistehen konnte«, sagte er leise.

Sie betrachtete ihn, aber sein Blick ruhte auf ihrem üppigen Dekolleté. Jetzt schaut er mich an, dachte sie wütend und schüttete Whisky auf seine Schnittwunde.

Er setzte sich kerzengerade auf und sog geräuschvoll die Luft ein. »Ein bißchen sanfter, wenn es möglich ist.«

»Ich bin so sanft, wie Sie es verdienen.«

»Dann müßten Sie mich ausgesprochen zärtlich behandeln. Wenn ich nicht gewesen wäre, würden Sie sich jetzt vermutlich im Zelt eines Goldgräbers befinden und müßten einem halben Dutzend Männer zu Willen sein.«

Sie trat von ihm weg. »Die wüßten wenigstens, daß ich eine Frau bin. Sie würden auch nicht verstohlen auf meinen Busen schielen.«

Er legte die rechte Hand auf ihre Wange. »Verstehen Sie denn nichts? Überhaupt nichts? Sie sind die begehrenswerteste Frau, die mir in meinem Leben begegnet ist. Mit diesem Körper und dieser Stimme ... Egal, was ich empfinde – ich möchte Sie nicht haben, wenn Sie nur auf einen Mann aus sind. Ich will Sie nur, wenn Sie mich auch haben wollen. Mich, 'Ring – nicht Captain Montgomery, nicht einen Mann, dem Sie nicht vertrauen und den Sie als Feind betrachten. Das wäre ein zu hoher Preis, und dafür sind Sie zu bedeutend.«

Plötzlich wurde sich Maddie bewußt, daß sie beide halbnackt und viel zu nahe beieinander waren. Sie wich einen Schritt zurück. »Sie wollen Informationen von mir haben?«

»Ich will erheblich mehr von Ihnen.«

»Soll ich für Sie singen?« flüsterte sie.

Er seufzte und drehte ihr wieder den Rücken zu. »Glauben Sie, daß die Wunde genäht werden muß?«

»Nein.« Sie war verwirrt. Sie verstand ihn immer weniger, je mehr sie mit ihm zusammen war.

»Wer war der Mann, der mit mir gesungen hat?« fragte sie, als sie daran ging, die Wunde auf seinem Rücken zu verbinden. Sie wickelte saubere Leinenstreifen um seine Schulter, zog sie unter seinem Arm hindurch und führte sie quer über seinen Rücken. Sie versuchte, nicht zur Kenntnis zu nehmen, daß ihre fast entblößten Brüste über sein Schulterblatt und über seine Brust streiften.

»Ich hatte kaum Zeit, das herauszufinden, und wenn ich ehrlich sein soll, konnte ich auch nicht eine Sekunde den Blick von dem Spektakel abwenden, das Sie gezeigt haben. Soweit ich hörte, ist er der Obertrunkenbold in einer Stadt voller Trunkenbolde. Stammt aus einem Ort, der ›Desperate‹ heißt.«

»Keine üble Stimme. Ich wundere mich nur, wie er zu den Notenbüchern von Carmen gekommen ist. Ich hätte niemals geglaubt, daß die Oper schon so weit im Westen bekannt ist. So, das müßte halten.«

Er faßte nach ihrer Hand. »Danke.« Er betrachtete ihre Hand, drehte sie um und küßte sie auf die Innenseite. Sie legte die andere Hand auf sein dichtes schwarzes Haar. Als er zu ihr aufsah, wurden ihr die Knie ein bißchen weich. »Sie waren großartig heute abend. Ich glaube, Sie haben bei mehr als einem die Einstellung zu Opern verändert.«

Nun hatte sie schon so viel Abstand zu ihrer Vorstellung gewonnen, daß sie sich voller Scham daran und an ihre kleine Darbietung hier im Zelt erinnerte. »Ich fürchte, ich habe mich ein bißchen zu weit in die andere Richtung entfernt. Wahrscheinlich ist Ihre jetzige Meinung von der Oper genauso schlimm wie Ihre alte.«

»Sie werden bestimmt von *Opernsängerinnen* anders denken als früher«, sagte er mit einem vielsagenden Blick auf ihren Busen, der nur wenige Zentimeter von seinem Gesicht entfernt war.

Maddie machte einen Satz zurück, als wäre sie einem Feuer zu nahe gekommen, und raffte ihre Bluse zusammen. »Ich weiß nicht, was über mich gekommen ist.«

»Carmen«, sagte er und streckte sich dann, daß seine Hände das Zeltdach berührten. »Aber ich bin froh, daß Sie jetzt wieder Sie selbst sind. Carmen ist nicht der Typ von Frau, den ich mir aussuchen würde. Sagen Sie mal – was passiert mit ihr in der Oper?«

»Don José tötet sie.«

»Das wäre auch mein Tip gewesen. Sind Sie jetzt bereit, ins Bett zu gehen? Vielleicht würden Sie gern die ganze Nacht aufbleiben, aber ich brauche meinen Schlaf.«

Sie starrte ihn an. Was hatte er damit gemeint – dem Typ von Frau, den er sich aussuchen würde?

»Haben Sie vor, in diesem Aufzug schlafen zu gehen?«

Das rüttelte sie aus ihrer Trance auf. »Erwarten Sie, daß ich mich vor Ihnen ausziehe?«

»Wenn ich bedenke, was Sie zuletzt auf der Bühne anhatten, würde ich meinen, Sie zögen sich noch etwas an, bevor Sie zu Bett gehen. Soll ich Ihnen mit dem Korsett helfen?«

»Wenn Sie es wagen, Hand an mich oder meine Unterwäsche zu legen, verpasse ich Ihnen eine Wunde, die den Schnitt auf Ihrem Rücken zu einem Mückenstich verblassen läßt.«

»Das könnte es wert sein. Es lohnt sich, darüber nachzudenken.«

»Verschwinden Sie, und schicken Sie mir meine Zofe.«

»Schön, ich gehe. Aber wenn Sie mit Ihrer Abendtoilette fertig sind, komme ich wieder, verstanden?« Er ging, ohne ihr Zeit für eine Antwort zu geben.

Maddie setzte sich auf ihre Liege. Sie wurde aus diesem Mann nicht klug. Als sie sich ihm fast an den Hals geworfen hatte, hatte er ihr die kalte Schulter gezeigt, und im nächsten Moment bot er sich dann an, ihr beim Ausziehen zu helfen.

Es dauerte ein paar Sekunden, bis sie merkte, daß Edith sich über sie beugte und flüsterte.

»Ich habe sie.«

»Was hast du?« frage Maddie.

»Die Frucht, die Sie haben wollten. Hat mich allerdings eine Stange Geld gekostet.«

Maddie konnte noch nicht klar denken und sah Edith nur verständnislos an.

»Hat er Sie schon wieder dazu gebracht, Ihre kleine Schwester zu vergessen? Wenn es einen Mann gibt, der eine Frau dazu bringen kann, daß sie alles vergißt, dann er – aber ich kann nicht sagen, daß er an Frauen interessiert wäre.«

»Weil er nicht an dir interessiert ist?«

»Ich wüßte nicht, daß Sie glücklich nach einer Nacht mit ihm aufgewacht wären. Oder ist es die erste Nacht heute? Sie haben ihm diesmal ja tüchtig eingeheizt.«

»Hilf mir beim Ausziehen. Ich habe ihm nicht eingeheizt, wie du dich ausdrückst, sondern ich habe lediglich eine Rolle gespielt und gesungen, wie man diese Rolle spielen und singen muß. Es ging hier . . .«

»Sie brauchen weder mir noch irgendeinem anderen zu erklären, worum es ging. Ein Blinder hätte sehen können, was Sie gesungen haben. Und wie Sie Captain Montgomery angeschaut und getanzt haben – Himmel, das muß ich auch mal ausprobieren!«

Maddie spürte, wie ihr das Blut in die Wangen schoß.

»Wollen Sie jetzt die Frucht haben oder nicht?«

Maddie brauchte eine Weile, bis ihr wieder einfiel, wovon Edith überhaupt redete. Sie mußte morgen in aller Frühe das Lager verlassen und sich allein auf den Weg in die Berge machen, um sich mit dem Mann zu treffen, der mit ihr die Briefe tauschte. Und wenn sie alles so machte, wie er es ihr aufgetragen hatte, und es auch noch gut machte, konnte sie Laurel sehen.

»Wollen Sie nun die Frucht haben, oder werden Sie den Captain bitten, Sie gehen zu lassen?«

Gestern hatte Maddie sich gesagt, daß die einzige Möglichkeit, sich Captain Montgomerys Aufsicht zu entziehen, eine List war. Sie wußte, daß es sinnlos war, ihn zu bitten, sie allein ausreiten zu lassen. Er hatte sich zu ihrem Wachhund erklärt und würde seine Pflicht um keinen Preis vernachlässigen.

Sie hatte gestern stundenlang in der Kutsche über diesem Problem gebrütet, und dabei war ihr nichts Besseres eingefallen als Opium. Das würde ihn lange genug aus dem Verkehr ziehen und Maddie einen ausreichenden Vorsprung verschaffen. Zudem schien Edith einen unerschöpflichen Vorrat von diesem Zeug zu besitzen. Maddie hatte sich einen Plan ausgedacht, wie sie Captain Montgomery dazu bringen konnte, das Opium in einer Trockenfrucht zu sich zu nehmen.

»Ja«, sagte sie leise, »ich brauche diese Frucht.« Als sie das sagte, kam sie sich ziemlich schäbig vor. Es hatte sie kaltgelassen, als er vor ihren Augen den mit Opium versetzten Whisky getrunken hatte, und heute war er ein noch größeres Hemmnis und Ärgernis als je zuvor. Aber inzwischen hatte er sehr viel für sie getan.

»Bring die Frucht morgen früh so gegen fünf Uhr. Hast du mir ein Pferd besorgt?«

»Wie Sie es mir aufgetragen haben. Es steht für Sie bereit.« Edith blickte Maddie eine Weile stumm an. »Wollen Sie wirklich allein in die Wälder reiten?«

»In den Wäldern bin ich sicherer als in so einer Bretterbudenstadt. Wälder haben keinen Schrecken für mich, aber wenn Captain Montgomery aufwacht, wird er eine furchtbare Laune haben.«

»Dann bin ich morgen wohl den ganzen Tag hindurch am anderen Ende des Lagers beschäftigt. Ich möchte nicht, daß er auf die Idee kommt, ich hätte irgend etwas mit der Sache zu tun.«

»Ein weiser Entschluß.«

Als 'Ring ins Zelt zurückkehrte, hatte sich Maddie die Decke bis zum Kinn hochgezogen. Sie lauschte jedoch den Geräuschen, die er beim Ausziehen und beim Ausbreiten seiner Decken auf dem Boden machte. Sie fragte sich, was er wohl anhatte.

Er löschte die Lampe und kroch zwischen seine Armeedekken. »Gute Nacht«, sagte er leise.

Maddie antwortete nicht, sondern wartete gespannt, ob er nicht doch etwas unternahm. Sie erinnerte sich daran, daß Toby gesagt hatte, Captain Montgomery wäre an Frauen nicht interessiert. An keiner Frau oder nur an ihr nicht?

»War ich heute abend tatsächlich gut, oder wollten Sie mir nur etwas Nettes sagen?«

»Sie waren mehr als gut.«

Sie schwieg einen Moment. »Ich habe noch nie zuvor so etwas getan. Ich meine, ich habe noch nie so eine Rolle gespielt. Mein Leben ist eher gesetzt gewesen, was Männer betrifft. Tatsächlich habe ich noch keinen ...« Sie konnte den Satz nicht beenden.

»Ich weiß.«

Diese Bemerkung machte sie wütend. »Wie können Sie nur annehmen, daß Sie so viel über mich wissen, während ich so wenig über Sie weiß?«

»Wir lernen dort, wo unsere Interessen liegen.«

»Was soll das nun wieder heißen?«

Er sagte nichts, und sie ahnte, daß er ihr die Antwort auf diese Frage schuldig bleiben wollte. Sie hatte wieder die Szene vor Augen, als er ihr seine Arme entgegenhob, um sie vor ihren betrunkenen Zuhörern zu retten, und sie dachte daran, was sie ihm morgen früh antun würde. »'Ring«, flüsterte sie.

Er sagte nichts, aber sie wußte, daß er horchte. »Manchmal muß ein Mensch etwas tun, was nicht gerecht ist oder was in dem Moment der Tat ungerecht zu sein scheint, aber die Umstände zwingen einen manchmal dazu, ob man will oder nicht. Verstehen Sie?«

»Nicht ein Wort.«

Sie seufzte. Es war besser, wenn er es nicht verstand. »Gute Nacht«, sagte sie, drehte sich auf die Seite und versuchte einzuschlafen.

Am Morgen, gegen fünf, kam eine verschlafen aussehende Edith mit einer kleinen Schachtel aus Holz unter dem Arm ins Zelt. »Morgen, Captain«, sagte sie.

Maddie rollte sich auf die linke Seite und sah Captain Montgomery voll bekleidet mit seinem schmutzigen, blutbefleckten Hemd und seiner Armeehose auf einem Klappstuhl sitzen und Kaffee trinken. »Wie lange sind Sie schon wach?« fragte Maddie.

»Eine Weile. Was bringen Sie denn da, Miss Honey?«

»Trockenfrüchte. Einer der Männer hat sie ihr geschickt«, antwortete Edith und deutete auf Maddie. »Als Anerkennung für ihre Vorstellung gestern. Ich glaube, man nennt diese Dinger Feigen. Ich habe noch nie so was gegessen, und sie sehen mir auch nicht besonders verlockend aus, aber eines von den Mädchen hat mir erzählt, daß sie ein horrendes Geld kosten.«

'Ring nahm Edith die Schachtel ab und schaute hinein. »Es sind tatsächlich Feigen.« Er hielt Maddie die Schachtel hin. »Wollen Sie eine probieren?«

Sie setzte sich auf und rieb sich die Augen, gähnte und sagte: »Nein, vielen Dank, aber Sie können gern welche davon essen.«

Sie versuchte, nicht hinzusehen, als er die Hand über die Schachtel legte und dann zögerte. »Nein, später vielleicht.«

Er stand auf. »Ich warte draußen, bis Sie sich angezogen haben, und dann begleite ich Sie zur Toilette. Heute lasse ich Sie keine Sekunde aus den Augen.«

»Und was wollen Sie jetzt machen?« flüsterte Edith, sobald er das Zelt verlassen hatte.

»Ich habe keine Ahnung. Vielleicht fällt mir noch etwas ein . . . Hilf mir beim Anziehen.«

Seinem Wort getreu, erwartete Captain Montgomery sie vor dem Zelt. Er bot ihr seinen Arm an, aber sie weigerte sich, ihn anzunehmen. »Ich kann allein gehen.«

»Wie Sie wollen.«

Sie hatte keine Lust, mit ihm zu reden, weil sie nachdenken mußte. Wenn er die Feigen nicht anrührte – was dann?

Sie versicherte ihm, daß sie keine Eskorte brauchte, wenn sie sich zur Toilette begab, und ging ihm dann drei Schritte voraus. Doch kaum hatte sie das stille Örtchen erreicht, als sie neben der Wand ein Zischen hörte.

»Madam, wir sind es. Erinnern Sie sich?«

Rasch sah sich Maddie in dem Örtchen nach Astlöchern um und entdeckte die vier Männer, die sie vor ein paar Tagen in das entlegene Goldgräberlager verschleppt hatten. »Was wollen Sie von mir?«

Die vier machten ihr den Vorschlag, sich an ihrer Mine zu beteiligen. Als Sicherheit wollten sie ihr die Hälfte ihrer drei Claims abtreten. Warum nicht? dachte sie und wußte sofort, daß Captain Montgomery mit dieser Idee nicht einverstanden wäre. Aber die Tatsache, daß sie so ein Angebot überhaupt in Erwägung zog, war allein seine Schuld. All sein Gerede von Geld und davon, was sie anfangen wollte, wenn sie nicht mehr singen konnte, mußte sie doch auf den Gedanken bringen, daß sie Geld brauchte. Was hatte John mit dem Geld gemacht, daß sie seit Jahren eingenommen hatte? Er hatte stets die Rechnungen bezahlt, die sie ihm schickte, aber sie war nie auf die Idee gekommen, ihn zu fragen, wo das übrige Geld geblieben war.

»Schön«, sagte sie. »Gehen Sie zu Frank. Er soll jedem von Ihnen hundert Dollar auszahlen.«

»Vielen Dank, Madam«, riefen sie im Chor. »Danke. Wir werden Sie zu einer reichen Frau machen.«

Sie war erleichtert, als sie gingen und ihr endlich etwas Privatsphäre gönnten. Captain Montgomery erwartete sie wieder. Ich bin nicht besser dran als eine Zuchthäuslerin, dachte sie.

Im Zelt hielt ihr Captain Montgomery wieder die Schachtel hin. »Wollen Sie nicht mal kosten?«

»Nein, danke. Ehrlich gesagt, ich mache mir nichts aus Feigen. Aber Sie dürfen so viele davon essen, wie Sie wollen.«

»Da sage ich nicht nein.« Sie beobachtete, wie er zwei Früchte gleichzeitig in den Mund steckte und sie aufaß. »Sie sind wirklich gut. Wollen Sie nicht wenigstens eine davon probieren?«

»Nein, lieber nicht.« Sie lächelte, als er noch eine Feige aß. Aber ihr wurde mulmig zumute, als er die vierte verzehrte. Sie hatte keine Ahnung, wieviel Opium Edith in jede Frucht getan hatte, und sie wußte auch nicht, wieviel Opium man brauchte, um eine Person in ewigen Schlaf zu versetzen.

Als er die fünfte in den Mund stecken wollte, sprang sie auf ihn zu und schlug ihm die Schachtel aus der Hand.

Er sah sie überrascht an, bevor ihm die Erleuchtung kam. »Was haben Sie getan, Maddie?«

»Etwas, was ich tun mußte. Bitte, versuchen Sie, mich zu verstehen.«

»Verstehen, daß Sie kein Vertrauen zu mir haben? Daß Sie denken, ich wäre unfähig, Ihnen aus einer Klemme zu helfen?«

»Ich würde Sie um Hilfe bitten, wenn ich könnte. Aber ich kann nicht. Sie müssen mich verstehen.«

»Ich verstehe überhaupt nichts.« Er legte die Hand an die Stirn und schwankte hin und her.

Maddie eilte an seine Seite, legte den Arm um seine Schultern und führte ihn zur Liege. Er sank auf die Decke und zog Maddie mit sich. Sie versuchte, sich von ihm zu lösen, aber er hielt sie fest, bis sie ihren Widerstand aufgab. Sie wußte, daß er bald nicht mehr die Kraft hatte, sie festzuhalten.

»Was haben Sie vor? Mit wem treffen Sie sich? Was ist so wichtig, daß Sie dafür Ihr Leben riskieren?« Er hatte den Arm um ihren Hals gelegt.

»Ich kann es Ihnen nicht sagen. Glauben Sie mir – ich täte es, wenn ich könnte. Ich wäre froh, wenn mir jemand zur Seite stehen würde.«

Er schloß einen Moment die Augen und zwang sie dann wieder auf. »Ist es der gleiche Mann wie zuvor?«

»Was?«, sagte sie, erinnerte sich jedoch sofort daran, daß er ihr beim ersten Mal gefolgt war. »Das kann ich nicht sagen. Ich muß jetzt gehen. Ich habe einen langen Weg zurückzulegen bis zum Abend.«

Sie versuchte sich von ihm zu lösen, aber er war immer noch wach genug, um sie daran zu hindern. »Wohin?«

»Ich werde es Ihnen nicht verraten, weil Sie mir folgen würden, sobald Sie wieder dazu fähig sind. Verdammt!« rief sie, »warum mußten Sie in mein Leben treten und mich so verwirren? Mir ging es viel besser, ehe ich Sie kennengelernt habe. Ich war frei. Es gab niemanden, der glaubte, mein Wächter sein zu müssen. Und jetzt . . .«

Sie nahm ihre ganze Kraft zusammen und befreite sich mit einem energischen Ruck von ihm. Er versuchte ihr zu folgen; aber der Schlaf übermannte ihn. Maddie ging zu ihrem Koffer, holte die Wegszkizze heraus und steckte sie in ihre Bluse.

Sie ging zu 'Ring zurück, beugte sich über ihn und berührte sein Haar. Mit einiger Mühe brachte er die Augen wieder auf.

»Ich habe Angst, Sie könnten verletzt werden«, flüsterte er. »Oder sich verirren.«

»Nein, das werde ich nicht. Ich reite nicht durchs Lager. Ich schleiche mich am Stadtrand entlang, damit mich keiner sieht. Ich bin noch vor morgen abend zurück. »Warten Sie auf mich. Und . . .«, sie lächelte ihn an, ». . . seien Sie nicht wütend auf mich.«

»Ich werde Ihnen folgen.«

Sie konnte seine Worte kaum noch verstehen. »Warten Sie hier auf mich«, wiederholte sie, »ich passe schon gut auf mich auf.«

Er schwieg und lag reglos da. Als sie auf ihn hinuntersah, spürte sie ein tiefes Bedauern. Sie hatte Angst vor den Männern, die Laurel in ihrer Gewalt hatten, und vor den Goldgräbern. Sie strich ihm eine schwarze Strähne aus der Stirn. Sie hätte sich viel sicherer gefühlt, wenn er sie in die Wälder begleitet hätte. Und vielleicht hätte sie eine Weile ihren Kummer um Laurel vergessen können, wenn er sie mit seinen großspurigen Reden unterhalten hätte.

»Tut mir leid, 'Ring«, flüsterte sie dem schlafenden Mann ins Ohr. »Ich würde das nicht tun, wenn ich es nicht müßte.«

Sie wollte sich von der Liege entfernen, gab dann aber einem Impuls nach und drückte ihren Mund auf seine Lippen. Sie hatte gedacht, er läge im tiefen Schlaf; aber in diesem Moment kehrte seine Kraft zurück. Sein rechter Arm legte sich um ihren Rücken und sein linker um ihre Taille. Er drückte ihren Kopf zur Seite, so daß ihr Mund fest auf seinem lag, und dann küßte er sie.

Schon einige Männer hatten versucht, Maddie zu küssen, aber Küsse hatten sie nie sonderlich interessiert. Aber dieser Kuß war anders. Sie hatte das Gefühl, zu ertrinken, und meinte, daß seine Lippen ihr die Seele aus dem Leib saugten. Sie schlang die Arme um seinen Hals und zog ihn noch fester an sich und legte sich neben ihn. Die Liege war so schmal, daß sie halb auf ihm lag.

Unerwartet ließ er sie los. Sie mußte sich an seinen Schultern festhalten, um nicht von der Liege zu fallen. Sie hob den Kopf, um ihn anzusehen, und merkte, daß er fest schlief.

Langsam stand sie auf, aber ihre Knie waren so weich, daß sie zu Boden sank. Ihr Herz klopfte bis zum Hals. Sie keuchte und betrachtete mit großen Augen die schlafende Gestalt von Captain Montgomery. Sie fuhr sich mit dem Handrücken über die Stirn und spürte, daß sich dort kleine Schweißperlen gebildet hatten.

»Mon Dieu«, flüsterte sie, und es dauerte ein paar Sekunden, bis sie sich daran erinnern konnte, wer sie war und wo sie sich befand. Dann stand sie auf. »Ich komme wieder«, sagte sie zu der schlafenden Gestalt. »Dessen kannst du sicher sein. Ich komme zurück.«

Sie ging zum Zeltausgang, schlug die Plane zurück, warf noch einen letzten Blick über die Schulter und trat ins Freie, wo ein gesatteltes Pferd auf sie wartete.

10

Maddie machte einen Bogen um die Budenstadt. Nach der Vorstellung gestern war sie sicher, daß jeder Mann, dem sie begegnete, wußte, wer sie war, und etwas von ihr denken würde, was nicht zutraf. Was hätte wohl Madame Branchini zu ihrer Interpretation von Carmen gesagt?

Als Maddie durch die Vorberge ritt, nahm ihre Angst um Laurel zu. Was war, wenn der Mann nicht am Treffpunkt erschien? Oder wenn dieser schreckliche Kerl, der den Entführern offenbar als Bote diente, sie noch einmal überwältigte? Sie hatte getan, was er beim letzten Mal von ihr verlangt hatte, und etwas »Glitzerndes« für ihn mitgenommen, aber wenn ihm das nicht genügte? Sie konnte ihn schwerlich damit vertrösten, daß sie erst ins Tal reiten müsse, um das letzte Geschmeide zu holen, das sie auf diese Reise mitgenommen hatte. Und sie glaubte nicht, daß Captain Montgomery sie noch einmal allein in die Wälder reiten ließ.

Maddie versuchte an alles zu denken – nur nicht an 'Ring. Obwohl sie zu ihm gesagt hatte, er sei als Eskorte unerwünscht, hatte er sich als Reisebegleiter nützlich gemacht. General Yovington hatte für sie drei Leute engagiert, die sie beschützen sollten; aber sie waren nie zur Stelle gewesen, wenn sie sie gebraucht hatte. 'Ring jedoch war immer da gewesen. Maddie wußte, daß 'Ring sie nie freiwillig alleinlassen würde. Er würde sie mit seinem Leben beschützen, hatte Toby gesagt.

Sie ritt stundenlang bergan und schien niemals den Gipfel des Berges erreichen zu können. Sie aß Roastbeef und hartes Brot und trank aus der Feldflasche, ohne anzuhalten und aus dem Sattel zu steigen. Das Pferd keuchte, und Maddie ließ es im Schritt gehen, aber sie gestattete dem armen Tier keine Rast. Sie mußte sich mit dem Boten noch vor Sonnenuntergang treffen. Er hatte ihr gesagt, daß Laurel am Treffpunkt wäre, wenn sie noch vor Sonnenuntergang zu ihm käme.

Es war schon später Nachmittag, als sie besorgt zum Himmel schaute. Die Sonne schien sich im beschleunigten Tempo dem Horizont zu nähern.

»Ich wünschte, mein Vater wäre hier«, sagte sie laut zu dem Pferd. »Ich wünschte Hears Good wäre hier. Und Bailey und Linq und Thomas.« Sie seufzte. »Ich wünschte, 'Ring wäre mitgekommen.«

Sie streichelte das Pferd zwischen den Ohren. »Vielleicht hätte er mitkommen sollen. Vielleicht hätte ich ihm die Route zeigen sollen, und er hätte dann einen anderen Weg finden können, um an Laurel heranzukommen. Vielleicht hätte er einen Plan entwickelt, wie er Laurel diesen Entführern entreißen und diese schreckliche Geschichte beenden konnte. Dann hätte ich Laurel nach Hause bringen, an die Ostküste zurückkehren und für Leute singen können, die mich schätzen.«

Noch während sie diese Worte aussprach, wußte sie, wie töricht sie waren. Was wäre, wenn in dem Getümmel, das dabei entstehen mußte, jemand Schüsse abfeuern und einer davon Laurel treffen würde? Sie ließ das Bild von Laurel vor ihrem inneren Auge entstehen. Sie hatte ihre jüngere Schwester seit Jahren nicht mehr gesehen, aber ihre Mutter hatte ihr neben einigen Fotos auch Skizzen, Aquarelle und Federzeichnungen von ihrer jüngeren Schwester geschickt, so daß sie Laurel überall sofort erkennen würde.

Es war besser, diesen Weg allein zu gehen und dem Mann – oder den Männern – zu geben, was sie forderten. Sie würde Nachrichten mit ihm austauschen und ihm alles geben, was sie bei sich hatte. Und wenn der Mann sie wieder küßte, würde sie ihn anlächeln. Irgendwie war das der schwierigste Teil ihrer Mission. Sie hätte sich lieber von all ihrem Schmuck getrennt als einen Mann zu küssen, den sie verabscheute.

Sie war so tief in Gedanken versunken, daß sie nicht darauf vorbereitet war, als der Mann plötzlich hinter einem Baum hervorsprang. Sie hatte beide Hände voll zu tun, ihr erschrecktes Pferd zu beruhigen, und dachte dann, daß ihr Vater sehr enttäuscht von ihr gewesen wäre, wenn er gesehen hätte, wie leicht man sie im Wald überraschen konnte.

»Sie sind spät dran«, sagte der Mann und ergriff die Zügel ihres Pferdes. Er grinste sie an und strich mit der Hand über ihr Bein.

Maddie bohrte die Ferse auf der anderen Seite in die Flanke des Pferdes und brachte es so dazu, daß es einen Satz machte. »Wo ist sie?«

»Wer?«

Maddie bemühte sich, ihn nicht wütend anzuherrschen. »Sie sagten, nach der dritten Vorstellung würde ich meine Schwester sehen. Ich habe gestern abend zum drittenmal gesungen. Also, wo ist sie?«

»In der Nähe. Haben Sie mir etwas mitgebracht?«

Kugel, Gift, Peitsche. Ein Hinrichtungskommando. »Ich habe eine Perlenkette mitgebracht. Sie ist sehr wertvoll – ein Geschenk des schwedischen Königs.« Sie zog die Perlenkette aus ihrer Satteltasche und sah sie noch einmal an, bevor sie diese dem Mann aushändigte. Sie hatte 'Ring erzählt, daß Geld ihr nichts bedeutete, und das stimmte auch. Nicht das Geld an sich, aber schöne Dinge liebte sie durchaus, und die

Kette, deren Perlen in Größe und Farbe perfekt übereinstimmten, war ein besonders schönes Stück. Er nahm es in seine schmutzigen Hände.

»Nicht übel. Noch etwas?«

»Das Halsband ist sehr viel wert, nicht nur materiell, sondern auch wegen seiner historischen Bedeutung.«

Er sah sie verständnislos an.

»Es ist bedeutend, weil es einst einem König gehört hat. Er hat es mir verehrt. Sie können die Kette Ihren Enkelkindern zeigen.«

Er gab ein Geräusch von sich, das offenbar ein Lachen sein sollte. »Ja, richtig, meinen Enkelkindern. Haben Sie den Brief bei sich?«

»Ich will meine Schwester sehen.«

»Sie werden sie sehen, wenn ich bereit bin, sie Ihnen zu zeigen. Und jetzt, Miss, steigen Sie von diesem Gaul und kommen Sie zu mir.«

Maddie schlug das Herz bis zum Hals. Was der Mann ihr auch immer antun wollte, sie mußte es über sich ergehen lassen. Sie durfte nicht riskieren, daß Laurel ein Leid geschah.

Sie erkannte an seinem scheelen Blick, daß er ihre Gedanken erriet. Und Maddie sah auch, daß ihn ihre Abneigung nicht zu stören schien. »Komm her und gib mir einen Kuß!« befahl er.

Es war vielleicht der längste Gang ihres Lebens, als sie sich zu ihm begab und sich auf die Berührung dieses Mannes vorbereitete.

In diesem Moment surrte ein Pfeil durch die Luft. Er verfehlte den Kopf des Mannes nur um eine Fingerbreite und blieb dann in einem Baum stecken, der knapp einen halben Meter hinter ihm aufragte.

Die Reaktionen des Mannes waren langsam, wie Maddie zu ihrer Freude feststellte. Sie hatte sich auf den Boden geworfen, während er noch immer dastand und den Pfeil anstarrte. Maddie betrachtete den Pfeil und sah, daß es ein Crow-Pfeil war. Ihre Augen wurden feucht. Fast hätte sie vor Freude laut geweint.

»Gehen Sie in Deckung«, sagte sie zu dem Boten. »Indianer schießen auf uns.«

Sie bemerkte die nackte Angst auf seinem Gesicht und erkannte daran, daß er von der Ostküste stammen mußte. Seine Kenntnisse über Indianer hatte er aus Geschichten bezogen, die man sich am Lagerfeuer erzählte – Horrorgeschichten, die mit der Wahrheit meistens wenig oder gar nichts gemein hatten.

»Was geschieht nun?« flüsterte er, ängstlich um sich schauend.

»Hoffentlich greifen sie jetzt nicht an. Sind Sie gesund genug, um eine Folterung zu überstehen?«

Er sah sie aus geweiteten Augen an. »Folterung?«

»Ich habe gehört, daß die Indianer in dieser Gegend geschworen haben, alle weißen Männer zu töten, die sich allein in die Berge wagen. Ihr Haß auf die Weißen ist grenzenlos, weil sie den heiligen gelben Stein aus ihrem Land stehlen.« Sie hoffte, Hears Good war nahe genug bei ihnen, daß er ihre Worte verstehen konnte. Er würde sich bestimmt darüber amüsieren. Jeder Indianer, der auch nur ein bißchen Grips im Kopf hatte, wußte, daß ein gutes Pferd und ein Gewehr mehr wert waren als hundert Berge gelben Staubs.

»Ich verdrücke mich lieber«, sagte der Mann und wollte davonlaufen.

Doch Maddie hielt ihn fest. »Warten Sie! Ich möchte meine Schwester sehen.«

»Sie sind eine noch größere Närrin, als ich angenommen hatte, wenn Sie glauben, ich würde ein Kind hierherbringen.«

Maddie spürte, wie die Panik in ihr aufstieg. Es half ihr gar nichts, daß der Freund ihres Vaters, Hears Good, jetzt in ihrer Nähe war, wenn der Mann Laurel nicht mitgebracht hatte. Sie packte ihn beim Hemd. »Wo ist meine Schwester?«

»Woher zum Teufel soll ich das denn wissen? Ich bin doch nur ein Laufbursche.« Er riß sich von ihr los, aber es gelang ihr, ihn noch einmal festzuhalten.

»Wo ist sie? Wer weiß was von ihr? Wer hat sie?«

»Ich weiß es nicht, und es ist mir auch egal.« Er gab ihr einen so heftigen Stoß, daß sie stürzte, und rannte zum Gipfel.

Maddie blieb dicht hinter ihm. »Sie sagten, Sie würden meine Schwester hierherbringen.«

Er schwang sich auf sein Pferd. »Sie sollten froh sein, daß ich sie nicht mitgebracht habe, schließlich sind wir von Indianern umgeben.«

Sie hielt den Zügel seines Pferdes fest. »Sie haben sie gar nicht, nicht wahr? Das war alles nur ein schlechter Scherz. Laurel befindet sich irgendwo in Sicherheit, aber das hat man mir nicht gesagt.«

Der Mann griff in seine Segeltuchhose. »Hier«, sagte er und warf etwas auf den Boden. Dann riß er ihr den Zügel aus den Händen. »Ich sehe Sie dann am nächsten Treffpunkt wieder. Bringen Sie noch etwas anderes mit. Bringen Sie Gold mit.« Er wendete sein Pferd und sah sich noch einmal nervös um, bevor er im drohenden Ton sagte: »Es geht mich zwar nichts an, und es ist mir auch egal, was aus Ihnen und Ihresgleichen wird, Lady, aber ich will Ihnen einen guten Rat geben. Es gefällt meinen Leuten nicht, daß dieser Armeeoffizier ständig herumspioniert. Das gefällt ihnen ganz und gar nicht, und wenn er seine Nase in Angelegenheiten steckt, die ihn nichts angehen, werden sie das kleine Mädchen umbringen. Das sind gefährliche Männer.«

Maddie hielt wieder seinen Zügel fest. »Haben sie ihr schon etwas zuleide getan?«

»Noch nicht, aber bisher haben Sie ja auch immer ihre Anweisungen befolgt.« Damit gab er seinem Pferd die Sporen und ritt so rasch in westlicher Richtung davon, wie das Terrain es erlaubte.

Maddie stand einen Moment wie betäubt da. Als sie sich gefaßt hatte, suchte sie fieberhaft den Boden nach dem Gegenstand ab, den der Mann auf den Boden geworfen hatte. Er war nicht schwer zu finden: Es war ein schmutziges, verknotetes Taschentuch. Maddie kauerte sich nieder und löste mit bebenden Händen die Knoten.

Als sie das Tuch auseinanderfaltete, sog sie geräuschvoll die Luft ein: Vor ihr lag der Saphirring, den Maddie Laurel im vergangenen Jahr aus Italien geschickt hatte. Ihre Mutter hatte ihr geschrieben, daß Laurel so stolz auf den Ring war, daß sie ihn nie ablegte.

Maddie steckte den Ring an ihren kleinen Finger. Sie würde nicht weinen, sich nicht von Gefühlen überwältigen lassen. Sie *hatten* Laurel in ihrer Gewalt.

Sie schaute sich im verlöschenden Tageslicht unter den Bäumen um. »Hears Good?« rief sie leise, aber niemand antwortete ihr. Sie hätte jetzt so gern mit jemandem geredet, der sie verstand. »Hears Good.« Sie versuchte es etwas lauter, aber noch immer bekam sie keine Antwort.

Sie spitzte die Lippen und ließ einen Flötenton hören, der dem Lockruf einer Gebirgsdrossel täuschend ähnlich war, aber kein Flötenton antwortete ihr.

Ihre Beine zitterten, als sie sich vom Boden erhob. Sie bewegte sich unsicher auf den Baum zu, in dem der Pfeil steckte, zog diesen heraus und betrachtete ihn. Er hatte zwei winzige Markierungen am Schaft – das Symbol von Hears Good.

»Wo steckst du?« rief sie laut, aber der Wald ringsum blieb stumm. Warum will er sich mir nicht zeigen? dachte sie, und versuchte sich auf diese Frage zu konzentrieren, um nicht ständig an Laurel denken zu müssen.

Sie lief in die Richtung, aus der der Pfeil gekommen war, aber dort war er nicht. Sie blieb stehen, als ihr der Atem ausging. Wenn Hears Good nicht gesehen werden wollte, konnte ihn niemand auf der Welt finden – selbst ihr Vater nicht.

Aber warum wollte er nicht gesehen werden? fragte sie sich. Weil da noch jemand in der Nähe war – jemand, dem Hears Good aus dem Weg gehen wollte.

Sie lief hügelabwärts und verlangsamte nur einmal ihren Schritt, um den Zügel ihres Pferdes fester in die Hand zu nehmen. Wenn Hears Good in der Nähe war, dann war ihr Vater auch nicht weit. Sie stolperte über abgebrochene Äste und Bodenrinnen und schürfte sich die Haut an scharfkantigen Steinen auf, so ungestüm drängte sie vorwärts.

Die Dunkelheit war bereits hereingebrochen, als sie einen Bach erreichte, aus dem sie ihr Pferd trinken ließ. Sie füllte ihre Feldflasche auf und blickte sich wieder um, sah aber niemanden in ihrer Nähe. Allerdings stand nur eine Mondsichel am Himmel, die wenig Licht spendete. Ihr Vater hatte ihr beigebracht, wie man sich nachts orientiert, und sie hatte Geschichten von Leuten gehört, die tagelang nur während der Dunkelheit geritten waren.

»Komm, Junge«, sagte sie zu dem Wallach, und wohl zum hundertsten Male spitzte sie die Lippen und ließ den Pfiff der Gebirgsdrossel hören. Aber eine Antwort erhielt sie nicht.

Im Dunklen kam sie natürlich nicht so schnell vorwärts wie bei Tageslicht, und mit jedem Schritt, den sie zurücklegte, wurde ihre Gemütsverfassung schlechter. Sie war zutiefst um Laurel besorgt und zugleich von einer ohnmächtigen Wut erfüllt, weil ihre Entführer sich nicht an Abmachungen hielten. Und auch wütend, daß ihr Freund, Hears Good, den sie ihr

Leben lang gekannt hatte, ihr so nahe war und sich nicht zeigen wollte. Wie lange hielt er sich schon in ihrer Nähe auf? Sie erinnerte sich an Captain Montgomerys Worte, daß so viele Leute ihrer Spur folgen würden. Er mußte also schon früher einen Hinweis auf Hears Good erhalten haben.

Sie stolperte über einen Felsblock und fiel in eine Dornenhecke. Als sie sich wieder hochrappelte, fluchte sie laut. In diesem Moment haßte sie alle Männer auf dieser Erde. Sie haßte die Männer und ihr dummes Gerede von Krieg und Kampf – die Männer, die ein Kind in ihre Gewalt gebracht hatten, um es als Instrument für den Krieg zu benützen, den sie anzetteln wollten. Sie haßte die Goldgräber, die zwar ihre Stimme mochten, aber ihr genauso gern in den Ausschnitt sahen. Und am allermeisten haßte sie 'Ring Montgomery, weil er ...

Sie wußte zwar nicht, aus welchem Grund sie ihn haßte, aber daß sie ihn haßte, war klar. Ein Teil von ihr verabscheute sogar ihren Vater, weil er ihr so nahe war, ihr aber nicht zur Hilfe kam.

Sie war so sehr in ihre Gedanken vertieft, daß sie zu Tode erschrak, als ein kräftiger Arm sie um die Taille faßte und eine Hand sich gleichzeitig auf ihren Mund legte. Diese Aktion rief sogleich eine Gegenreaktion bei ihr hervor. Es war so, als wäre sie ein Pulverfaß, und jemand hätte die Lunte angezündet. Plötzlich wurde sie zu einem Bündel geballter Energie, das zu treten, zu schlagen, zu kratzen und zu beißen anfing. Und es gelang ihr, die Zähne in die Handfläche zu schlagen, die ihren Mund verdeckte.

»Ich bin es«, hörte sie Captain Montgomery sagen. »Ich bin es nur.«

Das besänftigte sie keineswegs. Kaum hatte er die Hand, in die sie gebissen hatte, von ihrem Mund genommen, schrie sie. »Ich will Sie hier nicht haben! Ich hasse Sie! Verschwinden Sie!« Und sie fuhr fort, ihn zu treten und zu kratzen.

Er umschlang sie und preßte ihre Arme an ihren Oberkörper. Das hinderte sie jedoch nicht daran, ihm gegen die Schienbeine zu treten. Und deshalb warf er sie zu Boden und drückte ein Bein über ihre Beine.

»Ruhig«, redete er behutsam auf sie ein und streichelte ihr das schweißnasse Gesicht. »Es ist ja alles gut. Sie sind jetzt in Sicherheit.«

»In Sicherheit?« schrie sie ihm ins Ohr. »Ich war viel sicherer in der Gesellschaft von Berglöwen. Warum schlafen Sie eigentlich nicht mehr? Ich dachte, ich hätte Ihnen so viel Opium gegeben, daß Sie nie mehr aufwachen.«

»Dafür reichte es nicht. Lassen Sie das jetzt«, sagte er, als sie ihn wieder beißen wollte. Er legte seine mit Stoppeln bedeckte Wange an ihr Gesicht. »Ich bin jetzt bei Ihnen, und Sie sind in Sicherheit.«

Maddie hörte auf, sich gegen ihn zu wehren. Sie mußte aufgeben, weil er sie so fest umklammert hielt, daß sie sich nicht mehr bewegen konnte. Aber der Zorn wütete noch immer in ihr. »Lassen Sie mich los! Gehen Sie, und lassen Sie mich allein. Ich brauche Sie nicht.«

Er bewegte sich keinen Millimeter und hielt sie so fest wie zuvor. »Natürlich brauchen Sie mich. Sagen Sie mir, was passiert ist. Sagen Sie mir, was Sie getan haben und wo Sie gewesen sind.«

Sie war sich im klaren, daß sie ihm nichts verraten durfte. Niemandem konnte sie das sagen. Und wenn Hears Good vor ihr erschienen wäre, hätte sie es ihm nicht anvertrauen können. »Ich kann es Ihnen nicht sagen«, schimpfte sie, mußte aber zu ihrem Schrecken feststellen, daß sich ein Schluchzen in ihre Stimme mischte. »Selbst mit meinem Vater kann ich nicht darüber reden.«

Er bewegte den Kopf und sah sie an. »Mir können Sie vertrauen«, flüsterte er.

Diese Worte trieben ihr die Tränen in die Augen. Sie versuchte sie hinunterzuschlucken, aber es gelang ihr nicht. Sie bemühte sich, ihren Zorn wieder anzufachen, aber auch damit hatte sie keinen Erfolg – im Gegenteil, sie war froh, ein menschliches Wesen neben sich zu spüren. Sie hatte das Alleinsein satt. »Ich kann mein Geheimnis niemandem preisgeben.« Und dann gab es kein Halten mehr – die Tränen flossen in Strömen über ihre Wangen.

'Ring lockerte seinen Griff und umarmte sie behutsam. Er lehnte sich an einen Baum und wiegte sie wie ein kleines Kind. »Wein dich aus, mein Herz. Du hast es verdient, dich auszuweinen.«

Seit Laurels Entführung hatte Maddie es sich nicht gestattet, zu weinen. Sie war sehr tapfer und stark gewesen, als sie sich sagte, daß sie tat, was getan werden mußte. Aber sie hatte vielleicht nur tapfer sein können, weil sie hoffte, daß ihr Laurel zurückgegeben und dieser Alptraum enden würde. Doch nach der letzten Begegnung mit diesem Mann war ihre Hoffnung fast erloschen.

'Ring strich über ihr Haar und hielt sie fest und sicher in seinen Armen, während sie schluchzte. Er hatte gesagt, daß sie nun in Sicherheit sei, und tatsächlich fühlte sie sich viel besser. Und als ihr Kopf etwas klarer wurde, war sie ihm dankbar, daß er ihr keine Vorwürfe machte, weil sie ihn zum zweitenmal mit Opium betäubt hatte. Sie versuchte, sich seiner Umarmung zu entziehen. Die Situation war ihr schrecklich peinlich. Sie richtete sich auf. »Tut mir leid, Captain. Ich tue so etwas gewöhnlich nicht.«

Er schob eine Haarsträhne hinter ihr Ohr und reichte ihr sein Taschentuch. Maddie war froh, daß man in der Dunkelheit nicht sah, wie rot sie wurde. Sein Hemd war bis zum Gürtel naß, und auch auf seinem Jackett waren feuchte Flekken.

Sie schneuzte sich, und dieses so wenig damenhafte Geräusch brachte sie noch mehr in Verlegenheit. »Ich kann mich sonst wirklich besser beherrschen. Ich . . .« Ihre Stimme verebbte, da sie nicht wußte, wie sie den Satz beenden wollte. 'Ring zog sie wortlos in seine Arme und legte ihren Kopf an seine Brust.

Sie versuchte von ihm abzurücken, aber diesmal war es kein ernsthafter Versuch, und er mußte sich nicht besonders anstrengen, sie festzuhalten.

»Ich schätze, es haben sich nicht viele Frauen an ihrer Brust ausgeweint, nicht wahr, Captain? Ich denke, daß die meisten Frauen bemüht sind, sich Ihnen von ihrer besten Seite zu zeigen«, sagte sie spöttisch, um ihre Verlegenheit zu verbergen.

Er schwieg so lange, daß ihr jetzt diese Grobheit peinlich wurde. Sie lag regungslos an seiner Brust, lauschte seinem Herzschlag und verdrängte den Gedanken an Laurel.

»Tatsächlich«, sagte er bedächtig, »hielt ich meine Schwester Ardis so in den Armen, nachdem Davy gestorben war. Sie weinte damals.«

Maddie gab ihm Zeit, um die Geschichte zu erzählen, wenn er es wünschte. Sie wollte nicht von ihm wegrücken und war froh, sich mit Problemen anderer beschäftigen zu können.

»Wer war Davy?«

»Davy war der Sohn einer Frau, die für uns arbeitete. Ihr Mann starb noch vor Davys Geburt, und so wurden wir zu ihrer Familie. In unserer Familie gab es so viele Kinder, daß immer viel zu tun war. Meine Schwester Ardis wurde zwei Tage vor Davy geboren, und die beiden wuchsen zusammen auf. Sie spielten zusammen, schliefen in einem Zimmer und lernten ihre ersten Gehschritte, indem sie sich gegenseitig stützten.« Er blickte ins Dunkle und lächelte. »Ich meine, es war schon ein bißchen ungewöhnlich, wie sehr die beiden sich selbst überlassen blieben, aber meine Mutter brachte fast jedes Jahr ein Kind zur Welt, und da war wohl jeder froh, daß Ardis nicht ständig beaufsichtigt werden mußte. Ich war der Älteste, und die Kleinen hingen mir ständig am Rockzipfel – nur Ardis ließ mich in Ruhe.« Er holte tief Luft und strich über Maddies Haar. »Vor drei Jahren, als Ardis siebzehn wurde, erhielt ich einen Brief von ihr, in dem sie mich bat, zu ihrer Hochzeit mit Davy nach Hause zu kommen.« Er lächelte. »Sie hätten die beiden sehen sollen. Sie waren wie eine Welt für sich. Sie redeten ständig miteinander, aber wenn sich ein anderer mit ihnen unterhalten wollte, hatten sie nichts zu sagen. Ich freute mich sehr, daß Ardis mich zu ihrer Hochzeit einlud. Bis zu diesem Zeitpunkt hatte ich bezweifelt, daß für sie neben Davy noch ein anderer Mensch auf der Welt existierte.«

»Sie sind also nach Hause gefahren?«

»Natürlich. Ich traf drei Tage vor der Hochzeit in Warbrook ein. Meine Mutter war außer sich vor Nervosität. Ardis war das erste ihrer Kinder, das in den Ehestand trat. Ardis war die gefaßteste Person von allen. Sie war nur ein bißchen aufgeregt, als meine Mutter ihr sagte, daß sie Davy die letzten vierundzwanzig Stunden vor der Hochzeit nicht sehen dürfe. Ich glaube nicht, daß Ardis auch nur eine Stunde ihres Lebens ohne Davy an ihrer Seite verbracht hatte, und der Gedanke, daß sie einen Tag ohne ihn verbringen sollte, gefiel ihr ganz und gar nicht. Wenn es nach ihr gegangen wäre, denke ich, hätte sie lieber die Hochzeit abgeblasen, als einen ganzen Tag auf Davys Gesellschaft zu verzichten.« 'Ring schwieg einen Moment. »Davy gefiel dieser Gedanke ebensowenig. Er sagte nicht viel – das tat er nie –, aber wir glauben, daß er deshalb ganz allein zur Geisterinsel gerudert ist.«

»Geisterinsel?«

»Warbrook liegt an der Spitze einer Halbinsel, und ihr

sind eine Reihe von Inseln vorgelagert. Die Geisterinsel wird angeblich von einigen Gespenstern heimgesucht, von denen eines eine schwarze Maske trägt. Die Jungs bringen oft Mädchen dorthin, um sie zu erschrecken.«

»Haben Sie das getan?«

»Nein.«

»Was geschah mit Davy?«

»Wir wissen es nicht. Er kam nicht mehr von der Insel zurück. Als er nicht zur Trauung erschien, wußten wir, daß etwas nicht stimmen konnte. Davy hätte Ardis niemals einen Korb gegeben. Also suchten wir nach ihm. Mein Bruder Jamie fand Davys Ruderboot. Es war an der Ostseite der Geisterinsel an einem kleinen Riff hängengeblieben. Aber von Davy entdeckten wir keine Spur.«

»Wie hat Ardis die Nachricht aufgenommen?«

»Sie war sehr, sehr ruhig. Wir anderen suchten fieberhaft weiter nach ihm, schliefen kaum, aßen nur das Nötigste, solange die Suchaktion andauerte, aber Ardis war ruhig und sprach kein einziges Wort. Am dritten Tag nach dem Hochzeitstermin wurde Davys Leiche an die Küste gespült.«

»Was war mit ihm passiert?«

»Wir haben das nie erfahren. Nachdem er drei Tage im Wasser gelegen hatte, war sein Körper entstellt . . . die Fische . . .«

»Ich verstehe. Und wie hat sich Ardis verhalten? Weinte sie in diesem Moment?«

»Nein. Meine Mutter überbrachte ihr die traurige Nachricht, und Ardis hat sie sehr gefaßt aufgenommen. Alle waren erleichtert – freilich nur bis zum Frühstück des nächsten Tages, als Ardis aus dem Fenster blickte. Jemand fragte sie, wonach sie Ausschau hielt, und sie antwortete, sie könne nicht begreifen, warum Davy sich so sehr verspätete.«

»Wie schrecklich.«

»Ja, das war es. Niemand wußte, was zu tun war. Zwei Tage schlichen wir nur auf Zehenspitzen durchs Haus, aus Angst, Ardis könne ihren Verstand verlieren. Ich wußte, daß sie es alle nur gut meinten und Rücksicht auf ihren Zustand nahmen, aber ich hatte schließlich schon einige Zeit bei der Armee verbracht und dort viel erlebt.«

»Zum Beispiel?«

»Geschichten, an die ich mich nicht erinnere. Ich hatte Frauen und auch Männer gesehen, die den Menschen, die sie liebten, grauenhafte Dinge angetan hatten. Auch sie hatten sich nach Kräften bemüht, so zu tun, als wäre nichts geschehen.«

»Was taten Sie mit Ardis?« fragte Maddie.

»Ich zeigte ihr Davys Leiche.«

Sie hob den Kopf und blickte ihm ins Gesicht. »Seine Leiche, die von den Fischen . . .?«

»Ja. Ich dachte, der Schock würde sie dazu bringen, sich mit der Wahrheit abzufinden.«

»Und bewirkte er das?«

»Nein. Sie starrte auf die Leiche, sah sie aber nicht. Sie sagte, sie müsse nach Hause, um dort zu sein, wenn Davy von der Geisterinsel zurückkäme.« 'Ring holte tief Luft. »Meine Familie war sehr verärgert über mich, als ich nach Hause kam. Sie meinten, Ardis gehörte ins Bett. Es gab eine furchtbare Szene, und alle hielten zu ihr und stellten sich gegen mich. Man hätte glauben können, ich sei ein Monster und wollte meiner eigenen Schwester etwas antun.«

Maddie merkte seiner Stimme an, daß er diese Kränkung noch immer nicht verwunden hatte.

»Am Ende fragte mich meine Mutter, ob ich Ardis helfen könnte. Ich schlug vor, mit ihr zur Geisterinsel zu fahren – ich wollte allein mit ihr hinrudern. Meine Mutter packte Decken und Nahrungsmittel für uns ein, und ich ruderte los, während alle anderen gegen die Unternehmung protestierten.«

»Haben Sie mit Ardis gesprochen?«

»Ich wußte zunächst nicht, was ich sagen sollte, aber jedesmal, wenn sie Davy erwähnte, gab ich ihr zur Antwort, daß er tot sei. Sie ignorierte mich. Sie benahm sich so wie immer, aber sie hatte einen wilden Ausdruck in ihren Augen, den ich vorher noch nicht gesehen hatte. Am dritten Tag konnte ich es nicht mehr ertragen. Sie erwähnte wieder Davy, und ich packte sie, schüttelte sie und schrie ihr ins Gesicht, daß Davy tot sei und nie mehr wiederkommen würde.« 'Ring zog Maddie noch fester an sich. »Ardis kämpfte mit mir und setzte sich so heftig zur Wehr wie ein zu allem entschlossener Gegner. Sie wollte weg von mir. Ich weiß nicht, was sie vorhatte, wenn ihr das gelang, aber ich ließ sie nicht los, um das festzustellen. Ich versuchte, ihre Fingernägel von meinem Gesicht fernzuhalten, und als sie mich ständig gegen das Schienbein trat, setzte ich mich auf ihre Beine und zog ihr die Schuhe aus.«

Maddie sah zu ihm auf, doch er drückte ihren Kopf wieder gegen seine Brust.

»Ich weiß nicht, wie lange sie mit mir rang, aber es hat eine Weile gedauert. Ich dachte, daß sie müde geworden sei, und lockerte meinen Griff ein wenig. Doch da entschlüpfte sie mir so rasch wie ein Aal. Ich rannte ihr nach, konnte sie aber nicht finden. Ich schätze, meine Sinne waren von dem Kampf etwas stumpf geworden, denn sie schlich sich von hinten an mich heran und schlug mir einen Gegenstand auf den Kopf. Das machte mich ein paar Minuten besinnungslos.«

»Was tat Ardis dann?« Maddie hatte Mitleid mit dem Mädchen.

»Ich glaube, sie wollte sich ertränken. Sie schwamm auf das Festland zu. Es dauerte eine Weile, bis ich sie entdeckte. Sie war schon so weit von der Insel entfernt, daß ich sie nicht genau erkennen konnte. Ich schwamm ihr nach. Sie ist eine kräftige und schnelle Schwimmerin, und ich dachte, ich würde sie niemals einholen können.«

»Aber Sie haben sie eingeholt.«

»Ja. Und als sie anfing, im Wasser mit mir zu kämpfen, zog ich sie in die Höhe und gab ihr einen Kinnhaken, der sie außer Gefecht setzte. Dann schwamm ich mit ihr zur Insel zurück. Wir froren beide erbärmlich, und ich wußte, daß wir keine Zeit hatten, ein Feuer anzuzünden. Also zog ich ihr die nassen Kleider aus, legte auch meine ab, setzte sie auf meinen Schoß und wickelte die vier Decken um uns herum.«

»Und das war der Moment, in dem sie zu weinen begann«, sagte Maddie leise.

Er schwieg eine Weile. »Als sie wieder zu sich kam, sprach sie so leise, daß ich sie kaum verstehen konnte. Sie sagte, Davy und sie hätten beschlossen, so lange zu warten, bis sie verheiratet seien, ehe sie sich liebten. Da sie sich so gut kannten, hatten sie beschlossen, dieses eine für später aufzuheben.«

Maddie sah ihn nicht an, denn sie hörte seiner Stimme an, daß ihm die Tränen in den Augen standen.

»Dann weinte sie. Sie weinte bis zum Abend und fast die ganze Nacht hindurch. Ich zündete ein Feuer an, trocknete unsere Kleider, und als wir uns anzogen, weinte sie noch immer. Ich brachte sie dazu, einen kleinen Hummer zu essen. Sie . . .«

Er brach ab, und Maddie wußte, daß er nicht mehr darüber sprechen konnte. Sie hob die Arme, legte sie ihm um den Hals und zog seinen Kopf zu sich herunter, bis sein Gesicht an ihrer Schulter ruhte. »Das tut mir leid, so sehr leid.«

11

Sie hielt seinen Kopf eine Weile an ihrer Schulter. Das was also der kühle, so perfekte Captain Montgomery. Das war der Mann, der für alles und jedes das richtige Rezept zu wissen schien. Das war der Mann, der den Leuten sagte, was sie zu tun hatten.

Sie strich über sein Haar, während er sein Gesicht an ihrem Hals barg, und in diesem Moment wurde ihr klar, daß sie noch nie einem Mann so nahe gewesen war wie ihm. In all den Jahren, in denen sie mit John um die Welt gereist war, hatte sie immer Abstand zu anderen halten können. Es war nicht schwer gewesen, sich hinter der Fassade einer Herzogin zu verschanzen, aber bei diesem Mann fiel es schwer, überhaupt eine Fassade zu errichten.

»Was ist das?« fragte er, hob den Kopf und nahm ihre Hand in seine.

Er hatte Laurels Ring an ihrem kleinen Finger entdeckt.

»Nichts«, erwiderte sie und entriß ihm ihre Hand.

»Ich sollte Ihnen zwar alles über mich erzählen, aber Sie können mir nichts über sich erzählen. Ist es so?«

Sie wollte protestieren und ihm sagen, daß sie Gründe dafür hatte, aber sie schwieg und erinnerte sich an das, was der Mann gesagt hatte: Die Entführer von Laurel waren böse, weil ein Armeeoffizier sich in ihrer Nähe befand, der überall herumschnüffelte. Sie rutschte von seinem Schoß. »Ich habe

Ihnen schon tausendmal gesagt, Captain, daß ich Sie weder in meiner Nähe haben möchte noch brauche. Wenn Sie mich jetzt entschuldigen wollen? Ich möchte ins Lager zurück.«

Er stand auf und faßte ihren Arm. »Falls Sie es noch nicht bemerkt haben sollten: Es ist Nacht, Sie sind müde, und Sie brauchen Ruhe. Wir werden die Nacht hier verbringen.«

Die Nacht mit ihm verbringen? Es bestand ein himmelweiter Unterschied, ob sie mit ihm unter einem Zeltdach in getrennten Betten schlief oder im Freien mit nichts dazwischen als ein bißchen Gebirgsluft. »Ich setze jetzt meinen Weg ins Tal fort.«

Er nahm wieder ihren Arm. »Nein, das tun Sie nicht.«

Sie befreite sich mit einem Ruck aus seinem Griff. »Und ob! Wenn Sie müde sind, können Sie ja hierbleiben. Das ist Ihre freie Entscheidung. *Ich* versuche nicht, anderen Leuten meinen Willen aufzuzwingen. Würden Sie mich jetzt bitte vorbeilassen?«

Er bewegte sich nicht von der Stelle. »Sie vertrauen mir immer noch nicht, richtig?« fragte er leise.

»Ich habe nichts zu sagen.« Sie funkelte ihn wütend an, obwohl er im Dunklen kaum zu erkennen war.

»Wann treffen Sie sich wieder mit ihm?«

»In drei Tagen«, erwiderte sie, ohne zu überlegen.

Er schien an etwas anderes zu denken. »Ich möchte nicht, daß Sie noch heute ins Lager zurückkehren. Da stimmt etwas nicht. Einer von Ihren Leuten treibt ein falsches Spiel mit Ihnen, aber ich weiß noch nicht, wer von den dreien.«

»Edith«, sagte Maddie rasch. »Ich meine, wenn etwas nicht stimmt, habe ich keinen Zweifel, daß Edith dahintersteckt.«

»Toby versucht das im Augenblick herauszufinden; bis er mit Ergebnissen aufwarten kann, möchte ich nicht, daß Sie dem Lager zu nahe kommen.«

»Also verlangen Sie von mir, daß ich die Nacht mit Ihnen im Wald verbringe. Nur wir beide. Sagen Sie mal – haben Sie vor, die Decken mit mir zu teilen?«

»Auf diese Idee wäre ich nicht gekommen, Miss Worth. Liegt es an mir, daß sich solche Wünsche in Ihnen regen?«

»Zum Teufel mit Ihnen!« schimpfte sie und lief den Berg hinunter. Sie hörte, wie 'Ring sich zu seinem Pferd begab. Er versuchte sie also nicht gleich wieder aufzuhalten, und so konnte sie zumindest einen kleinen Vorsprung gewinnen. Verdammt – er konnte sich leise bewegen! Sie fragte sich, wo Hears Good wohl stecken mochte und ob er von den Fähigkeiten dieses jungen Mannes beeindruckt war. Vermutlich nicht. Hears Good hatte sich nie oder selten von etwas beeindruckt gezeigt, was ein weißer Mann tat oder tun konnte.

»Ah, Captain Montgomery – was für eine Überraschung, Sie hier zu sehen. Obwohl ich mir hätte denken können, daß man Sie nicht so leicht los wird. Schließlich habe ich ja so gut wie keine Privatsphäre mehr, seit Sie in mein Leben getreten sind«, sagte Maddie spitz, als sie 'Ring entdeckte.

»Ich möchte Ihnen etwas zeigen.« Er nahm ihren rechten Arm hoch, und sie spürte, wie etwas Schweres über ihr Handgelenk rutschte. Ein Armband? Er schenkte ihr mitten in der Nacht im Wald ein Armband?

Als er ihren Arm wieder sinken ließ, stellte sie fest, daß der Gegenstand schwerer war, als sie zunächst angenommen hatte – und es rasselte. »Was, in aller Welt . . .«, murmelte sie. Und dann wußte sie, was er getan hatte.

Handschellen! Er hatte sie gefesselt! Sie bewegte heftig ihren Arm und merkte, daß sie mit einer dreiviertel Meter langen Kette an ihn gefesselt war. »Lassen Sie mich sofort wieder frei!« fauchte sie.

»Morgen früh. Ich brauche jetzt ein paar Stunden Schlaf. Und da Sie die Angewohnheit haben, sich davonzustehlen, wenn man nicht aufpaßt, besteht die Gefahr, daß ich Ihre Abreise verschlafen würde.«

Sie war so wütend, daß sie nicht sprechen konnte.

»Kommen Sie«, sagte er, als wäre alles in Ordnung.

Sie blieb stehen.

»Ach, nun kommen Sie schon. Sie werden doch jetzt nicht schmollen, oder? Sie müssen einsehen, daß dies die einzige Möglichkeit ist. Ich kann Sie nicht beschützen, wenn ich schlafe, und ich kann Sie nicht allein ins Tal gehen lassen. Selbst Sie müßten das doch begreifen.«

Sie schluckte den Kloß hinunter, der ihr im Hals steckte. »Lassen Sie mich frei«, brachte sie mühsam hervor.

»Ach, zum Teufel«, zischte er ungeduldig. Dann hob er sie hoch und trug sie den Hang hinauf zu der Stelle, wo sein Pferd wartete.

Sie wehrte sich nicht. Sie wußte aus Erfahrung, daß sie damit nichts bei ihm ausrichten konnte. Aber sie machte sich so steif wie ein Brett.

Als er bei seinem Pferd angelangt war, setzte er sie auf dem Boden ab und nahm dem Hengst den Sattel ab. Die Kette klirrte bei jeder Bewegung, die er machte, und ihr Arm ging in die Höhe wie bei einem Hampelmännchen.

»Das ist eine unmögliche Situation«, sagte sie, so ruhig sie konnte. »Ich kann das nicht akzeptieren.«

Er trug den Sattel zu einem Baumstumpf und zog Maddie an der Kette hinter sich her. »Sie werden sich daran gewöhnen.« Er drehte sich zu ihr um. »Ich wollte das nicht, verstehen Sie? Ich habe mir diese Entscheidung nicht leichtgemacht und lange gezögert, eine solche Maßnahme zu ergreifen. Ja, wenn Sie eine vernünftige Frau wären und man mit Ihnen reden könnte! Aber ebensogut könnte ich mit meinem Pferd reden. Sie lächeln und lügen und singen so wunderschön, aber Sie sind so schrecklich unvernünftig.«

Vernunft? Dieser Mann sprach von Vernunft?

»Sie können mich nicht anbinden, wie Sie das mit Ihrem Pferd machen«, sagte Maddie.

Er rieb mit einer Handvoll Gras den Schweiß von Butterblumes Rücken ab. »Ich will es nicht. Das können Sie mir glauben. Aber ich sehe keine andere Alternative. Sind Sie nun bereit, sich hinzulegen und zu schlafen? Ich bin todmüde. Ich weiß nicht, wie Sie es schaffen, mit so wenig Schlaf auszukommen. Vielleicht haben Sie das Ihrem jahrelangen Aufenthalt in Europa zu verdanken. Wollen Sie rechts oder links von mir schlafen?«

»Ich schlafe allein«, erwiderte sie giftig.

»Ich werde mich bemühen, Ihnen diesen Wunsch zu erfüllen, soweit es möglich ist. Die Kette läßt Ihnen ja einigen Spielraum.« Er zerrte sie zu ihrem Pferd, das er ebenfalls absattelte.

»Ich . . . ich muß aber darauf bestehen, ein paar Minuten allein zu sein. Sie müssen mich losbinden.« Sie bemühte sich, ihrer Stimme einen aufrichtigen Ton zu geben.

»Und dann kommen sie sofort wieder hierher zurück und lassen sich die Fessel wieder anlegen?«

»Aber gewiß.«

Selbst im Dunklen konnte sie seine blendendweißen Zähne aufschimmern sehen, als er sie anlächelte. »Manchmal mag ich ja den Eindruck erwecken, als wäre ich gestern erst geboren worden, aber wenn ich sonst nichts in meinem Leben gelernt habe, mein kleiner teurer Singvogel, dann doch zumindest eines: Ihnen kann man nicht trauen. Sie können dort hinter die Büsche gehen. Ich verspreche Ihnen, daß ich nicht hinschauen werde.«

Maddie preßte die Lippen aufeinander. »Ich habe es mir anders überlegt.«

»Das müssen Sie wissen, aber es wird eine lange Nacht werden. Welche Decke wollen Sie haben?«

Sie riß ihm eine aus der Hand. Wenn sie daran dachte, daß sie vorhin noch Mitleid mit diesem Kerl gehabt hatte! Sie wollte mit der Decke davonstampfen, wurde aber nach drei Schritten hart gebremst. Es war fast so, als wäre sie an einen Baum gekettet.

»Oh, Entschuldigung«, sagte sie in ätzendem Ton. »Ich hatte einen Moment lang vergessen, daß ich nun noch weniger Freiheit habe als das bißchen, das Sie mir bisher gegönnt haben. Jetzt kann ich nicht mal mehr hingehen oder dort schlafen, wo ich will.«

»Vielleicht können Sie sich beherrschen, aber ich muß mal.«

»Ich werde beim Pferd auf Sie warten«, sagte sie ein bißchen zu atemlos.

Er lachte leise. »Ich denke, daraus wird nichts. Ich werde einem so hochsensiblen Wesen wie Ihnen diesen Schock leider nicht ersparen können.«

Sie drehte ihm den Rücken zu.

»Jetzt geht es mir besser«, verkündete er nach einer Weile.

»Ich möchte das nicht hören.«

»Wollen Sie mit mir die ganze Nacht hindurch hadern?«

»Die ganze Nacht? Captain Montgomery, zu Ihrer Information, ich habe vor, Ihnen für den Rest meines *Lebens* böse zu sein. Ich bin ein freies menschliches Wesen und habe meine eigenen Rechte und Wünsche, aber das können Sie nicht akzeptieren, nicht wahr?«

»Sie haben kein Recht darauf, sich umbringen zu lassen, und soweit ich es beurteilen kann, haben sie genau das vor.«

»*Ich* bin in keiner Gefahr.«

»Ich verstehe. Wer ist dann in Gefahr?«

»Sie!« Sie schlug sich mit ihrer freien Hand auf den Mund.

»Das ist interessant. Sehr interessant. Ich muß also annehmen, daß Ihre geheimen Ausflüge nur in der Absicht geschahen, mich vor Schaden zu bewahren. Sie haben mich so gern, daß Sie Ihr Leben riskieren, um meines zu retten.«

»Nein, das habe ich nicht gesagt. Ich habe lediglich gemeint . . .« Ihr fiel keine Erklärung ein.

»Kommen Sie. Schlafen Sie jetzt lieber. Sie sind so müde, daß Sie Ihre Lügen nicht mehr auseinanderhalten können.«

Er breitete die Decken aus, während sie die Füße in den Boden stemmte, um zu verhindern, daß er sie bei jeder Bewegung nach vorn riß; was ihr aber nicht gelang.

»Tut mir leid, aber den Abstand zwischen den Decken kann ich leider nicht vergrößern. Wir werden auch so schon mit ausgestreckten Armen schlafen müssen.«

»Das ist wirklich lächerlich. Binden Sie mich los, wenn ich Ihnen schwöre, daß ich nicht weglaufe? Ich schlafe in Ihrer Nähe – so nahe, daß Sie sogar hören können, wenn ich mich auf die andere Seite drehe – aber nehmen Sie mir, um Gottes willen, dieses Ding ab. Es ist schwer und tut weh.«

Er drehte sich zu ihr um, und einen Augenblick dachte sie, daß er nachgeben würde, aber dann seufzte er. »Ich würde es gern tun, aber ich kann nicht. Welche Seite wollen Sie haben?«

Sie zerrte an der Kette, so daß sein Arm in die Höhe schnellte, ging zur linken Decke und legte sich hin.

»Ich denke . . .«, begann er. »Ich meine . . .«

Sie sah ihn nicht an, sondern starrte zu den Sternen.

Er streckte sich auf der anderen Decke aus, die fast einen Meter von ihr entfernt war, und sie erkannte das Problem sofort. Wenn er auf dem Rücken lag, wurde ihr Arm quer über ihre Brust gezogen – eine recht unangenehme Lage, da ihre Decken so weit voneinander entfernt waren, daß die Kette zwischen ihnen straff gespannt war. Aber sie schwor sich, daß sie lieber die Schmerzen ertragen wollte, als auch nur einen Ton von sich zu geben.

»Sie würden nicht – äh – die Plätze tauschen wollen, wie? Wenn sie auf meiner Decke lägen und ich auf Ihrer, würde sich das Ganze besser arrangieren lassen.«

»Ich liege so bequem wie eine Gefangene nur liegen kann, Captain.«

»Ich verstehe. Sie werden sich nicht von der Stelle rühren, auch wenn Sie vor Schmerzen nicht schlafen könnten.«

Sie gab ihm keine Antwort und starrte zum Nachthimmel. Sie war so wütend, daß ihr Körper steif war wie ein Brett. Im nächsten Moment war er über ihr und deckte sie mit seinem Körper fast zu. Sie trat nach ihm.

»Könnten Sie nicht einen Augenblick stillhalten?« fluchte er erbost. »Ich versuche lediglich, mir rechts von Ihnen ein Lager zu bauen. Da Sie ja die Decken nicht tauschen wollen und sich dauernd darüber beklagen, daß ich Sie zu etwas zwinge, was Sie nicht wollen, war das die einzige Möglichkeit.«

Er rollte von ihr herunter. »Entschuldigung«, sagte er, als er über sie hinweglangte, um seine Decke zu holen. Dabei berührte sein Arm ihre Brust, und er schaute auf sie hinunter. Maddie hielt den Atem an, da sie glaubte, er würde sie küssen. Doch er flüsterte nur: »Entschuldigen Sie nochmals«, und hob den Arm etwas an.

Sie verfluchte sich in mehreren Sprachen und versuchte, die Arme über der Brust zu kreuzen, doch damit zog sie nur Captain Montgomerys Hand zu sich herüber. Sie schleuderte seinen Arm beiseite, als wäre er ein ekelerregendes Tier.

»Ich wünschte, Sie würden sich entscheiden, ob ich ein Triebverbrecher oder ein Mann bin, der kein Interesse an Frauen hat. Gute Nacht, Madam.«

Maddie öffnete den Mund, um ihn zu fragen, was er damit meinte, überlegte es sich dann aber anders und schwieg. Sie würde ihn nichts mehr fragen. Sie zog die viel zu dünne

Decke über sich und schloß die Augen. Ob sie wohl schlafen konnte? Sie machte sich große Sorgen um Laurel, war an einen Idioten von Mann gekettet, fror, hatte Hunger, ihr Korsett drückte, und sie hätte dringend auf die Toilette gemußt.

Als sie seine tiefen Atemzüge hörte, die ihr verrieten, daß er eingeschlafen war, drehte sie sich auf die Seite. Wie konnte er nur schlafen? Die schrecklichsten Dinge konnten passieren, aber die Männer verloren nie Ihren Appetit oder die Fähigkeit, zu schlafen. Man brauchte einem Mann nur ein Essen hinstellen, und er schaufelte es in sich hinein. Und man brauchte ihn nur in die horizontale Lage zu bringen, und schon schnarchte er.

Sie betrachtete ihn. Um ihn herum lag ein ganzes Arsenal von Waffen, alle geladen und griffbereit. Sie fragte sich, ob sie ihm nicht eine Pistole stehlen konnte. Vielleicht konnte sie ihn damit bedrohen und ihn zwingen, die Fesseln zu lösen. Sie schob ihre freie Hand langsam auf die Waffe zu.

»Warum schlafen Sie nicht endlich, statt Indianer zu spielen?«

Seine Stimme erschreckte sie so sehr, daß sie fast geschrien hätte. »Ich dachte, Sie schliefen.«

»Offensichtlich. Was stört Sie denn so?« Er fuhr fort, ehe sie ihrem Ärger Luft machen konnte: »Abgesehen von der Tatsache, daß Sie neben mir liegen?«

»Am meisten stört mich, daß ich angekettet bin.«

»Schön. Das haben Sie mir bereits gesagt. Schlafen Sie, dann vergeht die Zeit bis zum Morgen schneller, und ich nehme Ihnen das Ding wieder ab. Ich könnte mir auch etwas Bequemeres vorstellen als so ein Eisen am Arm. Und vielleicht ist Ihnen nicht aufgefallen, daß wir nur drei Decken haben. Ich glaube, ich habe einen Kaktus als Unterlage.«

»Gut. Das geschieht Ihnen recht. Sie werden doch hoffentlich nicht von mir erwarten, daß ich Ihnen wieder die Stacheln aus der Haut ziehe.«

»Soll ich Ihnen eine Geschichte erzählen, damit Sie endlich zur Ruhe kommen? Oder soll ich Ihnen ein Schlaflied vorsingen?«

»Mit Ihrer Stimme? Da würde ich einen Chor von Fröschen vorziehen.«

»Sie könnten ja mir ein Schlummerlied vorsingen«, sagte er leise. »Das würde mir gefallen.«

»Ein Lied für den Schlüssel«, sagte sie rasch.

Er blieb so lange stumm, daß sie sich wieder auf die Seite drehte und ihn ansah. »Das ist eine harte Entscheidung. Wenn ich mir den Genuß gönne, könnte ich Ihr Leben aufs Spiel setzen. Sie könnten mich mit Ihrer Stimme wie die Sirenen in den Tod locken. Oder es wäre Ihr Tod, wenn Sie ohne mich von hier fortgingen. O Maddie, ich stecke in einem Dilemma.«

Ein beträchtlicher Teil ihres Zornes schmolz dahin, und sie spürte, wie sich die Muskeln in ihrem Körper lockerten. »Gefällt Ihnen mein Gesang wirklich so sehr? Sie halten mich tatsächlich nicht mehr für eine umherziehende Sängerin?«

»Ich fürchte, diese Bemerkung wird mich noch in die Hölle bringen, und ich hätte diese Strafe sogar verdient. Sie könnten mit Ihrer Stimme Tote zum Leben erwecken, Maddie.«

»Wirklich? Sie haben jetzt eine bessere Meinung von Opern?«

»Vielleicht.« Er drehte sich ein wenig in ihre Richtung. »Von Opern im allgemeinen, meine ich. Aber vor allem gefällt mir Ihre Stimme. Mir ist es egal, was Sie singen. Sie könnten meinethalben auch die Rechnung eines Gemischtwarenhändlers vorsingen, und ich würde Ihnen begeistert zuhören.«

»Ich habe auch schon populäre Lieder gesungen, und wie man mir sagte, mit Erfolg.«

»Erfolg!« wiederholte er und schnaubte verächtlich. »Sie sind so gut, daß ich Angst habe, Gott könnte sie frühzeitig von dieser Welt abberufen, weil er Sie als Solistin für seinen himmlischen Chor braucht.«

»Tatsächlich? Wie können Sie so etwas sagen, Captain. Es gibt doch noch andere Sängerinnen in meinem Fach. Adelina Patti –« ihre Stimme sank um eine Oktave – »singt zum Beispiel in dieser Woche in New York.«

»Sagte ich Ihnen nicht, daß ich die Patti schon mal gehört habe?«

»Ich erinnere mich vage daran, daß Sie ihren Namen erwähnt haben, ja.«

»Ich kann Ihnen versichern, daß der Klang ihrer Stimme in mir kein sehnsüchtiges Verlangen weckte.«

Maddie lächelte im Dunklen, aber dann sagte sie ernst: »Sehnsüchtiges Verlangen? Was soll das heißen? Daß meine Stimme in Ihnen ein Verlangen weckt?«

»Nun, Sie wissen doch, daß ich gern in Ihrer Nähe bin. Ich habe die Hoffnung noch nicht aufgegeben, daß ich eines Tages den Drachen für Sie erschlage und Sie nur für mich singen werden.«

»Oh.«

»Enttäuscht?«

»Nein . . . nein, natürlich nicht.«

»Gut. So gern ich den Schlüssel für ein Lied eingetauscht hätte, kann ich das leider nicht machen. Alle Wonnen dieser Erde wären das Risiko nicht wert, Ihr Leben aufs Spiel zu setzen.« Er gähnte. »Ich würde das Gespräch mit Ihnen gern fortsetzen, aber ich denke, wir sollten schlafen. Gute Nacht, mein Engel.«

Maddie wollte dagegen protestieren, daß er sie seinen Engel nannte, aber sie tat es nicht. Sie war noch immer wütend auf ihn, doch seine Komplimente hatten ihre beruhigende Wirkung nicht verfehlt. Sie schloß die Augen und war Minuten später eingeschlafen.

'Ring drehte sich auf die Seite, ohne die Kette zu bewegen, die zwischen ihnen auf dem Boden lag, und schaute sie an. Er konnte nicht umhin, zu lächeln. Sie war wirklich unmöglich. Unmöglich, ja, aber die prächtigste Frau, die ihm jemals begegnet war. Er begehrte sie. Niemand auf der Welt hatte jemals eine Person so begehrt wie er sie. Aber sie war noch nicht dafür bereit. Sie sollte nicht irgendeinen Mann in ihm sehen, sondern nur ihn, 'Ring Montgomery. Und es war sein sehnlichster Wunsch auf Erden, daß sie ihn so sehr begehrte wie er sie.

Ich muß nur ein bißchen mehr deine Aufmerksamkeit erregen, das ist alles, dachte er. Ich muß dich dazu bringen, daß du mich als Mann siehst. Ich möchte etwas von dieser Leidenschaft abhaben, die du der Musik entgegenbringst. Er streckte die freie Hand über den Raum aus, der sie trennte, und berührte ihre Fingerspitzen. Sie umklammerte seine Finger wie ein Baby. Lächelnd schlief er ein.

»Maddie«, sagte 'Ring leise, »wachen Sie auf.«

Langsam kam sie zu sich, und als sie die Augen öffnete, lächelte sie. »Guten Morg . . .«, begann sie, aber er ließ sie nicht zu Ende sprechen und legte seinen Mund auf ihre Lippen. Sie war verblüfft und schloß die Augen. Dann bewegten sich seine Lippen auf ihrem Mund; aber er küßte sie nicht – er sprach zu ihr.

»Es kommt jemand. Bitte, gehorchen Sie mir. Machen Sie nichts Dummes, bitte. Richten Sie sich nach mir.«

Sie nickte. Sie hätte gern diese Zustimmung mit einem Kuß besiegelt, merkte aber, daß er mit allen Sinnen bei den Geräuschen war, die aus dem Wald ringsum zu ihnen drangen. Es war noch früh am Morgen, und das Licht war grau und kalt.

Mit einer einzigen Bewegung zog er sie in seine Arme und schob sie unter sich. Sie wußte, daß dies in erster Linie eine Schutzmaßnahme war, denn als er sie an sich zog, nahm er im gleichen Moment seinen Revolver in die Hand. Seine andere Hand lag an seinem Messer, aber das störte sie nicht. Sie legte ihm ihren freien Arm um den Hals und öffnete den Mund unter seinen Lippen, als er sie küßte.

»Ich kann mich nicht konzentrieren, wenn Sie das tun«, murmelte er. »Ich versuche, das Schloß an den Handschellen zu öffnen. Maddie, schwören Sie mir, daß Sie wegrennen werden, wenn ich Sie dazu auffordere.«

Sie begriff endlich. Die Person, die er hörte, konnte nicht Hears Good sein; denn wenn Hears Good sich an jemanden heranpirschen wollte, würde er dabei nicht das leiseste Geräusch verursachen.

Ehe 'Ring die Handschellen aufschließen konnte, spürte sie, wie sein Körper sich anspannte und seine Hand sich um den Revolver krampfte. Er rollte so weit von ihr weg, wie es die Kette erlaubte, und setzte sich auf. Aber nicht schnell genug. Über ihnen stand ein Mann an einen Baum gelehnt und zielte mit einer Pistole auf 'Rings Kopf.

»Was haben wir denn hier?« fragte der Mann. »Ein Pärchen, das aneinandergekettet ist. Was ist los mit Ihnen, Mister? Können Sie Ihr Mädchen nur halten, wenn Sie Handschellen benützen?« Er machte eine Bewegung mit der Pistole, die 'Ring aufforderte, seinen Revolver wegzuwerfen. 'Ring gehorchte.

Maddie sah, wie 'Ring den Fremden mit blitzenden Augen beobachtete.

»Was wollen Sie?« fragte Maddie. Der Mann sah nicht wie ein Räuber oder Bösewicht aus, sondern eher wie ein Spieler.

Vielleicht war er in das Jefferson-Territorium gekommen, um den Goldgräbern die Nuggets aus der Tasche zu ziehen.

»Ah, die Lady kann sprechen, aber der Mann kann es nicht. Haben Sie nichts zu sagen, Mister?«

»Was machen Sie hier?«

»Ich schaue mich um, ob ich was finde. Haben Sie Geld bei sich?«

Als 'Ring keine Antwort gab, holte Maddie rasch Luft. Sie hoffte, daß 'Ring nicht versuchte, den Helden zu spielen, wenn er mit einer Pistole bedroht wurde. »Ja, in meiner Satteltasche habe ich ein Säckchen mit Goldstaub. Sie können alles haben«, sagte sie. »Nehmen Sie sich alles.«

»Das ist mal eine vernünftige Lady.« Der Fremde trat einen Schritt auf sie zu. »Kann ich Sie auch haben?«

Instinktiv drängte sich Maddie näher an 'Ring. 'Ring ließ den Mann nicht aus den Augen und beachtete sie nicht.

»Die Lady scheint Sie zu mögen.« Der Fremde grinste, und Maddie hätte fast sein Lächeln erwidert. Er war ein hübscher Mann. 'Ring bemerkte ihre Reaktion und warf ihr aus den Augenwinkeln einen vernichtenden Blick zu.

Der Mann lachte ein bißchen. »Eifersüchtig, Mister? Das wäre ich auch, wenn ich Sie wäre. Das ist eine gutgebaute Lady.« Er schob seinen schwarzen Hut mit dem Lauf seiner Pistole ein wenig aus der Stirn, und schwarze Locken kamen unter der Krempe zum Vorschein. »Was soll ich mit euch beiden jetzt nur machen?«

»Wir geben Ihnen das Gold, und dann können Sie fortgehen«, schlug Maddie ihm vor. Sie wurde aus 'Ring nicht schlau. Sonst hatte er immer so viel zu sagen, egal, um was es ging, aber jetzt hockte er nur da und gab keinen Ton von sich. Als sie einen flüchtigen Blick auf seinen Rücken warf, sah sie, daß er versuchte, die Handschellen zu öffnen. O nein, dachte sie, er will sich von der Fessel befreien, damit er den Mann angreifen kann. Sie hatte keine Ahnung, was sie dagegen unternehmen konnte, aber ganz bestimmt würde sie nicht zulassen, daß er sein Leben wegen ein bißchen Gold aufs Spiel setzte.

Der Fremde ersparte ihr die Mühe, etwas zu unternehmen. »Sie geben mir jetzt lieber den Schlüssel«, sagte er leise und lächelte 'Ring an. »Ich glaube, mir gefällt so ein Kerl von Ihrer Größe besser angekettet.«

Maddie ließ die angehaltene Luft entweichen, als 'Ring ihm den Schlüssel für die Handschellen überreichte, und ließ sich gegen 'Ring sinken.

Der Dieb machte im gleichen Moment einen Satz auf sie zu. »Sieht so aus, als wollte die kleine Lady nicht, daß Sie etwas Unvernünftiges anstellen, Mister. Das gefällt mir.« Der Mann richtete sich zu seiner vollen Größe auf. Er war nicht ganz so groß wie 'Ring, aber viel fehlte nicht.

»Nun laßt uns zum geschäftlichen Teil übergehen. Ich werde alles mitnehmen, was ihr beide besitzt.«

»Einen Teufel werden Sie«, zischte 'Ring.

»Bitte, streite jetzt nicht«, sagte Maddie.

»Haben Sie das gehört? Die kleine Lady möchte nicht, daß wir uns streiten. Das soll mir recht sein. Ich möchte mir nicht die Knöchel wundscheuern, wenn ich Ihnen die Zähne einschlage, Mister.«

Maddie wußte, daß sie etwas unternehmen mußte, um die beiden von einer Schlägerei abzuhalten. »Nehmen Sie alles an sich«, sagte sie.

»Den großen Rappenhengst inbegriffen?«

»Satan?« fragte Maddie. »Natürlich. Nehmen Sie ihn, aber ich warne Sie. Da muß schon der Teufel persönlich kommen, wenn Sie den reiten wollen.«

»Satan? Ein guter Name für so ein feines Tier.«

Der Mann ging auf den Hengst zu. 'Ring spannte die

Muskeln an, um ihn anzugreifen. Maddie klammerte sich an seinen Rücken. »Bitte, tun Sie das nicht. Er hat eine Pistole. Sie könnten verletzt werden.«

»Ich könnte ihn überwältigen«, flüsterte 'Ring.

»Nicht, solange Sie an mich gekettet sind. 'Ring, bitte versuchen Sie das nicht. Er soll alles an sich nehmen. Wir werden zu Fuß den Berg hinuntergehen und neue Pferde kaufen.«

Er drehte den Kopf zur Seite und schaute sie an. »Sie haben Angst, ich könnte verwundet werden? Dann wären Sie mich doch endlich los.«

Sie legte den Kopf an seine Schulter. »Bitte, spielen Sie jetzt nicht den Helden.«

Er küßte sie auf die Stirn. »Also gut.«

Der Mann drehte sich zu ihnen um. »Habt ihr eure kleine Konferenz beendet?«

»Nehmen Sie sich, was Sie wollen«, sagte Maddie. »Geben Sie uns nur den Schlüssel für die Handschellen zurück, und lassen Sie uns dann allein.«

Der Mann lächelte sie an, und wieder war sie von seinem Lächeln wie verzaubert. 'Ring funkelte sie wieder an, aber das störte sie nicht weiter. Der Mann lächelte immer noch und legte den Pferden die Sättel auf. Maddie klammerte sich an 'Ring, während der Dieb die Waffen aufsammelte.

»Ich möchte auch die Decken haben«, sagte der Fremde.

Wieder mußte Maddie 'Ring mit beiden Armen festhalten, damit er nichts Unüberlegtes tat. Sie schob dem Fremden die Decken hin.

»Den Schlüssel«, forderte sie.

Er griff in seine Tasche, holte den Schlüssel heraus und blickte einen Moment auf sie hinunter. »Ich hätte doch zu gern gewußt, warum ihr gefesselt seid. Scheint, als ob einer von euch beiden nicht will, daß der andere von ihm weggeht.« Er fixierte 'Ring mit einem unverschämten Blick. »Ich muß jedenfalls meine Frauen *nicht* an die Kette legen.« Er betrachtete den Schlüssel, grinste und schob ihn in seine Tasche zurück. »Ich glaube, ich lass' euch beide lieber beisammen.«

Er ritt auf Butterblume davon und zog Maddies Pferd am Zügel hinter sich her.

Der Mann war noch nicht außer Sichtweite, als 'Ring auf die Füße sprang und ihm nachlief. Da Maddie an ihn gekettet war, konnte sie natürlich nicht zurückbleiben.

»Halten Sie endlich!« rief sie, als sie über einen Baumstumpf stolperte. »Er ist doch schon über alle Berge, und Sie können ihn unmöglich einholen – nicht zu Fuß und nicht, solange ich an Sie gekettet bin. Ich wünschte, er hätte uns den Schlüssel zurückgegeben.«

'Ring drehte sich zu ihr um. »Sie wären am liebsten mit ihm gegangen, nicht wahr? Waren Sie deshalb so scharf auf den Schlüssel?«

»Ich wollte was? Mit ihm gehen? Sind Sie nicht bei Trost?«

»Ich habe doch gesehen, wie Sie ihn angelächelt haben!«

Sie starrte ihn an. »Das ist doch nicht zu fassen! Vielleicht habe ich Ihnen gerade das Leben gerettet, indem ich verhindert habe, daß Sie einen bewaffneten Mann angreifen. Und Sie stehen hier und bekommen einen Anfall von Eifersucht.«

»Eifersucht? Ich stelle lediglich fest, was ich gesehen habe. Sie hätten sich ihm ja beinahe an den Hals geworfen. Es ist ein Wunder, daß Sie ihn nicht gebeten haben, Sie auch noch mitzunehmen.«

Maddie wollte ihn jetzt anbrüllen, aber dann ließ sie die Hände sinken, entspannte sich und lächelte. Seine Eifersucht gefiel ihr. »Er war der hübscheste Räuber, der mir jemals vor die Augen gekommen ist. Ich glaube nicht, daß er die Frauen, die er beraubt, mit einer Waffe bedrohen muß. Er braucht sie nur anzulächeln, und ich wette, sie geben ihm alles, was er von ihnen verlangt.«

'Ring sah sie mit blitzenden Augen an. Doch dann merkte sie, daß er sich ebenfalls entspannte. Jetzt huschte ein Lächeln über sein Gesicht. Maddie sagte sich, daß der Räuber nicht der einzige war, der eine Frau dazu bringen konnte, alles zu tun, was er von ihr verlangte.

»Nun, hier sind wir nun, nur wir beide, aneinandergekettet, ohne Pferde, ohne Decken, ohne irgend etwas. In drei Tagen haben Sie Ihren nächsten Auftritt. Warum bleiben wir nicht hier und nehmen uns einen kleinen Urlaub?«

Maddie stand so weit von ihm entfernt, wie es die Kette zuließ. »Hierbleiben? Wir können nicht hierbleiben.«

»Warum nicht? Sie brauchen eine Erholungspause, und Sie sagten, Sie müßten sich erst in drei Tagen wieder mit jemandem treffen. Warum also sollen wir nicht in den Wäldern bleiben? Haben Sie diese Lager und das Leben im Zelt denn inzwischen nicht satt?«

»Natürlich habe ich es satt, aber ich kann nicht mit Ihnen in den Wäldern bleiben.«

»Warum nicht?«

Sie schloß einen Moment die Augen. Wie konnte er nur so dumm sein? »Weil Sie ein Mann sind, Captain, und ich eine Frau. Und obendrein sind wir aneinandergekettet. Beantwortet das Ihre Frage?«

Er sah sie an, als versuchte er zu begreifen, was sie meinte. Endlich sagte er: »Ah, ich verstehe. Sie haben Angst, ich könnte Sie . . . Ich schätze, ich werde wieder einmal zu einem Triebtäter abgestempelt. Was ist, wenn ich Ihnen verspreche, daß ich mich Ihnen nicht auf unschickliche Weise nähern werde? Wenn ich schwöre, Sie nicht anzufassen? Wäre das eine Hilfe?«

Maddie sah ihn an. Drei Tage allein mit einem Mann wie Captain Montgomery in den Wäldern. Das sollte sie nicht machen. Absolut nicht. Sie *sollte* den Berg hinuntergehen,

Sam bitten, die Handschellen aufzusägen, und dann die drei Tage friedlich in ihrem Zelt verbringen. Allein.

»Sie müssen das bei Ihrer Ehre schwören«, hörte sie sich laut sagen. »Ich möchte Ihnen nicht jede Sekunde auf die Finger hauen müssen.« Selbst der Gedanke, daß sie sich gegen ihn zu Wehr setzen mußte, rief eine Gänsehaut auf ihren Armen hervor.

Er sah sie feierlich an. »Ich schwöre, daß ich Sie nicht anfassen werde. Ich würde das beim Grab meiner Mutter schwören, aber sie ist noch sehr lebendig. Also werden Sie sich wohl mit meinem Wort begnügen müssen. Ich schwöre, daß ich Sie nicht anfassen werde – egal . . .«

»Egal, was?«

Er trat dichter an sie heran, und als er jetzt sprach, war seine Stimme sehr leise. »Ich werde Sie nicht anrühren, egal, wie groß mein Verlangen nach Ihnen auch werden könnte. Egal, wie sehr Ihr Haar duftet, wenn es die Sonne erwärmt hat, und daß ich zehn Jahre meines Lebens dafür opfern würde, wenn ich nur Ihre nackte Haut auf meiner spüren dürfte. Egal, wie sehr mich die Erinnerung daran plagt, wie sie vor mir auf dem Pferd saßen. Ich werde Sie nicht berühren!«

Maddie schloß die Augen. Seine Stimme war nur ein Hauch, so daß sie ihn kaum hören konnte, obwohl sie so nahe beieinanderstanden, daß sie seinen Atem auf ihrem Gesicht spürte. Er legte die Hand an ihre Wange. »Haben Sie Hunger?«

Maddie stand schwankend vor ihm. Ihr ganzer Körper schien weich und biegsam zu sein, als wäre er aus Wachs gemacht. »Was?« brachte sie schließlich leise über die Lippen. Sie öffnete langsam die Augen.

»Ich fragte, ob Sie Hunger haben. Ist Ihnen nicht gut? Sie sehen ein wenig blaß aus.«

Maddie starrte ihn an. Hatte er das alles auch gesagt, was sie soeben gehört hatte? »Was sagten Sie eben zu mir?«

»Vielleicht sollten wir doch den Berg hinuntergehen. Ich glaube, Sie brauchen unbedingt etwas Ruhe. Die Anstrengungen der letzten Tage fordern ihren Tribut.«

Maddie schüttelte den Kopf, als wollte sie den Nebel vertreiben. »Ich verlange, daß Sie wiederholen, was Sie gerade sagten.«

»Ich habe geschworen, daß ich Sie unter keinen Umständen anfassen werde. Das ist doch Ihre wichtigste Sorge, nicht wahr? Sie sind doch sehr besorgt, daß ich Ihnen etwas antun könnte. Ich habe lediglich versucht, Sie in dieser Hinsicht zu beruhigen.« Er blickte zum Himmel. »Ich fürchte, es wird bald regnen. Wenn wir im Wald bleiben wollen, sollten wir jetzt besser einen Unterschlupf suchen und etwas Feuerholz sammeln.«

Maddie fragte sich, ob er nicht ein bißchen verrückt sei. Er setzte sich in Bewegung, und ihr blieb gar nichts anderes übrig, als ihm zu folgen.

»Sehen Sie dort die vorspringende Felsplatte?« fragte 'Ring. »Ich denke, darunter ist genügend Platz für uns beide und ein Feuer. Aber wie wollen wir ein Feuer in Gang bringen? Sie haben doch nicht etwa Streichhölzer bei sich, oder?«

»Nein«, sagte sie leise, während sie hinter ihm hertrottete. Plötzlich faßte sie sich und sagte so hochmütig wie möglich: »Ich brauche keine Streichhölzer, um ein Feuer anzuzünden. Mein Vater . . .« Sie blieb stehen, als er sich nicht vom Platz rührte.

»Ihr Vater«, sagte er gedehnt.

Sie lächelte süß. »Ja, mein Vater. Mein Vater lehrte mich einige Tricks, wie man in der Wildnis überleben kann.«

»Und dazu gehört die Kunst, Feuer ohne Streichhölzer zu machen? Indem man zwei Stöckchen aneinanderreibt? Haben Sie eine Vorstellung, wie lange das dauert und wie schwierig es ist?«

»Ich weiß genau, wie lange das dauert, und wenn Sie es schon so oft gemacht hätten wie ich, wüßten Sie auch, daß es gar nicht so schwierig ist. Ich trage zwar keine Streichhölzer bei mir, aber ich habe immer Feuerstahl und Feuersteine in meinem Gepäck. Mein Vater sagte, daß man überleben kann, wenn man eine Schlinge, ein paar Angelhaken, ein Messer und die Gerätschaften zum Feuermachen bei sich hat.«

»Und Sie haben vermutlich all diese Gerätschaften bei sich.«

»Selbstverständlich«, sagte sie selbstgefällig. »Oder haben Sie so etwas vielleicht nicht dabei, wenn Sie Ihr Fort verlassen? Man kann nie wissen, ob man nicht sein Pferd verliert. Nun sagen Sie bloß nicht, Sie hätten alles, was Sie mitgenommen haben, bei Ihrem Pferd gelassen.« Sie war sich nicht sicher, weil er das Gesicht zur Seite drehte, aber sie glaubte, daß er ein bißchen rot geworden war.

Maddie hob ihren Rock an und zog den Feuerstahl und den Feuerstein aus der Geheimtasche, die sie während der Reise in der Kutsche ins Futter genäht hatte.

Dann hob sie ein paar trockene Rindenstücke und eine Baumwollkapsel von einem Baumwollbaum auf. Ihr Vater hatte ihr gezeigt, daß man den Feuerstahl in der einen Hand halten mußte und wie man Funken aus dem Feuerstein schlug. Sie hatte das schon oft gemacht; aber jetzt, da 'Ring ihr so nahe war und sie beobachtete, schien sie sich nicht konzentrieren zu können.

»Sachte«, sagte er und nahm ihr den Stahl und den Feuerstein ab. »Sie dürfen nicht daraufblasen wie ein Orkan, der über das Meer braust. Sie müssen nur hauchen, als gäben Sie jemandem einen Kuß. So.«

Sie waren so dicht beieinander, daß ihr Köpfe sich fast berührten, und er schaute sie mit gespitzten Lippen an, als ob er sie tatsächlich küssen wollte. Sacht, mit süßem Atem, blies er gegen ihren Mund.

»Ein zarter Kuß«, sagte er, wieder auf das kleine Häufchen Zunder hinunterblickend. »Als würde man eine Jungfrau küssen.« Er sah sie an, und bei der Eindringlichkeit seines Blicks wurde ihr die Kehle trocken.

»Wie?« sagte sie und hörte zu ihrem Entsetzen, daß ihre Stimme ziemlich schrill war.

Er sah wieder auf das Häufchen Rinde und Baumwollfäden. »Ein Mann, zumindest ein Mann, der sich über die Folgen Gedanken macht, kann nicht erwarten, daß eine Jungfrau so ist wie andere Frauen. Er kann sie nicht einfach nehmen und erwarten, daß sie ihn ebenfalls haben möchte. Nein, er muß sie erst darauf aufmerksam machen, was für begehrenswerte Dinge es gibt.«

»Oh?« machte Maddie. »Was gibt es denn für begehrenswerte Dinge?«

»Liebe. Leidenschaft. Die Berührung. Gefühle. Manchmal sind Jungfrauen schwer zu . . . erwecken, sozusagen. Manchmal haben Frauen, die lange jungfräulich geblieben sind, ihre Gefühle verdrängt. Mit solchen Frauen muß man etwas Besonderes anstellen.«

»Besonderes?« Ein kleiner Schweißfaden rann Maddie über den Nacken.

»Man muß ihre Leidenschaft wecken und sie dazu bringen, sich einen Mann genauer anzusehen.«

»Was sollte eine Frau in einem Mann sehen?«

»Ob er ihre Gefühle anspricht, wenn er sie küßt und in seinen Armen hält.« Er senkte die Stimme, und sie mußte sich näher zu ihm neigen, um zu verstehen, was er sagte: »Wie es sich fühlt, wenn er zärtlich zu ihr ist. Er muß erst den Wunsch nach Leidenschaft in ihr wecken, bevor sie sich an ihm erfreuen kann.«

Abrupt ließ er ihre Hand los. »Schauen Sie nur, ich habe mich so sehr in meinen philosophischen Vortrag vertieft, daß ich vergaß, Feuer zu machen.«

Maddie sah ihn verständnislos an. Ihr Mund war trocken, und ihre Haut kribbelte von den Zehen bis zum Haaransatz.

'Ring hockte sich auf die Fersen und grinste sie an. »Was für ein seltsames Gespräch wir doch führen.«

»Ja«, brachte sie mit Mühe über die Lippen.

»Was weiß ich denn schon über Frauen? Schließlich hat Toby gesagt, ich wäre nicht an Frauen interessiert. Wie sind wir überhaupt auf dieses Thema gekommen? O ja, ich erinnere mich – das Feuer. Wir hätten eigentlich die Schlinge zuerst auslegen sollen, bevor wir ans Feuermachen dachten.« Er lachte. »Aber vielleicht ist es mit dem Feuer wie mit den Jungfrauen – man kann es wieder zum Brennen bringen, wenn man den richtigen Kuß beherrscht.«

Er stand auf und zog Maddie in die Höhe. Die Beine gaben unter ihr nach, und er fing sie auf. »Ist Ihnen nicht gut? Sie sind so bleich wie ein Gespenst, und der Schweiß steht Ihnen auf der Stirn. Sie werden doch hoffentlich nicht krank, oder?«

»Nehmen Sie Ihre Hände von mir weg«, flüsterte sie. Ehe ich mich zur Närrin machen und mich dir an den Hals werfe, fügte sie in Gedanken hinzu.

»Oh, Entschuldigung«, sagte er und ließ sie so abrupt los, daß sie fast gefallen wäre. Sie hielt sich an seinem Gürtel fest und erholte sich ein wenig. Dann richtete sie sich auf. »W-wir können weitergehen«, stammelte sie.

»Vielleicht sollten wir das lieber nicht tun«, sagte er besorgt. »Ich bin mir nicht sicher, ob Ihnen tatsächlich nichts fehlt.«

»Hasen«, brachte sie schließlich über die Lippen. »Wir müssen einen Hasen fangen.« Maddie setzte ein Bein vor das andere und zog 'Ring hinter sich her. Sie sah nicht, daß er sich den Schweiß von der Stirn wischte und sie gequält betrachtete.

12

Maddie war in ihrem Leben noch nie so verwirrt gewesen wie jetzt. Sie hatte immer gewußt, was sie in ihrem Leben erreichen wollte, und sich entsprechend bemüht, aber in Gegenwart dieses Mannes wußte sie nie, was als nächstes passieren würde.

Was für ein Tag war das gewesen! dachte Maddie, als sich die Sonne dem Horizont zuneigte. Sie hatten mit den Angelhaken, die sie in ihren Geheimtaschen aufbewahrt hatte, ein paar große Gebirgsforellen gefangen, hatten eine gute Stunde nebeneinander im Gras gelegen und auf einen wilden Truthahn gewartet, der sich ihrem Versteck näherte, ehe 'Ring die Falle zuzog, die sie aus ihrem Korsett gebastelt hatten, und darin den großen Vogel fingen. Maddie hatte anschließend den Hahn gerupft und gelacht, weil er nicht glauben wollte, daß sie wußte, wie man das macht.

Am späten Nachmittag war 'Ring einem Schwarm von Bienen zu deren Stock gefolgt, und obwohl Maddie ihn gebeten hatte, ihnen nicht zu nahe zu kommen, hatte sie ihn nicht davon abbringen können. Er hatte eine Fackel aus getrockneter Zedernrinde angezündet und mit dem Rauch die Bienen betäubt, aber sobald 'Ring die Hand in ihren Stock gesteckt hatte, waren sie wach geworden und über ihn hergefallen.

Er floh blitzschnell, und als Maddie ihm nicht schnell genug folgen konnte, hatte er sie einfach hochgehoben und war in den Bach gesprungen.

So gelang es ihnen zwar, die Bienen abzuschütteln, aber das eiskalte Wasser durchnäßte sie bis auf die Haut. Als Maddie ihm Vorhaltungen machen wollte, grinste er nur und hielt die erbeuteten Honigwaben hoch.

Nun saßen sie in ihren nassen Kleidern zusammen am Feuer, das 'Ring angezündet hatte. Sie hatten nichts anderes anzuziehen – nichts, womit sie sich bedecken konnten, wenn sie sich der nassen Kleider entledigten. Und es gab keine heißen Getränke, mit denen sie sich wärmen konnten.

»Es tut mir leid, daß ich Sie in so eine Lage gebracht habe«, sagte 'Ring. »Wenn ich gestern aufmerksamer gewesen wäre, hätte dieser Mann uns nicht . . .«

»Schon gut. Es ist nicht so schlimm. Es ist kein so übler Tag für mich gewesen. Er hat mich von meinen Problemen abgelenkt.«

»Von Laurel«, sagte er leise.

Maddie sog scharf die Luft ein. Offensichtlich wußte er mehr, als er wissen sollte. »Ich bin müde, und mir ist kalt. Ich denke, ich werde mich schlafen legen.«

Er stand mit ihr auf. »Sie könnten jetzt sicher unter einem halben Dutzend Decken in Ihrem Zelt schlafen, wenn ich nicht gewesen wäre.« Er blickte auf sie hinunter. »Wollen Sie morgen wieder in Ihr Zelt zurückkehren? Wir könnten morgen um diese Zeit schon dort sein, und dann gäbe es auch eine Möglichkeit, die Kette zu sprengen.«

»Ich . . . ich weiß nicht«, sagte sie, und sie wußte wirklich nicht, was sie unternehmen wollte. 'Ring verwirrte sie immer mehr. »Warum konnten Sie nicht so bleiben, wie Sie bei unserer ersten Begegnung waren? Ich konnte Sie nicht ausstehen! Wie Sie den Fuß auf den Schemel gestellt haben! Und wie Ihr Pferd versuchte, meine Kutsche anzuknabbern. Oh, verdammt, warum mußten Sie sich verändern?«

Er lächelte ihr zu. »Ich habe mich nicht verändert.«

»Ich werde nicht klug aus Ihnen. Sind Sie der bewundernswerte Mann, von dem Toby ständig redet, oder sind Sie dieser schreckliche Kerl, den ich kennengelernt habe?«

»Ein bißchen von beiden, würde ich meinen, und vielleicht noch mehr.« Er senkte die Stimme. »Ist es denn wichtig, was für ein Mann ich bin? In ein paar Tagen kehren Sie an die Ostküste zurück und werden mich vermutlich nie wiedersehen.«

Sie wandte sich ab. »Ja, das ist wahr.«

Sie erschauerte, als sie die ersten Regentropfen auf der Haut spürte, und schlang die Arme um ihren Oberkörper, wobei sie 'Rings Arm mitzog.

»Kommen Sie«, sagte er, hob sie auf seine Arme und trug sie zu der überhängenden Felsplatte. Sie saß neben ihm, während er mit dem Stahl und dem Feuerstein das trockene Gras in Brand setzte, das er am Tage unter die Felsplatte geschafft hatte. In wenigen Minuten loderte eine Flamme auf. Sie sah zu, wie er trockene Äste auflegte, und alsbald war daraus ein wärmendes Feuer geworden.

Endlich setzte er sich und breitete die Arme aus. Ich sollte das nicht tun, dachte sie – ich sollte das wirklich nicht tun, aber sie schmiegte sich trotzdem an ihn, und er drückte sie an sich.

»Wir passen zusammen«, murmelte sie.

»Woran dachten Sie, als ich Feuer machte?« fragte er und legte sein Kinn auf ihren Scheitel.

»An Sie«, erwiderte sie ehrlich.

»Das freut mich. Ich bin froh, daß Sie mich jetzt wenigstens sehen können.«

»Lächerlich. Ich habe Sie immer gesehen. Vom ersten Moment an habe ich Sie gesehen . . .«

»Nein, das haben Sie nicht. Sie haben im ersten Moment bereits entschieden, wie ich bin, und Sie haben seither Ihre

Meinung nicht geändert. Sie dachten, daß ich – lassen Sie mal sehen, ob ich es richtig hinbekomme – Sie dachten, daß ich ein aufgeblasener, überheblicher Besserwisser bin.«

»Das sind Sie auch.«

»Nicht mehr als Sie selbst.«

»Ha!«

Jetzt regnete es in Strömen, aber dort, wo sie saßen, begannen ihre Kleider am Feuer zu trocknen.

»Es ist seltsam, daran zu denken, daß ich Sie erst so kurze Zeit kenne«, sagte sie. »Manchmal kommt es mir so vor, als wären wir schon seit einer Ewigkeit miteinander bekannt. Ich erinnere mich an meinen ersten Auftritt in der Mailänder Scala. Es ist mir so, als wären Sie dort gewesen und hätten mir gesagt, daß ich meine Sache gut machen würde. Und dann küßten Sie mich auf die Stirn, bevor ich auf die Bühne ging. Warum empfinde ich das so? Niemand hat mir bisher so ein Gefühl vermittelt. Selbst John nicht, mit dem ich viele Jahre verbracht habe.«

»Wissen Sie wirklich nicht, wie ähnlich wir einander sind?«

»Ich kann nicht erkennen, daß wir uns überhaupt ähnlich wären. Sie können nicht singen, das haben Sie mir bewiesen, und es scheint in meinem Leben kaum etwas anderes zu geben als den Gesang.«

»Und genau das macht uns so ähnlich. Sie haben einmal gesagt, daß ich meine Kindheit im Freien unter der Sonne verbracht habe; und in gewisser Beziehung stimmt das auch. Nur nicht in dem Sinne, wie Sie es verstehen. Ich habe schon mit zwölf Jahren im Familienbetrieb gearbeitet und mit vierzehn bereits wichtige Entscheidungen gefällt.«

»Oh«, sagte sie traurig, »waren Sie so arm? Mußten Sie die Schule aufgeben?«

Er lächelte. »Genau das Gegenteil war der Fall. Haben Sie schon mal von Warbrooke Shipping gehört?«

»Ich glaube ja. Ich bin mir fast sicher, daß ich sogar schon mit einem der Schiffe gereist bin.« Sie drehte sich ihm zu. »Warbrooke? Ist das nicht der Name der Stadt, in der Sie aufgewachsen sind? Haben Sie für Warbrooke Shipping gearbeitet?«

»Meiner Familie gehört Warbrooke Shipping.«

Sie drehte sich ihm wieder zu. »Oh, dann sind Sie wohl ein reicher Mann.«

»Sehr reich. Macht das für Sie einen Unterschied?«

»Es erklärt Ihr Pferd, Ihre perfekt geschneiderte Uniform, Ihre Bildung und daß Sie einen Diener wie Toby haben.«

Er sagte ihr nicht, wie sehr er sich freute, daß sein Vermögen für sie keine Rolle spielte. Zuweilen war Reichtum ein Hindernis – einige Frauen sahen nur das Geld und nicht den Menschen. »Und was für einen Diener.«

»Erzählen Sie mir von Toby, und warum Sie glauben, daß wir uns ähnlich sind.«

'Ring holte tief Luft, ehe er sagte: »Sie und ich sind immer einsam gewesen. Ich habe das bereits in den ersten Tagen unserer Bekanntschaft gespürt, und als Sie mir von Ihrer Kindheit erzählten, wußte ich genau, daß Sie als Kind genauso einsam gewesen waren wie ich.«

»Aber ich bin nie allein gewesen. Ich war stets von meiner Familie umgeben, und später hatte ich John und Hunderte von gesellschaftlichen Verpflichtungen. Ich hatte viel zuwenig Zeit für das Alleinsein.«

»Nein, das meine ich nicht. Vielleicht ist ›Alleinsein‹ nicht das richtige Wort. Sie und ich sind immer ›anders‹ gewesen.«

»*Ich* bin anders gewesen, aber ich glaube nicht, daß das auch für Sie zutrifft.«

»Mein Vater ist ein guter Mann, ein sehr guter Mann. Er hat ein Herz aus Gold. Er würde sein Hemd ausziehen und es einem Bedürftigen geben. Er würde sein eigenes Leben hingeben, ehe er zuließe, daß einem seiner Kinder ein Leid geschähe. Aber . . .«

»Aber was?«

»Ehrlich gesagt – er hat keinen Sinn für Geschäfte. Er kann nicht lange genug stillsitzen, um den Schriftverkehr zu erledigen, der bei einer Firma von der Größe von Warbrooke Shipping anfällt, und wenn draußen die Sonne scheint, ist das für ihn eine gute Gelegenheit, zum Angeln zu gehen und ein Picknick mit meiner Mutter zu veranstalten.«

»Das halte ich nicht für einen Nachteil. Manchmal wünschte ich, ich hätte mehr Zeit für das Vergnügen.«

»Aber Sie können nicht Ihr ganzes Leben dem Vergnügen widmen, wenn man eine Gesellschaft wie unsere leiten muß. Tausende von Angestellten hängen von uns ab. Mit dem Lohn, den wir ihnen bezahlen, ernähren sie ihre Familien.«

»Und Ihr Vater hat das vergessen?«

»Vermutlich. Vergessen oder nie begriffen.«

»Und Sie haben schon als Kind in der Firma gearbeitet?«

»Ja. Ich weiß nicht, wie es passiert ist. Ich war neugierig, und mein Vater lobte mich sehr, wenn ich etwas tat, was ihm half. Ich bin irgendwie in das Geschäft hineingewachsen.«

Er lächelte. »Und wie Sie ein Talent zum Singen besitzen, habe ich offenbar eines für das Geschäftliche. Es war für mich kein Problem, all die Dinge im Kopf zu behalten, die für diesen Beruf nötig waren. Mein Vater sagte, ich sei wie sein Vater – ein echter Montgomery.«

»Also haben Sie Ihre Kindheit damit verbracht, Männerarbeit zu verrichten.«

»Hatten Sie das Gefühl, daß Sie etwas aufgeben mußten, als Sie im Haus blieben, um zu singen, während der Rest der Welt sich in der Sonne vergnügte?«

»Nein. Ich war glücklich und bedauerte sie, daß Gott ihnen nicht das Talent gegeben hat, mit dem er mich segnete.«

»Mir erging es nicht anders. Meine Mutter engagierte für mich einen Hauslehrer, mit dem ich abends las und . . .«

» . . . mit dem Sie Fremdsprachen lernten.«

»Ja, ich habe ein paar Sprachen gelernt. Ich war wohl der Meinung, ich müßte sie beherrschen, wenn ich all die exotischen Plätze besuchen wollte, von denen die Leute, die auf unseren Schiffen fuhren, sprachen.«

»Ihre Mutter engagierte für Sie einen Hauslehrer, und Ihr Vater engagierte Toby für eine andere Art von Unterweisung, richtig?«

»Richtig.«

Sie schwieg eine Weile gedankenverloren. »Aber Toby kümmert sich weniger um Sie als Sie sich um ihn, nicht wahr?«

»Mehr oder weniger.« Er schien nicht mehr über Toby reden zu wollen.

»Was brachte Sie dazu, das alles aufzugeben und zur Armee zu gehen?« fragte sie.

»Zwei Dinge. Zum einen etwas, was ich zufällig gehört habe, und zum anderen eine Frau.«

Sie schwieg eine Weile, da sie nicht sicher war, ob sie diese Geschichte hören wollte. »Erzählen Sie«, flüsterte sie schließlich.

»Eines Tages – ich war damals siebzehn – war ich auf einem unserer Schiffe, hatte dort gerade die Ladung inspiziert und redete mit der Besatzung über die bevorstehende Reise, als ich hörte, wie einer der Offiziere mit dem Kapitän sprach. Der Offizier wollte wissen, wie ich zu so einer verantwortlichen Stellung gekommen war. Er machte verächtliche Bemerkungen, daß er einem halben Kind nicht viel zutrauen würde, und vieles mehr. Der Kapitän gab mir ein gutes Gefühl, als er antwortete, daß ich eine Menge über das Meer und die Seefahrt wüßte. ›Haben Sie nicht gehört, was man sich über die Montgomery-Kinder erzählt?‹, sagte der Kapitän. ›Sie werden nicht geboren. Wenn sich ihr Vater ein Kind wünscht, geht er zur nächsten Mole, wirft ein Netz aus, holt es wieder ein und nimmt ein Baby heraus. Es ist ein Wunder, daß diese Kinder überhaupt gehen können. Es ist ein Wunder, daß sie keine Flossen haben.‹«

»Das scheint mir keine üble Bemerkung zu sein. In gewisser Hinsicht ist es ein Kompliment.«

»Richtig; aber ich hörte auch, wie die beiden lachten, und in diesem Augenblick sah ich meine Zukunft genau vor mir. Ich wußte, daß ich Warbrooke Shipping mein Leben lang leiten und mit zweiundzwanzig oder dreiundzwanzig ein Mädchen aus dem Ort heiraten und eigene Kinder haben würde.«

»Die Sie aus dem Meer fischen?«

Er lachte. »Oder wie man sonst Kinder bekommt. Ich konnte mich mit fünfzig sehen, nachdem ich meine eigenen Kinder ausgebildet hatte, führe ich meine Enkel in das Geschäft ein, um sie auf die Leitung von Warbrooke Shipping vorzubereiten. Ich konnte mich sogar mit achtzig sehen, wenn ich immer noch Pläne schmiede, wie ich mich von Warbrooke lösen kann.«

»Ich verstehe. Und was hatte die Frau damit zu tun, daß Sie in die Armee eintraten?«

»Ungefähr zur gleichen Zeit, als ich die beiden Männer auf dem Schiff über mich reden hörte, kam eine Freundin meiner Mutter zu uns zu Besuch. Die Frau war Mitte Dreißig, glaube ich, und in meinem jugendlichen Alter von siebzehn Jahren hielt ich sie für eine alte Frau. Sie sollte einen Monat bei uns bleiben, und ich schätze, ich habe sie in den ersten Tagen ihres Besuchs überhaupt nicht beachtet.«

»Da Sie abends Unterricht hatten und tagsüber arbeiteten, hatten Sie vermutlich gar keine Zeit, sich für Mädchen zu interessieren. Habe ich Ihnen schon erzählt, daß ich auch abends Schulunterricht hatte?«

»Wer Sie auch immer unterrichtet hat, er hat vergessen, Ihnen das Rechnen beizubringen«, sagte er.

»Mein Vater war mein Lehrer.«

»Das erklärt alles.«

»Hören Sie auf, sich über meinen Vater zu beschweren, und erzählen Sie weiter von der Dame.«

Er lächelte. »Sie *war* eine Dame. Ein paar Tage nach ihrer Ankunft in unserem Haus bekam einer meiner Brüder die Windpocken.«

»Was war mit Ihren Schwestern?«

»Carrie war noch nicht geboren, und Ardis wurde damals in Davys Haus einquartiert. Meine Mutter wollte mich auch aus dem Haus haben, damit ich mich nicht ansteckte, und sie sagte zu ihrer Freundin, daß sie wohl besser wieder abreisen solle. Aber aus irgendeinem bestimmten Grund, konnte sie damals nicht nach Hause – ich weiß nicht mehr genau, warum. Jedenfalls fragte sie meinen Vater, ob sie nicht mal ein bißchen in das Geschäft hineinschnuppern und miterleben dürfte, wie Warbrooke Shipping geleitet wurde.«

»Und Ihr Vater hat sie zu diesem Zweck Ihnen übergeben.«

»Genau. Ich war wütend auf ihn gewesen. Ich habe meinen Vater angeschrien, daß ich arbeiten müßte – *hart* arbeiten – und keine Zeit hätte, die Amme für eine alte Frau zu spielen. Und außerdem – was konnte eine Frau schon von Geschäften verstehen?«

'Ring schloß einen Moment die Augen. »Sie hatte das zufällig mitgehört, kam in die Bibliothek meines Vaters und sagte zu mir, sie könne mit mir in jeder Beziehung Schritt halten, und forderte mich heraus, ihr nur einen Aspekt dieses Geschäfts zu zeigen, den sie mit ihrem angeblich so geringen Frauenverstand nicht begreifen könne.«

»Und konnte sie mit Ihnen mithalten und jeden Aspekt Ihres Geschäfts verstehen?«

»O ja. Obwohl ich ihr die Sache so sauer wie möglich machte. Wenn man siebzehn ist und ein Geschäft dieser Größe leitet, wird man . . .«

»Eitel? Egozentrisch? Von seiner Bedeutung überzeugt?«

»Mehr oder weniger. Es dauerte eine ganze Woche, bis ich aufhörte, sie die Augiasställe säubern zu lassen.«

»Wie bitte?«

»Ihr Vater hat mit Ihnen auch nicht über griechische Sagen gesprochen, wie? Ich habe nach einiger Zeit aufgehört, sie zu zwingen, mir etwas zu beweisen, und allmählich wurden wir Freunde. Ich hatte damals keine Ahnung, daß es solche Frauen wie sie überhaupt gab. In meiner großen Weisheit dachte ich, daß alle Frauen so sein müßten wie meine Mutter. Meine Mutter kümmert sich ausschließlich um die Familie.«

»Aber diese Frau war anders?«

»Ihr Vater war gestorben, als sie zweiundzwanzig gewesen war. Bis zu diesem Moment hatte sie, wie sie mir erzählte, an nichts anderes gedacht als an die neueste Mode oder die Geschenke ihrer Verehrer. Als ihr Vater starb, stellte sie fest, daß er ihr ein erfolgloses Geschäft für Damenmoden und einen Haufen Schulden hinterlassen hatte.«

»Was hat sie getan?«

»Sie hat wild entschlossen das Geschäft übernommen und erfolgreich weitergeführt und erweitert.«

»Wie kam Sie dann dazu, Sie zum Eintritt in die Armee zu bewegen?«

»Ich verliebte mich in sie. Es war keine echte Liebe, das weiß ich jetzt. Aber ich fand sie faszinierend. Mir war bisher noch nie bewußt gewesen, daß ich niemanden hatte, mit dem ich reden konnte. Meinen Vater langweilte das Geschäft, und er war froh, mir alles überlassen zu können. Meine Mutter war nicht am Geschäft interessiert, und mein Bruder Jamie, der zwei Jahre jünger ist als ich, war ständig mit einem Schiff unterwegs. Meine anderen Brüder waren noch sehr jung.«

»Und Ardis war mit Davy zusammen.«

»Ja. Die Freundin meiner Mutter nahm an dem Anteil, was ich tat. Und sie wollte alles wissen, was es zu wissen gab.«

»Und Sie haben ihr auch alles gezeigt?«

»Ja«, sagte er nach einem kurzen Zögern. »Einen Tag bevor sie abreiste, segelten wir zu einer der Inseln. Wir waren noch nicht weit gekommen, als plötzlich ein Unwetter aufkam. Eine Weile fürchtete ich, wir könnten es nicht schaffen.«

»Aber für jemanden, der im Meer geboren wurde, konnte die Sache nicht zu schwierig gewesen sein.«

»Vermutlich nicht. Wir kamen völlig durchnäßt auf der Insel an. Es gab dort eine alte Hütte, die einmal ein Einsiedler bewohnt hatte, aber er war ein paar Jahre zuvor gestorben, und so stand sie leer.« Er schwieg einen Moment. »Wir verbrachten dort die Nacht.«

»Und Sie liebten sich?«

Er schwieg einen Moment. »Ja. Tatsächlich hat sie mich verführt. Mit siebzehn hatte ich nicht viel mit Mädchen zu schaffen und schon gar nichts mit Frauen.«

»Selbst mit Tobys Hilfe nicht?«

»*Besonders* mit Tobys Hilfe nicht.«

»Sie verbrachten also die Nacht mit ihr. Und was geschah dann?«

»Am Morgen segelten wir zum Festland zurück, und auf der Rückfahrt machte ich Pläne für unser gemeinsames Leben als Eheleute.«

»Aber sie war doch so viel älter als Sie.«

»Das störte mich nicht. Ich malte mir unser Leben aus – wie wir beide die Warbrooke Shipping leiteten, miteinander redeten und . . . viel Zeit miteinander verbrachten.«

»Aber Sie haben sie nicht geheiratet.«

»Nein. Als wir nach Hause kamen, schlief ich erst einmal, und als ich wieder aufwachte, war sie fort. Ich kann Ihnen nicht sagen, wie verraten ich mich fühlte ... Sie hinterließ mir keine Botschaft, nichts. Es traf mich hart. Ich schmollte, haderte und zankte mich mit allen.

Meine Mutter ahnte, was mit mir los war. Ich vertraute ihr meinen Seelenschmerz an. Ich haßte die Frau, weil sie mich verlassen hatte. Meine Mutter sagte, daß mir ihre Freundin ein Geschenk gemacht hatte und ich es als solches annehmen sollte. Es dauerte eine Weile, bis ich begriff, daß sie recht hatte. Die Zeit mit der Freundin meiner Mutter war wunderbar gewesen, und ich mußte das so hinnehmen.«

»Haben Sie sie wiedergesehen?«

»Einmal. Jahre später. In New York.«

»Haben Sie sich noch einmal geliebt?«

»Ich habe drei Tage über ihren Kontobüchern gesessen, während sie mit einem Mann ausging, der doppelt so alt war wie ich. Nichts kann tödlicher sein für eine Romanze als fünfunddreißig schmutzige Kontobücher mit falsch addierten Zahlenkolonnen.«

Maddie lächelte bei dieser Bemerkung. »Also haben Sie sie nicht mehr geliebt?«

»Nicht sonderlich.«

»Aber Sie haben mir immer noch nicht verraten, wie sie Sie dazu brachte, zur Armee zu gehen.«

»Ich begriff plötzlich, daß ich das Leben, das ich führte, nicht haben wollte. Ich wollte nicht mit achtzig noch Pläne schmieden, wie ich die Verantwortung für das Geschäft an jemanden abgeben kann. Ich hätte natürlich eines unserer Schiffe besteigen und um die Welt segeln können, aber ich wollte etwas ganz anderes erleben, und überdies hatte ich die Verantwortung für das Geschäft satt. Ich wollte einer unter vielen sein, nicht der Boß. Ich wollte wissen, wie es ist, wenn andere die Verantwortung tragen. Also trat ich als Rekrut in die Armee ein und meldete mich an die Front im Westen.«

»Und man schickte Sie dorthin, wo Sie sein wollten?«

»Das war nicht schwierig. Ich mußte nur beweisen, daß ich reiten konnte.«

»Und wenn ich daran denke, daß Toby sagte, er sei von Ihrem Vater angeheuert worden, weil Sie kein Interesse für Frauen hatten.«

»Toby weiß nicht alles über mich. Er beklagte sich, daß ich nicht an Frauen interessiert bin, die Soldaten zur Verfügung stehen. In der Nähe der Forts gibt es viele Frauen, die den Soldaten gegen Geld zu Willen sind. Ich versuchte meinem Vater und Toby zu erklären, daß ich mich damit nicht abgeben möchte, und beide meinten, ich sei viel zu wählerisch.«

»Sind Sie das? Wählerisch, meine ich?«

»Sehr. Ich will nur das Beste haben. Das Allerbeste.« Er zog den Arm fester um sie und barg sein Gesicht an ihrem Hals.

»Sind Sie bereit, schlafen zu gehen?« fragte er nach einer Weile.

Sie reagierte nicht, wehrte sich aber auch nicht, als er sie auf den harten, kalten Boden drückte und sie fest in seine Arme nahm. Maddie war weit davon entfernt, zu schlafen. Sie dachte an die Zeit, die sie ihn nun kannte. Es war nur eine kurze Zeit; aber sie kam ihr wie ein ganzes Leben vor.

Sie drehte sich ein bißchen in seinen Armen, damit sie ihn betrachten konnte. Sie hob ihre freie Hand und berührte seine Unterlippe.

»Ich fange an, dich zu lieben – das weißt du, nicht wahr?« flüsterte sie.

»Ja.«

»Du beschäftigst meine Gedanken allmählich genauso wie meine Musik.«

»Nicht viele Männer lieben ihre Rivalen.«

Sie wollte ihn fragen, was er für sie empfand; hatte aber Angst vor der Antwort.

»Wann verläßt du die Armee wieder?«

»Im nächsten Jahr.«

»Und was hast du vor?«

»Ich gehe wieder nach Warbrooke. Mein Vater braucht mich.«

Sie seufzte. Sie würde nach Paris oder Wien oder Florenz gehen – wo immer Leute sie singen hören wollten. »Gute Nacht, mein Captain«, sagte sie und schloß die Augen.

'Ring betrachtete sie lange, ehe er einschlief. Es schien die natürlichste Sache der Welt zu sein, sie in den Armen zu halten.

Am Ende des zweiten Tages machte es Maddie fast nichts mehr aus, daß sie an 'Ring gekettet war. Sie lernten, sich zusammen zu bewegen, Rücksicht zu nehmen, miteinander zu reden und zu schweigen.

Sie lagen auf dem weichen feuchten Gras am Ufer des Baches, die zusammengeketteten Arme ausgestreckt. »Ich habe als Kind nie einen Freund oder eine Freundin gehabt«, sagte sie.

»Ich auch nicht. Nur Brüder.«

Sie lachte, aber er blieb ernst. »Maddie, ich wünschte, du würdest mir etwas mehr über dich erzählen.«

Sie wollte sich ihm anvertrauen, aber sie hatte Angst, daß er etwas Unvernünftiges tat, wenn er etwas über Laurels Entführung erfuhr. Würde sein Beschützerinstinkt so weit gehen, daß er ihr verbot, ihre Tournee fortzusetzen? Vielleicht würde er Laurels Leben in Gefahr bringen, wenn er sich einmischte.

Als sie nichts sagte, preßte er die Lippen zu einem dünnen

Strich zusammen. »Es tut mir leid«, flüsterte sie. »Ich würde dir gern alles erzählen, wenn ich könnte.«

»Du vertraust mir immer noch nicht.«

»Würdest du mir vertrauen, wenn das Leben eines Menschen, den du liebst, von diesem Vertrauen abhinge?«

Er drehte sich um und sah sie an. »Ja«, sagte er schlicht.

Sie senkte den Blick. Sie wußte, daß er die Wahrheit sagte, und spürte, daß er ihr alles erzählen würde, was sie über ihn und seine Familie wissen wollte. »Du bist ja auch groß und stark genug, um mich daran zu hindern, etwas zu tun, was ich deiner Meinung nach nicht tun sollte, nicht wahr?«

»Ich könnte mir vorstellen, daß die Frau, die ich liebe, vernünftig genug ist, das zu tun, was richtig ist«, gab er gereizt zurück.

Maddie hatte nicht genügend Zeit, seine Worte zu verdauen, denn er sprang auf die Füße und zog sie mit sich in die Höhe.

»Wir müssen Feuerholz sammeln«, sagte er verärgert.

»Was ... was hast du gemeint mit der ›Frau, die du liebst‹?«

»Das hast du doch gehört«, brummte er, hob ein paar Zweige auf und schob sie ihr unter den Arm.

»Vielleicht solltest du es wiederholen.«

Sie lächelte ihn an. Sie hatte plötzlich ein Gefühl, als schwebte sie auf Wolken.

»Was du nicht hören möchtest, hörst du nicht, aber du erinnerst dich an jedes Wort, das dein Vater dir jemals gesagt hatte. Ich hoffe, diesem Mann eines Tages zu begegnen. Ich werde ihn ansehen und sagen: ›Mr. Worth, ich ...‹« Er brach ab und blickte Maddie mit geweiteten Augen an.

»Worth?« 'Rings Augen wurden noch größer, während der Ast, den er gerade aufgehoben hatte, in der Luft eingefroren zu sein schien. »Du hast mir erzählt, daß deine Mutter sagte: ›Jeffrey, ich will, daß du an die Ostküste fährst und eine Lehrerin besorgst.‹«

»Ja, und?« Sie tat unschuldig, aber sie wußte, worauf er hinauswollte, und es war ein gutes Gefühl, ihren Vater endlich gerechtfertigt zu sehen.

Er sah sie mit ehrfürchtigen Augen an und sagte: »Dein Vater wird doch wohl nicht Jefferson Worth sein, oder? *Der* Jefferson Worth? Der Mann, der die Journale verfaßt hat?«

Sie lächelte ihn süß an. »Doch.«

'Ring konnte sie jetzt nur mit stummer Ergriffenheit anschauen. Jefferson Worth war eine Legende – ein so legendärer Name wie George Washington und Daniel Boone. Nur mit ein paar Begleitern hatte er den größten Teil des amerikanischen Kontinents erforscht. Er hatte Reisetagebücher verfaßt und Landkarten gezeichnet. Seine Aufzeichnungen waren oft die einzige Quelle für die Kenntnis von Indianerstämmen, die die Habgier und die Krankheiten des Weißen Mannes vernichtet hatten. Er hatte die einheimischen Tiere und ihre Verhaltensweisen beobachtet, Felsformationen und heiße Quellen beschrieben, Skizzen von den seltsamsten Pflanzen angefertigt, die er auf seinen Reisen gefunden hatte.

»Ich habe als Kind diese Journale gelesen, und meine kleinen Brüder wollen *noch immer* Jefferson Worth sein. Ist er noch am Leben? Er muß inzwischen ein alter Mann sein.«

»Nicht zu alt und noch sehr lebendig. Seine Journale wurden veröffentlicht, als er gerade dreißig geworden war – ein Jahr nach meiner Geburt. Meine Mutter hat dafür gesorgt, daß sie verlegt wurden. Wäre es nach meinem Vater gegangen, hätte er sie irgendwo in eine Kiste geworfen und vergessen.«

»Man stelle sich das vor – Jefferson Worth! Du hast mich einmal gefragt, wo ich gelernt hätte, mich so leise anzuschleichen. Ich habe Jefferson Worths Journale sehr genau gelesen. Meine Brüder und ich haben oft gespielt, Jefferson Worth und seine Männer zu sein. Ich war immer Jeff, mein Bruder Jamie war Thomas Armour und . . .«

»Thomas würde das gefallen.«

'Ring schüttelte den Kopf. »Ich kann kaum glauben, daß diese Männer noch am Leben sind und ich hier mit Jefferson Worths Tochter zusammensitze. Wie war der Name dieses Indianerjungen? Wir haben uns immer gestritten, wer ihn spielen durfte.«

»Hears Good.«

»Richtig. Er hat sich diesen Namen gegeben, nachdem dein Vater ihn an die Ostküste gebracht hatte, wo er an den Ohren operiert wurde.«

Maddie lächelte. Die Geschichte war ihr genauso vertraut, als wäre sie selbst mit den beiden in die Klinik gefahren. »Er war taub, und mein Vater brachte ihn deswegen zur Ostküste. Nach der Operation sagte er in Zeichensprache, daß er fortan Hears Good genannt werden wollte. Bis dahin hatte er nämlich No Hears geheißen.«

'Ring lächelte in Erinnerung an die Lektüre. »Und da war auch eine Frau bei der Gruppe, nicht wahr? Dein Vater brachte die erste weiße Frau in das Territorium. Sei sollte Bilder von Indianern malen.«

»Ja.«

»Mein Vater hat eines ihrer Aquarelle gekauft. Es stellte die Vertreter eines Stammes dar, von dem ich noch nie etwas gehört hatte, aber Jeff Worth und seine Männer verlebten den Winter bei ihnen.«

»Vermutlich die Mandans. Die Pocken haben, zwei Jahre nachdem diese Indianer von der Frau gemalt wurden, fast den ganzen Stamm vernichtet.«

Er schwieg eine Weile nachdenklich. »Welchem Stamm gehört Hears Good an?«

»Den Crows.«

'Ring brauchte ein paar Sekunden, ehe er reagierte. »Er ist ein Crow?«

»Ist etwas falsch daran?«

»Nein. Es sind nur ein paar Stücke eines Puzzles an die richtige Stelle gerückt – das ist alles.« Er sah sich aufmerksam um und wußte mit absoluter Gewißheit, daß der Crow, der ihm geholfen hatte, Maddie zu finden, Hears Good gewesen war.

»Er folgt uns – weißt du das?«

»Ja«, sagte sie leise, »ich weiß.«

»Das erklärt vieles. Zum Beispiel, daß du so gut über Indianer Bescheid weißt und keine Angst vor ihnen hast.«

»Ich habe Angst vor ihnen, wenn es nötig ist. Ich glaube nur nicht, daß ein Indianer von Lustgefühlen überwältigt wird, sobald er eine weiße Frau sieht.«

»Und wie bist du zu dieser Erkenntnis gekommen?«

»Ich habe sie von Hears Good. Es gibt kein besser aussehendes menschliches Wesen auf Erden als einen Crow-Krieger in der Blüte seiner Jahre, mußt du wissen. Groß, stark, hübsch, dichtes schwarzes Haar, die Haut von der Farbe . . .«

»Ich verstehe.« Das war exakt das Bild, das er sich von diesem Mann gemacht hatte, wenn er mit seinen Brüdern einen Ringkampf machte, um festzustellen, wer es verdiente, die Rolle des Crow-Kriegers zu übernehmen; aber es paßte ihm nicht, Maddie ihn beschreiben zu hören. »Was hat Hears Good getan?«

»Mein Vater und die anderen bedauerten Hears Good, weil in den Augen eines weißen Mannes kein häßlicheres Geschöpf auf Erden existiert als eine Crow-Squaw. Sie konnten es nicht ertragen, einen so schönen, prächtigen Mann wie Hears Good mit Crow-Frauen zusammen zu sehen; und deshalb meinte mein Vater, Hears Good einen Gefallen zu tun, wenn er ihn nach St. Louis mitnahm.« Sie schwieg einen Moment. »Mein Vater hatte einen Bruder, der einen Handelsposten in St. Louis betrieb. Hears Good war sehr beeindruckt von den Wundern der Stadt, aber soweit es mein Vater beurteilen konnte, widmete er den weißen Frauen in all ihren schönen Kleidern keinen einzigen Blick. Obwohl die Frauen ihn sehr wohl bemerkten. Eine Frau kann gar nicht anders, als einem Crow-Krieger in seiner vollen Krieger-Montur nachzusehen, und Hears Good ist einer der prächtigsten Exemplare dieser . . .«

»Ich verstehe.«

Sie lächelte ihn an. »Nachdem sie St. Louis verlassen hatten, fragte mein Vater Hears Good, was er von den Frauen in der Stadt hielt, und Hears Good antwortete, sie wären sehr traurig aussehende Gestalten. Er meinte, ihre schmalen Taillen wären schrecklich – sie würden ihn an Ameisen erinnern und nicht an Frauen. Eine Frau mit einer so dünnen Taille könnte sich weder richtig bewegen noch Kinder bekommen. Er meinte auch, daß ihre weiße Haut und ihre säuerlichen Gesichter häßlich wären.« Maddie lachte. »Hears Good erzählte meinem Vater, was er von der Art hielt, wie weiße Männer ihre Frauen behandelten, wenn sie sie auf die Prärie mitnahmen ohne andere Familienmitglieder, die den Frauen Gesellschaft leisteten. Er meinte, die Männer behandelten ihre Frauen wie Kinder, steckten sie in eng geschnürte Kleider und ließen sie so hart arbeiten, daß . . .«

»Ich habe gesehen, wie Indianer ihre Frauen arbeiten lassen. Sie bepacken sie wie Tragtiere.«

»Der Mann hat seine Hände freizuhalten, damit er kämpfen kann und notfalls für den Schutz des wertvollen Indianers – der Frau – zu sterben. Die Frau trägt alles; aber ihr gehört auch alles.«

»Hears Good ist also zu seinem Volk und seiner Frau zurückgekehrt? Ich schließe daraus, daß er die Frauen seines Stammes nicht für häßlich hält.«

Maddie lächelte. »Für Hears Good sind nur solche Frauen schön, die untersetzt und kräftig gebaut und dick sind. Sie müssen ein breites, flaches Gesicht und eine breite flache Nase haben. Und sie sollten lange, dünne Brüste haben, die bis zur Taille reichten.«

'Ring musterte Maddie von Kopf bis Fuß, und sein Blick verweilte eine gute Sekunde auf ihrem Busen. »Ich kann nicht behaupten, daß ich in diesem Punkt mit ihm übereinstimme.«

Maddie drehte errötend das Gesicht zur Seite – verlegen und erfreut zugleich.

Als sie wieder zum Felsvorsprung gingen, fragte er: »Was ist aus der Malerin geworden?«

»Mein Vater hat sie geheiratet.«

Den Rest des Nachmittags saßen sie am Feuer und redeten – vielmehr 'Ring stellte Fragen, und Maddie beantwortete sie.

Es fing wieder an zu regnen, und es war so kalt, daß sie sich am Feuer aneinanderschmiegten. Sie aßen gebratenen Truthahn und Hasen. Und Maddie erzählte von ihren Eltern, beschrieb 'Ring die Gemälde ihrer Mutter, die bereits als Dokumente einer Zeit gewürdigt wurden, die niemals wiederkehren würde.

Nachts war es dann so kalt, daß sie nah beisammenliegen mußten, um nicht zu erfrieren. Und als sie sich in den Armen lagen, spürte Maddie ihre Verwirrung deutlicher als je zuvor. Noch nie war sie sich bisher der Tatsache so sehr bewußt geworden, daß sei zwei Welten angehörte. Sie lebte in der Plüsch- und Seidenwelt der Oper, gehörte aber auch zu dem wilden Leben von Jefferson Worth. Und wie und wo paßte dann 'Ring in ihr Leben?

Sie hob ihm ihr Gesicht entgegen, damit er sie küssen konnte, aber er drehte sich weg.

»Warum?« flüsterte sie. »Warum sagst du, daß du mich liebst, wenn du dich von mir abwendest? Warum siehst du mich so . . . so begehrlich an und berührst mich doch so wenig wie möglich?«

»Liebes, weißt du nicht, wie viele Leute uns in diesem Moment beobachten?«

»Uns beobachten?«

»Drei Männer sind hier. Sie sind von Anfang an immer in deiner Nähe gewesen.«

»Wer sind die anderen beiden?« Sie wußte von Hears Good, und jetzt war ihr auch klar, warum der Indianer nicht auf ihren Pfiff reagiert hatte. Sie lächelte. Wenn Hears Good sie in der Obhut von 'Ring beließ, hatte er offensichtlich eine gute Meinung von ihm. Das war in der Tat ein hohes Lob für 'Ring.

»Einer davon ist der Dieb, der uns bestohlen hat.«

»Du meinst den Spieler?«

»Spieler?« Er rückte ein bißchen von ihr ab, um sie zu betrachten.

»Danach sah er mir aus – wie ein glatter, gerissener Falschspieler. Wer folgt uns sonst noch?«

»Einer der Männer, mit denen du dich getroffen hast«, sagte er spöttisch. Er nahm ihre Hand, an dem sie Laurels Ring trug. »Der Mann, der dir den Ring gegeben hat.«

Sie entriß ihm die Hand und versteckte sie auf dem Rücken. »Ist das der Grund, warum du mich nicht anfaßt, obwohl du sagst, daß unsere Körper perfekt zusammenpassen?«

»Sei still«, schnaubte er.

Maddie sah ihn an und bemerkte, daß er unter einer großen Anstrengung litt. »Hast du nicht gesagt, daß du mich begehrst?«

»Maddie, hör auf.« Auf seiner Stirn bildeten sich feine Schweißperlen.

Sie schmiegte sich enger an ihn.

'Ring legte die Hand an ihre Wange und drehte ihren Kopf so, daß er sie küssen konnte. Und Maddie verlor sich in diesem Kuß. Es war ihr egal, wer ihnen zusah. Nur dieser Mann war in diesem Moment für sie wichtig.

»'Ring«, flüsterte sie und schlang ihren Arm um ihn. »Mein 'Ring.«

Er löste sich schließlich aus der Umarmung. »Wir können es nicht tun, Maddie. Nein, ich will es nicht. Ich werde so etwas nicht vor Zuschauern machen. Es sind zu viele Leute in der Nähe, die uns beobachten.«

Sie wandte sich ab und preßte ihren Rücken an seine Brust. Ihr Körper vibrierte vor Verlangen, und ihre Hände zitterten.

»Maddie . . .«, sagte er in warnendem Ton. »Denke an etwas anderes.«

»Woher weißt du, was ich denke?«

Er streckte seine Hand zum Feuer hin, und im Licht der Flammen sah sie, daß sie genauso zitterte wie ihre.

»Warum hast du damals, als ich die Stacheln aus deiner Haut entfernt habe, nein gesagt?«

»Weil ich damals Captain Montgomery für dich war. Ich war ein gutaussehender, gutgebauter Mann; wir waren allein, und du bist eine sehr leidenschaftliche Frau.«

Sie stöhnte. »Ich wußte vom ersten Moment an, als ich dich kennenlernte, daß du eitel bist, aber ich hatte keine Ahnung, wie sehr du von dir eingenommen bist.«

»Und du behauptest, du hättest die beste Stimme auf der Welt.«

Sie lächelte. »Ich verstehe. Du denkst, daß sich etwas verändert hat und daß ich in dir nicht nur einen gutaussehenden Mann sehe.«

»Was siehst du in mir?«

Sie hielt seine Hand und betrachtete sie. Er hatte lange

schlanke Finger und schön geformte Nägel. Was sah sie in ihm? In diesem Augenblick konnte sie sich nicht vorstellen, ohne ihn zu sein. Vom ersten Moment an schien er sie besser gekannt zu haben als jeder andere Mann bisher. Er hatte recht, wenn er sagte, daß sie ihn am Anfang nicht ernst genommen hatte, aber jetzt ... Sie erinnerte sich daran, was er alles für sie getan hatte, um sie zu beschützen; wie er die Steilwand hinaufgeklettert war, um bei ihr zu sein; wie er zu ihr gekommen war, nachdem sie *Carmen* gesungen hatte. Sie dachte an die Wunden, die er ihretwegen erhalten hatte. Sie dachte daran, daß sie ihn mit Drogen betäubt und hintergangen hatte, aber er war noch immer bei ihr und versuchte ihr zu helfen.

»General Yovington hat mir Unterstützung angeboten«, sagte sie leise. »Ein paar Männer haben meine kleine Schwester Laurel entführt, und wenn ich sie heil zurückbekommen möchte, muß ich in sechs Goldgräberstädten singen. An jedem dieser Orte muß ich mich mit einem Mann treffen und Briefe mit ihm austauschen. Sie hatten mir versprochen, daß ich diesmal Laurel sehen könnte, aber sie haben ihr Wort nicht gehalten.« Sie hob die linke Hand. »Der Mann hat mir den Ring gegeben, den ich Laurel einmal geschenkt habe – als Beweis, daß sie Laurel in ihrer Gewalt haben. Er sagte ... er sagte, daß sie dich töten würden, wenn du nicht aufhörst, dich in die Angelegenheit zu mischen.« Sie schluckte ihre Tränen hinunter. »Sie sagten, sie würden mir im letzten Lager Laurel zurückgeben, aber ich habe Angst. Ich fürchte, daß sie es nicht tun werden. Ich habe Angst, daß Laurel wegen des dummen Krieges, den sie vom Zaum brechen wollen, getötet wird.« Sie konnte ihre Tränen nicht länger zurückhalten. »Und jetzt habe ich Angst, daß sie auch dir etwas antun.«

Er drehte sich um und drückte sie fest an seine Brust. Er legte sogar ein Bein über ihre Beine, als wollte er sie mit seinem ganzen Körper beschützen. »Ich weiß, mein Engel, ich weiß.«

Sie schluchzte an seiner Brust. »Wie kannst du das wissen? Du hast keine Ahnung, wie gefährlich diese Männer sind. Er sagte . . .«

»Du brauchst es mir nicht zu sagen. Ich habe alles mitgehört.«

»Alles mitgehört?« Sie schniefte, und er bot ihr sein schmutziges, nasses Taschentuch an. »Was hast du gehört?«

»Alles, was der Mann zu dir gesagt hat. Du bist jetzt in Sicherheit; warum schläfst du nicht ein wenig? Wir können morgen früh darüber reden.«

Sie rückte von ihm weg. »Ich will wissen, was du weißt. Was hast du gehört?« Ein leiser Zorn lag in ihrer Stimme.

»Also gut. Ich sag es dir. Du hast doch nicht etwa angenommen, ich würde mich ein zweites Mal von dir betäuben lassen, oder? Du und Edith, ihr habt euch so auffällig benommen, daß selbst ein Blinder gesehen hätte, was ihr vorhabt. Als du so lange brauchtest, um von deinem Gang zur Toilette zurückzukehren, ließ ich Toby deine vergifteten Feigen durch etwas anderes ersetzen. Nach dem Geschmack zu urteilen, muß es Pferdedung gewesen sein, aber zumindest konnte ich verhindern, daß ich in Tiefschlaf versetzt wurde. Zudem fand ich heraus, daß dein Gefühl für mich immerhin so groß war, daß ich auf keinen Fall eine tödliche Dosis zu mir nehmen sollte.«

»Du hast mich hereingelegt! Du hast so getan, als würdest du schlafen. Du bist durch das Zelt getorkelt wie ein sterbender Clown. Wenn ich daran denke, wie ich . . . Du machst mich wütend!«

»Ich mache *dich* wütend? Was hätte ich denn tun sollen? Dir erzählen, daß ich keine vergifteten Feigen gegessen habe? Du warst so wild entschlossen, das Lager zu verlassen, daß ich fürchtete, du würdest mich erschießen, wenn ich dich daran hindern wollte.«

Sie wehrte sich nun gegen seine Umarmung. »Also bist du mir gefolgt, nicht wahr? Du wußtest, daß ich allein fortgehen wollte, aber du bist mir trotzdem gefolgt.«

Er sah sie erstaunt an. »Dein prächtig gebauter Crow-Krieger ist immer in deiner Nähe, und du bist ihm dafür dankbar. Aber wenn ich dir folge, wirst du wütend. Das ergibt keinen Sinn.«

»Hears Good beschützt mich.«

»Und was tue ich deiner Meinung nach?«

Sie rückte weiter von ihm ab, aber die Kette behinderte sie. »Ich mag es nicht, wenn man mir nachspioniert.«

»Ich mag es nicht, wenn die Frau, die ich liebe, gefährliche Dinge tut. Also sind wir quitt.« Seine Stimme wurde weicher. »Maddie, ich versuche doch nur, dich vor Schaden zu bewahren. Ist das so schlimm?«

»Das ist es, wenn ich nicht will, daß du mich beschützt. Ich kann auf mich selbst aufpassen.«

»Ha! Wenn Hears Good nicht den Pfeil abgeschossen hätte, hätte dich dieser Mann . . .« Er brach ab, als er sich an die Szene erinnerte. »Maddie, wir wollen uns nicht streiten. Ich habe getan, was ich meiner Meinung nach tun mußte, um dich zu beschützen und herauszufinden, was für ein dunkles Geheimnis dich bedrückt. Ich habe nie beabsichtigt, dich in irgendeiner Weise zu belästigen.«

Maddie begrub ihr Gesicht in den Händen und weinte. Er drückte sie an sich und strich ihr über den Rücken. »Weine nicht, Liebes. Du hast keinen Grund zu weinen. Alle Liebespaare streiten sich.«

Da ihre Arme zwischen ihren Körpern eingezwängt waren, konnte sie ihn nicht schlagen. Also begnügte sie sich damit, ihn gegen das Schienbein zu treten.

Er stöhnte. »Womit habe ich denn das nun wieder verdient?«

»Ich habe wichtigere Dinge zu beweinen als einen Streit mit dir. Und außerdem sind wir kein Liebespaar. Wir sind . . .«

»Ja«, sagte er leise, »was sind wir?«

»Ich weiß es nicht. Ich weiß überhaupt nichts mehr. Vor einem halben Jahr wußte ich noch ganz genau, wer ich bin und was ich mir vom Leben erwarte, aber jetzt scheint alles anders zu sein. Ich kann mir offenbar keine klare Vorstellung mehr von irgend etwas machen.«

»Das ist die beste Neuigkeit, die ich in meinem Leben gehört habe.«

Vielleicht war das, was sie empfand, eine gute Neuigkeit für ihn, aber für sie war es schrecklich. Sie legte das Gesicht an seine Schulter und sog seinen Geruch ein.

»Stört es dich, daß wir kein Liebespaar sind?« fragte er.

»Nein, natürlich nicht. Eine Lady sollte so lange damit warten, bis sie verheiratet ist. Eine Lady . . .« Sie hielt inne, weil 'Ring sie küßte. Er schob seine Hand in ihre lose Bluse und berührte die nackte Haut auf ihrem Bauch.

»'Ring, ich denke nicht, daß . . .«

»Pst, Liebste, sei still.«

Sie war still, während er ihre Brüste berührte und sie in seiner großen warmen Hand hielt. Sein Daumen strich über ihre Brustwarze. Der Atem stockte ihr im Hals. Sie schloß die Augen und bog den Kopf zurück, als sich seine Lippen auf ihren Hals preßten.

»Hast du denn keine Ahnung, was ich gern mit dir machen würde?« Da war wieder dieser Schmerz in seiner Stimme. »Bist du so unschuldig, daß du nicht weißt, wie sehr ich nach dir verlange – wie lange ich dich schon begehre?«

»Nein, ich . . .«

»Ich begehre dich so sehr, daß Toby mich auslacht. Ich möchte dich berühren, deine Haut, dein Haar. Ich will dich kennenlernen, Maddie, dich so gut und so gründlich kennenlernen, wie ein Mann eine Frau nur kennen kann.«

Er bewegte den Kopf, so daß er ihr Ohr mit seiner Zunge berühren konnte. Seine Zähne knabberten sacht an ihren Ohrläppchen, und Maddie spürte, wie die Flaumhärchen an ihrem Körper sich aufrichteten.

»'Ring«, flüsterte sie.

»Ja, mein Herz, ich bin hier. Ich bin immer bei dir.«

Er küßte ihren Hals so sanft, ihre Haut mit der Zungenspitze nur berührend, daß Maddie zu zittern begann. Als er das merkte, hörte er auf.

Einen Moment lang lag sie still in seinen Armen. Es war ihr egal, ob ihnen die ganze US-Armee zusah: Sie wollte nicht, daß er aufhörte. Sie legte eine Hand auf sein Gesicht und versuchte, ihn zu sich zu ziehen.

»Nein«, sagte er. »Ich kann nicht. Ich bin nicht aus Stahl gemacht, mein Herz. Ich kann nicht weitermachen. Du liegst jetzt einfach still und schläfst. Morgen gehen wir ins Tal, und dort haben wir dann viel Zeit für uns allein.«

Maddie lag still in seinen Armen, und nach einer Weile hörte das Zittern auf, und ihr Verstand begann wieder zu funktionieren. Sie besann sich auf seine Worte, daß er sie schon lange begehrte. Wenn er so sehr nach ihr verlangte – wie konnte er da aufhören? Warum zitterte er nicht wie sie?

Sie hob ihre freie Hand und knöpfte langsam den obersten Knopf seines Hemds auf.

»Maddie, was machst du da? Du kannst nicht . . .«

Sie legte den Mund auf die warme braune Haut seiner Brust, rieb das Gesicht an seinen Brusthaaren, und während sie das tat, öffnete sie den nächsten Knopf.

»Maddie, bitte tu das nicht. Wir können nicht . . .«

Sie drückte ihre Lippen auf seine Haut. Er war wärmer als sie, und sein Körper war sehr hart, ohne ein Gramm Fett –

nur warme, harte Haut über Muskeln. Ihre Hand glitt unter sein Hemd, um seine Rippen zu berühren. Er sagte nichts mehr, als ihr Mund zu seinem Bauch wanderte, dort die Haut küßte und dann sacht daran knabberte.

Als sie den oberen Rand seiner Gürtelschnalle erreichte, hielt sie inne und legte einen Moment das Gesicht gegen seinen harten Bauch. Ihr Körper war nun mit Schweiß bedeckt, und ihr Atem schien tief aus ihrem Inneren zu kommen. »'Ring«, flüsterte sie, aber er schwieg noch immer.

Sie hob den Kopf, so daß sie sein Gesicht sehen konnte. Sie hatte noch nie zuvor so einen Ausdruck auf dem Gesicht eines menschlichen Wesens gesehen. Es war ein Ausdruck des Schmerzes, der Sehnsucht, des Leidens und der Ekstase. Der Ausdruck war so schön wie die herrlichste Arie, die jemals komponiert worden war.

»'Ring«, flüsterte sie und schmiegte sich wieder in seine Umarmung.

»Ich liebe dich, Maddie«, sagte er schließlich. »Ich habe nach dir gesucht. Ich habe mein Heim und die Familie verlassen, um dich zu finden. Du bist ein Teil von mir.«

»Ja«, antwortete sie. »Ich denke, daß ich das vielleicht bin.«

13

Am Morgen machten sie sich dann auf den Weg ins Tal. Sie frühstückten wieder Hasenbraten, und Maddie lachte 'Ring aus, als er sich über diese eintönige Kost beschwerte.

»Ist das der Mann, der lieber verschimmelten Armeezwieback ißt als mein Gemüse und mein frisches Brot?« neckte sie ihn. »Mein Vater konnte jahrelang nur von Hasenbraten leben, und ich bezweifle, daß er sich auch nur einmal darüber beschwert hat.«

»Dein Vater«, sagte er leise. »Dieser alte Mann?«

»Alt? Wie kannst du nur so etwas sagen, du . . .«

Sie lachten und neckten sich auf dem ganzen Weg ins Tal, und Maddie erkannte bald, daß sie genausoviel Macht über ihn besaß wie er über sie. Wenn sie auf den Boden zu fallen drohte und er ihr ganz nahe kam, um sie aufzufangen, berührte sie ihn an den ungewöhnlichsten Stellen – manchmal an der Innenseite seiner Schenkel, manchmal streiften ihn ihre Brüste.

Er lachte, fing sie in seinen Armen auf, wirbelte sie im Kreis herum, und dann rollten sie gemeinsam den Abhang hinunter, wobei er sie mit seinem Körper vor Dornen und scharfen Felskanten schützte.

'Ring küßte ihren Hals, schrak aber plötzlich zusammen.

»Pst«, sagte er, hob den Kopf und lauschte.

»Was ist das?«

»Mein Pferd.«

»Hm«, sagte Maddie, ohne großes Interesse für seine Feststellung zu zeigen. »Ich denke, hier sind wir ziemlich ungestört.« Es dauerte einen Moment, bis sie ihre fünf Sinne wieder beisammen hatte, doch dann schob sie ihn von sich weg, um ihn anzublicken. »Was hast du gesagt?«

»Butterblume.«

Es dauerte noch eine Sekunde, bis sie wieder klar denken konnte. »Wenn es dein Pferd ist, heißt das, daß der Räuber in unserer Nähe ist. Bist du sicher, daß du den Hufschlag deines Pferdes wiedererkennen kannst?«

»Perfektes Gehör – erinnerst du dich?« sagte er und legte seinen Mund wieder an ihren Hals.

Sie mußte ihn dreimal kräftig schütteln, bis sie seinen Kopf von der Stelle bewegen konnte, und sie mußte auch noch ihr Knie benützen, um Eindruck auf ihn zu machen. »'Ring, wir müssen etwas unternehmen.«

»Das habe ich vor. Ich gedenke, mir mein Pferd zurückzuholen. Ich habe mit dem Mann, der uns beraubt hat, noch ein Hühnchen zu rupfen.«

Maddies Augen weiteten sich. »Wir sollten eher von hier verschwinden. Das Pferd ist nicht so wichtig. Laß uns ins Tal gehen. Ich werde dir ein anderes Pferd kaufen, oder . . . du bist ja reich. Du kannst dir selbst ein Pferd kaufen.«

Er schien über etwas sehr ernsthaft nachzudenken. »Nein, das ist eine Sache, die ich erledigen muß.«

»'Ring, sei vernünftig. Du hast keine Waffe, und wir sind aneinandergekettet. Du kannst dich nicht gegen einen bewaffneten Mann wehren. Wir wollen erst ins Tal hinunter. Dann kannst du Frank und Sam um Hilfe bitten.«

»Ich traue diesen beiden nicht. Nein, ich denke, jetzt ist der richtige Augenblick. Ich vermute, daß mich der Gauner sogar erwartet, sonst wäre er nicht hier.«

'Ring stand auf, und damit zwang er auch Maddie, sich zu erheben.

Sie legte ihr Hände auf seine Brust. »Tu das nicht, 'Ring«, flehte sie. »Bitte, ich werde es nicht zulassen.« Sie setzte sich auf einen umgefallenen Baum und verschränkte die Arme vor der Brust.

Er sah auf sie hinunter, als ob er sich im stillen über sie amüsierte.

»Schau mich bloß nicht so an!« zischte sie. »Ich bin keine dumme Gans.«

Sein Mund zuckte belustigt.

Es gibt nichts auf der Welt, was eine Frau mehr empören könnte als ein spöttisch grinsender Mann. Maddie weigerte sich, auch nur noch ein Wort zu sagen, und starrte statt dessen geradeaus auf eine Espe.

»Du willst mich nicht gehen lassen, nicht wahr?«

Sie schwieg noch immer. Er beugte sich lachend vor und hob sie hoch. »Was für eine interessante Position. Wir könnten so gemeinsam auf diesen Mann losgehen«, spottete er.

Sie hämmerte mit der freien Hand auf die Rückseite seines Oberschenkels. »Du kannst nicht auf ihn losgehen. Du kannst nicht dein Leben für ein Pferd riskieren.«

Bei diesen Worte drehte er sie um und stellte sie vor sich hin. »Du machst dir meinetwegen Sorgen?«

Sie sah ihn entrüstet an. »Ich weiß nicht, warum. Ich schätze, ich mache mir nur deswegen Sorgen, weil es dabei auch um meine Haut geht – schließlich bin ich an dich gekettet, und ich könnte auch verletzt werden, wenn die Kugeln umherfliegen.«

Er lächelte und strich ihr das Haar aus den Augen. »Ich bin froh, daß du nur deinetwegen besorgt bist.«

»Bitte, riskiere nicht dein Leben – oder meines.«

Er lächelte noch immer. »Dann sollte ich wohl besser nicht

dein Leben riskieren, schätze ich. Die Welt würde viel verlieren, wenn Sie dich und deine dir von Gott geschenkte Stimme entbehren müßte.«

Sie atmete erleichtert auf und war froh, daß er Vernunft annahm und nicht versuchte, den Helden zu spielen und auf diesen Mann loszugehen. Sie lächelte ihn noch immer an, als er in die Tasche griff und einen Schlüssel hervorkramte. Sie lächelte, als er ihre rechte gefesselte Hand hob und sie auf die Handfläche küßte. Sie lächelte sogar noch, als er den Schlüssel in das Schloß steckte.

»Vielen Dank«, sagte sie mit süßer Stimme, als er sie von der Fessel befreit hatte. Erst als sie sah, daß er den Schlüssel auch in das Schloß seiner Handschelle steckte, begriff sie, was vor sich ging. Sie rieb sich das wunde Handgelenk und sagte leise: »Du hattest den Schlüssel die ganze Zeit bei dir?«

»Natürlich. Und nun, mein Herz, möchte ich, daß du hierbleibst und auf mich wartest. Ich will mir Butterblume holen und dann komme ich zurück. Versuche, dich still zu verhalten.«

»Du hattest den Schlüssel.«

»Sicher. Das sagte ich doch schon. Ich denke, dein Indianerfreund wird so lange auf dich aufpassen, aber so genau weiß ich das natürlich nicht. Deshalb solltest du dich still verhalten.«

»Du hattest den Schlüssel.«

'Ring blickte sie an und sah eine Frau, die im Begriff stand, sehr, sehr zornig zu werden. »Du nimmst doch wohl nicht an, daß ich dem Mann den einzigen für die Fesseln vorhandenen Schlüssel überlassen hätte, oder? Ist dir bewußt, was alles hätte passieren können, wenn es zu ernsthaften Schwierigkeiten gekommen wäre und wir beide aneinandergehangen hätten wie ein Paar Würstchen? Daran hast du doch sicherlich gedacht, nicht wahr?«

»Du hast die ganze Zeit hindurch den Schlüssel bei dir gehabt. Du hast mich belogen.«

»Du, mein Herz, bist die Königin aller Lügner. Komm, mein Schatz – hast du denn gar keinen Sinn für Humor?«

Jetzt war das Maß voll – und die Worte sprudelten nur so aus ihr heraus.

Er küßte sie. »Mich erwartet ein Geschäft, so gern ich hierbleiben und mit dir streiten würde. Ich komme zu dir zurück, sobald es mir möglich ist.«

Maddie hatte nicht genügend Zeit, sich wieder zu fangen, bevor er zwischen den Bäumen verschwunden war. Sie setzte sich auf den umgestürzten Baum und legte das Gesicht in die Hände. Sie dachte an die letzten drei Tage, in denen sie nicht eine Sekunde hatte allein sein können. Mit einemmal löste sich ihr Zorn in Luft auf, und sie lachte schallend. Er hatte ihr die üblen Tricks gründlich heimgezahlt.

Sie saß auf dem Baumstamm, die Arme um die Knie geschlungen, und dachte daran, was er getan hatte, als ihr wieder einfiel, was er in diesem Augenblick unternahm. Es war ihm zuzutrauen, zu dem Räuber zu gehen und von ihm die Rückgabe seines Pferdes zu verlangen – und der Räuber würde 'Ring diese Dreistigkeit mit einer Kugel entgelten.

Maddie konnte sich auch leise bewegen, und sie glitt so geräuschlos durch die Büsche und Sträucher wie eine Schlange Als sie so nahe bei dem Lager des Räubers war, um die Stimmen zu hören, hielt sie an. 'Ring schien außerordentlich gute Ohren zu haben, und sie wollte nicht, daß er sie bemerkte.

Aber er mußte sie bereits gehört haben, denn die Stimmen verstummten, sobald sie die Männer sehen konnte – und ihre Rede wurde von dem dumpfen Geräusch ersetzt, wenn Fleisch auf Fleisch trifft. Bevor sie bedachte, was sie da tat, bewegte sie sich auf die beiden Männer zu. Wenn sie an den Revolver des Räubers herankam und . . .

Sie dachte nicht weiter, weil Hears Good einen Pfeil vor ihre Füße schickte. Sie legte die Hand auf den Pfeilschaft, und ihr Mund wurde zu einem grimmigen Strich. Er wollte nicht zu ihr kommen, wenn sie nach ihm rief; aber er schlich in ihrer Nähe umher und spionierte ihr nach, wenn sie mit dem Mann zusammen war, den sie liebte.

»Zeig dich!« zischte sie, aber nur der Wind in den Bäumen antwortete ihr. Sie war versucht, sich ihm zu widersetzen und zu 'Ring zu gehen, obwohl Hears Good etwas anderes von ihr verlangte, aber sie war nicht so töricht. Auch wenn sie seine Methoden nicht mochte, wußte sie, daß Hears Goods Empfehlungen stets richtig waren.

Also setzte sich Maddie auf den Boden und wartete – wartete eine Ewigkeit, wie es ihr schien. Die Sonne neigte sich dem Horizont zu, während sie auf 'Rings Rückkehr wartete. Alle Muskeln in ihrem Körper waren angespannt, und Maddie befüchtete, jeden Moment einen Schuß zu hören.

Als ein Zweig hinter ihr knackte, drehte sie sich um und sah 'Ring zwischen den Bäumen. Sie lief zu ihm, legte den Arm um seine Schultern und fragte: »Bist du verwundet?«

Er stützte sich schwer auf sie. »Ich habe dich doch gebeten, dich fernzuhalten.«

»Ich dachte, daß ich dir vielleicht helfen könnte.«

»Und ich sagte, daß ich keine Hilfe brauche. Was tust du denn da?«

Sie tastete ihn mit den Händen ab und suchte nach irgendwelchen Wunden. »Ich will wissen, ob du verletzt bist.«

Er lächelte, als sie vor ihm kniete und mit beiden Händen über seine Waden und Schenkel zu seiner Taille und über seine Brust strich. »Maddie, laß uns über Nacht hierbleiben.«

»Nein.« Sie fuhr mit den Händen über seine Arme und Schultern. »Du scheinst nirgends zu bluten. Du hast nicht mal eine Schramme im Gesicht, aber ich habe gehört, wie ihr gekämpft habt. Was ist passiert?«

»Nicht viel. Ich habe ihn nur zur Vernunft gebracht, das ist alles.«

»Du hast die Oberhand gewonnen?«

»Mehr oder weniger. Was nun unsere Übernachtung betrifft . . .«

»Nein, das ist zu gefährlich. Ich traue diesem Räuber nicht. Laß uns ins Lager gehen. Ich muß morgen abend singen, und anschließend soll ich mich mit diesem Mann treffen und Briefe austauschen.«

»Was das betrifft . . .«

Sie legte ihm den Finger auf die Lippen und wollte ihn nicht aussprechen lassen. »Wir werden morgen darüber reden. Macht dein Pferd solchen Lärm? Was es wohl frißt?«

»Kakteen vermutlich. Er mag das Zeug. Ich muß ihm jedesmal die Stacheln aus der Nase ziehen.«

»Er hat die gleichen Probleme wie sein Herr.«

Er lächelte ihr zu, nahm sie bei der Hand, führte sie zu seinem Pferd und stieg hinter ihr auf. Auf dem Rest des Weges ins Tal streichelte er sie an zahlreichen Stellen ihres Körpers und sagte ihr ins Ohr, wie sehr er sich auf ein bißchen ungestörte Zweisamkeit heute nacht freute. Und er deutete verschiedene Dinge an, die er mit ihr unternehmen wollte.

Toby kam auf sie zugerannt. »Was habt ihr beiden denn so lange gemacht?« Er versuchte, einen barschen Ton anzuschlagen. Die Sorgen hatten sein faltiges Gesicht um mindestens zwanzig Jahre älter gemacht.

'Ring legte einen Arm um Maddie und den anderen um Toby, und sagte: »Geredet die meiste Zeit.«

»Bei dir stimmt das vermutlich auch«, brummte Toby.

»Wenn *ich* mit dieser kleinen Lady allein gewesen wäre . . .«

Maddie hörte den beiden nicht länger zu. Sie löste sich von 'Rings Seite, ging zu Edith und gab ihr Anweisung, Wasser warm zu machen und ein Bad für sie vorzubereiten. Edith klagte, daß es schon spät und Zeit wäre, sich schlafen zu legen.«

»Das ist es ja«, erwiderte Maddie, und Edith verstand endlich.

Edith gehorchte und murmelte vor sich hin, daß das Jüngste Gericht vor der Tür stehen müsse, wenn ihre königliche Hoheit die Nacht mit einem Mann verbringen wollte, aber sie setzte Wasser zum Kochen auf. Maddie nahm in einem aus Decken geformten Verschlag ihr Bad, und als sie sich gründlich gesäubert hatte, ging sie ins Zelt zurück.

Es war dunkel, und sie mußte eine Laterne anzünden, um etwas sehen zu können. 'Ring hatte sich auf ihrem Lager ausgestreckt. Seine Schultern waren breiter als die Liege, und seine Beine hingen über das Fußende. Er hatte sein schmutziges und zerrissenes Hemd nur halb aufgeknöpft, bevor ihn der Schlaf übermannt hatte. Es waren fast vier Tage vergangen, seit er sich zuletzt rasiert hatte, und schwarze Stoppeln bedeckten sein Gesicht.

Maddie ging zu ihm und küßte ihn auf die Lippen. Er lächelte ein wenig, wachte aber nicht auf.

»'Ring«, flüsterte sie, aber er bewegte sich nicht einmal.

Das ist also seine glühende Leidenschaft, dachte sie. Sie schien nicht so groß gewesen zu sein, daß sie ihn nachts wach halten konnte. Sie seufzte und betrachtete verdrossen die zusammengefalteten Decken in der Ecke. Wieder einmal mußte sie auf dem Boden schlafen, aber diesmal würde sie nicht von 'Rings starken Armen umfaßt werden. Sie war überzeugt, daß sie nicht würde schlafen können, aber kaum hatte sie sich auf den Decken ausgestreckt, war sie schon eingeschlafen.

Als Maddie erwachte, war es bereits später Morgen, und sie wußte sofort, daß etwas nicht stimmte. Ihr Kopf war noch benebelt vom Schlaf, aber ihre Sinne erfaßten, daß etwas geschehen sein mußte.

Als ihr Verstand erwachte, merkte sie, daß sie auf der Liege lag und nicht auf dem Boden. Irgendwann im Lauf der Nacht hatte 'Ring sie aufgehoben und dort hingebracht, aber er schlief nicht auf dem Boden. Er befand sich nicht einmal im Zelt.

Sie warf eine Decke über ihr Nachthemd und ging nach draußen. Edith beugte sich über das Lagerfeuer und rührte in einem Topf, und Toby saß am Boden und trank einen Becher Kaffee. »Wo ist er?« fragte Maddie mit einer Stimme, die ihnen bedeutete, daß sie keine Lügen hören wollte.

»Er hat Ihnen einen Brief hinterlassen«, erklärte Toby und holte ihn aus seiner Hemdtasche.

Maddie hatte keine Lust, den Brief zu lesen, aber sie wußte, daß sie es tun mußte. Mit bebenden Händen öffnete sie ihn.

Singe nicht heute abend. Warte auf mich. CHM.

Sie schaute Toby an. Da der Brief nur aus einem zusammengefalteten Blatt Papier bestand, hatte sie keinen Zweifel, daß Toby und Edith ihn vor ihr gelesen hatten. »Ist das alles? Wie lange soll ich auf ihn warten? Einen Tag? Eine Woche? Ein Jahr? Hat er sich wenigstens so weit herabgelassen, einem von euch zu sagen, wohin er gegangen ist? Oder wann er zurückzukehren gedenkt?«

»Nein, Madam«, erwiderte Toby, den Blick auf den Boden gerichtet. »Aber der Junge ist nie sonderlich gesprächig, wenn er sich was vorgenommen hat. Er macht immer alles mit sich allein ab.«

»Er hat immer nur Befehle gegeben, wollten Sie sagen«, murrte Maddie, drehte sich um und kehrte in ihr Zelt zurück.

Dort setzte sie sich auf die Liege und betrachtete den Brief. CHM, dachte sie. Seine Initialen, als wäre sie für ihn eine Fremde – eine Armeeangehörige gewissermaßen. Als ob sie ...

Sie konnte ihren Zorn nicht lange aufrechterhalten. Sie wußte genau, wohin er gegangen war – er suchte die Männer, die Laurel entführt hatten. Sie hatte befürchtet, daß das passieren würde, wenn sie ihm erzählte, warum sie hier im Westen sang. Sie hatte vom ersten Moment ihrer Begegnung an gewußt, daß er der Typ von Mann war, der Verantwortung übernehmen würde. Er dachte, daß er alle Angelegenheiten regeln müßte.

Sie zog sich an, aber ihre Finger zitterten so sehr, daß sie ihr Kleid nicht zuknöpfen konnte. Sie rief Edith herein.

»Was haben Sie vor?« fragte Edith.

»Natürlich werde ich singen. Ich kann nicht zulassen, daß Captain Montgomery mein Leben beherrscht. Ich werde ...« Sie hielt inne und holte tief Luft. »Ich werde heute abend nicht singen. Ich warte auf ihn. Ich tue genau das, was er von mir verlangt.«

»Die Goldgräber werden toben. Sie haben das Klavier für Sie hierhergeschafft, und sie kommen aus den letzten Winkeln der Berge, um Sie singen zu hören.«

»Schön. Ich werde aber nicht singen!« brüllte Maddie fast. »Wenn der Captain sein Leben riskieren kann, kann ich ...« Sie brach ab. Sie wollte verdammt sein, wenn sie vor Edith zu weinen begann. »Laß mich allein. Sag den Goldgräbern, daß ich krank geworden bin.«

Edith brummelte etwas, um ihre Mißbilligung kundzutun, und verließ das Zelt.

Maddie saß lange in ihrem Zelt, den Kopf auf die Hände gestützt. Warum mußte er das tun? War es nicht schon schlimm genug, daß sie sich Sorgen um Laurels Leben machte? Weshalb mußte er *sein* Leben ebenfalls aufs Spiel setzen?

Sie hörte jemanden im Zelt und glaubte, daß Edith Ordnung machte. Sie sah nicht einmal auf. »Geh weg.«

Es war Toby. »Ich habe Ihnen etwas zu essen gebracht«, sagte er leise.

»Ich möchte nichts essen.«

»Ich weiß, wie Ihnen zumute ist. Er macht jeden so wütend, daß man weder essen noch sonst was tun will.«

Maddie bedeckte das Gesicht mit beiden Händen. »Er ist fort, um meine Schwester zu suchen. Er ist allein gegangen, um sich mit ich weiß nicht wie vielen Leuten anzulegen. Sie werden ihn töten *und* meine Schwester auch.«

»Vielleicht, vielleicht auch nicht. Wissen Sie, es ist fast komisch, daß Sie ihn jetzt so sehr mögen. Ich habe ihn noch nie so wütend gesehen wie an dem Tag, als der Colonel ihm befahl, eine Opernsängerin zu eskortieren. Der Junge sagte, er würde Ihnen so einen Schrecken einjagen, daß Sie gleich wieder umkehren würden. Er hat Ihnen keinen Schrecken eingejagt, nicht wahr?«

»Aber jetzt jagt er mir einen Schrecken ein.«

»Haben Sie was dagegen, mir den Becher abzunehmen? Ich verbrenne mir sonst die Finger.«

Maddie nahm ihm den Becher ab und nippte geistesabwesend daran. »Warum sollte jemand Angst vor ihm haben?«

»Keine Ahnung. Aber der Oberst in Fort Breck haßt ihn.«

»Er haßt 'Ring? Wie kann jemand 'Ring nur hassen?«

Toby grinste sie an. »Haben Sie was dagegen, das belegte Brot eine Weile zu halten? Darf ich mich setzen?« Toby nahm einen Klappstuhl, faltete ihn auseinander und beugte sich vor. »Oberst Harrison möchte keinen Helden unter seinem Kommando haben, verstehen Sie? Das gibt ihm das Gefühl von . . .«

»... Unterlegenheit?«

»Das ist das Wort, das der Junge verwendet hat – das und noch 'ne Menge anderer Worte. Der Oberst weiß über nichts Bescheid, und er hat Angst, daß der Junge befördert wird und er ihn bald mit Sir anreden müßte.«

»Aber dauert es nicht lange bei der Armee, bis man sich die Rangleiter emporarbeiten kann? Bestimmt ist der Oberst schon in Pension, wenn 'Ring zum General befördert wird.«

»Nicht, wie der Junge es anpackt. Er war vor ein paar Jahren erst Gefreiter.«

Maddie biß ein Stück vom Schinkenbrot ab. »Er hat das mal erwähnt.«

Toby wollte sich erheben. »Ich kann Ihnen ja mal die Geschichte erzählen, aber Sie haben jetzt Wichtigeres zu tun. Ich meine, bei Ihrem Kummer und so. Ich sollte Sie jetzt lieber allein lassen.«

»Nein, bitte, bleiben Sie hier. Eine Geschichte könnte mir helfen, meine Gedanken von 'Ring ... und Laurel abzulenken.«

»Also gut«, sagte Toby und setzte sich wieder hin. »Das liegt jetzt ungefähr vier Jahre zurück, und wir waren in Fort Breck. Manchmal kommt es mir so vor, als wären wir immer nur dort gewesen. Egal – wir rückten aus zu einem Kommandounternehmen, wie sie es dort nennen, aber eigentlich sollten wir nur schauen, ob wir etwas Feuerholz auftreiben konnten. Bei der Armee gibt es eine Menge solcher Aufträge. Es ist ein wirklich langweiliger Job, und das ist der Grund, warum so viele Männer sie – äh – verlassen, wenn Sie wissen, was ich meine.«

Maddie nickte. Deserteure.

»Wir ritten also aus dem Fort, und Captain Jackson ritt mit uns. Wir waren ungefähr fünfzehn – eine Menge, weil die Cheyennes damals richtiggehend böse waren. Offenbar hatten die Cheyennes es satt, daß die Siedler Häuser auf dem Land errichteten, das ihnen gehört, und alles Wild abschossen. Und die Siedler – Himmel, es gibt kein gemeineres Volk auf Erden – hatten die Vorstellung, daß nur ein toter Indianer ein guter Indianer ist, und so nahmen sie sich Indianer als Zielscheiben für Schießübungen. Die Cheyennes hatten dafür wenig Verständnis.«

Maddie wußte nur zu gut, was die Weißen den Indianern angetan hatten.

»Da die Armee dafür da war, die Siedler zu beschützen, waren die Soldaten sozusagen Feinde der Cheyennes. Die Indianer beschlossen an jenem Tag, ein paar weiße Soldaten zu töten.« Toby schwieg einen Moment. »Sie tauchten aus dem Nirgendwo auf und rannten einfach auf uns zu und schossen. Captain Jackson war der erste, der zu Boden ging – die Indianer wollten vermutlich seinen prächtigen Rock haben. Ich war einer der nächsten, die es erwischte. Bekam einen Schuß in die Schulter und einen zweiten ins Bein.« Er holte Luft. »Die Männer gerieten in Panik. Himmel, sie waren genausowenig Soldaten wie ich – nur Bauern und Männer, die vor dem Gesetz oder sonst was auf der Flucht waren. Kaum einer von ihnen konnte reiten und noch weniger schießen. Als die Indianer uns attackierten, fiel die Hälfte von unseren Leuten von den Pferden.«

»'Ring übernahm das Kommando«, vermutete Maddie.

»Das tat er.« Toby grinste. »Sie haben nichts in Ihrem Leben gesehen, wenn Sie den Jungen nicht in einem Gefecht erlebt haben. Ich schwöre, er wird noch größer. Er brüllte und gab Befehle, und da den anderen nichts Besseres einfiel, gehorchten sie ihm.«

»Und was geschah mit Ihnen?« Maddie war sich nicht sicher; aber sie glaubte, Tränen in Tobys Augen blinken zu sehen.

»Er warf mich über die Schulter und trug mich. Ich sagte zu ihm, daß ich zu nichts nütze und schon so gut wie tot wäre, aber er hörte nicht auf mich. Er trug mich auf der Schulter und brüllte gleichzeitig seine Befehle.« Toby schniefte ein bißchen. »Jedenfalls brachte er alle Männer dazu, sich zu einem Kreis zusammenzuschließen. Es gab keine Deckung, aber eine Senke. Er befahl allen, sich hinzulegen, und er ließ keine Panik mehr zu. Er sagte, Hilfe sei bereits unterwegs, und wir würden bald von einer anderen Kompanie unterstützt.«

»Und war Hilfe unterwegs?«

»Teufel, nein! Entschuldigen Sie, Madam. Die Soldaten im Fort dachten, daß wir Holz sammeln, und dabei hätte uns doch niemand helfen müssen.«

»Und das wußten Sie damals?«

»Ich wußte es, und der Junge wußte es ebenfalls, aber die andern nicht. Sie wollten dem Jungen glauben, schätzte ich, und sie taten es. Der Junge wollte sie nicht eher schießen lassen, bis sie sicher waren, daß sie mit ihrer Kugel jemanden töten konnten.« Toby grinste. »Sie hätten ihn sehen sollen. Er war so locker, wie man nur sein kann, und gab den Männern Schießunterricht. Man hätte glauben können, daß wir auf einem Schießstand gewesen wären. Die Cheyennes nahmen sich Zeit. Ich glaube, sie genossen diesen Sport.«

»Genauso wie die Siedler es genossen, wenn sie die Cheyennes zum Scheibenschießen benützten?« fragte Maddie.

»So ungefähr. Wir blieben dort den ganzen Tag und die ganze Nacht. Das Trinkwasser ging uns aus, und die Leute stritten sich um das wenige Wasser, das noch übrig war. 'Ring nahm alle Vorräte an sich und verteilte das Wasser schluckweise. Wir wußten nicht, ob wir verdursten oder von den Cheyennes umgebracht würden.«

»Warum hat er nicht jemanden losgeschickt, um Hilfe zu holen?«

»Wen hätte er denn losschicken sollen? Ich war verwundet, und wenn der Junge die Männer verlassen hätte, wären sie verloren gewesen. Jeder andere wäre nicht an den Indianern vorbeigekommen. Es blieb uns nichts anderes übrig, als zu warten und zu beten.«

»Aber wie konnten Sie sich befreien?«

Toby lachte. »Wenn es etwas gibt, worauf Sie in der Armee bauen können, dann ist das die Verwirrung. Der Kommandeur von Fort Breck war ein alter Trunkenbold, und die Männer hatten genug von ihm – jeder hatte ihn nach spätestens sechs Wochen satt. Sie beschlossen zu desertieren. Das heißt, nachdem sie ein paar Fässer Whisky geklaut hatten.« Toby schloß die Augen, als er an den Tag zurückdachte. »Wir lagen in diesem Loch, halbtot vor Durst, und kämpften um unser Leben. Plötzlich taucht eine ganze Schwadron von betrunkenen Soldaten auf, die von der Armee desertierten. Ich glaube nicht, daß die Indianer verstanden haben, was vor sich ging. Sie machten eine kurze Feuerpause, und die nützte der Junge für seinen Trick aus.«

»Was hat er getan?«

»Ich war damals schon nicht mehr ganz bei Bewußtsein, deshalb weiß ich es nicht ganz genau, aber der Junge brachte die Männer in der Senke dazu, aufzustehen und zu laufen. Sie sprangen hinten auf die Pferde der Betrunkenen auf, und alle schrien und traktierten die armen Pferde mit den Fersen.«

»Und Sie?«

Toby sah einen Moment zur Seite. »Der Junge schleppte mich die ganze Zeit. Ich bat ihn, mich liegenzulassen, aber er ist ja ein Sturkopf ohnegleichen.«

»Das ist er. Man kann nie vernünftig mit ihm reden.«

»Nein, das kann man nicht.«

»Also seid ihr alle heil ins Fort zurückgekommen.«

»Ein paar haben es nicht geschafft, aber das waren nicht viele.« Toby lachte leise. »Der Junge hat den Vorgesetzten von der Armee erzählt, daß die Soldaten, die eigentlich hatten desertieren wollen, einen Suchtrupp zusammengestellt hätten, weil wir uns verspätet hatten. Der Kommandeur war so betrunken gewesen, daß ihm unsere Abwesenheit gar nicht aufgefallen war, und deshalb konnte er den Jungen nicht der Lüge bezichtigen. Er war immerhin intelligent genug, den Vorteil der ganzen Sache zu erkennen. Er machte den Jungen zum Offizier – obwohl 'Ring sagte, daß er gar kein Offizier sein wollte –, verlieh ihm einen Orden, und die übrigen Leute bekamen eine Belobigung.«

Maddie lächelte. Die Geschichte paßte zu dem Mann, an den sie in den letzten Tagen gekettet gewesen war.

Toby stand auf. »Ich schätze, ich sollte Sie jetzt wohl besser allein lassen, Madam«, sagte er, während er zum Zeltausgang ging. Maddie nickte stumm.

14

Die drei darauffolgenden Tage waren für Maddie die Hölle. Geduldiges Warten war nicht ihre Stärke. Sie war daran gewöhnt, ihr Leben selbst zu bestimmen, aber nach Laurels Entführung und 'Rings Verschwinden hatte sie sich nie so ohnmächtig gefühlt wie jetzt.

Wenn die Goldgräber nicht gewesen wären, hätte sie wahrscheinlich den Verstand verloren. Die Goldgräber wollten von ihr unterhalten werden. Zuerst hatte sie einfach nein gesagt und behauptet, daß sie einen entzündeten Hals habe, aber dann waren ihr die Betteleien auf die Nerven gegangen. Sie wandte sich einer Gruppe zu und sagte ihr gründlich die Meinung. Sie brüllte sie mit der ganzen Kraft ihrer geschulten Lungen an und sagte ihnen, daß sie nicht für sie singen wollte.

Die Männer standen da und gafften sie ehrfurchtsvoll an. Maddie konnte sehr laut werden, wenn sie wollte. Einer der Männer, der von der Gewalt von Maddies Stimme beeindruckt war, meinte leise: »Ich schätze, Ihr Hals ist wieder gesund.«

Maddie drehte ihnen den Rücken zu, aber das hielt die Männer nicht davon ab, sie weiterhin mit ihrer Bitte zu belästigen. Maddie konnte keinen Schritt im Freien gehen, ohne daß sie von mindestens einem Goldgräber verfolgt wurde, der sie anbettelte, doch bitte für sie zu singen, aber Maddie blieb hart. Sie verbrachte die meiste Zeit des Tages in einem Wäldchen am Rand des Lagers und beobachtete die Straße.

Edith brachte ihr manchmal das Essen, aber meistens kam Toby mit einem Imbiß zu ihr.

»Kein Zeichen von ihm?« fragte er.

»Keines. Hätte er uns denn nicht sagen können, wo er hin wollte? Wenigstens die Richtung . . . Woher konnte er überhaupt wissen, wohin er sich wenden mußte?«

»Vielleicht wollte er den Mann verfolgen, mit dem Sie sich immer treffen.«

Maddie holte tief Luft. »Das fürchte ich.« Sie sah sich unter den Bäumen um. »Es könnte allerdings sein, daß er noch jemanden bei sich hat.«

»Ihr Indianerfreund?«

Sie blickte Toby scharf an.

»Der Junge hat mir nicht viel erzählt – er hatte gar nicht die Zeit dazu, bevor er ging. Aber er sagte etwas von Journalen und einem Indianer, der gute Ohren hat.«

»Ich glaube, Hears Good ist sein Begleiter. Hears Good wird auf ihn aufpassen.« Hoffentlich, setzte sie in Gedanken hinzu.

Toby stellte keine weiteren Fragen mehr und wandte sich zum Gehen. Dann sah er noch einmal über die Schultern zurück. »Oh, noch etwas – die Goldgräber, an deren Claims Sie sich beteiligt haben, sind zurückgekommen. Sie haben diese Steine gefunden.« Toby streckte die Hand aus, auf der vier schwarze Steine lagen.

»Was ist das?«

»Blei hauptsächlich.«

»Sind sie etwas wert?«

»Nicht viel.«

Maddie richtete den Blick wieder auf die Straße. Es war ihr gleichgültig, ob die vier Männer Gold fanden oder nicht. Sie wünschte sich nur, daß ihre Schwester und 'Ring wohlbehalten zu ihr zurückkamen.

Am dritten Tag gaben die Goldgräber ihre Bemühungen auf, sie zum Singen zu überreden.

Sie gingen auf der Straße an ihr vorbei, tippten mit dem Finger an ihre Hüte, sagten aber nicht viel.

Maddie versuchte gar nicht zu ergründen, warum die Männer sie in Ruhe ließen, aber sie war froh darüber. Sie ahnte nicht, daß Sam und Toby auf dem Hügel über ihr Posten bezogen hatten und über sie wachten wie ein Paar Schutzengel. Toby hatte sich so mit Waffen behängt, daß er aussah wie ein Pirat, und Sam hatte die nötige Figur, um jeden abzuschrecken, der vorhatte, Maddie zu belästigen.

Am Abend des dritten Tages begann sie die Hoffnung aufzugeben. Sie fürchtete, daß 'Rings Glückssträhne zu Ende gegangen war. Diesmal hatte er sich nicht aus einer lebensbedrohlichen Gefahr retten können. Maddie versuchte, wütend auf ihn zu sein. Sie hatte ihn vor den Männern, die Laurel in ihrer Gewalt hatten, gewarnt, aber er hatte ja nicht auf sie hören wollen. Nein, dachte sie, er weiß ja alles besser. Er glaubt, alles meistern zu können. Er meint, daß er allmächtig ist und daß er niemanden braucht und alles allein schafft.

Sie versuchte, sich in Rage zu bringen, aber es gelang ihr nicht. Sie sagte sich, daß sie bisher ihr Leben ohne 'Ring verbracht hatte und deshalb auch ohne ihn wieder ganz zufrieden leben würde, aber sie konnte sich selbst nicht davon überzeugen. Sie hatte sich früher nie für einen einsamen Menschen gehalten, aber jetzt erschien ihr das ganze Leben öde und einsam.

Sie wischte sich eine Träne aus dem Augenwinkel. Sie würde seinetwegen keine Tränen vergießen. Er hatte sich zu diesem Unternehmen entschlossen, und wenn es sein Wille war, dann mußte er es auch selbst verantworten.

Sie versuchte nüchtern zu überlegen, was sie tun konnte. Wenn er am nächsten Tag noch nicht zurück war, würde sie zu ihrem Vater reisen und ihn und seine Männer bitten, ihr zu helfen, Laurel wiederzufinden . . . und 'Ring. Was von ihm übriggeblieben war, setzte sie in Gedanken hinzu. Wenn er am nächsten Tag nicht zurück war, wußte sie, daß er tot war.

Vielleicht konnte ihr Vater seine Spur aufnehmen und ihn wiederfinden. Vielleicht wurde 'Ring irgendwo gefangengehalten.

Ein eisernes Band legte sich um ihre Brust. »O 'Ring«, flüsterte sie.

Sie lehnte sich an einen Baum und schloß die Augen. Egal, wie sie die Sache auch betrachtete – sein Tod würde sie zerschmettern.

Sie war sich nicht bewußt, daß Toby auf dem Hügel seine alten Augen zusammenkniff und auf die lange, mit Furchen übersäte Straße starrte. Sie hatte keine Ahnung, daß Sam, der in die gleiche Richtung blickte wie Toby, sich erhob. Maddie war zu sehr in ihren Kummer vertieft, um noch etwas anderes zu bemerken.

Sie spürte seine Gegenwart, bevor sie ihn sah. Langsam drehte sie sich um, und da stand er. 'Ring war von oben bis unten mit Schmutz bedeckt, und seine Kleider waren zerrissen. Er trug ein in eine Decke gewickeltes Bündel auf dem Arm. Aber sie sah nur ihn. Sie ging auf ihn zu und legte ihm die rechte Hand auf die Wange. Er war zerkratzt – lange Striemen liefen ihm seitlich am Gesicht hinunter, und manche davon bluteten noch immer.

Sie berührte ihn schweigend, blickte ihn nur an, bis sich Tränen in ihren Augen bildeten.

Er grinste sie an. »Ich bin ausgezogen, um mit dem Drachen zu kämpfen.«

Sie war zu froh, ihn lebend vor sich zu sehen, um seine Worte zu verstehen.

»Hier«, sagte er und ließ das schwere Bündel in ihre Arme fallen.

Sie schwankte unter dem Gewicht; aber 'Ring fing sie auf, ehe sie zu Boden stürzen konnte. Maddie brauchte ein paar Sekunden, um zu begreifen, was dieses Bündel darstellte.

'Ring zog die Decke zurück, und Maddie sah auf das schlafende Gesicht ihrer hübschen zwölfjährigen Schwester. Maddie hatte sie viele Jahre nicht gesehen, aber sie hätte sie überall sofort erkannt. Und sie trug auch die mit Diamanten und Perlen besetzte Brosche, die Maddie von ihrer Großmutter geschenkt bekommen hatte.

Maddie starrte 'Ring staunend an.

»Sie ist ein Schrecken der Menschheit«, sagte er und rieb sich die Wange. »Es ist mir unverständlich, wie jemand mit normalem Verstand auf die Idee kommen kann, sie zu entführen. Ich würde jedenfalls lieber zwei junge Grizzly-Bären kidnappen als dieses Biest.«

Maddie schaute stumm von einem zum andern. Sie konnte immer noch nicht glauben, daß sie beide in Sicherheit waren. »Sie . . . sie hat dich gekratzt?«

»Sie hätte mir fast ein Auge ausgerissen. Ich habe ihr zwar immer wieder gesagt, daß du mich geschickt hättest, aber ihre Entführer haben dasselbe behauptet. Sie hat sogar gebissen.«

»Ist sie gesund? Wurde sie verletzt? Hat ihr jemand ein Leid getan? Wie hast du sie gefunden? O 'Ring, ich . . .« Maddie konnte nicht mehr sagen.

'Ring half Maddie und Laurel, sich auf dem Boden niederzulassen. Maddie bettete die schlafende Laurel auf ihren Schoß und legte den Kopf an 'Rings Brust.

»Sie muß schrecklich müde sein.«

»Zwei erwachsene Männer zu bekämpfen, ist schließlich Schwerstarbeit.«

»Hat sie sich wirklich gewehrt?«

»Ich blute mindestens an einem Dutzend Stellen.«

»Erzähl mir, was passiert ist.«

»Nein, nicht jetzt. Jetzt brauche ich etwas zu essen und meinen Schlaf, und du wirst wohl mit diesem Satansbraten reden wollen. Hast du genug Platz und Essen für zwei Männer?«

»Und wenn ich selbst einen Büffel schießen müßte – für Nahrung wird gesorgt.«

»Ich würde darüber lachen, wenn ich nicht wüßte, daß du die Wahrheit sagst.«

»Wer hat dir geholfen?«

'Ring deutete mit dem Kopf zur Straße, und Maddie sah einen Mann auf sich zukommen, der ein wenig hinkte. Sie erkannte ihn sofort. Es war der Mann, der sie beraubt und ohne irgend etwas in den Bergen zurückgelassen hatte. Als er näher kam, zog er seinen Revolver und richtete ihn auf beide. Maddie wurde ganz steif.

»Steck die Kanone weg«, herrschte 'Ring ihn an, und der Mann schob seinen Revolver grinsend in das Halfter zurück.

»Du hast einen Räuber gebeten, dir zu helfen?« fragte Maddie.

Der junge Mann grinste sie an. »Ich würde es lieber sehen, wenn sie mich ›Rächer der Enterbten‹ nennen würden.«

»Ha!« schnaubte 'Ring. »Maddie, das ist mein kleiner Bruder Jamie. Es macht ihm schrecklichen Spaß, sich zu verkleiden und Frauen zu erschrecken.«

»Das schein ein Familienübel zu sein.«

Ein paar hundert Gedanken schossen Maddie gleichzeitig durch den Kopf, als sie den jungen Mann betrachtete. Der erste Impuls war, 'Ring und seinen Bruder zornig anzufahren, weil sie ihr in den Bergen einen so üblen Streich gespielt hatten, indem der eine sich als Räuber ausgab, der andere sein Opfer mimte und sie unschuldig dabeistand. Später hatten sie ihr vorgespielt, daß sie sich gegenseitig verprügelten. Zweifellos hatten sie bei diesem Treffen die Rettung von Laurel geplant.

Trotz ihres Ärgers betrachtete sie Jamie genauer. Toby hatte einmal gesagt, 'Ring sei der Häßliche unter seinen Brüdern.

Jamie hatte gelocktes schwarzes Haar, dichte schwarze Augenbrauen über leuchtend blauen Augen, eine feingemeißelte Nase, einen vollen sinnlichen Mund über einem eckigen Kinn, in dem sich ein Grübchen zeigte. Er war nicht ganz so groß wie 'Ring, aber genauso breit und kräftig gebaut.

Maddie drehte sich zur Seite und betrachtete 'Ring. »Du *bist* der Häßliche.«

Jamie lachte voll und tief. »Sie ist nicht nur eine Schönheit, sondern hat auch Verstand. Das hast du gut gemacht, Bruder.«

'Ring schien ihre Erklärung, daß sein Bruder besser aussah als er, nicht im geringsten zu stören. Er küßte sie auf die Wange. »Sie hat Verstand, das kann man sagen«, bekräftigte er, und Stolz schwang in seiner Stimme mit – und auch ein bißchen Verwunderung.

Jamie gähnte. »Du, Bruder, magst Liebe mehr brauchen als den Schlaf, aber das gilt nicht für mich. Wenn keiner was dagegen hat, würde ich gern von diesem Zelt dort Gebrauch machen. Steht ein Bett drin?« Er richtete die Frage an Toby, der gerade den Hügel herunterkam.

»Hätte mir denken können, daß einer von euch jungen Dachsen aufkreuzen würde«, brummte der Alte. »Komm – ich werde dir was zu essen verschaffen und dann ein Bett für dich suchen.«

Als Jamie an Maddie vorbeiging, zwinkerte er ihr zu.

Maddie saß still, Laurel auf ihrem Schoß, den Kopf an 'Rings Schulter.

»Kein Vortrag? Keine Gardinenpredigt, weil ich dich alleingelassen habe?«

»Keine«, sagte sie. »Ich bin nur froh, daß du in Sicherheit bist – das ist alles.«

»Keine Frage, wie es kommt, daß mein Bruder hier ist? Nichts?«

»Morgen werde ich für dich singen. Für dich allein.«

Er legte seinen Arm um sie.

»Hast du hier auf mich gewartet?« flüsterte er.

»Ich hatte die ganze Zeit, die du fort warst, schreckliche Angst.«

Er küßte ihren Nacken. »Dein Satansbraten von Schwester war nie in Gefahr. Die Männer haben sie in die Obhut einer alten Frau in einer baufälligen Hütte gegeben. Sie dachten, daß ein Stadtkind schreckliche Angst vor Wäldern haben müßte.«

Maddie schnaubte. »Doch nicht Jefferson Worths Tochter.«

»Richtig. Als Jamie und ich bei der alten Frau eintrafen, war sie schon fortgelaufen, und zwei Männer verfolgten ihre Spur. Sie war sehr schwer zu finden.«

»Das glaube ich gern«, antwortete Maddie stolz.

»War Hears Good in eurer Nähe?«

»Ich denke schon. Wir haben nie eine Spur von ihm gesehen, aber ich denke, ich habe ihn ein paarmal gehört.«

»Dann war es seine Absicht, daß ihr ihn hört.«

»Möglich. Jedenfalls haben Jamie und ich Laurel gefunden.«

»Und sie wollte nicht mit euch gehen?« Maddie deutete ein Lächeln an.

»Ein Drachen«, sagte 'Ring im ehrfürchtigen Ton. »Ich glaube nicht, daß ich jemals einem Menschen begegnet bin, der sich heftiger wehren kann als deine Schwester. Ich war ehrlich versucht, ihr den kleinen Hals umzudrehen.«

»Ich bin froh, daß du der Versuchung nicht erlegen bist. Wir sollten sie lieber zu Bett bringen, denke ich. Ihr müßt schrecklich erschöpft sein.«

'Ring mußte wirklich gegen den Schlaf ankämpfen. Weder er noch Jamie hatten in den letzten drei Tagen viel Ruhe gefunden. »Vielleicht hast du recht.«

'Ring wollte Laurel auf den Arm nehmen, aber Maddie ließ das nicht zu, deshalb legte er den Arm um ihre Schultern, und sie gingen zu dritt zum Zelt.

Toby hatte bereits von Edith Decken für 'Ring und Laurel auf dem Boden ausbreiten lassen. Jamie lag auf der Liege und ließ die Beine herunterhängen wie 'Ring vor drei Tagen.

»Ich schaffe ihn hinaus«, sagte 'Ring.

»Nein, laß ihn schlafen. Er kann die Liege haben. Ich wünschte mir nur, daß ich auch ein Bett für dich und Laurel hätte.«

'Ring war zu müde, um zu antworten. Er sah auf die Dekken, und im nächsten Moment lag er schon auf dem Boden und schlief. Maddie legte vorsichtig ihre kleine Schwester auf die zweite Decke und betrachtete lange ihr Gesicht. Nur ein Kind konnte nach allem, was sie in den letzten Stunden durchgemacht hatte, so ruhig schlafen wie Laurel. Sie küßte ihre Schwester auf die Stirn, sorgte dafür, daß sie gut zugedeckt war, löschte die Lampe und verließ das Zelt.

Toby wartete draußen auf sie. »Sind Sie wohlauf?«

Sie lächelte ihm zu. »Ja. Nur erschöpft. Ist noch etwas Kaffee übrig?«

Toby goß Kaffee in eine Tasse und reichte sie ihr. »Haben Sie herausbekommen, was passiert ist?«

Sie setzte sich neben dem Feuer auf den Boden und erzählte ihm, was sie wußte.

Toby starrte in die Flammen und nickte. »Ich habe von dem jungen Dachs auch nicht viel erfahren können«, sagte er.

Maddie lächelte bei dem Ton, in dem Toby das sagte. Offensichtlich war 'Ring für Toby der Favorit unter den Brüdern.

»Wie ist Jamie hierhergekommen?«

Toby schüttelte den Kopf. »Das ist eine sehr merkwürdige Familie, kann ich Ihnen sagen. Sein Vater hat mir einmal erzählt, daß manche Mädchen in ihrer Familie hellsehen können.«

Maddie nickte. »Ich habe davon gehört. Man nennt das manchmal das ›Zweite Gesicht‹. Aber ich kann mir in 'Rings Familie keine Wahrsagerin vorstellen.«

»Oh, sie halten das meistens geheim. Aber wenn ein Mädchen mit so einer Begabung in die Familie geboren wird, taufen sie es Christiana. Im Moment lebt eine Hellseherin in der Familie. Sie wohnt an der Küste; aber nicht in Maine, sondern im Westen. Sie ist noch ein Kind, jünger als ihre kleine Schwester dort im Zelt; aber sie hat mal eine Kirche voller Leute vor dem Feuertod gerettet; also weiß die Familie, daß sie das Zweite Gesicht hat.«

»Sie wußte, daß etwas nicht stimmte?«

»Offenbar hat sie vor ungefähr vier Monaten mit ihren Puppen gespielt und dabei ihrer Mutter erzählt, daß Onkel 'Ring bald in Gefahr schwebt.« Toby lächelte vor sich hin. »Ihre Mutter hat sofort einen Boten quer durch den Kontinent an die Ostküste geschickt, um dem Vater des Jungen eine Nachricht zu übermitteln. Und der Alte hat den jungen Dachs mobilisiert.«

Maddie nippte an ihrem Kaffee. »Und Jamie hat seinen Bruder gefunden und ist ihm gefolgt.«

»Als wir Sie beobachtet haben, hat 'Ring entdeckt, daß Ihnen die Entführer Ihrer Schwester auf den Fersen waren, und er merkte, daß ein Mann den Entführern folgte, und das paßte irgendwie nicht ins Bild.«

»Und dieser einzelne Mann war Jamie?«

»Richtig.«

Sie schüttelte den Kopf. »Und als Jamie sah, daß wir beide aneinandergekettet waren, beschloß er, den Räuber – nein, den ›Rächer der Enterbten‹ – zu spielen, nahm 'Ring das Pferd und alle anderen Habseligkeiten weg.« Sie schwieg eine Weile. Kein Wunder, daß 'Ring so ruhig geblieben war, als der Mann ihm sein kostbares Pferd weggenommen hatte. Er war sicher, daß das Pferd bei seinem Bruder gut aufgehoben war. 'Ring hatte auch gewußt, daß sein Bruder in den drei Tagen, als sie im Wald kampiert hatten, Wache gehalten hatte. Und zudem hatte er die ganze Zeit über die Schlüssel für die Handschellen bei sich getragen.

Sie dachte daran, wie er gegrinst hatte, als sie so große Angst um ihn hatte, weil er dem Räuber nachgehen wollte. Sie dachte an den Boxkampf, den sie vorgetäuscht hatten. 'Ring hatte gewußt, daß sie ihn belauschen würde. Und sie hatte sich noch gewundert, daß er nicht einmal einen blauen Fleck von dem Kampf mit dem »Räuber« davongetragen hatte.

Sie stand auf. Vielleicht sollte sie verärgert sein, aber sie war es nicht. Was 'Ring auch getan hatte – er hatte ihr Laurel zurückgebracht. »Ich lege mich jetzt hin«, sagte sie, drehte sich um und ging ins Zelt. Sie legte sich neben 'Ring, und er zog sie im Schlaf an sich. Maddie legte den Arm um Laurel und schlief ein.

»Ist alles in Ordnung mit dir?« fragte Maddie Laurel am nächsten Morgen. Sie befanden sich allein im Zelt und saßen nebeneinander auf der Liege. »Und keine Lügen. Ich möchte die Wahrheit wissen.«

Laurel berichtete ihr von ihren Erlebnissen in einer Kette von Flüchen und deftigen Schimpfworten, die jede andere Lady entsetzt hätten. Doch Maddie wußte, in welcher Umgebung Laurel aufgewachsen war. Erst als sie selbst von ihrem Vater und seinen Freunden getrennt gewesen war, war ihr aufgegangen, wie unkonventionell ihre Kindheit gewesen war. Ihre Familie hatte von anderen Leuten isoliert gelebt, und ihre Freunde waren Waldläufer aus der Pionierzeit, die mit ihrem Vater den Wilden Westen erforscht hatten. Statt das Nähen zu lernen und wie man einen Tee anzubieten hat, wie sich das für junge Damen schickte, war sie darin unterwiesen worden, wie man einen Büffel ausweidete, Fallen für Biber aufstellte und Rehleder mit Perlen bestickte. Als sie beschloß, Sängerin zu werden, hatte sie nur ein paar schmutzige Gassenhauer gekannt. Sie hatte zwar gelernt, in der Wildnis allein zu überleben, aber sie konnte Seide von einem Baumwolltuch nicht unterscheiden, bis sie John kennenlernte.

Maddie lächelte ihre kleine Schwester an und strich ihr eine Strähne aus der Stirn. »Ich hatte Angst um dich.«

Laurel betrachtete ihre Schwester mit einiger Ehrfurcht. Sie konnte sich nur noch vage an die paar Jahre erinnern, die sie und ihre ältere, berühmte Schwester zusammen verbracht hatten, und sie hatte alles, was es über oder von Maddie gab – Plakate, Zeitungsausschnitte, gepreßte Blumen, Briefe, die Maddie ihr schickte – gesammelt und in ein Buch geklebt.

»Sie sagten, daß du mich brauchen würdest«, erzählte Laurel. »Ich bin mit diesem Priester gegangen, weil er behauptet hat, du hättest eine schlechte Medizin.«

Laurels Worte erschreckten Maddie und riefen zugleich Erinnerungen in ihr wach.

»Ich hatte Angst um dich«, sagte Laurel leise, und in ihren Augen spiegelte sich ihr Herz.

Maddie lächelte und nahm die Hände ihrer kleinen Schwester in ihre. »Ich hatte auch große Angst um dich, aber ich konnte nicht zu dir kommen.« Sie strich ihrer Schwester über die Wangen und dachte in diesem Moment daran, wie sehr die »Zivilisation« sie verändert hatte. In der zivilisierten Welt gaben die Leute nicht zu, daß sie Angst hatten oder sich nach einem anderen Menschen sehnten. Nein, in der zivilisierten Welt versteckte man seine Gefühle oder leugnete sie. Und wenn jemand sagte, daß er einen brauchte, oder, wie Laurel es vorhin ausdrückte, »schlechte Medizin« – Pech – hatte, ließ man nicht alles stehen und liegen, um dem Betreffenden in seiner Not zu helfen.

Laurel berichtete weiter: »Der Mann war ein verdammter Himmelspilot, aber er flößte mir Wein ein, und ich schlief ein.« Sie blickte Maddie an. »Aber er hat sein Fett abbekommen. Er hat sich eine Kugel eingefangen.«

Maddie riß die Augen auf. Ein Mann, der sich als Priester ausgegeben hatte, hatte Laurel entführt und ihr ein Betäubungsmittel eingeflößt, aber offenbar hatte ihn dann jemand erschossen. »Hast du ihn getötet?«

»Nein, irgendein Viehdieb.«

Maddie war froh, zu hören, daß nicht ihre Schwester, sondern ein anderer Verbrecher den Entführer umgebracht hatte. Sie drückte ihre kleine Schwester fest an sich. »Ich bin so froh, daß du wieder in Sicherheit bist. Du scheinst 'Ring einen großen Kampf geliefert zu haben.«

Laurel löste sich aus der Umarmung und sah Maddie an. »Er dachte, ich würde ihm alles glauben, als er in dieser Hütte auftauchte. Er meinte, ich würde einfach so mitgehen, als wäre er Gott, der Allmächtige.«

Maddie drückte ihre Schwester wieder an sich, damit sie

ihr Lächeln nicht sah. Sie konnte sich sehr gut vorstellen, wie 'Ring Laurel gesagt hatte, was sie zu tun und zu lassen hatte. »Er neigt dazu, den Herrgott zu spielen«, sagte Maddie; »aber man darf hoffen, daß er lernfähig ist. Haben die Entführer dich schlecht behandelt? Haben sie dir etwas angetan?«

»Sie haben versucht, mir Angst einzujagen, aber ich habe ›Büffeltee‹ in ihr Essen getan, und da haben sie mich in Ruhe gelassen.«

Maddie runzelte die Stirn. Tapferkeit war eine Sache, aber Dummheit eine andere, und daß Laurel Urin in das Essen der Entführer geschüttet hatte, war zweifellos eine Dummheit gewesen. »Laurel, ich denke . . .«

Laurel erkannte schon am Ton, wenn jemand ihr eine Lektion erteilen wollte, und sagte rasch: »Übrigens, wenn wir schon von Büffeltee sprechen – hast du was zu futtern für mich? Ich habe einen solchen tierischen Hunger, daß ich Büffelfransen essen könnte.«

Maddie lachte. Ihre Schwester war offensichtlich in bester Verfassung, und das bißchen, was Laurel ihr bisher erzählt hatte, reichte schon, daß Maddie fast Mitleid mit den Entführern hatte. Zweifellos hatte man die Männer für diesen Job angeheuert, und der Bote, mit dem sich Maddie ein paarmal in den Wäldern getroffen hatte, hatte diese Vermutung ja auch bestätigt. Sie wußten offenbar nicht, wie sie mit einer zwölf Jahre alten Range wie Laurel, die ihnen Urin ins Essen schüttete, umgehen mußten.

»Geh und laß dir was zu essen geben«, sagte Maddie, und als Laurel sich erhob, faßte Maddie sie noch einmal bei der Hand. »Aber wenn du mit anderen redest, solltest du dich gesittet ausdrücken. Sonst verstehen sie dich nicht und sind schockiert.«

Laurels Mund wurde zu einem grimmigen Strich.

»Dieser . . . dieser Mann von dir, der hat . . .«

»Was hat 'Ring getan?«

»Er hat mich übers Knie gelegt – das hat er getan.«

Maddie mußte sich auf die Zunge beißen, um nicht laut zu lachen. Ihr Vater hatte das seinen Töchtern jedesmal angedroht, wenn sie fluchten, aber er war viel zu weichherzig gewesen und hatte es niemals fertiggebracht, ihnen auch nur eine Ohrfeige zu geben. Ihre Mutter war da schon strenger gewesen. »Stell dir vor, du sprichst mit Mutter.«

Laurel nickte. »Was für Leute sind diese Ostküstenmenschen? Sind das Männer?«

»Ja«, antwortete Maddie. »Es sind Männer. Geh jetzt und besorg dir was zu essen.«

Maddie stand auf. Ja, diese Ostküstenleute waren Männer, zwar anders als die Männer, die sie als Kind gekannt hatte – aber sie waren zweifellos Männer.

Etwas später an diesem Morgen teilte Laurel Maddie mit, daß sie nach Hause zu ihren Eltern und nicht mehr zu ihrer Tante wollte.

'Ring betrachtete das Kind und sagte: »Es wird eine Weile dauern, bis ich dich begleiten kann. Aber ich werde dich so bald wie möglich zu deinen Eltern bringen.«

Ehe Maddie den Mund auftun konnte, fauchte Laurel 'Ring an: »Sie! Wer braucht Sie denn dazu? Ich kann allein gehen.«

Maddie wollte sich in diese Auseinandersetzung einmischen, und sie merkte, daß sie eher dazu neigte, 'Ring vor Laurel zu beschützen.

'Ring wirkte ein wenig verwirrt. »Ich meinte doch nur . . .«

»Sie meinten genau das, was Sie gesagt haben, Sie . . .« Laurel brach ab, als sie einen warnenden Blick von Maddie auffing. »Wir brauchen Sie nicht – nicht wahr, Maddie? Wir können sehr gut auf uns allein aufpassen.« Laurel schob das Kinn vor. »Und außerdem haben wir Hears Good.«

'Ring schnaubte. »Er schaut nur zu. Er hilft nie direkt. Zudem glaube ich allmählich, daß er gar nicht existiert. Ich denke, er ist nur eine Ausgeburt deiner und Maddies Phantasie.«

Laurel sah aus, als wäre sie bereit, eine Kiste voll Nägel zu verschlingen, und Maddie mußte sich den Mund zuhalten, um nicht laut herauszuplatzen. Ihre kleine Schwester ahnte nicht, daß 'Ring sie nur neckte und sich über Laurels Entrüstung amüsierte.

Laurel sah zu den Bäumen und sagte laut: »Ich brauche dich.«

Maddie war gespannt, ob Hears Good sich zeigen würde, wenn man ihn so direkt dazu aufforderte. Sie zweifelte nicht daran, daß er ihnen so nahe war, daß er alles mithören konnte; denn Hears Good war schon immer ein sehr neugieriger Mensch gewesen und fand die Streitereien zwischen Bleichgesichtern unglaublich faszinierend.

Laurel hatte die Arme vor der Brust verschränkt und klopfte mit einem Fuß auf die Erde, während 'Ring so tat, als suchte er mit den Augen angestrengt die Bäume ab.

»Ich sehe deinen Phantom-Indianer leider nicht«, sagte er.

Maddie beobachtete, wie Laurel langsam die Zuversicht verlor, und wünschte, daß Hears Good sich zeigen möge. Sie stieß einen Pfiff aus und wartete.

Als sie schon meinte, Hears Good würde es doch vorziehen, unsichtbar zu bleiben, trat er unter den Bäumen hervor – und zog die Blicke aller auf sich.

Es gibt nichts – *absolut* nichts – auf dieser Welt, was an Großartigkeit einem Crow-Krieger in der Blüte seiner Jahre gleichkäme, und das traf für Hears Good zu. Er war hübsch, hochgewachsen und ausgesprochen gut proportioniert. Und seine Haltung zeigte, daß er selbstbewußt war.

Maddie sprach nicht mit ihm und versuchte auch nicht, ihm die Hand zu geben – nicht, wenn er als Krieger auftrat. Als Kind waren sie, ihre Schwestern und die Kinder von Hears Good auf ihm herumgekrabbelt, hatten ihn geneckt und allerlei Schabernack mit ihm getrieben, jedoch nie, wenn er als Krieger erschien. Dann hatten sie ihn voller Ehrfurcht angesehen – wie 'Ring, Jamie und Toby es nun taten.

So rasch, wie er erschienen war, verschwand Hears Good wieder zwischen den Bäumen.

Es dauerte einen Moment, ehe Laurel sagte: »Da. Sind Sie jetzt zufrieden? Glauben Sie immer noch nicht, daß er uns nach Hause bringen kann?«

'Ring hörte sie nicht. Er drehte sich zu seinem Bruder um, und sie lächelten sich zu. Es war, als wäre eine Kindheitslegende zum Leben erwacht und als ob sie sich nicht sicher waren, ob sie glauben sollten, was sie soeben gesehen hatten.

Jamie ging zu seinem Bruder und legte ihm den Arm um die Schultern. »Ich werde das nächste Mal Hears Good spielen«, sagte er. Das war ein Satz, den er offenbar oft als Junge verwendet hatte.

»Nur, wenn ich Jefferson Worths Rolle übernehme«, erwiderte 'Ring.

Laurel schaute Maddie an. »Wovon reden die eigentlich?«

Maddie lachte. »Jungs«, sagte sie, »sie sind jetzt kleine Jungs.«

»Fragen die beiden sie noch immer aus?« erkundigte sich Toby, der am Feuer hockte und seine zweite Portion gebratenen Speck aß.

Maddie gähnte und nickte. Unmittelbar nach Hears Goods Erscheinen hatten 'Ring und Jamie Laurel in das Zelt gerufen und sie gefragt, wo sie festgehalten worden war und warum. Zuerst hatte sich Maddie schützend vor ihre kleine Schwester gestellt, aber dann war ihr klargeworden, wie sehr Laurel die Aufmerksamkeit dieser beiden hübschen Männer genoß – selbst wenn sie 'Ring ausgesprochen kühl behandelte. Maddie merkte, daß ihre Schwester den blauäugigen Jamie besonders mochte, und Jamie warf dem Kind sehr bedeutsame Blicke zu.

Bevor Maddie das Zelt verließ, beugte sie sich zu Jamie hinunter und flüsterte: »Wenn Sie meiner kleinen Schwester etwas antun, breche ich Ihnen mehr als nur das Herz.«

Jamie lachte, als sie aus dem Zelt ging.

Maddie fühlte sich zum Singen aufgelegt. Sie erkannte, daß sie in den letzten Tagen tatsächlich keine Lust gehabt hatte zu singen. Es war das erste Mal gewesen, soweit sie zurückdenken konnte, daß ihr die Freude am Singen vergangen war. Doch jetzt wollte sie singen – und sie wollte für 'Ring singen.

»Haben die Goldgräber nicht erzählt, sie hätten das Klavier hergeschafft und in einem Gebäude untergebracht?« fragte sie Toby.

»Es steht dort oben auf dem Hügel in einem Schuppen, dem sie ein festes Dach und eine stabile Vorderwand verpaßt haben.«

»Gut«, entgegnete Maddie und stieg den Hügel hinauf. Das Gebäude war nur klein, hatte gerade Platz für das Klavier und einen Stuhl; aber das würde genügen. Sie lächelte, als sie daran dachte, wie 'Ring reagieren würde. Eine Opernsängerin auf der Bühne zu hören, war eine Sache; aber sie in einem kleinen Raum zu erleben, eine ganz andere.

Sie brauchte nicht lange, um Frank dafür zu gewinnen, daß er sie am Nachmittag auf dem Klavier begleitete. Edith bereitete für alle einen Lunch aus gebratenem Schinken und Brot vor. Maddie wollte mit Laurel reden, aber die Kleine schien nur noch Interesse für Jamie zu haben und ließ ihn nicht aus den Augen. Maddie warnte Jamie mit einem Blick aus schmalen Augen, und er hob beide Hände, als wollte er seine Unschuld beteuern.

Schließlich stand Maddie auf. »Ich werde jetzt ein bißchen üben«, erklärte sie, als handelte es sich um eine Nebensächlichkeit. »Möchtest du dabeisein, 'Ring?«

Er lächelte. »Vielleicht möchte ich das«, sagte er und folgte ihr zu der kleinen Hütte.

'Ring schloß die Tür hinter ihnen, während Maddie zum Klavier ging, an dem Frank bereits Platz genommen hatte. »›*Ah, fors' è lui*‹, bitte«, sagte sie leise zu ihm.

'Ring setzte sich auf den Stuhl, den Maddie vor das Klavier gestellt hatte, und lächelte ihr zu. Die herrliche Arie aus *La Traviata* zählte bereits zu seinen Lieblingsstücken, und Maddie hatte sie bisher schon zweimal gesungen. Doch es war ihm bisher noch nicht vergönnt gewesen, als einziger Zuhörer dieser begnadeten Stimme zu lauschen. Man kann sich zwar als Zuhörer in einem Opernhaus eine Vorstellung machen, wie kräftig die Stimme einer Sängerin sein muß, wenn man sie noch in der letzten Reihe hören kann, aber den Umfang und die ganze Gewalt der Stimme einer Opernsängerin kann man kaum ermessen.

Zunächst genoß 'Ring nur die Musik, während Maddie von ihrem Zweifel sang, ob sie Alfredo lieben solle oder nicht. Als sie jedoch zu der Stelle kam, an der sie sich fragt, ob ihre Seelen vielleicht nicht füreinander bestimmt sein könnten, weiteten sich seine Augen ein bißchen. Ihre Stimme – Talent und langjährige Schulung wirkten hier wohl zusammen – kam ganz tief aus ihrer Brust, und als sie von der *follia* sang – dem »Liebeswahnsinn«, der mit diesem italienischen Wort gemeint ist –, brachte die schiere Gewalt ihrer Stimme 'Rings Stuhl zum Vibrieren und mit ihm den ganzen Körper.

Sie sang von der verzehrenden Flamme der Liebe, von einer Liebe, die ein Mysterium ist – nicht erwerbbar, unerklärlich –, und von den Qualen und dem Entzücken ihres Herzens.

'Ring hatte noch nie in seinem Leben so etwas Schönes gesehen wie diese Frau. Er wußte, daß er sie schon seit einiger Zeit liebte, aber in diesem Moment sah er sie mit ganz anderen Augen an: als ein unglaublich begehrenswertes weibliches Wesen.

Frank überraschte 'Ring damit, daß er den Versuch wagte, Alfredos Part an der Stelle zu übernehmen, wo er unter Violettas Fenster steht und singt, daß die Liebe der Pulsschlag der Welt sei.

Maddies Triller, der Alfredos Gesang antwortete, ließ 'Ring erzittern. Das war ein Beben, das im Zentrum seines Körpers anhob und von dort ausstrahlte, bis es alle seine Glieder erfaßt hatte. Er umklammerte die Stuhllehne, als würde er auseinanderbrechen, wenn er sich nicht festhielt.

Maddie sah, wie das Blut aus 'Rings Gesicht wich, und wußte, daß sie sich einem ganz besonderen Publikum gegenübersah. Kristallklar sang sie ihre Noten, und ihre Töne waren absolute Perfektion.

Ehe der letzte Ton verhallt war, hatte 'Ring die Hütte verlassen. Er schloß leise die Tür hinter sich, lehnte sich gegen die Wand und versuchte, eine Zigarre aus der Tasche seines Hemds zu ziehen.

»Da bist du ja«, sagte Toby. »Ich habe dich schon überall gesucht, und dann hörte ich dieses Miauen und wußte, wo du zu finden bist. Ist dir nicht gut?«

»Ich . . .«, flüsterte 'Ring.

Toby trat sofort in Aktion. Er legte seine Hände auf 'Rings Brust und führte ihn zu einem Baumstumpf, damit er sich dort niedersetzen konnte. Als 'Ring immer noch vergeblich in seiner Hemdentasche herumfummelte, holte Toby eine Zigarre heraus, zündete sie an und steckte sie 'Ring zwischen die Lippen. Aber 'Ring zitterte so heftig, daß er sie kaum festhalten konnte.

»Was hast du?« forschte Toby.

»Ich glaube, ich habe soeben die Gärten des Paradieses besucht«, sagte 'Ring.

»Eh?«

»Ich habe vom Baum der Erkenntnis gegessen.«

Toby verstand noch immer nichts, und als Jamie zu den beiden trat, packte Toby ihn vorn am Hemd. »Kannst du vielleicht ein vernünftiges Wort aus ihm herausbekommen?«

»Ich habe mitgehört. Er sagte, daß er im Garten Eden war und dort eine Frucht gegessen hat.«

In diesem Augenblick öffnete Maddie die Tür der Hütte. Sie warf nur einen Blick auf 'Ring und verzog zornig den Mund. »Wie konntest du es wagen, den Raum zu verlassen, während ich gesungen habe«, sagte sie, warf die Tür hinter sich zu und stapfte wütend zu ihrem Zelt.

'Ring sah an Toby vorbei auf ihre Hüften und die winzige, vom Korsett zusammengeschnürte Taille.

Toby schaute von 'Ring zu Maddie und dann zurück zu Jamie. »Ich möchte verdammt sein«, flüsterte er. »Es hat ihn endlich erwischt.« Grinsend zog er 'Ring auf die Füße und schob ihn in Maddies Richtung. »Geh zu ihr und rede mit ihr«, sagte er lachend. »Bring sie wieder hierher zurück. Ich werde dafür sorgen, daß euch niemand stört.«

'Ring brachte seine Beine dazu, ihn bis zum Zelt zu tragen, aber seine Hand zitterte so heftig, daß er kaum die Zeltklappe am Eingang zurückschlagen konnte. Er war erst mit einem Fuß im Inneren, als bereits ein Bilderrahmen knapp an seinem Kopf vorbeiflog. Er schob sich mit dem ganzen Körper ins Zelt, und die Klappe schloß sich hinter ihm.

»Wie kannst du es wagen?« schrie Maddie. »Wie kannst du es wagen, den Raum zu verlassen, bevor ich mit dem Singen fertig bin?« Sie nahm einen kleinen Tiegel mit Gesichtscreme vom Tisch und schleuderte ihn in 'Rings Richtung.

'Ring fing ihn auf und ging auf sie zu.

»Ich warte auf deine Erklärung.« Als er kein Wort sagte, sondern nur langsam immer näher kam, nahm sie eine Parfümflasche vom Kofferdeckel und warf sie auf ihn. Er fing sie mit der rechten Hand auf.

Als er sie erreicht hatte, schob er beide Arme seitlich an ihr vorbei und legte die Gegenstände auf dem Koffer hinter ihr ab. Dann stand er einen Moment regungslos da und sah sie an.

Als sie ihm in die Augen blickte und darin las, was er emp fand, machte ihr Herz einen Satz. Sie hatte schon einen schwachen Abglanz dessen, was sie in seinen Augen erblickte, bei anderen Männern beobachtet – aber nichts, was an Intensität diesem Gefühl gleichkam. Er hatte sie bisher noch nie erschrecken können, aber diese Glut in seinen Augen jagte ihr Angst ein.

»'Ring, ich . . .«, hob sie an und verstummte. Wo war der beherrschte Mann geblieben, mit dem sie drei Tage in den Wäldern verbracht hatte?

Ehe sie einen klaren Gedanken fassen konnte, hatte er sie über seine Schulter geworfen und trug sie aus dem Zelt. Jamie, Toby, Edith, Frank, Sam und Laurel waren vor dem Zelt versammelt, und zwei Dutzend Goldgräber, die offenbar der Gesang herbeigelockt hatte, beobachteten die Szene. Maddie schloß die Augen, um diese Leute nicht ansehen zu müssen. Sie spürte, daß es keinen Sinn hatte, mit 'Ring zu reden. Er war nicht mehr der Mann, den sie bisher gekannt hatte.

Er brachte Maddie in die Hütte und schloß die Tür hinter sich. Er stellte Maddie auf die Füße und sah sie mit flammenden Augen an.

»'Ring – ich glaube, ich habe etwas vergessen. Vielleicht sollte ich ...«

Er fing sie in seinen Armen auf, als sie zur Tür eilen wollte. Seine Hände glitten über ihren Rücken, bis er die Rundungen ihres Gesäßes spürte, dann zog er sie an sich.

Maddie hielt einen Moment still. Dann sah sie ihn an. Seine Augen waren nicht nur dunkler geworden; er atmete auch anders.

Langsam senkte er seinen Mund auf ihren und küßte sie sacht.

Er hatte sie schon vorher geküßt, aber dieser Kuß war anders. Nun lag eine Glut darin, die sie früher nicht gespürt hatte. Sie sah blinzelnd zu ihm hoch, schluckte und wich einen Schritt zurück. »Ich glaube, ich – äh – ich muß mit Laurel sprechen.«

Sie legte die Hand auf den Türgriff. »Ich glaube, jemand hat nach mir gerufen.«

'Ring langte über ihren Kopf hinweg und schob den Riegel vor, daß niemand die Hütte betreten konnte.

Maddie ging rückwärts zum Klavier, und 'Ring folgte ihr. »Bist du sicher, daß sich jemand um dein Pferd kümmert? Du weißt, daß dieses Tier alles frißt, was ihm in die Quere kommt. Ich würde es nicht gern sehen, wenn jemand das kostbare Tier deswegen ...«

Er drängte sie in eine Ecke, stützte die Hände rechts und links von ihrem Kopf an die Wand, beugte sich vor und küßte sie – lange und sacht. Als Maddie die Knie weich wurden und sie zu Boden zu sinken drohte, faßte er sie um die Taille und zog sie an sich. Als er ihren Mund freigab, kam ihr Atem in kurzen, rauhen Stößen. Niemals hatte sie etwas Ähnliches empfunden wie jetzt. Sie sah ihn an, und ihr Körper wurde allein von dem Anblick seines Gesichts heiß.

»Ich ... ich weiß nicht, was ich tun soll«, flüsterte sie.

»Ich weiß das auch nicht so genau«, flüsterte er zurück. »Aber ich würde es gern lernen.«

Sie sah ihn mit einem schwachen Lächeln an. »Vielleicht sollten wir ein paar Lehrer einstellen.«

Seine Hände nestelten an den vielen kleinen Knöpfen auf ihrem Rücken, und er küßte ihren Hals, ihre Wange und ihre Augen. »Ich werde es dir beibringen, wenn du es mir beibringst.«

»Ja«, flüsterte sie, während ihre Angst langsam verflog. »O ja.«

»Maddie, ich . . .«, sagte er, und sie spürte, wie seine Finger auf ihrem Kleid zitterten.

Sie war sich nicht sicher, was als nächstes geschah. Die Knöpfe ließen sich nicht so leicht öffnen, also zog er einfach fester an. Der Stoff zerriß, und das Kleid fiel ihr in einer Wolke aus Seide um die Füße.

Er küßte sie abermals, diesmal nicht ganz so sacht. Er nahm eine Hand zu Hilfe, um ihren Kopf zu neigen, und sie öffnete ihren Mund unter seinen Lippen.

Sie merkte nicht einmal, wie ihre anderen Kleidungsstücke zu Boden fielen; aber in wenigen Sekunden lagen alle zu ihren Füßen.

Er hielt sie bei den Händen, trat einen Schritt zurück und sah sie an. Durch eine kleine Fensterscheibe sickerte fahles Licht.

Maddie spürte, wie ihr Körper unter seinem Blick errötete; aber er legte seine Finger unter ihr Kinn und hob ihr Gesicht an. »Du bist so schön wie deine Stimme«, sagte er.

Ein hohes Lob, jubilierte sie innerlich, das allerhöchste Lob. »Ich möchte dich sehen«, flüsterte sie.

'Ring schob eine bebende Hand an ihrer Schulter hinunter zu der Rundung ihrer Brust, dann abwärts zu ihrer Taille, und bewegte die Finger über ihren flachen, weichen Bauch.

Schließlich blickte er ihr in die Augen und sagte mit einem schiefen Lächeln: »Männer sehen nicht halb so interessant aus wie Frauen.«

Sie öffnete einen Hemdknopf, schob die Hand unter den Stoff und strich über die Haare auf seiner Brust, die warme Haut, die Wölbung seiner harten Muskeln. Langsam öffnete sie nun einen Knopf nach dem anderen, schob beide Hände unter sein Hemd und streifte es ihm von den Schultern. Dabei blickte sie zu ihm auf, und erkannte die Leidenschaft auf seinem Gesicht. Aber da war noch etwas anderes – ein Staunen, als erlebte er ein Wunder. Nach allem, was sie von ihm wußte, hatte es in seinem Leben nicht viele Frauen gegeben, und deshalb mußte das alles für ihn fast ebenso neu sein wie für sie. Dieser Gedanke war erregend, weckte in ihr eine neue prickelnde Spannung. Sie hatte sich immer vorgestellt, daß sie eines Tages einen Mann lieben würde, der ein erfahrener Meister in der Liebeskunst war und ihr alles beibrachte, was es auf diesem Gebiet zu lernen gab –, und sie hatte wahrlich genügend Männer gekannt, die ihr eben das angeboten hatten. Aber jetzt spürte sie, daß 'Ring fast so unwissend war wie sie, und das freute sie ungemein.

Sie schlang die Arme um ihn und spürte seine Haut.

Er hielt sie eng an sich gepreßt. »Ich habe es mir nie vorstellen können«, sagte er leise an ihrem Haar. »Ich hatte keine Ahnung, wovon sie eigentlich redeten. Toby sagte, das wäre etwas, was ein Mann haben *müßte.*«

Er begann wieder zu zittern, hielt sie dann von sich weg und blickte mit dunklen Augen auf sie hinunter. »Ich möchte dir nicht weh tun, aber ich spüre ein solches Verlangen.«

Sie lachte. »Du kannst mir gar nicht weh tun.« Sie biß ihn sacht in die Brust. »Das möchte ich erleben, daß du versuchst, mir weh zu tun.« Sie knabberte sacht an seiner Brust, ehe sie erlaubte, daß er sich von seiner Lust fortreißen ließ.

Jahre unterdrückter Leidenschaft explodierten in ihm.

Zuerst lächelte Maddie, als er begierig ihren Körper küßte, sich zu ihr hinabbeugte, seine Hände auf ihren Rücken legte, ihre nackten Beine gegen den rauhen Wollstoff seiner Hose preßte, und sich seine Gürtelschnalle in ihren weichen Bauch drückte. Doch als seine Lippen sich auf ihre Brust legten, hörte sie auf zu lächeln. Ihre Augen öffneten sich weit, und sie lehnte sich in seinen Armen zurück und ließ ihn ihr ganzes Gewicht tragen.

Er drückte sie gegen die Wand, hielt sie mit einer Hand an ihrer Schulter fest, während er mit seinem Mund und seiner anderen Hand ihren Körper erforschte.

»Wie schön du bist«, murmelte er. »Unglaublich faszinierend.«

»Ich bin so froh, daß ich dir gefalle«, brachte sie im Flüsterton heraus.

Sein Mund glitt an ihren Beinen abwärts, wobei 'Ring ihre Strumpfbänder löste und ihre Schuhe beiseite warf. Endlich kehrten seine Lippen wieder zu ihrem Mund zurück. »Du hast feine Flaumhärchen an deinen Beinen«, sagte er. Er hörte sich an wie ein Wissenschaftler, der eine bisher unbekannte Spezies beschreibt.

Sie konnte ihn nur kurz ansehen, als sie ihm die Arme um den Hals legte. »Oh, 'Ring, liebe mich bitte«, flüsterte sie.

»Sobald ich die Ouvertüre zu Ende gespielt habe«, sagte er und brachte sie damit zum Lächeln. Dann drehte er sie um. »Laß mich mal deine Rückseite sehen.«

Seine Hände streichelten ihren Rücken, und seine Lippen wanderten über ihre Wirbelsäule, dann um ihr Gesäß herum und an der Rückseite ihrer Beine hinunter. Als er ihre Fersen erreichte, knabberte er kurz daran, daß sie vor Vergnügen quietschte und erst den einen Fuß, dann den anderen anhob.

Sie drehte sich zu ihm um. Ihr Körper war heiß vor Verlangen nach ihm, und sie staunte, welche Macht er über sie hatte. Sie wollte jetzt ein bißchen Macht über ihn ausüben. Sie wich seiner Hand aus, die nach ihr griff.

»Maddie«, sagte er mit sehnsüchtiger Stimme, die Hände nach ihr ausgestreckt.

Wenn er sie so ansah wie jetzt, konnte sie ihm nichts verweigern. »Ausziehen«, sagte sie und deutete auf seine Hose.

Er grinste. »Man darf eine Lady nicht enttäuschen.«

Sie sah zu, wie er die wadenhohen Stiefel und seine Hose und Unterhose auszog.

Maddie wich an die Wand zurück und nahm sich Zeit, ihn zu betrachten. Da sie unter Waldläufern und Indianern aufgewachsen war, hatte sie oft Männer gesehen, die nichts anderes auf dem Leib getragen hatten als ein Lendentuch, aber 'Ring sah noch prächtiger aus als jeder andere Mann. Und in der Mitte seines Körpers sah sie den nur zu deutlichen Beweis seines Verlangens nach ihr.

Sie betrachtete sein Gesicht. »Ist das alles für das alte Mädchen bestimmt?« fragte sie und freute sich sehr, als sie sah, daß er bis zu den Schultern hinunter errötete.

»Komm her«, sagte er heiser und langte nach ihr, aber Maddie versuchte, ihm zu entwischen.

'Ring blieb stehen, wo er war, und starrte sie an.

Maddie fühlte sich plötzlich sehr stark, denn sie beherrschte diesen prächtigen Mann. Sie öffnete den Mund und sang den zweiten Satz Triller aus *»Ah, fors' è lui«*.

Und in der nächsten Sekunde stürzte sich 'Ring auf sie. Mit dem ganzen Gewicht seiner zweihundert Pfund prallte er gegen sie und warf sie auf den Boden. Sein Mund traf genau auf ihren Mund, und sein Glied glitt mit einer zügigen Bewegung in ihre Scheide. Einem Instinkt folgend, legte sie die Beine um seine Taille, als er sich in ihr zu bewegen begann. Zuerst war es ein langsames Auf und Nieder, doch innerhalb weniger Sekunden, als sie ihm ihre Hüften entgegenhob, begann er sich tiefer und rascher in ihr zu bewegen, und Maddie kam jedem seiner Stöße entgegen.

Sie wußte nicht, daß sie über den Boden glitten, bis sie mit dem Kopf gegen die Wand stieß. 'Rings Lippen berührten ihre Brust. In seinem Drang saugte er ein bißchen zu heftig daran, ein bißchen zu schmerzlich, und Maddie stieß einen Schrei aus, während ihre Beine sich noch fester um seine Taille schlossen.

'Ring spannte seine Arme um ihre Taille und hob sie hoch, wobei er kein einziges Mal den intimen Kontakt mit ihr unterbrach, und stand dann auf. Sie klammerte sich an ihm fest. Er machte einen Schritt auf das Klavier zu, blieb dann aber wieder stehen. Sie öffnete die Augen, um ihn zu betrachten, und merkte, daß er überlegte.

Sie rieb leicht ihre Hüften an ihm. Er schloß die Augen, und im nächsten Moment fand sie sich mit dem Rücken an der Wand wieder. Sie hielt sich an ihm fest, als hinge ihr Leben davon ab, als er sich wieder in ihr bewegte. Ihre Erregung nahm immer mehr zu. Sie grub ihre Fingernägel in seinen Rücken und zog ihn mit den Beinen noch fester an sich.

»Ja«, sagte sie und nahm sein Ohrläppchen zwischen die Zähne. »Ja.« Sie steckte ihm die Zunge ins Ohr, und er stieß mit solcher Macht in sie hinein, daß sie einen Moment nichts sah und dann von einem gleißenden weißen Licht geblendet wurde, während ihr Körper von einem gewaltigen Beben erschüttert wurde. Es dauerte lange, bis sie wieder richtig atmen konnte. Sie spürte, wie 'Rings Herz an ihrer Brust hämmerte.

Er machte ein paar Schritte rückwärts, während Maddie an ihn geklammert blieb, kniete sich dann mit ihr nieder, löste ihre Beine von seinen Hüften und lächelte über Maddies Stöhnen, als er den intimen Kontakt unterbrach. Er legte sich auf den Boden und zog Maddie in seine Arme.

»Ich habe das nicht gewußt«, flüsterte sie, als sie, den Kopf an seiner Schulter gebettet, sicher in seinen Armen lag. Sie strich sacht mit den Fingerspitzen über seine Brusthaare, stützte sich dann auf den Ellenbogen und blickte ihn an. Er sagte nichts, als sie mit einer Fingerkuppe die Falte nachzeichnete, die sich auf seiner Stirn gebildet hatte. »Weshalb ziehst du jetzt die Stirn kraus?« fragte sie.

Er nahm ihre Hand, küßte ihre Fingerspitzen und drückte sie dann an seine Brust. »Ich verstehe jetzt, was die Männer antreibt. Ich begreife jetzt, wovon mein Vater gesprochen hat.«

»Dein Vater hat mit dir über Frauen geredet?« Sie legte den Kopf wieder an seine Schulter.

»Er hat es versucht.« Plötzlich drückte er sie so fest an sich, daß sie fast geschrien hätte. »Maddie, meine schöne LaReina, ich möchte dir genausoviel geben, wie du mir gegeben hast. Erst deine Stimme und nun das.« Er strich mit der Hand über ihren Arm hin.

Sie streckte sich wohlig. »Du hast mir Laurel gegeben.«

»Das reicht nicht, dich für das zu entschädigen.«

Sie lachte. »Was wäre, wenn ich dich bäte, mir den Mond vom Himmel zu holen?«

»Ich würde ihn dir bringen.«

Sie stützte sich auf einen Ellenbogen und sah ihn an. »Und was möchtest du dafür als Belohnung haben?«

»Dich. Alles von dir«, sagte er und küßte sie.

»Das ist aber nicht gerade eine kleine Portion.«

Er blickte auf ihre Brüste hinunter. »Ich glaube, ich werde sie trotzdem bewältigen können.«

»Womit?« erwiderte sie und sah auf seine Beine.

»Das werde ich dir gleich zeigen . . .«

Laurel saß neben Toby am Lagerfeuer. Die Sonne ging gerade unter, und es wurde kühl. Sie blickte über die Schulter zu der alten Hütte, in der ihre Schwester und . . . und dieser Mann sich nun drei Tage lang aufgehalten hatten. Ihre Augen weiteten sich. »Toby, ich glaube, der Schuppen dort oben wackelt.«

Toby drehte sich um, spähte zu der Hütte auf dem Gipfel des Hügels und nickte dann weise. »Wer hat die Wette auf ›Wackelnde Wände‹ abgegeben?« fragte er die Goldgräber, die um ihn herum versammelt waren?

Vor einer Woche hatten die Goldgräber begonnen, einzeln oder in Gruppen ihre Claims zu verlassen, und in den letzten drei Tagen hatte auch kein einziger Mann mehr an den Flüssen auch nur einen Handschlag getan. Statt dessen kreisten ihre Gedanken nur noch um die Opernsängerin und um das, was sich jetzt in ihrem Leben tat. Ihr Interesse daran war geweckt worden, als Maddie sich weigerte, für sie zu singen, und statt dessen ihre Tage damit verbrachte, unter einem Baum zu stehen und die Straße anzustarren.

Ihr Interesse für Maddie hatte noch zugenommen, als 'Ring und sein Bruder mit einem schlafenden Kind ins Lager zurückgekommen waren. Sie hatten sich um Toby geschart und ihn mit Fragen gelöchert. Wenn die Frau schon nicht für sie singen wollte, sollten sie sie doch wenigstens mit Geschichten versorgen.

Toby hatte die Männer gerade mit unglaublichen Geschichten von 'Rings Taten und der bescheidenen Unterstützung durch seinen »kleinen« Bruder gefüttert, als Maddie im Schuppen auf dem Hügel zu singen angefangen hatte.

Als sie dann das Kreischen einer Frauenstimme gehört hatten, dem ein lautes Krachen folgte, hatte einer der Goldgräber gerufen: »Ich wette zwanzig Dollar, daß sie nicht vor morgen früh aus dem Schuppen herauskommen.«

»Die Wette gilt«, hatte ein anderer Goldgräber erwidert.

Es hatte als simple Zerstreuung begonnen, aber als Edith am nächsten Morgen der Opernsängerin und ihrem Mann das Frühstück in den Schuppen gebracht und das Paar sie gebeten hatte, aus Maddies Koffer das Fläschchen mit Rosenöl heraufzubringen, hatten die Wetten einen ernsthaften Charakter angenommen.

Sie wetteten, wieviel Zeit Maddie und 'Ring zusammen in der Hütte verbringen würden. Da sich so viele Goldgräber am Wetten beteiligten, mußten sie die Zeit auf die Viertelstunde genau angeben. Toby erfuhr, daß die kleine Laurel von einem Mann namens Bailey gelernt hatte, was man unter Wetten verstand. Tatsächlich wußte sie darüber so gut Bescheid, daß sie ein Wettannahmebüro hätte leiten können. Jamie hatte dagegen protestiert, daß eine noch so junge und unschuldige Person wie Laurel sich mit Glücksspielen befaßte, die sich um das Sexualverhalten ihrer Schwester drehten. Trotzdem wettete er im gleichen Atemzug zehn Dollar darauf, daß sein Bruder höchstens achtundvierzig Stunden durchhalten könne.

Laurel kannte sich trotz ihres noch zarten Alters recht gut mit Männern aus. Sie wußte, daß Jamie sie nur von den anderen weglocken wollte, damit er sie mit Fragen nach ihren Entführern bombardieren konnte. Sie sagte zu Jamie, daß sie ihm keine einzige Frage beantworten würde, wenn er sie nicht als Bankhalterin die Wetten abwickeln ließe. Als Toby lachte und sagte, Laurel habe einen Montgomery geschlagen, nahm sie mit Toby Verhandlungen auf, wieviel Prozent von den Einnahmen sie bekam, wenn sie die Abwicklung der Wettgeschäfte übernahm. Toby bot ihr einen Nickel für jede Wette an, die sie entgegennahm. Laurel hatte ihm ins Gesicht gelacht und die Verhandlung mit fünfzig Prozent Beteiligung eröffnet. Nach langem Feilschen einigten sie sich darauf, daß

Laurel mit dreißig Prozent an Tobys Gewinn beteiligt wurde. Und sie beantwortete Jamies Fragen, während sie die Wetten annahm.

»Wackelnde Wände«, wiederholte Laurel und schaute in ihr Notizbuch. »Tim Sullivan.« Sie öffnete die Kiste – sie verwaltete auch die Säckchen mit Goldstaub – und zahlte den Gewinn aus. »Ich sagte dir doch, daß du diese Wette nicht annehmen sollst«, flüsterte Laurel Toby zu. »Die mußtest du doch verlieren!«

»Das sagst du *mir*?« knurrte er. »*Du* hast doch verlangt, daß ich diese Fünfhundert-Kerzen-Wette entgegennehmen soll. Und die Honig-Wette. Und die Badewannen-Wette.«

»Ja, aber wir haben das Geld dafür zurückbekommen, als sie Milch zum Baden haben wollten. Keiner hat auf ein Milchbad gesetzt.«

Jamie stützte sich auf seinen Sattel, seine langen Beine von sich gestreckt, hörte dem alten Toby und der hübschen kleinen Laurel zu und schüttelte den Kopf. Vor zwei Tagen hatte er es aufgegeben, darauf hinzuweisen, daß es sich für Laurel nicht schickte, sich an derartigen Wetten zu beteiligen. Er war inzwischen zu der Einsicht gekommen, daß dieses »Kind« älter war als er.

»Keine Wette mehr, Jamie?« fragte Laurel, während sie die Säckchen mit Goldstaub in ihrer Kiste zählte. Sie hatte sich von irgend jemandem eine Waage geliehen, so daß sie das Gold, das sie und Toby einnahmen, auf das Gramm genau abwiegen konnte.

Jamie schob den Hut über die Augen. »Der Stolz auf meinen Bruder ist mir wichtiger als jede gewonnene Wette.«

»Pst«, sagte Laurel, und alle Männer um sie herum wurden sofort still und schauten zur Hütte.

»Was ist das?« flüsterte Toby.

Laurel lächelte. »Das ist *Carmen.*«

Sogleich erhob sich ein leichter Tumult, als etliche Goldgräber von ihren Plätzen aufsprangen, um sich ihren Gewinn auszahlen zu lassen. Sie konnten zwar eine Oper nicht von der anderen unterscheiden, aber Laurel konnte es. Sie hatte eine Liste der Arien aufgestellt, die Maddie einstudiert hatte, und die Männer hatten anschließend aus einem Hut einen Zettel mit den Liedern gezogen, und dann auf die Zeit gewettet, zu der ihrer Meinung nach Maddie die Arie singen würde, die auf dem von ihnen gezogenen Zettel stand.

Auf dem Hügel gab es einen lauten Knall, und die Goldgräber brachen in Triumphgeschrei aus.

Laurel schaute in ihr Notizbuch. »Fällt sechsmal vom Klavier«, las sie. »Caleb Rice.«

Caleb grinste, als Laurel den Goldstaub für ihn abwog, in ein Säckchen schüttete und ihm dieses dann überreichte.

»Das war deine Wette«, sagte Laurel zu Toby. »Ich habe dich gewarnt, sie anzunehmen.«

»Wer hätte gedacht, daß man so dumm sein kann, *sechsmal* vom Klavier zu fallen«, schnauzte er wütend.

»Caleb Rice hatte es gedacht«, gab Laurel gelassen zurück.

Jamie stand auf und schwor sich, daß er – falls er jemals das tun würde, was sein Bruder jetzt tat –, nur in aller Heimlichkeit agieren würde.

Er begab sich zu einem der vielen Zelte, die den Goldgräbern als Kneipen dienten und in den drei letzten Tagen leergestanden hatten.

Der Mann, den Jamie sprechen wollte, hielt sich in diesem Zelt auf. Denn Jamie hatte Anweisung gegeben, diesem Mann so viel Whisky auszuschenken, wie er trinken konnte. Und dank langjähriger Übung konnte Sleb eine Menge vertragen. Er war gerade bei seiner dritten Flasche angelangt.

»Wie steht es im Augenblick?« fragte Sleb. Er sprach noch

sehr deutlich, nur seine fast geschlossenen Lider deuteten auf ein fortgeschrittenes Stadium von Trunkenheit hin.

»Sie sind gerade zum sechsten Mal vom Klavier gefallen«, antwortete Jamie und zog sich einen Stuhl herbei.

Sleb nickte ernst. »Da fällt mir eine hübsche kleine Mezzosopranistin ein, mit der ich in Philadelphia hinter der Bühne . . .« Er brach ab, und seine Lider schlossen sich ganz, als er sich seinen Erinnerungen hingab.

Einen Moment lang glaubte Jamie, daß sein Gesprächspartner eingeschlafen sei. »Hast du mir sonst noch was zu erzählen?« fragte er leise.

Sleb öffnete seine blutunterlaufenen Augen. »Nichts. Ich habe dir alles gesagt, was ich weiß.« Er nahm die Whiskyflasche vom Tisch und sah sie an. »Und ich schätze, mein Leben ist auch nicht mehr viel wert, nachdem ich alles ausgeplaudert habe.« Er schnaubte verächtlich. »Aber es war schon nichts mehr wert, bevor ich dich kennengelernt habe.« Er hielt die Flasche in die Höhe. »Einen Drink?« fragte er.

»Nein, danke.« Jamie stand auf. »Ich sollte wohl besser wieder zurückgehen. Sie könnten sich dazu entschließen, den Schuppen zu verlassen, und ich möchte zur Stelle sein, um mit meinem Bruder zu reden, wenn sie herauskommen. Sie müssen ja schließlich mal schlafen.«

Sleb lächelte verträumt. »In Philadelphia habe ich vier Tage ohne Schlaf durchgehalten. Damals war ich noch jünger, und ich dachte, ich würde der größte Sänger aller Zeiten werden.« Er griff abermals zur Flasche.

Jamie biß sich auf die Zunge, um sich eine Bemerkung zu verkneifen. Er hatte noch nie einen Betrunkenen getroffen, der nicht davon überzeugt gewesen war, der einzige zu sein, der im Leben hatte leiden müssen. Erlöse mich von dem Selbstmitleid der Betrunkenen, dachte er, und verließ das Zelt.

’Ring streichelte Maddies nackten Bauch. Dreieinhalb Tage hatte er nur für seinen Körper und seine Bedürfnisse gelebt. Es war so, als besäße er keinen Verstand, als wäre er ein Tier, das nur von seiner Lust und seinen Begierden angetrieben wurde.

Er grinste.

»Was ist los?« fragte Maddie.

»Ich dachte gerade an meinen Vater. Er wäre jetzt stolz auf mich.«

»Auf dich? Ha! Was hast du denn getan? Ich mußte doch die ganze Arbeit leisten. *Ich* habe alles auf mich . . .« Ihre Stimme verebbte. Sie war jetzt sogar zu müde zum Streiten. »Ja, er wäre vermutlich auf dich stolz. Obwohl ich meine Zweifel habe, daß *mein* Vater auf mich stolz wäre.« Sie gähnte und legte die Hand auf seine Brust. »Es ist wundervoll gewesen, aber . . .«

»Aber was? Du wirst doch jetzt nicht aufgeben, oder? Wir haben doch gerade erst angefangen. Da sind noch etliche Sachen, die ich gern ausprobieren möchte.« Das sagte er zwar, rührte sich aber nicht vom Fleck.

»Ich frage mich, ob Jamie etwas aus deiner kleinen Schwester herausbekommen hat«, fuhr ’Ring fort.

Sie lächelte. »Wenn du an deinen Bruder denkst, sind die Flitterwochen wohl zu Ende. Schade.«

Sie waren beide erschöpft und lagen sich in den Armen. Da war nicht ein Zoll am Körper des anderen, den sie in den letzten drei Tagen nicht erkundet hatten.

»Meinst du, daß wir uns anziehen sollten?« fragte Maddie nach einer Weile. »Ich müßte nach Laurel sehen, und du solltest mit Jamie reden. Vielleicht . . .«

Er rollte sich auf den Bauch. »Ja, ich denke, es wird Zeit, daß wir uns um die anderen kümmern. Bist du in Ordnung? Nicht zu viele blauen Flecken oder Schrammen? Nicht zu wund?«

»Es gibt nicht einen Teil meines Körpers, der nicht wund

ist«, sagte sie. »Es gibt nicht einen Teil von mir, der nicht blau ist, aber es sind wundervolle Tage gewesen.« Ihre Augen strahlten. »Ich denke, ich habe in diesen drei Tagen so viel gelernt wie in den ersten drei Jahren bei Madame Branchini.« Sie fuhr mit den Fingerspitzen über seine unrasierten Wangen.

Er küßte sie sacht. »Maddie, ich . . .«

Sie ließ ihn nicht zu Ende reden. Sie meinte, daß es keiner Worte mehr bedurfte. Sie brauchten sich – körperlich und seelisch –, und sie hatten sich gefunden. »Ich weiß, was du empfindest, denn ich empfinde dasselbe. Du hattest recht, als du sagtest, wir hätten uns gesucht.«

Er betrachtete ihre Brüste. »Ich habe ganz bestimmt nach dir gesucht«, sagte er mit einem zweideutigen Lächeln. Sie lachte und schob ihn von sich. »Hilf mir beim Anziehen, wenn von meinem Kleid überhaupt noch etwas übriggeblieben ist, und laß uns nachschauen, was aus den anderen geworden ist.«

Sie taumelte ein wenig, als sie aufstand, und 'Ring mußte sie stützen.

Er küßte sie auf die Nasenspitze. »Das war eine von den vielen Gelegenheiten, die noch kommen werden. Dreh dich um, damit ich dich in deine Zwangsjacke einschnüren kann.«

Lächelnd drehte sie sich zur Wand, während er die Korsettschnüre anzog.

Als Maddie den Schuppen verließ, war sie ziemlich verlegen, weil sie sich denken konnte, daß alle Leute im Goldgräberlager inzwischen wissen mußten, was sie und 'Ring in den letzten drei Tagen gemacht hatten. Aber als sie die Tür des Schuppens öffnete, sah sie ein völlig normales Lager. Edith beugte sich über das Feuer und rührte in einem Topf. Toby und Jamie streckten am Feuer die Beine von sich und Laurel schrieb etwas in ihr Notizbuch. Maddie lächelte. Wenn Maddie eine Sängerin war und ihre Schwester Gemma eine Malerin, würde Laurel vielleicht Schriftstellerin werden.

»Guten Abend«, sagte sie leise, und alle sahen sie an.

»Oh, hallo«, rief Laurel und blickte ihre ältere Schwester mit einem strahlenden Lächeln an. »Hattet ihr beide einen erholsamen Urlaub?«

Maddie war froh, daß die Dämmerung schon so weit fortgeschritten war und man ihr rotes Gesicht nicht sah. »Ja, danke, und bist du inzwischen gut versorgt worden?«

»O ja«, versicherte Laurel mit leuchtenden Augen. »Toby hat mir beim Blumenpflücken geholfen. Ich presse sie gerade in meinem Tagebuch.«

»Und verkaufst sie dann stückweise für tausend Dollar«, murmelte Jamie.

»Was war das eben?« fragte 'Ring.

Laurel funkelte Jamie wütend an. »Er meint, ich sollte meine gepreßten Blumen verkaufen.«

»Oder die Leitung von Warbrooke Shipping übernehmen«, sagte Jamie leise für sich. Dann rief er laut »au!«, als Laurel sich vorbeugte und ihn ins Bein zwickte.

Laurel lächelte ihre Schwester an. »Möchtest du einen Kaffee haben?«

Maddie nahm den Becher entgegen, den Toby ihr reichte, und 'Ring nahm einen zweiten Becher. 'Ring ließ seinen Bruder nicht aus den Augen.

»Heraus damit«, sagte 'Ring und setzte sich auf einen Baumstamm, den man ans Feuer gerollt hatte. Er merkte nicht, daß der Stamm schon glänzte, weil die vielen Hosenböden, die in den letzten drei Tagen darauf gesessen hatten, die Rinde abgewetzt hatten. Maddie nahm neben ihm Platz und versuchte, sich ihre Schmerzen nicht anmerken zu lassen. 'Ring spürte, wie sie neben ihm zusammenzuckte, und schenkte ihr ein vielsagendes Lächeln. Sie ignorierte ihn und musterte Jamie.

»Was bringt dich auf die Idee, daß dein Bruder etwas zu sagen hätte?« fragte sie 'Ring, ohne ihn anzusehen.

»Ich kenne ihn gut. Er erstickt fast an seiner Neuigkeit. Siehst du ihm das nicht an?« antwortete 'Ring.

»Nun?«

Jamie konnte sein Lächeln nicht länger unterdrücken. Er hatte sich vorgenommen, seinem Bruder von der Wettorgie zu erzählen, die in den letzten drei Tagen hier stattgefunden hatte, aber jetzt hatte er ihm etwas Wichtigeres zu berichten.

»Ich habe alles herausgefunden.«

Maddie hielt den Atem an. *Was* wußte er?

Jamie sah sie an und schien sich an ihrer Verlegenheit zu weiden. »Ich habe das Geheimnis der Briefe und die Wahrheit über General Yovington entdeckt.«

Maddies Becher blieb auf halbem Weg zu ihrem Mund in der Luft hängen. Laurel war jetzt in Sicherheit, und in den letzten drei Tagen war Maddie so – so beschäftigt gewesen, daß sie nicht mehr an die Entführung ihrer Schwester gedacht hatte. Nun wollte sie so rasch wie möglich dieses Land verlassen und an die Ostküste zurückkehren, wo sie singen konnte.

»Was ist mit ihm?« fragte 'Ring. »Wie hast du das herausgefunden? *Was* hast du herausgefunden?«

»Während du ... äh ... anderweitig beschäftigt warst, hatte ich Gelegenheit, mit dieser Göre hier zu sprechen.« Er warf Laurel einen bedeutsamen Blick zu. »Ihre Antworten auf meine Fragen haben mich zu einem Mann namens Sleb geführt.«

»Der Mann, der mit dir gesungen hat«, sagte 'Ring an Maddie gewandt.

»Richtig«, bestätigte Jamie. »Er scheint mal ein recht guter

Tenor gewesen zu sein. Jedenfalls behauptet er das. Doch in den letzten paar Jahren hat ihn das Pech verfolgt.«

»Der Suff.«

»Richtig.«

»Was hat dieser alte Trunkenbold mit Maddie und Laurel zu tun?« 'Ring lächelte Laurel an. Sie war ein so süß aussehendes Kind. Sie hätte einem Maler als Engel Modell stehen können, aber er wußte natürlich, was für ein Mundwerk sie hatte. Er hoffte nur, daß Maddie es nicht hörte, wenn ihre jüngere Schwester fluchte.

»Sleb hat für General Yovingtons Bruder in einer Stadt namens Desperate gearbeitet.«

»Ich habe doch schon mal von diesem Kaff gehört«, murmelte Toby, und der Ton, in dem er das sagte, machte 'Ring hellhörig.

»Den beiden Yovington-Brüdern gehört fast die ganze Stadt und auch die große Goldmine in der Nähe«, fuhr Jamie fort.

Maddie hatte bisher keinen Ton gesagt, aber jetzt meldete sie sich zu Wort: »General Yovington hat mir geholfen, Laurel wiederzufinden.«

»Er konnte Ihnen dabei helfen, weil er die Entführung Ihrer kleinen Schwester veranlaßt hat.«

Maddie setzte ihren Becher ab und starrte Jamie an.

»Es scheint, daß die beiden Brüder ihre Lebensersparnisse in diese Mine investiert haben, die aber kein Gold liefert.«

»Vielleicht haben Sie deshalb das Kaff Desperate genannt«, mutmaßte Laurel, und Toby nickte.

»Vielleicht. Ich vermute, sie waren ›verzweifelt‹, was ihren Lebensabend anging. Sie sind beide Mitte Fünfzig, und sie sahen einem trostlosen Alter entgegen. Und deshalb setzten sich die Brüder vor einigen Monaten zusammen . . .« Jamie sah Maddie an. »Der General war in dieser Gegend, um eine

Reihe von Forts zu besichtigen, und dabei traf er sich mit seinem Bruder, der ihm berichtete, daß die Mine unergiebig ist. Sie kamen auf die Idee, wenn sie schon auf keine legale Weise zu Geld kommen konnten, es sich auf illegale Weise zu beschaffen. In den letzten paar Jahren ist eine Menge Gold aus den Bergen hier geholt worden, und sie beschlossen, sich etwas davon zu nehmen.«

»Stehlen!« rief Maddie. »Sie beschlossen, das Gold zu stehlen, das diese armen Leute unter großen Mühen gefunden haben?«

»Richtig. Es gab nur noch das Problem, es aus den Bergen herauszuschaffen, ohne Verdacht zu erregen. Gold ist schwer, und die Bergleute hätten Verdacht geschöpft, wenn jemand mit schweren Satteltaschen von einem Lager zum anderen ritt.«

»Also verwendeten sie mich dazu, von einer Goldgräberstadt zur anderen zu reisen.«

»Richtig. Mit der großen alten Concord, in der Sie reisen, kann man eine Menge Gold transportieren, zumal dann, wenn sie mit einem doppelten Boden ausgestattet ist, wie das bei Ihrer Kutsche der Fall ist.« Jamie hielt inne, während die anderen die Neuigkeit verdauten. Er war offenbar sehr stolz auf sich, daß er alles herausgefunden hatte.

»Und die Briefe?« fragte 'Ring.

»Schwindel. Lediglich ein Manöver, um Maddie von ihrer Kutsche wegzulocken. Das ist alles. Die Briefe waren eine Kriegslist.«

»Gold«, sagte Maddie voller Abscheu. »Das Ganze hatte nur mit Gold zu tun. Ich dachte, ich würde damit irgend etwas bewirken – etwas Politisches vielleicht. Ich dachte, ich würde zumindest dafür verwendet, einer Sache zu helfen, an die jemand *glaubt.* Aber es handelt sich nur um einen ganz gewöhnlichen Diebstahl.«

'Ring betrachtete seinen Bruder. »Wer von Maddies Leuten war in das Komplott eingeweiht? Sie mußten jemand dabeihaben, der den Plan kannte.«

»Frank«, sagte Jamie leise. »Aber er wird uns nicht länger stören.«

'Ring nickte, fragte aber nicht, was sein Bruder mit Frank angestellt hatte. »Warum haben sie Maddie für ihr Unternehmen ausgesucht?« erkundigte er sich. »Jeder Sänger oder auch irgendein Zauberer hätte doch den gleichen Zweck erfüllt. Sie brauchten lediglich jemanden, der von einem Lager zum andern reisen konnte, ohne Verdacht zu erregen.«

Jamie grinste. »Anscheinend ist der Bruder des Generals ein Liebhaber von Opern. Offenbar ist die Oper für ihn so etwas wie der Inbegriff des Lebens.«

Maddie nickte. Sie war schon oft solchen Leuten wie dem Bruder des Generals begegnet.

Jamie schüttelte ungläubig den Kopf. »Sie sollten mal hören, was man sich von dieser Stadt Desperate erzählt. Sie ist voller Verbrecher. Sie ist an einen Berg gebaut, und sie hat nur einen Zugang, der über eine schmale Landbrücke führt. Yovingtons Bruder regiert diesen Ort wie sein eigenes kleines Imperium – läßt Leute aufhängen, die sich ihm zu widersetzen versuchen. Die Leute sagen, sie ließen sich lieber hängen als . . .«

»Henken«, korrigierten Maddie und 'Ring ihn wie aus einem Mund.

Jamie verdrehte die Augen. »Egal. Niemand, der bei Verstand ist, würde sich freiwillig in diese Stadt begeben.« Jamie lächelte. »Aber das Seltsamste ist Yovingtons Vorliebe für die Oper. Als er hörte, daß Sleb früher Bühnensänger gewesen war und Gesangsunterricht erteilt hatte, ehe er sich dem Suff ergab, ließ er Sleb zu sich bringen, damit er Sängerinnen ausbildete. Er hat dem alten Sleb dafür den Whisky bezahlt.«

»Ich habe noch nie von einer Sängerin gehört, die in diesem Teil des Landes aufgetreten wäre.«

»Jedenfalls keine, an deren Namen du dich erinnern könntest«, sagte 'Ring so leise, daß nur sie es hören konnte.

Jamie lachte. »Es gibt hier auch keine Opernsängerin, aber Yovington läßt Sleb . . .« Er warf einen Seitenblick auf Laurel . . . »Damen der Nacht ausbilden.«

»Ach so – Huren«, sagte Laurel und nickte.

Alle drei Männer schauten Maddie an, als erwarteten sie von ihr eine vernichtende Kritik an ihrer kleinen Schwester. Doch Maddie zuckte nur mit den Achseln und sagte: »Diese Frauen konnten nicht besonders talentiert gewesen sein.«

»Schrecklich. Grauenhaft. Sleb sagt, daß Katzen bessere Stimmen hätten als diese Damen. Aber Yovington hat offenbar eine besonders gute Phantasie und ließ sich von diesen Damen auf Schritt und Tritt begleiten. Sleb sagt, die Männer in Desperate könnten Yovingtons Grausamkeiten und die Kälte und die Einsamkeit ertragen, aber der Gesang dieser Frauen würde sie an den Rand des Wahnsinns treiben. Ungefähr alle drei Monate jagen die Männer die singenden Schnepfen aus der Stadt und verschaffen sich so lange Ruhe, bis Sleb die Nachfolgerinnen ausgebildet hat.«

»Und deshalb haben sie Laurel entführt?« fragte Maddie.

»Ich schätze, Yovington meinte, er könnte gleich zwei Fliegen mit einer Klappe schlagen – mit einer Goldklappe, sozusagen. Am Ende Ihrer Tournee wollte Yovington Ihnen eine Botschaft schicken, in der steht, daß er Ihre kleine Schwester gefunden habe, und daß Sie sie in Desperate abholen könnten.« Jamie blickte Maddie nachdenklich an. »Ich bin nicht sicher, ob er auch vorhatte, Sie wieder freizugeben, wenn er Sie erst in seine Stadt gelockt hatte. Sleb meint, er hätte Ihnen Laurel nur zurückgegeben, wenn Sie seine Frau geworden wären.«

»Seine Frau?« rief Maddie entsetzt.

'Ring lächelte. »Ich habe schon von schlimmeren Anträgen gehört. Wir werden morgen früh aufbrechen«, sagte 'Ring zu seinem Bruder, der zustimmend nickte.

»Wohin aufbrechen?« fragte Laurel.

»Ich schätze, die beiden beabsichtigen, Helden aus sich zu machen«, sagte Toby, und seine Stimme verriet, was er von dieser Idee hielt.

»'Ring«, sagte Maddie leise. »Wo willst du hin?«

»Nach Desperate natürlich.« Sofort begann ihr Herz laut zu klopfen, aber dann versuchte sie sich zu beruhigen. Ihre Mutter sagte immer, es gäbe nichts Unvernünftigeres als einen Mann, der sich zu etwas entschlossen hatte.

»*Warum* gehst du nach Desperate?«

»Um ein Geschäft zu Ende zu bringen.«

Sie versuchte ihren Becher an den Mund zu führen; aber es gelang ihr nicht. Ihre Hände zitterten zu sehr. »Revolver«, flüsterte sie. »Du hast vor, dort mit Gewalt vorzugehen, ein paar Menschen zu töten und dabei dein Leben aufs Spiel zu setzen.«

'Ring erwiderte ungehalten: »Ich habe vor, Yovington von seinem Berg herunterzuholen und dafür zu sorgen, daß er für seine Taten vor Gericht gestellt wird.«

»Das ist nicht deine Aufgabe. Du solltest das den ... den Behörden überlassen.«

»Und wer wäre das?«

»Ich weiß es nicht. Die Armee. Ja, das ist es – schick doch deine Armee nach Desperate.«

Er blickte sie mit einem nachsichtigen Lächeln an, das Männern angeboren zu sein scheint. »Das hat mit der Armee nicht das geringste zu tun. Zudem hat mir die Armee den Auftrag gegeben, dich zu beschützen. Und du hast unter Yovingtons Machenschaften am meisten gelitten.«

Maddie stand auf. »Ja, ich habe von diesem Mann das größte Leid erfahren, und deshalb steht es mir auch zu, zu sagen, was geschehen soll. Ich habe Laurel zurückbekommen, und das ist alles, was ich mir wünsche. 'Ring, morgen kannst du mich in das Haus meines Vaters bringen, und wir werden Laurel dort lassen.«

'Ring bedachte sie mit einem ernsten Blick. »Ich muß Yovington verfolgen.«

»Du willst nur Rache nehmen, das ist alles.«

Er nahm ihre Hand in seine. »Nein, es ist nicht Rache. Ich muß die Sache zu Ende bringen.«

Sie wußte, daß nichts, was sie vorbringen konnte, seinen Entschluß umstoßen würde, und plötzlich erkannte sie, was Liebe wirklich war. Daß sie bedeutete, den anderen so zu akzeptieren, wie er *war.* 'Ring war ein Mann, der seine Verantwortung ernst nahm; ein Mann von Ehre, der das tun würde, was seines Erachtens nach getan werden mußte – ohne Rücksicht auf seine eigene Sicherheit.

Sie blinzelte, als ihr die Angst die Tränen in die Augen trieb, und drückte seine Hand.

Er lächelte ihr zu und zog sie dann auf den Baumstamm neben sich nieder.

»Was passiert mit euch beiden?« fragte Jamie in dem Versuch, die bedrückte Stimmung aufzuhellen. Er fragte in einem Ton, als wäre die Antwort bereits eine ausgemachte Sache. Frauen hörten es vielleicht nicht gern, wenn man von Gerechtigkeit sprach, aber seiner Erfahrung nach redeten sie nur zu gern vom Heiraten.

'Ring lächelte. »Oh, das übliche, was eben so aus Liebespaaren wird, schätze ich. Wir sehen zu, was wir mit den Entführern machen können, und wenn ich zurückkomme, werden Maddie und ich im Fort getraut.« Er blickte Maddie an. »Ich schätze, du wirst einen ehrbaren Mann aus mir machen wollen, nicht wahr? Du wolltest doch meine aufrichtigen Gefühle für dich nicht ausnützen, nicht wahr?«

Maddie war noch viel zu aufgeregt über seine Pläne, einen kleinen Krieg zu führen, um ihm ihre volle Aufmerksamkeit schenken zu können. Sie starrte in ihren Kaffeebecher und nickte. Es war nicht der Heiratsantrag, wie sie ihn sich erhofft hatte, aber nach allem, was sie in den letzten Tagen miteinander getrieben hatten, hatte sie natürlich erwartet, daß er sie heiraten würde. Und wenn er sonst nichts war, dann gewiß doch ein Ehrenmann, dachte sie verbittert.

Toby schaute von 'Ring zu Maddie. »Wo wollt ihr denn wohnen?« fragte er leise.

»In Paris«, sagte Laurel mit verträumter Stimme. »Bailey hat mir alles über Paris erzählt.«

Maddie öffnete den Mund, um ihr zu erklären, daß eine Opernsängerin überall in der Welt zu Hause sei. Aber ehe sie etwas sagen konnte, erwiderte 'Ring für sie: »Wir lassen uns natürlich in Warbrooke nieder.« Er zwinkerte Laurel zu. »Wir werden auch Paris besuchen, und vielleicht darfst du uns dorthin begleiten, aber ich muß ein Geschäft leiten, und deshalb wohnen wir in Warbrooke.« Er drehte sich Maddie zu. »Dir wird es dort gefallen. Es liegt am Meer, und es ist schön dort.«

Maddie schwieg einen Moment. »Wo soll ich singen?«

Er griff nach ihrer Hand, drückte sie und ließ wieder los. »Ich werde dir das prächtigste Opernhaus bauen, das du jemals gesehen hast.«

Ihre Stimme war nur noch ein Flüstern: »Mit Plüschsitzen?«

»Was immer du willst. Wenn du Seidenbrokat verlangst, werde ich ihn für dich kaufen.«

»Und eine vergoldete Stuckdecke?«

»Natürlich. Ich bestelle Handwerker aus Italien, die Engel

in die Decke schnitzen. Es wird das schönste Theater Amerikas, mein Schatz. Himmel, nein – es wird das schönste Opernhaus der Welt werden.«

»Und wer wird mich dort singen hören?« fragte Maddie.

Er lächelte sie an. »Jeder, den du möchtest. Ich glaube, du hast noch nicht recht begriffen, in was für eine Familie du einheiratest. Willst du den Präsidenten als Gast haben? Wir laden ihn ins Opernhaus ein.« Er lächelte noch breiter. »Wir könnten deinen Vetter, den König von Lanconia, einladen.«

Maddie blieb ernst. »Wirst du sie dafür bezahlen, daß sie applaudieren? Besorgst du die Blumen, die sie mir auf die Bühne werfen? Kaufst du mir nach jeder Vorstellung Schmuck? Oder wirfst du mir nur einen Knochen hin wie einem dressierten Hund?«

Das Lächeln erlosch auf 'Rings Gesicht. »Moment mal du hast das falsch verstanden. Ich betrachte dich doch nicht als einen dressierten Hund! Du bist die Frau, die ich liebe, und ich will dich glücklich machen.«

»Indem du mich kaufst?«

'Ring blickte zu Toby, Jamie und Laurel, die ihr Gespräch mit großen Augen verfolgte. »Vielleicht sollten wir das Gespräch woanders fortsetzen.«

»Warum? Damit du mich dazu bringen kannst, meinen gesunden Menschenverstand zu vergessen, mit dem ich geboren wurde? Nein, ich finde, wir sollten das hier und jetzt vor Zeugen besprechen. Ich will *nicht* den Rest meines Lebens in einem abgeschiedenen Ort verbringen, wo ich nur für dich und deine Verwandtschaft singen kann – und für Leute, die du dafür bezahlst, daß sie mir zuhören.«

»So habe ich es nicht gemeint. Ganz und gar nicht! Du hast mir nicht zugehört.«

Sie stellte ihren Kaffeebecher weg und stand auf. »Nein, du hast *mir* nicht zugehört. Oder du hast es nicht begriffen, was meine Stimme für eine Bedeutung hat. Ich bin eine der besten Sängerinnen der Welt.«

'Ring vergaß die Leute, die mit ihm am Feuer saßen. »Manchmal übertrifft deine Eitelkeit sogar noch deine Stimme.«

Sie drehte sich ihm zu. »Du verstehst mich wirklich nicht«, sagte sie heftig. »Du hast es nicht begriffen. Ich halte mich nicht für die schönste Frau der Welt. Ich bin auch nicht übermäßig intelligent – daß ich nicht zu den gebildetsten Frauen zähle, hast du mir ja schon öfter vorgeworfen. Ich bin auch keine Frau, in die sich alle Männer sofort verlieben. Es ist zwar richtig, daß Männer mich wegen meiner Stimme verehren, aber ich habe nie, ehe ich dich kennenlernte, jemanden gekannt, der mich liebte, ausgenommen meine Familie und die Freunde meines Vaters. Und ich habe auch nie eine Freundin in meinem Leben gehabt.«

»Was hat das mit uns zu tun ... und dem Ort, wo du singst?«

»Das hat sehr viel mit meiner Stimme zu tun. Meine Stimme ist mein einziger Besitz. Verstehst du das nicht? Ich muß mein Talent, das mir gegeben wurde, benützen. Du fühlst dich verpflichtet, nach Maine zurückzukehren und deinem Vater bei der Leitung des Geschäfts zu helfen, weil du eine Begabung für das Geschäftliche hast. Und ich fühle mich verpflichtet, andere mit meiner Stimme zu erfreuen.«

'Ring lächelte nachsichtig. »Es besteht ein großer Unterschied zwischen einer Firma von der Größe der Warbrooke Shipping und einer Opernvorstellung. Ich glaube nicht, daß du verstehst, wie groß Warbrooke Shipping tatsächlich ist. Wir sind die größten Tansporteure der Welt.«

Fast hätte sie höhnisch gelacht. »Läßt du das auf dein Briefpapier drucken?«

Er wandte sich ab. Dieser Slogan stand nicht auf dem

Briefpapier der Firma, aber auf einigen Plakaten, die in den Geschäftsräumen der Reederei hingen.

Sie holte tief Luft und versuchte, sich zu beruhigen. Er *mußte* sie doch verstehen! »Ich bin davon überzeugt, daß du vielen Leuten hilfst. Aber sei mal ehrlich – wenn deine Familie nicht die Schiffe besitzen würde, in denen die Leute über die Meere segeln, dann würden sie jemand anderem gehören. Meine Stimme ist aber nicht ersetzbar. Kein anderer auf der Welt kann meinen Platz einnehmen. Niemand auf der Welt kann das, was ich tue, genauso gut machen wie ich.«

»Du irrst dich, wenn du meinst, jeder x-beliebige könnte ein Geschäft von der Größe der Warbrooke-Reederei führen. Meiner Familie gehört die Firma seit über hundert Jahren. Wir werden schon als Kinder auf das Geschäft vorbereitet. Von klein an lernen wir ... wo gehst du denn hin?«

»Du unternimmst nicht einmal den Versuch, mir zuzuhören. Deine Meinung steht fest: Alles, was du tust, ist wichtig, und alles, was ich tue, ist nicht wichtig. Und da du nicht auf das eingehen willst, was ich dir zu sagen habe, hat es auch keinen Sinn mehr, dieses Gespräch fortzusetzen.«

Er sprang auf die Füße und hielt sie am Arm fest. »Du kannst doch jetzt nicht einfach weggehen! Begreifst du nicht, daß wir gerade über unser Leben entscheiden? Wenn du nicht mit mir in Warbrooke leben willst, was wird dann aus uns?«

Mit ruhiger Stimme und beherrschter Miene erwiderte sie: »Was sollen wir denn tun, wenn du nicht willst, was ich will?« Und dann befreite sie mit einem Ruck ihren Arm aus seinem Griff. »Schau dich doch an«, fuhr sie fort. »Ich hatte vom ersten Moment an, als ich dich sah, das Gefühl, daß du vermögend bist. Du trittst mit dem Gehabe eines Mannes auf, der sich alles kaufen kann, was er sich wünscht. Diesmal hast du dir in den Kopf gesetzt, eine Opernsängerin zu kaufen. Du wolltest ihr einen hübschen Käfig bauen. Du wolltest ihr Diamanten und Kleider aus Seide schenken. Und wenn du deine kleine Opernsängerin hören möchtest, dann brauchst du sie nur anzusehen und zu sagen: ›Sing, kleiner Vogel‹, und sie würde es tun. Das ist sie dir als Gegenleistung schuldig. Schließlich hast du sie ja gekauft und für sie bezahlt, nicht wahr? Sie hat dir aufs Wort zu gehorchen wie alle Leute, die für dich arbeiten.«

»Du verstehst mich nicht.«

»Du bist es, der nicht begreifen will.«

»Was für eine Rolle soll *ich* denn spielen, wenn du auch weiterhin öffentlich auftreten willst?« Er sagte das in einem Ton, als wäre sie eine Varietétänzerin. »Soll ich dir von einer Stadt zur anderen folgen? Deinen Mantel halten? Vielleicht darf ich mir mit deiner Erlaubnis die Kulissen anschauen. Vielleicht muß ich Visitenkarten drucken lassen, auf denen ich mich Mr. LaReina nenne. Oder soll ich mich als Herzog bezeichnen?«

Sie sah ihn mit traurigen Augen an. »Ich habe nie ein Hehl daraus gemacht, was für mich wichtig ist. Ich habe dir immer gesagt, daß mir meine Stimme wichtiger als alles andere im Leben ist.«

»Ich verlange doch nicht von dir, daß du aufhören sollst, zu singen!« schnaubte er. »Du kannst meinetwegen von morgens bis abends singen. Ich *will* sogar, daß du singst.« Im gemäßigteren Ton fuhr er fort: »Maddie, ich kann nicht tun, was du willst. Ich weiß, daß du glaubst, Warbrooke Shipping ist nur ein gewöhnliches Geschäft, aber es ist mehr als das. Es ist ... es ist eine Tradition. Ich weiß nicht, wie ich es dir erklären soll. Tradition ist ein wichtiger Bestandteil meiner Familie, und meine Familie ist mir genauso wichtig wie dir das Singen.«

Sie verstand sehr wohl, was er sagte. Es war das Ende. Obwohl sie das ahnte, wußte sie zugleich, daß sie nicht das aufgeben konnte, was für sie der Inbegriff ihres Lebens war. »Ich kann es nicht tun«, flüsterte sie. »Ich würde sterben. Ich würde zu einem Nichts zusammenschrumpfen und sterben, wenn ich mein Leben aufgeben müßte, um dafür deine Liebe zu empfangen.«

»Ich verlange doch nicht . . . O Teufel, sprich du mit ihr, Jamie. Versuche du sie zur Vernunft zu bringen.«

Jamie sagte kein Wort, und 'Ring drehte sich um, um seinen Bruder anzuschauen. Er las Mißbilligung in Jamies Augen.

»Erzähl mir bloß nicht, daß du ihre Einstellung teilst!« herrschte 'Ring seinen Bruder an.

Jamie verzog den Mund. »Es ist ja nicht so, daß du das einzige Kind wärest. Du hast sechs Brüder, und wenn ich dir auch zugestehe, daß keiner von uns so geschäftstüchtig ist wie du, muß ich dir sagen, daß wir gut zurechtkommen.«

»Ich habe die letzten Jahresberichte gesehen. Ich weiß, wie gut ihr sechs ohne mich zurechtgekommen seid.«

Jamie stand auf, und sein hübsches Gesicht verzerrte sich vor Wut. Einen Moment sah es so aus, als würden die beiden Brüder sich prügeln, aber dann drehte sich Jamie von 'Ring weg, schaute Maddie an und sagte: »Sie sind besser dran ohne ihn. Er ist Ihrer nicht wert.« Damit ging er davon.

Maddie wollte ihm folgen, aber 'Ring hielt sie zurück.

»Du kannst jetzt nicht gehen. Wir müssen das ausdiskutieren.«

Sie schluckte. »Ich habe nichts mehr zu sagen.« Sie sah zu ihm auf, und die Tränen liefen über ihre Wangen. »Madame Branchini hatte recht. Sie sagte, ich könnte eine Sängerin sein oder eine Frau wie alle anderen.«

»Du bist eine Frau wie alle anderen«, sagte er leise. »Du brauchst Liebe wie jede andere Frau, und ich biete dir diese Liebe an, Maddie. Bitte, schick mich nicht fort. Denk jetzt nicht, daß ich dich dazu zwingen will, das Singen aufzugeben.«

»Aber das tust du doch, und du begreifst nicht einmal, daß du es tust. Verstehst du denn nicht, daß ich nicht um mein Talent gebeten habe? Niemand kam mit einem kleinen Buch in der Hand auf einer rosigen Wolke zu mir und sagte: ›Maddie, wir planen gerade dein Leben. Willst du Sängerin sein, oder möchtest du ein ganz normales Leben mit einem Mann, Kindern und Freunden führen?‹ Niemand hat mich nach meinen Wünschen gefragt.«

»Was hättest du dir ausgesucht?« fragte er leise.

»Ich weiß es nicht. Ich kann nicht ändern, was ich bin.«

»Und ich auch nicht.«

Sie brachte kein Wort mehr heraus. Ihre Kehle war wie zugeschnürt. Sie hielt sich die Hand vor den Mund und lief weg.

'Ring starrte ihr nach. Es muß doch einen Weg geben, um sie zur Vernunft zu bringen, dachte er. Es muß einen Weg geben, um ihr zu erklären . . .«

»Au!« rief er und griff sich ans Schienbein. Dann sah er Laurel verwundert an. Sie hatte ihn gerade getreten. »Wofür war das?«

»Du hast meine Schwester zum Weinen gebracht und Jamie wütend gemacht. Ich hasse dich.« Laurel drehte sich um und rannte ihrer Schwester nach.

'Ring wandte sich Toby zu, der noch immer auf seinem Platz verharrte. Mit bebenden Händen goß 'Ring sich einen Kaffee ein und setzte sich.

»Sieht so aus, als wärst du nicht sonderlich beliebt«, sagte Toby.

»Sie wird vernünftig«, antwortete 'Ring. »Morgen früh hat sie alles eingesehen und . . .«

»Und was?« fragte Toby.

'Ring schwieg.

»Es spielt keine Rolle«, sagte Toby. »Frauen gibt es wie Sand am Meer. Sie sind überall. Man begegnet ihnen auf Schritt und Tritt. Ich wette, daß du dir binnen einer Woche eine andere Frau besorgen kannst. Colonel Harrisons Tochter mag dich sehr. Ich glaube, sie wäre froh, mit dir in Warbrooke wohnen zu können. Sie sähe es gern, wenn du ihr Diamanten und Seidenkleider kaufen würdest. Manchmal habe ich sogar den Eindruck, daß sie Warbrooke Shipping am liebsten an dir mag. Überhaupt glaube ich, daß es das ist, was die meisten Frauen an euch Jungs so sehr schätzen. Das würde mich schon ein wenig stören, wenn ich ans Heiraten denken würde. Wenn ich reich wäre, meine ich, wie ihr traditionsbewußten Montgomerys und mich eine Frau heiraten möchte, weil ich reich bin. Das scheint dich aber nicht zu stören. Du würdest bei einer Frau, die dein Geld nicht haben will, trotzdem versuchen, es ihr zu geben. Das ist gut so. So weißt du immer, wie sie zu dir steht.«

'Ring kippte den Kaffee auf den Boden und stand auf. »Toby, du redest zuviel und verstehst zuwenig.« Er verließ das Lagerfeuer.

»Richtig«, rief Toby ihm nach. »Ich bin ja auch nicht so intelligent wie du.« Er schnaubte: »Die Steine sind klüger als der Junge.«

15

Maddie schob Edith beiseite und sattelte ihr Pferd. Als das Tier sich aufblies, stieß Maddie es mit dem Ellenbogen in die Rippen und zog den Sattelgurt stramm. Es war kalt im frühen Morgenlicht, aber sie fror nicht. Sie hatte keine Sekunde geschlafen in dieser Nacht, sondern wach gelegen, zur Zeltdecke gestarrt und auf Laurels Atem und die Geräusche der Nacht gelauscht.

'Ring war nicht zu ihr gekommen, und das hatte sie auch nicht erwartet. Die ganze Nacht hindurch hatte sie sich verflucht und sich gefragt, wie sie auf die Idee kommen konnte, daß sie ein Leben wie alle anderen führen könne.

Sie legte den Kopf an den Hals des Pferdes und dachte an ihre Mutter. Ihr Vater hatte alle Ehren für seine Reisen und Reisetagebücher eingeheimst, aber alle Verwandten und Freunde der Familie wußten, wieviel er ihrer Mutter verdankte. Wenn es nicht die stille Zähigkeit von Amy Littleton gegeben hätte, wäre Jefferson Worth anonym gestorben wie viele hundert Waldläufer vor ihm.

Maddie empfand ein großes Bedürfnis, ihre Mutter wiederzusehen, mit ihr zu reden, ihren Rat zu suchen, sich von ihren Armen halten zu lassen. Sie schloß die Augen und erinnerte sich daran, was ihre Mutter ihr an jenem Abend gesagt hatte, als sie zum erstenmal für ihren Vater gesungen hatte.

Danach hatte Amy Worth ihre Tochter ins Bett gebracht.

»Was wird jetzt aus mir werden?« hatte Maddie ihrer Mutter zugeflüstert.

Amy hatte tief Luft geholt. »Aus irgendeinem Grund hat Gott dich mit einem Talent gesegnet – oder verflucht. Er hat dich auserwählt und ausgesondert von den anderen. Und von jetzt an wird dein Leben nicht mehr so sein wie bisher. Du bist noch sehr jung, aber du mußt dich jetzt entscheiden, ob du dich zu deinem Talent bekennen oder es verstecken willst.«

»Oh, ich will mich dazu bekennen.«

Amy hatte ihr Lächeln nicht erwidert. Statt dessen hatte sie sie an den Schultern gefaßt und hochgehoben, daß sie ihrer Mutter ins Gesicht sehen mußte. »Hör mir zu, Maddie – hör genau zu. Wenn du dich dafür entscheidest, dein Talent zu ehren, wirst du niemals so ein Leben führen wie andere Leute. Es wird wunderbare Höhepunkte geben, aber auch eine Verzweiflung, die andere Leute nie kennenlernen. Du mußt *alles*, was zu deinem Talent gehört, in Kauf nehmen – verstehst du mich?«

Maddie hatte damals keine Ahnung gehabt, wovon ihre Mutter eigentlich redete. Für sie war Singen ein Vergnügen gewesen und nichts sonst.

Ihre Mutter hatte ihr forschend ins Gesicht geblickt. »Ich werde deinem Vater nur erlauben, eine geeignete Lehrkraft für dich zu suchen, wenn du es willst.«

»Ich will es. Ich singe gern.«

Amy hatte ihre Tochter ein wenig geschüttelt. »Nein – Gernhaben genügt nicht. Du mußt es lieben. Maddie, ein Talent wie deines bedeutet alles oder nichts. Dein Verlangen muß so groß sein, daß du nichts lieber tust auf der Welt als singen.«

Maddie hatte sie nun doch verstanden. Singen hatte ihr bereits alles bedeutet. »Ich möchte singen«, hatte sie leise gesagt.

Amy hatte das Feuer in den Augen ihrer Tochter gesehen, langsam ausgeatmet und Maddie an sich gedrückt. »Möge Gott dich beschützen«, hatte sie geflüstert.

Nun wußte Maddie endlich, was ihre Mutter gemeint hatte. Bisher hatte es keinen Konflikt gegeben zwischen dem, was sie wollte, und dem, was sie hatte. Oh – es hatte natürlich Zeiten gegeben, in denen sie erschöpft gewesen war und allein sein wollte. Manchmal sehnte sie sich nach der Stille der Berge, und zuweilen hatte sie es satt, verehrt zu werden – nicht für das, was sie war, sondern für das, was sie den Leuten geben konnte.

»Maddie.«

Sie hob den Kopf, drehte sich aber nicht zu 'Ring um.

»Bitte, laß uns nicht so auseinandergehen«, sagte er. »Laß uns noch einmal miteinander reden.«

Sie drehte sich um und sah ihn an. »Willst du mit mir reisen, wenn ich singe?«

»Ich muß den Familienbetrieb leiten. Ich bin schon lange genug von der Firma weggeblieben, und sobald meine Zeit bei der Armee abgelaufen ist, muß ich nach Hause.«

»Dann können wir uns trauen lassen und getrennt leben. Ich werde mich bemühen, wenigstens jedes zweite Jahr in Amerika zu sein und dich zu sehen.«

Sein Gesichtsausdruck war Antwort genug.

Sie sah auf ihr Pferd zurück. »Warum hast du mir das angetan?« fragte sie leise. »Warum hast du mich dazu gebracht, mich in dich zu verlieben?«

Er streckte den Arm nach ihr aus, aber sie wich ihm aus. »Maddie, solche Dinge geschehen. Ich hatte nie die Absicht . . .«

Sie sah ihm wieder ins Gesicht. »Doch, es war deine Absicht. Du wolltest mich haben, und du hast alles in deiner Macht Stehende getan, um mich zu bekommen. Du warst wie einer, der etwas Schönes in einem Schaufenster sieht und Geld spart, um es zu kaufen.«

»Das ist absurd. Ich habe mich in dich verliebt. Wenn du nur begreifen . . .«

»Wann hast du dich in mich verliebt? Nenne mir den exakten Zeitpunkt.«

Er wußte nicht, was dieses Gerede sollte, aber er mußte lächeln, als er sich an den Moment erinnerte, in dem ihm klargeworden war, daß er sie liebte. »Es war an dem Tag, als ich dich aus den Händen der Goldgräber befreit hatte und in das Lager zurückbrachte. Wir hatten miteinander geredet, und es herrschte eine so gelöste Stimmung zwischen uns. Ich dachte, daß du anders bist als andere Frauen, und dann hast du mich angesehen, und ich wußte, daß ich dich liebe.«

Sie sah auf ihr Pferd zurück. »Das liegt schon eine Weile zurück. Und was hast du danach getan?«

»Maddie, diese Fragen sind lächerlich. Wir lieben uns, wir können uns einigen.«

»Wir können uns darauf einigen, daß ich in dem Theater singe, das du für mich baust?«

»Ich sehe nicht ein, warum das so schlecht sein soll. Wir werden Warbrooke zu einem Wallfahrtsort für Opernliebhaber machen. Leute aus der ganzen Welt werden dort zusammenströmen, um dich singen zu hören. Ich werde eigens ein Hotel für diese Leute bauen. Und wir können sie natürlich auf Warbrooke-Schiffen dorthinbringen.«

»Mich kaufen. Das ist alles, woran du denken kannst. Wenn es nach deinem Kopf ginge, würde ich sterben, ohne selbst etwas geleistet zu haben. Auf meinem Grabstein würde nicht stehen, daß ich eine große Sängerin gewesen bin, sondern daß mein Mann alles für mich gekauft hat.«

»Maddie, du bist unvernünftig.«

Sie drehte sich mit feuchten Augen zu ihm um.

»Unvernünftig? Du hast keine Ahnung, was vernünftig ist. Du kannst nur an das denken, was du möchtest. Du bist in deinem Leben zu sehr verwöhnt worden. Als du als Kind den Familienbetrieb leiten wolltest, hat man dir diesen Wunsch erfüllt. Als du zur Armee gehen wolltest, hat man dir diesen Wunsch erfüllt. Und nun hast du beschlossen, daß du einen kleinen Singvogel zur Frau haben möchtest, und du erwartest natürlich, daß man dir diesen Wunsch ebenfalls nicht abschlägt.«

»Maddie, du weißt nicht mehr, wovon du redest. Ich mußte immer für das arbeiten, was ich habe.«

»Wie du gearbeitet hast, um mich zu bekommen?« Ihre Stimme wurde laut vor Zorn. »Du hast deine Attacke auf mich geplant, wie du einen Feldzug planen würdest. Du hast beschlossen, daß du mich haben möchtest, dir überlegt, wie du mich bekommen kannst, und dann deinen Plan in die Tat umgesetzt.«

»Du stellst das so hin, als hätte ich kaltblütig gehandelt. Ich gebe zu, daß ich schon ein bißchen darüber nachgedacht habe, aber ich sehe nicht ein, daß das ein Verbrechen sein soll. Ich liebe dich, und ich möchte mit dir zusammensein.«

»Wirklich? Kannst du mich . . . von Edith unterscheiden? Oder paßt es lediglich zu deinem Lebensplan, einen Opernstar zu heiraten? Würde es dir nicht gut anstehen, den illustren Montgomery-Namen mit dem der großen LaReina zu verbinden?«

»Jetzt gehst du zu weit«, sagte er leise.

»Oh, ich soll dem großartigen Montgomery-Namen nicht auf die Füße treten, meinst du? Teufel, 'Ring, warum hast du das getan! Warum hast du so große Mühe darauf verwandt, mich so weit zu bringen, daß ich mich in dich verliebe?«

»Weil ich dich liebe und mir wünsche, daß du meine Liebe erwiderst.«

»Ich?« schrie sie ihn fast an. »Ich? Du weißt nichts von mir. Ich habe dir schon vor langer Zeit gesagt, daß du nichts von mir weißt, wenn du mich nicht als Sängerin kennst. Du scheinst zu denken, daß du alles von mir weißt, wenn du meine Lieblingsfarbe oder meine Lieblingsgerichte kennst. Solche Dinge haben nichts mit mir zu tun.«

Sie konnte seinem Gesicht ansehen, daß er nicht ein Wort von dem verstand, was sie sagte. Ihr Zorn verflog, und sie drehte sich zu ihrem Pferd um. »Ich wünschte, du hättest das nicht getan. Wenn du eine Hausfrau haben wolltest – jemand, der die hübschen Kleider trägt, die du kaufst, jemand, der dich zu Hause erwartet, wenn du heimkommst –, dann hättest du schon längst heiraten können. Du hättest dich entscheiden müssen, eine Frau zu lieben, die das darstellt, was du dir wünschst, und du hättest mich in Frieden lassen sollen.« Sie kämpfte ihre Tränen nieder. »Warum konntest du dich nicht damit zufriedengeben, nur mit mir ins Bett zu gehen? Das ist es doch wohl, was die meisten Männer von einer Frau haben wollen – aber nicht du. Du wolltest nicht einmal mit mir schlafen, bevor ich etwas für dich empfand. Und nun zwingst du mich, zwischen dir und meiner Musik zu wählen.«

»Ich habe dich nicht gebeten, deine Musik aufzugeben.«

»Nein, du verlangst nur von mir, in einem Käfig zu sitzen und für dich zu singen.« Sie drehte sich zu ihm um. »Verdammt sollst du sein! Zur Hölle mit dir, Christopher Hring Montgomery! Weißt du nicht einmal so viel von mir, daß ich keine leichtfertige Frau bin? Und daß ich, sobald ich jemanden liebe, ihn für immer liebe? Ich habe so viele Sängerinnen gekannt – Sängerinnen mit großen Stimmen –, die nach wenigen Jahren das Singen aufgaben, nur weil ihre Liebe für das Singen erloschen war. Aber sobald ich etwas oder jemanden liebe, ist das für immer. Ich verliere nicht meine Zuneigung für Menschen oder Tiere, oder das, was ich tue.«

Er legte die Hand auf ihren Arm. »Ich weiß nicht, warum du glaubst, ich würde jemanden lieben, den ich nicht kenne. Ich habe schon vor längerer Zeit erkannt, daß ich dich von ganzem Herzen liebe. Maddie, siehst du denn nicht, wie ähnlich wir uns sind? Ich könnte niemals jemanden lieben, der nicht die gleiche Gefühlsstärke besitzt wie ich. Würde ich eine von diesen kleinen Frauen heiraten, die damit zufrieden sind, das Leben ihres Mannes zu führen, würde ich ihr einen tödlichen Schrecken einjagen.«

Seine Hand spannte sich um ihren Arm. »Du kannst mich nicht verlassen. Wenn ich mit Yovington abgerechnet habe, muß ich ins Fort zurück. Warte dort auf mich. Wir können uns einigen. Wenn wir verheiratet sind, können wir meinetwegen jeden Sommer nach Paris oder London fahren, und du kannst dort singen.«

»Wie könnten *wir* uns jemals einig werden? Du kennst nicht die Bedeutung eines Kompromisses. Ich soll nachgeben. Du machst überhaupt keine Kompromisse. Wenn du beschließt, daß wir drei Tage aneinandergekettet sein sollten, ist das deine Entscheidung und deine allein! Du fragst mich nicht einmal nach meiner Meinung. Wenn du beschließt, meiner Schwester nachzujagen, dann gehst du, ohne auch nur ein Wort zu sagen. Du stiehlst dich fort und hinterläßt mir einen Zettel, der nur mit deinen Initialen unterzeichnet ist. Nun erzählst du mir, daß ich dich zu heiraten habe und für den Rest meines Lebens alles machen soll, was du von mir verlangst.«

Sie funkelte ihn an und schüttelte den Kopf. »Du verstehst mich wirklich nicht, nicht wahr?« Sie schniefte, um ihre Tränen zurückzuhalten, und hob das Kinn an. »Laß es mich dir so deutlich erklären, wie ich kann. Du bist nicht die einzige Person auf der Welt, die das tut, was sie tun muß. So wie du meintest, den Entführern allein nachjagen zu müssen, so muß ich singen. Ich muß für andere Menschen singen – nicht für Leute, die du kaufst, sondern für Menschen, deren *Wunsch* es ist, mich singen zu hören. Ich werde nicht *dein* Leben führen, sondern *meines.*« Sie riß sich von ihm los.

»Das bedeutet, daß du mich verlassen willst, nicht wahr? Daß du aufgeben willst, was wir haben, ohne zu versuchen, eine Lösung für unsere Probleme zu finden?«

Sie schwang sich in den Sattel und sah auf ihn hinunter. »Du bist derjenige, der nicht fähig zu sein scheint, etwas anderes zu sehen als seinen Standpunkt.« Sie nahm die Zügel ihres Pferdes auf. »Ich hoffe, deine hehren Prinzipien werden dich nachts warmhalten. Nein – ich hoffe, daß du dich für den Rest deines Lebens elend fühlst. Ich hoffe, daß du weinen wirst, wenn du liest, daß ich irgendwo in der Welt singe.« Damit hieb sie ihrem Pferd die Fersen in die Weichen und galoppierte davon.

16

Maddie stand bei ihrem Pferd und betrachtete die schöne Landschaft in der Nähe ihres Vaterhauses. Ihr war zum Weinen zumute – aber sie konnte nicht mehr weinen. Sie hatte schon genug Tränen vergossen.

Drei Wochen war es her, seit sie 'Ring verlassen hatte – drei elende lange Wochen. Als sie im Haus ihres Vaters angekommen war, war sie froh über das Wiedersehen mit ihren Eltern und den alten Waldläufern gewesen, aber sie hatte sich in ihrer Nähe nicht viel besser gefühlt als vorher. Hears Good war zehn Minuten nach Maddies und Laurels Ankunft in den Hof geritten und hatte seine Freunde mit Geschichten von ihren Eskapaden mit dem Armeeoffizier erheitert. Es hatte eine Zeit gegeben, in der auch Maddie über diese Geschichten geschmunzelt hätte, aber nicht jetzt. Sie hatte nicht viel mehr getan, als ihre Familie zu begrüßen, und war dann wieder nach draußen gegangen.

Ihre Mutter war ihr nachgegangen, und Maddie hatte ihr unter Tränen alles erzählt. Maddie hatte ihr von ihrer Angst um Laurel und ihren Auftritten berichtet. Doch am meisten hatte sie ihr von ihrer Liebe zu 'Ring erzählt.

»Er will mich in einen Käfig stecken«, hatte sie geschluchzt.

Ihre Mutter hatte nur zugehört, ohne eine Bemerkung zu machen.

In den ersten drei Wochen ihres Aufenthalts hatten die Freunde ihres Vaters alles versucht, um sie aufzumuntern. Bailey sang ihr neue Lieder vor – schrecklich vulgäre Sachen – und bat sie, ihm zu helfen, die Melodie zu verbessern, aber Maddie hatte nur geantwortet, seine wäre gut genug. Ihr Vater hatte sie gebeten, mit ihm auf die Jagd zu gehen, aber Maddie hatte abgelehnt.

Laurel hatte die Geduld mit ihrer Schwester verloren. »Du bist doch besser dran ohne ihn!« hatte sie geschrien. »Mir hat er überhaupt nicht gefallen. Er denkt, daß er allwissend ist. Er meint, er ist der einzige, der Jamies Firma leiten kann, und ich wette, Jamie kann das mindestens so gut wie er. Ich . . .«

»Jamie könnte nicht lange genug aufhören zu flirten, um etwas zu leisten«, hatte Maddie sie müde unterbrochen. »Du kennst 'Ring nicht. Er sorgt für andere Leute. Er würde die Verantwortung für die ganze Welt übernehmen. Und nun ist er ganz allein.«

»Er wird nicht allein bleiben. Er wird eine andere finden. Und du findest auch einen anderen Mann und . . .«

»Wir haben ein ganzes Leben dazu gebraucht, um uns zu begegnen . . . Ich singe weiter, und . . .« Ihre Stimme war verebbt. Bevor sie 'Ring begegnet war, hatte sie geglaubt, alles zu haben, was das Leben zu bieten hatte, aber jetzt schien ohne ihn nichts mehr eine Bedeutung zu haben.

»Warum singst du denn nicht?« hatte Laurel leise gefragt.

Maddie hatte ihre Tränen hinuntergeschluckt. Als sie das letzte Mal gesungen hatte, hatte 'Ring zugehört.

Nun stand sie auf dem Hügel, betrachtete das Land und wußte nicht, was sie mit ihrem Leben anfangen sollte.

»Bist du dir immer noch nicht sicher?«

Maddie drehte sich um und sah ihre Mutter hinter sich stehen. Sie lächelte. Der Rest der Welt glaubte, daß Jefferson Worth ganz allein den Wilden Westen erforscht hatte, aber

Maddie wußte, wie sehr das Leben ihres Vaters mit dem seiner Frau verwoben war und wie stark Amy Littletons ihn beeinflußt hatte.

»Worüber sollte ich mir denn im klaren sein?« fragte Maddie.

»Wieviel die Liebe dir bedeutet.« Maddie antwortete nicht, und so fuhr ihre Mutter fort: »Als dein Vater mich bat, ihn zu heiraten, war ich überglücklich. Ich begann sofort, über unser gemeinsames Leben zu reden – daß wir nach Boston zurückkehren und dort im Haus meines Vaters wohnen würden. Ich sagte, daß Jeff das Transportgeschäft meines Vaters leiten könnte. Ich redete sogar von den schönen Kleidern, die ich für Jeffrey kaufen wollte.«

Maddie sah ihre Mutter verwirrt an. Sie wußte, daß der Vater ihrer Mutter sehr wohlhabend gewesen war. Aber Maddie konnte sich nicht vorstellen, daß ihr Vater irgendwo anders als im Westen leben und etwas anderes tragen könne als Rehleder.

Amy fuhr fort: »Eine Weile glaubte ich, ich müßte ihn aufgeben. Ich hatte den Schmutz und die Krankheiten hier im Westen satt. Ich hatte es satt, tagein, tagaus immer dasselbe zu essen. Ich hatte die Männer und ihre derben Gewohnheiten satt. Ich wollte zurück in den Osten und mit den Leuten leben, die einen ganzen Satz ohne ein vulgäres Wort sagen konnten. Ich sehnte mich nach Büchern, Musik und Porzellangeschirr. Ich wollte hübsche Kleider haben.«

»Was hast du getan?«

»Ich verließ ihn. Ich wußte, was ich haben wollte, und er konnte es mir nicht geben. Ich kehrte an die Ostküste zurück und lebte dort ein ganzes Jahr ohne ihn.« Amy lächelte in der Erinnerung daran. »Aber ich hatte nicht damit gerechnet, wie sehr ich mich in einem Jahr verändert hatte. Ich war nicht mehr die gleiche junge Dame, die in den Wilden Westen aufgebrochen war. Ich ärgerte mich über meine Freundinnen, die so leicht zu erschrecken waren. Wenn du drei Tage ohne Wasser in einer Falle sitzt, während die Apachen mit Pfeilen und Gewehren auf dich schießen, bedeuten dir die Probleme der Gesellschaft nichts mehr. Und ich schockierte die Leute ständig mit meinen Bemerkungen. Ich konnte die Heucheleien einfach nicht ertragen.«

»Und du bist zu Dad zurückgekehrt?« sagte Maddie.

»Damals verkehrten bereits Dampfer flußaufwärts, und ich bestieg einen und fuhr zu ihm.«

»Und hast du ihn gebeten, dich zurückzunehmen?«

Amy lachte. »Nicht ganz. Ich sagte ihm, was er tun müsse, um mich zu behalten.« Sie lächelte. »Ich mußte ihn nicht lange fragen, um zu begreifen, daß er ohne mich genauso elend dran war wie ich ohne ihn. Ich forderte ein ordentliches Haus und bat ihn, nicht von mir zu verlangen, daß ich mit ihm im Land umherziehe. Ich sagte, daß er jederzeit verreisen könne, wenn er es wollte, aber ich würde an einem Ort bleiben.

Maddie lächelte. Es hatte bei ihren Eltern funktioniert, weil ihr Vater jeden Sommer auf Forschungsreise gegangen war, seine Indianerfreunde und einige Trapper besucht hatte, die noch in den Bergen lebten. Fünf Sommer lang hatte Maddie ihn begleitet, und Gemma war fast immer mit ihrem Vater gereist.

»Soll ich zu 'Ring gehen und ihm sagen, daß ich singen und er mich durch die Welt begleiten muß?« fragte Maddie.

»Ich weiß es nicht. Ich weiß nur, daß ich meinen Entschluß niemals bereut habe.«

»In diesem Fall hast du nachgegeben, aber 'Ring müßte sich meinen Wünschen fügen.« Maddie schlug die Hände vors Gesicht. »Ich weiß nicht einmal, ob er noch am Leben ist. Er wollte in diese schreckliche Stadt reiten, um den Mann zur

Rechenschaft zu ziehen, der Laurel entführt hat. Wenn 'Ring dort umkommt, ist es allein meine Schuld.«

Amy legte den Arm um ihre Tochter. »Du kannst dir nicht die Schuld dafür geben. Es war seine Entscheidung . . .«

»Er trifft immer die Entscheidungen«, sagte Maddie bitter.

In dieser Nacht schlief Maddie kaum. Sie lag wach und starrte an die Zimmerdecke. Sie fand dort keine Antworten auf ihre Fragen, aber sie stand schon im ersten Morgengrauen auf und zog sich an.

»Ich werde ihm nachgehen«, sagte Maddie. »Ich sollte das nicht tun und könnte es bedauern – aber ich werde ihn suchen.«

Ihr Vater lächelte ein bißchen. »Ich habe geahnt, daß du das tun würdest. Wir Worths holen uns in der Regel immer das, was wir uns wünschen. Du wolltest singen, und das hast du auch getan.«

»Und nun möchte ich diesen Mann haben.«

Jeff grinste seine Tochter an. »Das hast du von deiner Mutter.«

Maddie sah ihn an. 'Ring hatte geglaubt, daß Jefferson Worth ein alter Mann wäre, aber er sah noch immer sehr gut aus, und Maddie konnte sich nicht vorstellen, ohne ihn leben zu können. Sie schlang die Arme um seine Taille und drückte ihn an sich.

Jefferson strich über ihr Haar. »Wir verlieren nur Zeit. Laß uns losreiten und ihn herholen.«

Bis sie aufbrechen konnten, waren auch die Waldläufer Thomas, Bailey und Linq bereit, mit ihnen zu reiten. Und als sie sich in den Sattel schwangen, stießen auch noch Amy, Laurel und Hears Good dazu.

Maddie war zu Tränen gerührt. Immer war ihre Familie für sie dagewesen.

»Laß uns reiten, um deinen Jungen zu holen«, sagte Bailey

ungeduldig. »Ich habe mir schon lange ein bißchen Aufregung gewünscht. Es ist viel zu ruhig hier oben. Obwohl ich mich frage, was wir mit einer Horde von Kindern unterwegs anfangen sollen.«

»Ich kann besser schießen als du«, sagte Laurel. »Du bist so blind, daß du nicht mal deine Nasenspitze sehen kannst.«

»Jeff, diese Göre kennt keinen Respekt«, murrte Bailey.

Am zweiten Tag ihrer Reise hielten Thomas und Jeff plötzlich an. Hears Good stieg vom Pferd und tauchte zwischen den Bäumen unter, während Linq und Bailey die drei Frauen in Deckung brachten.

Maddie hielt die Luft an. Es war schon Jahre her, seit sie so etwas erlebt hatte. Alle verhielten sich so still wie möglich, während sie lauschten. Zunächst konnte Maddie nichts hören, und sie staunte über ihren Vater und die anderen Männer, weil sie offenbar ein besseres Gehör hatten als sie.

Als sie dann doch ein Geräusch vernahm, war sie sich zunächst nicht sicher. Aber dann weiteten sich ihre Augen, und sie setzte sich kerzengerade im Sattel auf. »Er ist es«, flüsterte sie.

Ihr Vater drehte sich um und warf ihr einen bösen Blick zu. Er hatte ihr beigebracht, nicht zu sprechen, wenn Gefahr drohte.

Maddie ignorierte ihn, gab ihrem Pferd die Sporen und jagte den Berg hinunter. Die anderen folgten dichtauf.

Sie hatte seit drei Wochen keinen einzigen Ton mehr gesungen, aber jetzt stimmte sie ein Lied an. Sie wußte nicht einmal, was sie sang.

'Ring sprengte den Hang zu ihr hinauf, und als er sie erreichte, zog er sie auf sein Pferd und küßte sie heftig.

»Ich konnte es nicht tun«, sagte er. »Ich konnte dich nicht aufgeben.«

Maddie fehlten die Worte, sie wollte ihn nur festhalten, ihn fühlen und berühren. Sie saßen auf seinem Hengst und küßten sich, die Arme und Beine ineinander verschlungen, während sich um sie herum die Leute versammelten – Maddies Familie auf der einen Seite, 'Rings Familie auf der anderen.

Nach einer Weile wurden die beiden Familien ungeduldig, und Jamie drängte sein Pferd voran. »Ich bin James Montgomery, und das dort ist mein Bruder 'Ring«, sagte er zu Thomas und Jeff. Ein ehrfürchtiger Ton schwang in seiner Stimme mit, als er die Männer begrüßte, die für ihn eine Legende waren.

'Ring wurde schließlich bewußt, daß er und Maddie Zuschauer hatten, und er trieb Butterblume unter die Bäume.

Dort löste 'Ring Maddies Arme von seinem Hals. »Wir müssen miteinander reden«, sagte er.

Maddie fürchtete das Reden wie die Pest. Wenn sie sich küßten oder liebten, war alles zwischen ihnen in Ordnung. Nur wenn sie miteinander sprachen, gab es Schwierigkeiten.

»Später«, flüsterte sie und küßte ihn wieder.

»Nein«, sagte er fest, stieg vom Pferd und hob ihr seine Arme entgegen. Als sie auf dem Boden stand, hielt er sie auf Armeslänge von sich weg. »Ich will es jetzt sagen, solange ich noch kann. Ich bin nicht sicher, ob ich später noch einmal den Mut dazu aufbringe.«

»Mut?« Maddies Herz begann heftig zu klopfen. »Den Mut, mir was zu sagen?«

Er bewegte sich von ihr fort und drehte ihr den Rücken zu. »Den Mut zu sagen, daß du recht hattest«, gestand er leise.

Maddie blinzelte, ging dann um ihn herum und baute sich vor ihm auf. »In welcher Beziehung hatte ich recht?«

»Nun . . . vielleicht hattest du in mehreren Punkten recht.« Er sah sie an, und sie entdeckte dunkle Ringe unter seinen

Augen. Er hatte in den letzten Wochen ebensowenig geschlafen wie sie.

»Ich bin nach Desperate aufgebrochen. Ich hatte mir fest vorgenommen, Yovington gefangenzunehmen und dem Gericht zu übergeben, aber mir kamen immer wieder deine Worte in den Sinn, daß ich nur Rache an ihm nehmen wollte.« Er sah zur Seite. »Ich schätze, ich habe zu lange allein gelebt.« Er lächelte über seine Worte. »Allein in einer Familie mit neun Kindern. Ich weiß nicht, wie mir das gelingen konnte, aber es ist mir gelungen. Du hattest recht, als du sagtest, ich hätte immer nur das getan, was ich tun wollte. Ich glaube, ich habe nie den Sinn eines Kompromisses begriffen, weil es so etwas in meinem Leben nie gegeben hat.«

Sie ging zu ihm und legte ihm die Hand auf die Brust. »Was ist auf dem Weg nach Desperate passiert?«

»Ich begriff, daß ich zum erstenmal in meinem Leben nicht bekommen würde, was ich wollte. Toby sagte, ich sei verwöhnt, weil ich mir mit dem Geld der Montgomerys immer alles hatte kaufen können, und daß ich nicht wüßte, wie ich ohne dieses Geld zurechtkäme. Ich dachte, er hätte keine Ahnung, wovon er redete. Geld hilft nämlich gar nichts, wenn eine Horde von Indianern auf einen schießt.« Er streichelte ihre Wange. »Als ich dich verließ, glaubte ich, daß du nur einen Anfall von schlechter Laune hättest. In Anbetracht dessen, daß du eine Frau und eine Opernsängerin bist, schien mir dieser Gedanke einleuchtend zu sein. Ich war davon überzeugt, daß ich mir Yovington holen und dich dann nach Warbrooke bringen könnte und daß alles so verlaufen würde, wie ich es geplant hatte.« Er hielt inne und holte tief Luft. »Aber Jamie hat mir klargemacht, daß das, was ich mir wünschte, nicht in Erfüllung gehen könnte.«

»Wie hat er das angestellt?«

»Er beklagte sich, daß er deinen Gesang vermissen würde.

Dann sagte Toby, daß er dein Gejaule ebenfalls vermissen würde. Ich lachte sie aus und sagte, daß sie dich so lange singen und so oft singen hören könnten, wie sie wollten, wenn wir erst nach Hause kämen.« 'Ring schwieg einen Moment. »Dann sagte Jamie: ›Diesmal nicht, Bruder. Diesmal hast du verloren.‹ Bis zu diesem Moment war ich der Meinung gewesen, daß alles, was du zu mir gesagt hast, nichts anderes war als die Laune eines kleinen Mädchens.« Er nahm ihre Hände in seine Hände und hielt sie fest. »Ich habe in jener Nacht kein Auge zugetan. Ich lag wach und dachte über ein Leben ohne dich nach. Ich konnte es mir nicht vorstellen. Ich versuchte, mir einzureden, daß es für dich ein Verlust wäre, wenn du nicht zu mir kommen würdest, um mit mir zu leben. Und daß ich eine andere Frau finden würde. Aber es hatte keinen Zweck. Ich habe Jahre gebraucht, um dich zu finden, und ich werde dich nicht gehen lassen.«

Er wollte sie in seine Arme schließen, aber sie wich zurück. »Erzähl mir alles. Was hast du mit Yovington gemacht?«

Er lächelte sie an und fuhr sich mit der Hand durchs Haar. »Ich glaube nicht, daß meine Familie mich das jemals vergessen lassen wird – aber ich tat, was du mir gesagt hast.«

»Was *ich* dir gesagt habe?«

»Ich überließ Yovington der Armee. Jamie, Toby und ich ritten nach Fort Breck, und dort erstattete ich Colonel Harrison Bericht. Er schickte Soldaten nach Desperate. Ich bestand darauf, daß er meinen Namen nicht erwähnen und sich den Verdienst an der Sache gutschreiben lassen sollte. Vielleicht bekommt Harrison noch einen Orden dafür.«

»Und er wird dir vergeben, daß du ihm das Leben so sauer gemacht hast.«

»Ich hoffe es. Ich muß ja noch ein Jahr dienen, ehe ich aus der Armee entlassen werde.«

»Und was ist dann?« fragte sie.

Er nahm sich Zeit für seine Antwort, und Maddie spürte, daß es ihm nicht leicht fiel, weiterzusprechen. »Ich dachte über das nach, was du über den Käfig gesagt hast, Maddie, und ich versuchte, es zu verstehen. Mein Talent scheint darin zu bestehen, daß ich eine Firma von der Größe der Warbrooke Shipping leiten kann, aber wenn mir mein Vater ein Geschäft gekauft hätte, das ich leiten könnte, nur um mir einen Wunsch zu erfüllen? . . . Ich wüßte niemals, ob ich gut wäre in meinem Beruf oder schlecht.« Er lächelte. »Es ist ein großartiges Gefühl, erfolgreich im Geschäft zu sein, wenn man weiß, daß man diesen Erfolg allein seiner Intelligenz und seiner guten Planung zu verdanken hat. Ich schätze, daß es dir so gehen muß, wenn du für Menschen singst, die aus eigenem Antrieb zu dir kommen und nicht, weil sie der Firma deines Mannes einen Gefallen schuldig sind.« Er holte tief Luft. »Ich kann dich nicht bitten, das Singen aufzugeben. Ich werde dir folgen, wohin immer du gehst. Ich werde dir um die ganze Welt folgen, solange du singen kannst«, sagte er leise.

Sie sah ihn eine Weile an, ehe sie sagte: »Und was wirst du tun, während ich singe? Kulissen schieben?«

»Vielleicht kann ich mich um die Geschäftsinteressen der Warbrooke Shipping im Ausland kümmern. Hast du schon mal in Hongkong gesungen?«

Das war es, was Maddie sich gewünscht hatte. Er liebte sie wirklich – nicht eine Frau, die er sich in seinem Geist erschaffen hatte, sondern sie, Maddie. Und er liebte auch LaReina, eine Frau, die noch etwas anderes in ihrem Leben zu tun hatte, als nur für ihren Mann dazusein, wenn er sie brauchte. Er liebte, was sie war und wer sie war, und war bereit, zu geben und zu nehmen.

Sie lächelte ihn an und versuchte, ihre Freudentränen zurückzuhalten. »Ich habe mir auch etwas überlegt. Vielleicht könnte ich im Winter um die Welt reisen und singen und den Sommer bei dir in Maine verbringen und dort in dem Theater singen, das du für mich bauen willst.«

Er stand wortlos vor ihr.

»Ich meine, wenn du glaubst, daß das funktioniert. Könntest du dein Geschäft ein halbes Jahr alleinlassen?«

'Ring legte die Hand ans Kinn und bewegte es hin und her. »Ich kann immer noch die Stelle spüren, wo Jamie mir handgreiflich klargemacht hat, daß meine Brüder durchaus in der Lage wären, die Warbrooke Shipping auch ohne mich zu leiten.«

»Ich bin bereit, den Kompromiß einzugehen, wenn du dazu bereit bist«, sagte sie.

Es dauerte eine volle Minute, bevor 'Ring sich gefaßt hatte. Dann umschlang er ihre Taille und wirbelte sie im Kreis herum. »Es funktioniert. Ich werde dafür sorgen, daß es funktioniert!« Dann küßte er sie lange.

»'Ring, laß uns hierbleiben und . . .«

»Nein«, sagte er entschieden. »Ich möchte, daß du meinen Vater und die anderen kennenlernst, und ich möchte, daß wir so rasch wie möglich heiraten. Und dann will ich anfangen, deine Finanzen zu verwalten und . . .«

»Meine Finanzen? Was bringt dich auf die Idee, daß *du* mein Geld verwalten könntest? Hast du nicht schon genügend eigenes Geld, das du verwalten mußt?«

»Die Frau, die mit mir verheiratet ist, wird nicht um ihr Geld betrogen, und ich habe mir vorgenommen . . .«

»Zu deiner Information – ich habe meine Mutter nach meinem Geld gefragt. Sie hat sich von John Fairlie viermal im Jahr die Kontoauszüge schicken lassen über meine Einnahmen und das Geld dann in Sachwerten investiert.«

»Investiert in Sachwerten? Ich bin froh, zu hören, daß wenigstens einer in deiner Familie Verstand hat, wenn es ums

Geld geht. Ich würde es nicht gern sehen, wenn unsere Kinder ohne die Fähigkeit aufwachsen würden, eines Tages die Warbrooke Shipping leiten zu können.«

»Unsere Kinder werden Sänger oder vielleicht Maler, und du wirst ihr Leben nicht organisieren, wie du versucht hast, meines zu organisieren. Und überdies . . .«

Sie hielt inne, weil er sie küßte, und sie vergaß, was sie ihm noch sagen wollte.